D.M. Pulley

THE DEAD KEY

死钥匙

【美】D.M. 普利 著

黄勇民 译

上海文艺出版社

欧弗，感谢你一路上搀扶着我走过每一步。
你说得好极了：

我们的爱情是一条永无止境的赛道，
而我就是那个赛跑的人，欣快！

序言

  子夜降临在克利夫兰第一银行，大堂里的大时钟在孤独地当当报时。时钟枯燥的环形阴影掠过银行营业区一扇扇沉重的大门和空空的座椅，沿着走廊一直投射到她藏身的黑屋。这是一小时里除了她自己轻声的呼吸以外听到的第一个声音。这是她的行动信号。

  她轻轻推开女厕所的门，向黑暗窥探。长长的阴影拂过昏暗的走廊，射进营业大厅，扫过楼面，使白天熟悉的东西变得凶险不祥。有人在看守——夜间保安、她的老板、或是其他什么人——对于这一点她确定无疑。银行里总有人看守。她一动不动地站在门道里，心里明白如果她被抓住后果将会怎样：她会被逮捕，她会失去一切。不过，她没有多少东西可以失去。**也许这就是他说服我卷入这种困境的原因吧**，她边摇头边暗自寻思。她不敢相信自己会同意经受这一切。但是她同意做了。等了足足一分钟之后，她走出藏身之处，让身后的门转动着关上。

  她娇小的脚步在银行营业区的石板地上喀哒喀哒作响，像涟漪一般轻轻穿越寂静。她皱起眉头，蹑手蹑脚地走过一间间出纳亭，进入大堂。当她悄悄经过旋转门和将她与楼外黑夜隔开的从地板到天花板的落地窗时，大时钟滴答滴答地发出报秒声。一辆大型轿车从东九街转弯驶入尤克利德大街，它的前灯灯光透过玻璃窗照到了她身上。她呆住了。她屏住呼吸，等待汽车驶离。当汽车终于驶过时，她想奔回厕所，藏身在那里直至早晨。但是她继续往前行走。他在等她。

当她从银行总裁老阿利斯泰尔·默瑟表情警惕的肖像下经过，沿着走廊向左走的时候，老头瞪着眼睛怒视着她。电梯服务台没有保安。情况正如他判断的那样。

当她绕过墙角，走下螺旋式楼梯，进入楼下的黑暗之中时，透过大堂照射进来的路灯灯光逐渐淡去。他在下面某个地方等着。每走一步，她都把铜钥匙攥得更紧，直至感觉好像钥匙嵌入了她的拳头。前天，她从保管箱里将它偷了出来，希望没人察觉。没人察觉。

下午五点，她没有随其他人一起离开，无人注意到这一情况。保安甚至没有检查一个个抽水马桶隔间就关了女厕所的电灯。至此，他对一切事情的判断都是对的。

当她到达楼梯底部时，那里滞闷的空气似乎更加浓重。黑暗之中红色的地毯消失了，不过脚下柔软如垫，借此她明白地上依然铺着地毯。她想象着金库的门，静静地摸索着穿过楼面。她竖起耳朵倾听手电筒咔哒打开的声音、钥匙圈丁零当啷的声音或者笨重沉闷的脚步声，她的耳朵里满是心脏突突的搏动声，其他什么声音也没有。她慢慢适应了黑暗，能够分辨出墙角处的接待柜台，它是一道黑色的路障，守卫着金库的入口。她急忙走上前去，蹲伏在柜台的里面，等待着。

当一切归于平静后，她拉开座椅左边的抽屉，盲目地在里面摸索，直至找到她想要的东西。它是另一把钥匙。当她直起身子时，一个巨影赫然耸现在她身旁。她张嘴想尖叫，一只大手钳夹了下来。

"嘘——嘘！"

那只粗糙的手掌紧紧捂住了她的嘴唇，闷住了她的声音。她挥舞的双臂和双拳也被影子的另一只手紧紧钳住。她被捉住了。

"嗨，是我！行啦，行啦！对不起，我吓着你啦。你没事吧？"

听到他的声音，她紧张的肌肉松弛了下来。她点点头，几乎瘫倒在地上。他的手依然捂住她的嘴巴。

"你拿到了吗？"他问。

她又点了点头。

"好。"他松开了手，这样她就能呼吸了。"跟我走。"

他抓住她的手腕，带着她穿过圆形门道，进入金库。她看不见任何东西，不过通过他们踩在坚硬的金属地面上的脚步声，她明白他们实际到达了哪里。

"行啦！"他打开一个小手电筒，仔细查看排列在两面钢墙上的数百扇金属小门。"我们寻找545号保管箱。"

保管箱旁的墙壁一片昏暗模糊。她的心脏依然在剧烈跳动。她两只手各拿一把钥匙朝保管箱走去。哥特式的怪诞符号标注着那些金属小门，大数字小数字设计得令人不知所措，直至最终看到那个标注"545"的保管箱。她将两把钥匙分别插进箱门，等了一会儿。她担心保安或警官随时都可能端着枪出现在眼前。

他厚实发达的前胸贴着她的后背，一条手臂搂住她的腰肢。她闭上眼睛靠在他的身上，内心希望他们能回到她的住地或宾馆或任何其他地方，只要不是这金库。他的气息热辣辣地吹拂着她的脖子。

"快点，宝贝！我们来看看我们得到了什么。"

小门一下子开了，露出了里面长长的金属盒子。

胆汁冒到了她的喉咙口。这是非法破门而入，严重盗窃罪，至少十五至二十年牢役。她一生中从没偷过哪怕是一包口香糖。盗窃金库一直在计划之中。他对她说过很多次。而现在她竟然实际在干这件事情……啊，主啊！她要呕吐了！

他并没有注意到她脸上惊恐的神色，一把将她推开，把保管盒从金库里拉出来，"噔"的一声将它放到了地上。

她往后缩了一下。

"放松，宝贝！查理在休息。至少一小时后才回来。与我的一个朋友在约会。"

当他掀开盒盖时，他压低嗓子咯咯地笑了起来。一叠叠百元大钞整整齐齐堆到盒子顶部。现金底下躺着一根很大的钻石项链。他得意地举起手"啪"的打了一下她的屁股。

"哈！我不是对你说过了吗？满堂红！"

见到一颗颗硕大的钻石，她的眼睛睁得大大的。它不再属于任何人了；她默默重复他多次说过的话。没人再会惦念它。甚至没人知道它储存在这里。她跪倒在地，伸出一只颤抖的手去触摸一颗钻石。

他一把抓走项链，从他的外衣口袋里拿出一个天鹅绒袋子。"赶紧拿那个盒子，"他命令道，"我断定它是枚戒指，不过别动什么邪念，好吗？"

"邪念？"她轻声说，直到这个词说出口，她才明白他的意思，并打开那个小盒子。小盒里躺着一枚极大的钻石订婚戒。

"嗨，来日，我给你买一枚，任何戒指都无法与之相比，好极了！"他轻轻抚弄她的一侧脸颊，并眨眼示意。他婚戒的金属边缘在她的脸颊上留下了一条冰冷的划痕。

他从她手里抢过戒指盒，将它塞进袋子并开始数钱。随着现金总数越来越高，他眼角上的笑纹加深了。他们从来没有讨论过多少钱算是足够。

她硬逼着自己将目光移回到地上被侵扰的保管盒上。现金和珠宝底下藏着一张黑白旧照，在昏暗的光线底下闪烁着黄色的光芒。这是一张用铁板照相法拍摄的照片，相片上是一个年轻漂亮的女人，身穿一件拖地连衣裙，脖子上戴着这条钻石项链。她意识到，这可能是张结婚照。随后，她看到了其他物品——一块花边手帕、一些折叠好的信件。情书，她默默地想，于此她第一次遐想到那位将这些东西放进盒里的人。从羊皮纸和照片的外观来看，这些东西也许是五十年前存放的。她伸手拿起一件物品。

"嗨！你在那里发白日梦吗？我们没有一整天时间。"说完，他咔哒关上保管盒盖，举起盒子，将之推入保管箱。

听见金属小门关闭的声音，她站起身来，顺从地转动两把钥匙，重新锁好545号箱。她在小门前停了一会儿。她感到自己应该祈祷些什么。这就像是一场葬礼。**有人还能找到那个女人的照片吗？或者她的情书？**根据记录，这个保管箱已经很多年没有开启过。545回眸凝视着她。

"行啦！接着干，去547号箱。"

"对。547。"她的声音似乎很遥远。一切都是一场奇怪而可怕的梦。这不是一个金库，它是一座陵墓。他们是盗墓人。

找到两把钥匙并打开547，好像它们有自己的头脑一样。他将盗窃来的财宝放进空盒，然后关闭钢墙上的这个保管箱洞穴，现在这个箱子里藏匿着他们可怕的秘密。她拔出了钥匙。钥匙在她的手里是沉甸甸的。

他紧紧搂住她削瘦的肩胛，热吻了她的双唇。"你就等着吧，宝贝！我们一生都高枕无忧啦。这样再干几个月，我们在这个世界上就永远不会再有烦恼。"他再次亲吻她，捏她的屁股，随后轻轻推着她的屁股走出门外。

当他领着她走出金库时，他没有注意到她正低头凝视着自己隆起的腹部，不可能掩饰它太久了。不过，再过几个月，他们就要在一起了，她对自己说。永生永世在一起。就像他许诺的那样。

她在门口站住了脚。545号保管箱依然在黑暗金库里的某个角落。她轻轻地对着虚无说，甚至也像是对她自己说，"对不起！"

随后，沉重的圆门轻轻转动着关闭。

第一章

一九九八年八月八日星期六

艾丽丝·拉奇猛地坐了起来。时钟正发狂似的发出短促刺耳的"嘟嘟"声：早晨八点四十五分，而十五分钟后她应该到达市中心商业区。**该死！**闹钟已经连续不断响了半个小时，几乎震塌她公寓套房四周摇摇欲坠的墙壁，可是她不知怎的竟然能在铃声中熟睡！她从缠住的被单中挣脱出来，冲向盥洗室。

没有时间淋浴了，她转而往脸上泼了些冷水，用牙刷清除嘴里肮脏烟灰缸般的味道。她甚至没有梳理长丝般的棕色头发，就使劲一拉用一根橡皮筋将之束住。她匆匆套上一件T恤衫，穿上一条牛仔裤，然后飞奔出门。艾丽丝身材瘦长长发飘逸，遇上好日子，会显得模样姣好甚至妩媚动人，尤其是当她记得不低头垂肩时。但今天不是个好日子。

早晨的太阳像审讯的灯光直射她的眼睛。是的，昨晚她一直在喝酒，警官。是的，她的脑袋很疼。不，在炫目的阳光下，她不是最负责任的二十三岁女人。她辩解说，不得已周六上班结果全乱了套。周末这种时刻没人会起床。不幸的是,她是自告奋勇来干这苦差事的。

本周早些时候,惠勒先生把她叫进他的办公室。他是她部门的负责人和公司主要合伙人,可以当场开除她。这就像被人送到校长面前一样。

"艾丽丝,到目前为止,你觉得你在 WRE[①] 的这份工作如何?"

"嗯,还可以,"她说,尽量不显得像她所感觉得那样不自然。"我在学习不少东西,"她用求职面试的语气说。

她讨厌 WRE 的这份工作,但不好对他直说。日复一日,她所做的只是用一支红笔标注一份份图纸。有许许多多描绘每根混凝土横梁中的每根小钢筋的图纸,她必须核查所有这些图纸。这工作使人思维麻木心灵压抑,尤其是她具备胜任那么多其他工作的能力,心里就对此倍感厌恶。她以优异成绩毕业于凯斯西储大学[②],曾得到过许诺可以参与尖端结构设计项目,可是进入伟大的工程师生涯三个月后,她已经沦落成一个标图小丑!星期一那天,在一阵绝望之中,她曾对她的指定导师布拉德这么说过。一天之后,她就忐忑不安地坐在惠勒先生对面了。布拉德告发了她。她要被解雇了吗?她歇斯底里,紧张得直想呕吐。

"是这样的,布拉德认为你很有能力。也许你想改变一下工作节奏。"惠勒先生颇有公司高管风度地笑了笑。

"哦,你的意思是?"

"我们刚揽到一个非同寻常的项目,合伙人们认为你也许非常适合做这个项目,它需要进行实地测绘。"

[①] WRE:Wheeler Reese Elliot Architects,"惠勒·里斯·埃利奥特建筑设计院"的英语缩写。
[②] 凯斯西储大学:Case Western Reserve University,又称凯斯西保留地大学,位于美国俄亥俄州的克利夫兰。

实地测绘意味着可以离开她讨厌的工作间。"真的吗？这听起来很有意思！"

"太好了！布拉德会让你尽快熟悉情况。这个项目相当敏感。我们的客户正倚仗我们为之保密。你俩愿意加班，我真是非常感激。你们不会白做的。"

惠勒先生拍拍她的后肩，关上了他角落办公室的房门。她嘴角处的微笑渐渐消退。这事有点蹊跷。后来布拉德解释说他俩将在周末加班。没有额外报酬。

艾丽丝心想，这简直是扯淡！她忍住愤怒，一屁股坐进驾驶座椅，开着她那辆锈蚀斑斑的米色马自达汽车，加大油门，沿着马路飞驰而去。在交通信号灯处，她在杂乱的驾驶室底板上摸索出喝剩的半瓶健怡可乐，点燃了一支香烟。不过，转念一想她还能做什么？说不？

当汽车驶近市区的时，艾丽丝突然想起自己还不知道到底要驶向哪里！她迅速在自己的手提包里翻找那张她匆匆写下的地址。香烟、打火机、唇膏、收条——她把包里的东西统统倒在副驾驶座上，同时用一只眼睛盯着道路。

一阵刺耳的喇叭声。她抬头一望，及时转向一边，避免撞上一辆迎面驶来的垃圾车。她猛地刹车，汽车"嘎吱"一声停了下来。

"该死！"

副驾驶座上的一堆杂物被甩到了车底板上，那张下落不明的小纸条落在了杂物上面。她抓起纸条，念了起来：

尤克利德大街 1010 号

克利夫兰第一银行

后院停车

在东十二街和尤克利德大街的交叉路口,仪表板上的时钟闪烁着上午九点一刻。布拉德一定正站在门口,轻轻颠着一只脚,时不时看看他的精工表①,正后悔自己推荐了这个新来的疯疯癫癫的姑娘从事这次实地测绘任务。红灯长时间不变,她乘机把所有杂物塞回了手提包。

在石头和玻璃的一片影绰不清之中,位于尤克利德大街 1010 号的那栋大楼从她的车窗边一闪而过。该死!她的车高速穿越事实上的黄灯,左拐驶上东九街,然后绕弯进入休伦街。这里应该在大楼的背面,但是只有"禁止泊车"的标志。艾丽丝开始恐慌。她将不得不沿着休伦街一路开回到东十四街才能调头。时间不容许那样做。她第一次外勤,却已经迟到很长时间。

她驶入一条狭窄的死胡同车道,尽头是一扇紧闭的车库门,它与沿街其他一扇扇没有标志的接收门②一模一样。车道两边的人行道空荡荡的,整条道路死一般的寂静。每逢周末,克利夫兰大部分地区都像鬼城一般。抬头望去,一栋十五层被煤烟熏黑的办公大楼直入云霄。腐烂破损的木板覆盖着半数窗户,无穷无尽的一排排砖头模模糊糊地衔接在一起。就是这栋大楼?她伸长脖子抬头仰望,感觉就像脑袋要从脖子上滑落一般。宿醉的不适感觉有时需要一段时间才能真正反映出来。她紧紧闭上眼睛,慢慢吐出一口气息。她必须停止好像每晚都是大学生联谊会派对似的酗酒。大学生活结束了!

昨晚的情景就像破损的幻灯片从眼前一幕幕闪过。她去公寓楼下

---

① 精工表:Seiko,日本手表。
② 接收门:receiving door,仓库等接收货物的入口处。

某个新开业的酒吧参加工作结束后的快乐时间①。每一小杯墨西哥龙舌兰烈酒下肚，夜晚就变得越发模糊。尼克也在酒吧。他是个室内装潢设计师，机敏性感，工作期间她已与他调情了好几周。他喜欢在她的办公桌边晃来晃去，谈天说地。对于艾丽丝来说，这是令人愉快的间歇，可以暂时不用红笔标注施工图，就像秘书受到了表扬。尼克心里明白这对他意味着什么。对于尼克的笑话，她会哈哈大笑，经常脸红耳赤——这就是她在"诱惑"部门里各种技能的延伸。

尼克为几杯龙舌兰买了单。他的手臂懒散地搭在她的肩上，他对她耳语了些什么，不过乐曲声鼎沸，她听不太明白。随后她记得，他驾驶她的汽车送她回住处。他亲吻了她，于是整个世界天昏地转，失去了控制。她只记得亲吻之后，他费力地扶她上楼上床，叫她休息一下。她想她应该心存感激，因为他的所作所为像个绅士，并没有乘机占她的便宜。可是，天哪，难道她的接吻那么糟糕？！

"嘎吱！"不知何物发出一下响亮的声音。艾丽丝闻声一下瞪大了眼睛，她的汽车猛的一侧。她拼命踩住刹车，以免撞进前面的接收门，就在这时接收门卷动着开启了。布拉德走了出来并向她招手致意。

"早上好，艾丽丝！"

"布拉德！嗨！"车窗减轻了她的招呼声。**白痴**！她摇下车窗，再次招呼："嗨！你怎么进去的？"

"我有我的办法，"他边说边耸动一根眉毛。"不！是保安指引我往那里走的。"

---

① 快乐时间：work happy hour，指酒吧或餐馆削价供应饮料时间，供人们工作结束后松弛一下。

布拉德是个模范工程师，身着挺括的"杰西·潘尼①"牌衬衣和刚刚烫过的便裤，看上去好像已经去过健身房，淋过浴，吃过四道食物的早餐。相比之下，艾丽丝看上去就像被人刚从淋浴间下水道里拉出来似的。

"我们可以在这里泊车吗？"

"可以，快进来吧！"

艾丽丝的车跟随布拉德驶入一个地牢似的场所，这个场所原先是装卸码头，里面有两个肮脏的货车装卸分隔区和一块破损的混凝土平地，足够停三辆汽车。艾丽丝把她那辆噼啪作响的汽车停靠在一辆一尘不染的本田车旁边，这辆车只可能是布拉德的。墙上的告示写着"短时间泊车，单泊送货车"。随着她身后的库房小门卷动着关闭起来，装卸区渐渐黑暗下来。一股极其难闻的气味慢慢钻进她的鼻子，这气味好像是正在腐败的肉和呕吐物，几乎迫使她奔向墙角去呕吐。墙角处有一只锈蚀的大垃圾桶。

"味道很不错，对吧？"布拉德逗笑说。他指着一个遗弃警卫室旁边墙上的一个红色按钮说："进来后一定要关好车库门。"

"当然！不过，没有你，我怎么进来？"她捂住鼻子和嘴巴问道。

"外面车库门边有个通话盒。拉莫尼会让你进来。"

艾丽丝点点头，同时环顾四周寻找拉莫尼，可是却不见他的人影。

"好啦，我们开始工作吧。"布拉德从他那辆本田雅阁牌汽车一尘不染的行李箱里拽出一个很大的野外工作包。

---

① 杰西·潘尼品牌：J. C. Penney，由詹姆斯·潘尼于1902年在美国怀俄明州一矿区小镇创立的著名公司所生产的各种商品品牌。

这时她才想到她忘了携带一个野外工作包或者哪怕只带个写字夹板也好。那才合乎情理。她赶紧从汽车里抓起自己那个超大的手提包，甩上肩头，装出一副好像包里不是只有唇膏和香烟的样子。"行啦！"

布拉德领着艾丽丝穿过一条长长的服务走廊，走进一个昏暗的门厅。他们凭借着前面微弱的日光，经过铜质的电梯门，最后来到克利夫兰第一银行的大堂。

艾丽丝呆呆凝视着高耸在头顶上方十五英尺处用平顶镶板装饰的天花板。从嵌饰木质镶板、铜质窗扉到入口处上方的巨型古钟，大厅内的一切东西似乎都是手工精制。地面上的瓷砖很小，用手工铺成有装饰艺术流派风格的镶嵌图案：中间有圆形玫瑰花饰。两扇古色古香的旋转铜门面朝尤克利德大街，它们似乎受了羞辱：因为门上挂着锈迹斑斑的链条和挂锁。两扇装有旋转铸铜把手的坚固金属门上方墙上饰有几个闪闪发光的字母："克利夫兰第一银行 创建于 1903 年"，金属门通向某个其他房间，门是紧闭的。

"这所有一切都是哪年造的？"艾丽丝仔细端详头顶上方镀金的时钟。多年前，时钟的两根涡卷时针就已停止走动。

"大萧条①前某个时候。在战后的建筑中你根本见不到这种手工艺。"

"这栋楼是什么时候闲弃的？"艾丽丝问。

"我不太清楚。我认为分类县志里可能会有些资料。"布拉德从他的工作包里取出一个文件夹，快速翻找，然后大声朗读："克利夫兰第一银行于一九七八年十二月二十九日关闭。"

---

① 大萧条：Great Depression，指 1929—约 1939 年发生在美国和其他国家的经济衰退。

"我想知道是什么原因。"艾丽丝自言自语道。

墙壁上挂着一块廉价的告示牌，牌上黏贴着几行小的黑色丝绒条，丝绒条上贴着的一些白色塑料字母，有些松动了有些缺失了，这些字母组合成至少二十人的姓名和办公室号码。对面墙上悬挂着一位神情严肃的老人肖像；艾丽丝默念了雕刻在像框上的名字：阿利斯泰尔总裁，肖像上的老头用两只眼眶发红的眼睛怒视着她。

"当城市违约时，许多事情都完蛋了。一家家企业倒闭了，没人能够找到工作。我们还算幸运，有很多工作可以做。"

她抬头凝视着平顶镶饰天花板以及它的数百幅壁饰和镀金透雕细工图案。这真是丢人！那么多年前，这家银行到底出了什么差错，需要把这栋楼封存近二十年?!

一股暖风呼呼地穿过旋转铜门。她几乎能够想象身着花呢套装的男士们和脚蹬高跟鞋的秘书们鱼贯进入大堂。每天一定有数以百计的人们在这里来来往往。她想要知道他们中是否有人曾费神抬头仰望？

第二章

一九七八年十一月二日，星期四

　　刚踏进克利夫兰第一银行大楼，比阿特丽斯·贝克就惊呆了，她目瞪口呆地凝视着巨大的天花板，仿佛它会坠落到她的头上一样。在她年轻卑微的一生中，她从未见到过如此宏伟壮丽威严无比的建筑。眼前的景象几乎使她一个趔趄跌回到门外的人行道上去。一位身着三件式套装留着浓密络腮胡子的男士朝她礼貌地点点头，然后朝着旋转门往外出。她明白他以为她是银行的人，她尽量微笑着还礼。

　　到了九楼，汤普森先生粗略看了一下她的求职申请，随手将之丢在他的办公桌上。"这样吧，你简单介绍一下自己吧，贝克小姐。"说完他靠在皮椅背上，朝她扬起两道花白的浓眉。

　　比阿特丽斯坐在椅子边沿，按别人教导的那样双腿在踝关节处交叉着。"去年春季我从克利夫海茨①高中毕业。打那以后我一直在默里山便利店当店员。"

---

① 克利夫海茨：Cleveland Heights，也可译成"克利夫兰高地"等。

这是她与姨妈多丽丝排练了好几个星期的脚本。她说得非常清楚,慢慢地、清晰地说出每一个字。她将一绺烫过的金发塞到了耳朵后面。

"你在便利店具体做什么工作,以至于使你能胜任克利夫兰第一银行这里的秘书工作?"

"嗯,让我想想……"比阿特丽斯停顿了一下,以避免自己的声音颤抖或低到耳语一般。她的姨妈曾告诉她说话要响亮,要自信。"接听电话,分类订单,还有结算每天的账单。"

"你会打字吗?"

"每分钟八十五个字!"她履历的这一部分是货真价实的。她已经在多丽丝的旧雷明顿打字机①上练了好几个月。

汤普森先生严肃地注视着她。当他上下打量她的时,她努力不显出局促不安。"别显得不自在或目空一切,"多丽丝告诫她,"就做一个诚实的不需掩饰任何事情的姑娘。"

比阿特丽斯身材娇小,金发蓝眼,干净利落,标致俊俏——具备多丽丝所说的她需要展现的一切条件。可是,她的花呢裙子和编织的短上衣不太合身,她的鞋子价格低廉,她稍有乡土口音。不过,姨妈向她断言:有点阿巴拉契亚②土音只会增添她的魅力。她十六岁,做这份工作年纪太小;但是在求职申请上,她谎报了年龄,还编造了许多其他事情。

汤普森先生的眼睛停留在她的衬衫上,衬衫未扣好纽扣,刚好足以瞥见小小的乳沟。汤普森先生并不知道的是,为了使她显得岁数大

---

① 雷明顿打字机:Remington,美国雷明顿公司生产的一款机械打字机,1873 年开始大量上市。

② 阿巴拉契亚:Appalachia,美国东部一山区。

些,姨妈在她的胸罩里塞了些薄纱。

比阿特丽斯不安地扭动着,试图将汤普森凝视的目光吸引到她的脸上。"我感谢你考虑我的申请。为克利夫兰第一银行工作将是一种真正的荣幸。"

"真的吗?为什么是一种荣幸?"

前天晚上,多丽丝曾教导过她。"银行家这类人不想了解你的生平。他们只想知道你是否会打字,打起字来是否讨人喜欢。"

听了她姨妈的教导,比阿特丽斯惊得目瞪口呆。"你在说什么呀?最重要的是我是否足够漂亮?"

"足够漂亮,足够年轻,足够清新。没人想雇佣一个有经历的人。"多丽丝躺在长沙发上,又喝了一杯酒。"像我们这样的穷女人,没有富裕的老爸,没受过时尚的教育,没有丈夫,我们能打的牌少得可怜。你有美丽的外貌和好听的名字。这就够了。你不能浪费了它们。如果你打错了这手好牌,小姑娘,你就会像我一样,最终在低级餐馆里当招待。"

比阿特丽斯仔细看着多丽丝红润的面颊和粗糙的双手。"发生了什么事啦,多丽丝姨妈?你为什么不在某个银行工作?"

"现在你不用去操这份心。它已经成为过去。那么,当他问在银行工作你为什么会感到荣幸时,你打算说什么呢?"多丽丝曾提示过她。

"二十年前,克利夫兰第一银行为我父母的房子做了住房按揭,打那以后,我们一直是银行忠实的客户。"她微笑着对汤普森先生说谎,她感到自己的脸膛在压力之下好像就要裂开似的。

汤普森怀疑地在胸前交叉双臂。他一眼就能看穿她——她确信这一点。她尽量正视他敏锐的目光,毫不畏缩。他的目光慢慢游离,回

The DEAD KEY 011

到了她的胸前。

"嗯，在这里，我们喜欢把我们自己看作一个家族企业。尽管我必须说，雇佣你这样一个年轻姑娘让我有点担心。你知道吗，我们失去了那么多年轻姑娘。花了那么多时间培训那些姑娘，然而她们翅膀一硬就飞了。她们跑了，去结婚了。"他用自来水笔轻轻叩击办公桌上的记事本。"我们也许是个家族企业，但是我们不得不守住底线。我如何知道值得在你身上投资呢，比阿特丽斯？"

"嗯……"比阿特丽斯清了清嗓子，"我没有任何结婚计划，汤普森先生。我……我要前程。"

"她们都这么说。"

"我说话是当真的！"她吸了口气，恢复她故作端庄的神态，"我不想整天炒菜做饭打扫屋子。"

"孩子怎么办？"

她脸色煞白。"孩子？"

"对，孩子。你计划生孩子吗？"

她的眼睛开始流泪，并很快让泪水落到大腿上。她的手指甲抠进了手心。她无法相信他会问她这样一个涉及个人隐私令人讨厌的问题。"没计划。"

"真的？像你这样漂亮的姑娘？我简直难以相信！"他把自来水笔放在记事本上。

她得不到这份工作了！这几个月所有的准备和多丽丝所有的教诲，结果她还是得不到这份工作。倘若她还想在这个世界上有任何机会，那么她必须说些什么。

"我长这么大，照看过五个弟弟和四个妹妹，先生，我可以确定无疑地说，我没兴趣生孩子。我不想再多花一分钟忙于洗尿布！不，先生！我需要某种更好的前程，你不知道为了得到这份工作我经受了多少困苦。我需要这份工作！"她几乎高声喊出了这几个字，她听到了自己的呼喊声，于是就缓和了下来。

汤普森放声大笑。"哎呀，哎呀，贝克小姐。你真是太让人吃惊啦！这种献身精神正是我们所期望的。你被录用啦！"

比阿特丽斯眨巴眼睛驱赶眼中的怒火。"真的吗？"

"星期一早晨九点整到这里来，向三楼人力资源部的琳达报到。"

她透过耳中因兴奋而产生的嗡嗡声，努力倾听指令。星期一有关一个叫琳达的什么事。

"谢谢你，汤普森先生！你不会后悔雇用我的。"

当她随着汤普森先生走过他角落办公室发亮的地板，经过红木书架和水晶壁式烛台时，整个房间都回荡着他傲慢无礼的各种问题和她自己大胆无畏的回答。五个弟弟和四个妹妹——她从哪个角落想出那么个答案？！那么多次准备，所有一切最终都归结成她是否打算怀孕！她不知道该笑还是该哭。

走到他办公室房门前，她停住了脚步，等着他伸出一只手来道别。多丽丝曾教导她，如果有人想握手，她该怎样应对。

可是他却拍拍她的肩膀。"就这样吧，贝克小姐。"

第三章

一九九八年八月八日星期六

"我们在这里究竟要做什么？"艾丽丝边问边转身离开旧银行上了锁链的大门。

"WRE被选中对这个地方作整修可行性调研。我听说县里正在考虑买下这栋大楼。"布拉德取出他的卷尺和写字夹板。

"整修可行性调研。"艾丽丝重复道，好像她完全明白那是什么意思。

"是的。需要花比平常更多的时间。我们没有原建筑的清晰蓝图，因为建筑部门把档案放在一些渗漏管道的底下，结果所有档案都被水泡坏了。"对于政府工作人员的无能行为，布拉德只能摇摇头。他拉出卷尺，将顶端交给艾丽丝。"我们将不得不重新制定计划，为大楼提出多种适应性重新使用的选择方案。"

艾丽丝目不转睛地看了他一会儿，思想在斗争是否要继续假装听懂了他的话。她拿起卷尺的顶端，带着它走到房间的另一头。"好吧，我承认不懂。那么你的话到底是什么意思啊？"

"大楼目前的物主,克利夫兰房地产控股公司,雇用我们尽快绘出一些楼层平面图,展示这里开设新办事处和零售业的潜力。我猜想他们认为比起这些年来他们享受的税金减免,这样做他们能够最终获得更好的收益。"他做了测量记录,示意艾丽丝拿着卷尺去对面墙壁。

"税金减免?"

"多年来,衰落地带①的城市一直是避税天堂。你以很大的折扣买下一栋大楼并且让它闲置着,承受巨大损失。但是到了报税的时候,这有利于公司的资产负债表,尤其是如果他们正在别处获得暴利。"

艾丽丝仔细观察地上瓷砖的镶嵌图案,以掩饰她脸上困惑的神情。"现在他们想出售它?惠勒先生说了些所有这一切必须保密之类的话,原因就在于此?"

布拉德又做了些记录,随后快速收好卷尺。"县政府一直盼望找个地方安置它在市中心的总部,我们的设计计划可能有助于把这个地方卖给他们。这栋楼的物主正在与好几个其他物主竞争,而县政府尚未公布他们的计划。"

艾丽丝点点头并瞥了一眼他正在标注的图纸。布拉德已经粗略画了一张一楼大致的草图并正在整洁地填写测量的数据。

"如果你想知道我的意见,那么他们应该直接把这个地方拆了:那里填充了太多似石棉和含铅的材料"——布拉德挥手朝华丽的天花板指了指。——"派任何其他用途都将花费大量的钱财。"

艾丽丝没法争辩,因为布拉德领着她从大堂穿过沉重的铜门。按照现代的标准来衡量,另一边的银行营业区是巨大的,在这个洞穴般

---

① 衰落地带:Rust Belt,指工业衰退、工厂老化、人口减少的地区,尤指美国中西部和东部数州。

深邃的大厅中央设有两个高高的大理石柜台，两侧建有一排排一模一样的出纳亭。银行出纳员们站在一间间小出纳亭坚固的铜栅栏里面，栅栏上只有一个狭槽投币口，用于传递票据。

艾丽丝朝一间小出纳亭里窥探，里面有一个小柜台和一个古色古香的算术计算机，几乎没有足够的转身空间，绝对会使人患上幽闭恐怖症，她为过去经常站在那里的女出纳感到难过。艾丽丝转过身来，尽情遐想坚固栅栏里面的出纳员所看见的银行营业区。

马赛克瓷砖，红木家具，青铜制品——一切都被尘土覆盖。天花板至少悬在十五英尺高处，除了吸附污浊的空气、消失的硬底鞋回声和钥匙碰击的声音之外，其他不起什么作用。整个营业区是一张没落的黑白照片。

一种奇怪的忧愁涌上艾丽丝的心头，她明白如果布拉德的想法得逞，那么这栋大楼就会被拆毁。**他们也许会把它变成一个停车场**，她心想，她试图摆脱自己正站在墓穴里的感觉。

"那么今天的计划是什么？"她问，希望她能发挥更大的作用，而不只是听从布拉德的指挥仅仅拿着卷尺。

"首先，我们需要绘制基本的柱形格网并且测得部分总面积。我们把地基测量留给土木工程师去做。我们绘制楼层平面图和有代表性的墙体截面图。"

自受雇以来，这是她所接受的最接近实际结构工程学的工作。这座建筑是一栋15层的高楼，底面积至少宽一百英尺、长一百五十英尺。花了大半个早晨只能绘制出一楼的坐标方格。一楼的其他部分包括装卸码头、几个盥洗室和两套楼梯。艾丽丝走过大楼梯间，楼梯间用长条大理石板和铸铁围栏装饰，铸铁围栏将电梯厢围了起来。她朝隐蔽在装卸码头旁边的第二套楼梯走去。楼梯间门的上方挂着一块烧坏的"安全门"牌子。一进门,冰冷的混凝土楼梯踏板和空心煤渣砖砌成的四面墙壁在紧急泛光灯的照耀下向高处延伸。楼梯间里的空气弥漫着酸臭尿液似的气味。艾丽丝快速测量了一下,随后就"砰"的使劲关上了门。

午餐时间瞬息即逝。随着血糖骤降,艾丽丝渐渐感到眩晕。到了下午一点,她确信自己快要晕倒了。

她任由卷尺顶端松垂着。"我感到好饿!"

"对,我也很饿。我们停工休息一下吧。"布拉德全神贯注绘制图纸,整个上午他几乎没说闲话。

"你想到哪里去随便吃点午饭?"她边问边舒展自己发麻的双手。

"哦,我带了我自己的午餐。"

当然啰,他带了他自己的午餐,她急躁地想。童子军队员总是有备而来。

"哎呀!我没想到要自己带饭。看来我得出去了。要我顺便给你带点什么吗?果汁汽水?"

"不用带,我有了,"布拉德从包里取出一个棕色纸袋。"我抓紧时间随便吃点,然后继续在这里干。你吃完午餐过来找我。"

"行!"艾丽丝欢快地说,看来他的工作习惯还不太令人讨厌。今天星期六,是彻底放松的时候,他就不能休息一下吃顿午饭?她一边自言自语嘟嘟哝哝,一边自己摸索着从前面的楼梯往下走;她穿过大堂,走过服务走廊,回到了装卸码头。

三十分钟后当她吃完午餐归来时,她把车停在无标识的车库门前。她按了一下黑色通话盒上的按钮。没有任何回音。她又按了一下,同时扫视了一下空荡荡的街道和人行道。一颗汗珠从她的背上滚落。她暗自琢磨就这么打道回府吧?就在这时通话盒咔嗒一响,卷帘门升了起来。

车子驶进肮脏的装货码头,却不见拉莫尼的身影,他一定在其他某个地方开的门。真是奇怪!她最后再吸一口烟,疲惫地将烟蒂扔至车外。尽管她讨厌这个主意,但是通向二楼的后楼梯似乎是回到布拉德身边的捷径。今天她懒懒散散已经浪费了不少时间。

她急匆匆爬了两段紧急出口楼梯,尽量不吸入恶臭的空气。空气中依然散发着浓烈的臭气,就像户外厕所一般。当她到达标明"二楼"的门前时,门把是锁住的。**该死**。她连续重重地敲门。"布拉德!布拉德,我被锁在门外啦!喂?"

现在该怎么办呢?螺旋形的混凝土楼梯朝两个方向伸展,她考虑是上楼呢还是下楼。楼梯台阶盘旋着向上再向上,似乎延伸得很远很远。情况实在令人困惑,她倚着栏杆,几乎忘记了恶臭。

上方相隔几段楼梯的地方传来了靴子在水泥地上拖沓的声音。

"喂?……布拉德?……拉莫尼?"她的声音在楼梯塔里回响。

在很高的靠近楼顶的地方一扇门"砰"的关上了,随后是一片死寂。

"嗨!"她接着关门声高喊。"什么鬼……"

这时,她身后的门突然开了。是布拉德。"是你弄出那么多嘈声?"

"对。嗨,这么长时间你一直在里面?"艾丽丝怒气冲冲地说,她再次抬头朝头顶上方的楼梯张望。

"我在过道里。"他耸耸肩,替她把住敞开的门。

艾丽丝离开楼梯塔,她自我安慰:楼梯塔里那另外一个人一定是拉莫尼。也许他耳背。"我错过什么啦?"

"不多。你回来了我很高兴。这地方让我汗毛都竖起来了!"

我也是，她心想。他俩在一个巨大的食堂区域，里面放着大批橘色塑料椅子和空餐桌。一些餐桌上还放着餐巾自供器，里面塞满了泛黄的餐巾。

"看来你找到了一个吃午饭的好地方，"她指着餐桌说，"真有点奇怪，所有这些东西竟然依旧放在这里，对吧？"

"确实如此。这还不是最奇怪的呢！"

艾丽丝耸起了眉毛，她跟着布拉德来到一个凹室，里面放着三台投币式自动售货机。这些机器的灯依然亮着，还在发出嗡嗡的噪声。它们推销五分钱的咖啡、玛氏巧克力棒和易拉罐头。

"简直难以置信！"

"等着瞧吧，怪事多着呢"

布拉德从口袋里掏出一枚五分钱硬币，将它投进咖啡机。咖啡机吐出一个聚苯乙烯泡沫塑料杯并开始往杯里灌注黑色的液体，这些黑色的液体一定在机器里存放了许多年，艾丽丝惊讶得张口结舌。

"来点咖啡？"

"啊呀，不用了！"

艾丽丝后退了几步。她的目光飞速地从餐桌扫向杯子自供器再到盛了一半的垃圾桶。"这里就像发生了一场核灾难，遗留下所有的这些器具设备。"她凝视着脚下红绿两色的地砖，看见了灰尘中自己的脚印，这些脚印是一九七八年以后整个房间里唯一的生命迹象。

第四章

傍晚五点，布拉德终于收起了卷尺。"我想我们收工吧。"

"好啊。"艾丽丝几乎想拔腿就往装卸码头跑。他们只努力绘成了两个楼层的平面图，但她根本不在乎。

"明天一大早我再在这里与你会面。"

艾丽丝几乎厥倒。她并未同意周日也工作呀。该死！"呃，好吧。几点？"

"噢，不太早。这样吧，还是早上九点，行吗？"

"行，"她咬牙切齿地说。布拉德有点不高兴。

在回家的路上，艾丽丝觉得自己需要喝一杯。这毕竟是周六的夜晚，她值得放松一下。就喝一杯。除了付洗的衣物和没洗的餐具，家里没啥其他事情等着她去做。

她钟爱的酒吧"幻觉俱乐部"红色的墙壁和染色的天花板还是两夜前她离开时的样子。埃莉依然在吧台柜台里面，好像她睡在那里。染黑的头发、鼻环和刺青，她与艾丽丝简直有天壤之别，不过，埃莉是她最近似挚友的朋友，尽管出了酒吧她俩几乎从不交往。她们是两年前在俱乐部相识的，当时艾丽丝申请了一份周末工作。

除了啤酒和香烟，她俩没有太多其他的共同之处。当艾丽丝静下心来仔细想想她俩之间的友谊时，还真有点伤感，只是她不太喜欢那样想而已。她没有太多的女性朋友。没有任何女朋友，真的！工程学院里其他女生寥寥无几，而且都十分敏感或者沉默寡言得让人难受，或者两者兼有之。更加糟糕的是，她们平淡乏味。她们来自好家庭。她们举止端庄。她们是好姑娘。她们不骂人，不抽烟，也不随地吐痰。尽管艾丽丝不愿承认这一点，但其实她只是她们中的另一名成员。她出席每堂课，递交每次作业，严格按要求去完成学业。

艾丽丝在她平时常坐的酒吧高脚凳上扑通坐下。埃莉倒了两杯柠檬威士忌鸡尾酒，抓过一个烟灰缸。常客们还没有陆续光顾，大学生联谊会的青年们还在度暑假。整个酒吧只有她们两人。

"在苦海里过得还好吗？"

艾丽丝不得不每天坐办公室，埃莉一定认为很有意思。其实即便全世界都认为她应该干点正经工作，她也毫不在乎。埃莉是个已经读了六年的艺术生，还没有毕业的打算，甚至根本没有想过要让父母和老师高兴。她无拘无束。至少从表面上看是这样。

艾丽丝勉强笑了笑，喝了一大口威士忌。"好得不能再好！小费收益如何啊？"

"惨透了！如果情况再不好转，我得找一份正式工作。"

埃莉永远不会寻找正式工作。

"挺漂亮的刺青！那是新的？"

她左手臂从上到下复杂精细壁画似的刺青上新添的那个刺青是一只骨骼手托着两颗骰子的黑白图像。

"是的，小姐。今天早晨刚揭掉绷带。它源于我曾经读到过的这段尼采语录：'最伟大的献身精神是为死亡而直面风险、危险和投骰子。"

"哇！"艾丽丝点点头，尽量不去细看骨头周边那片红肿发炎的皮肤。她从来没有勇气在自己身上写些擦不掉的东西。那刺青看上去挺痛的。

"那么你怎么样啊？"埃莉问。

艾丽丝很兴奋她总算有些趣事说说了。她经常想埃莉会否觉得她非常乏味，或者是否只是勉强忍受她这个经常光顾酒吧的工程学书呆子。"你可能不会相信今天我去了哪里。我一整天都在测绘市中心那栋奇怪的废楼。那栋楼里怪透了！"

艾丽丝向埃莉讲述了大楼自助餐厅里世界末日般的恐怖景象。

"说你喝了那杯咖啡！"埃莉笑着说。"那是栋什么楼？"

"克利夫兰第一银行。一九七零年代倒闭了。听说过吗？"

"没有。"

"我想它大约是在城市破产那个时候倒闭的。不管怎么说一个城市怎么会破产呢？"艾丽丝把她的酒一饮而尽。

"呃，对于这个问题，众说纷纭。我老爸认为这是市政府的某种阴谋。当然啰，他认为河流着火也是一种阴谋。"

艾丽丝点点头。在克利夫兰居住的五年中，她也听到过城里劣势群体密谋策划的说法。

"再来一杯？"

当艾丽丝呆呆看着玻璃酒杯杯底的时候，她能够想象整个夜晚慢慢展开，她和埃莉都会喝得酩酊大醉，酒吧里会人头攒动；某个散漫的男人会在她身边坐下，开始与她交谈。在一闪即逝的几小时里，艾丽丝会成为他所遇见过的最迷人的女人。对艾丽丝说的所有笑话，他都会哈哈大笑，并且倾听她说的每一个字。他们会成为最亲密的朋友,直至夜晚结束,那时她会含糊不清地胡扯个借口,蹒跚着独自回家。她从不让他们送她回家。她想起了尼克,于是叹了口气。

"今晚不续杯了。我明天还得工作,如果你能相信居然发生了那种怪事的话。"

"哪种怪事?"埃莉还要继续喝,她给自己又倒了杯鸡尾酒。

"他们叫我接受我跟你说的在那家银行里干的这种怪差事。而且要利用业余时间干。"

"你答应啦?"

艾丽丝摇摇头。"其实我还真的没有选择余地。部门头头要我干。"

"什么!如果你说不干,难道他会开除你或发生诸如此类的事情?"

"我不知道。也许不会。不过,这可能会成为展示我价值的天赐良机,我以后也许因此会获得更好的差事。"

"你的价值?天哪,艾丽丝!千万别指望在工作中实现什么价值,懂吗?别相信这些合伙公司的人。只要能赚更多的钱,他们会毫不犹豫把你嚼烂,然后吐掉。让他们见鬼去吧!做你想做的事情。"

艾丽丝赞同地点点头,随后起身离去。

第五章

　　傍晚的太阳像一个橘红色的取暖灯挂在城市东边的上空。当艾丽丝坐回自己的汽车时，埃莉的话依然刺痛着她。她不可能让她的老板去干她的活，硬是推掉这个差事。她生活在现实世界里，在这个世界里人们要去工作，不能整天只泡在酒吧里辨认新刺青。"为死亡投骰子。"这到底是什么意思？

　　她父亲会同意的。她几乎能够听见他这样说。艾丽丝逆反地点燃了一支烟。她不想成年后同她父母一样，消磨时光，吃着麦麸食品，观看《幸运轮》[①]。她不想成为母亲一样的人，阅读食品杂货店销售的浪漫小说，用平底锅为冷淡她的丈夫煎炸牛排，对着干洗机发牢骚。她不知道自己究竟想要什么，但可以肯定地说这些都不是她消沉的原因，因为所有一切似乎都太没意思。

　　艾丽丝从"幻觉俱乐部"走僻径回家，要回到她位于"小意大利"的破旧公寓房。向北驶上梅菲尔德路，一家家小店铺正用最大音

[①]《幸运轮》：Wheel of Fortune，美国一档颇受欢迎的电视节目。

量播放弗兰克·辛纳屈①和迪安·马丁②的歌曲。她转弯朝南开进自己租住的街区。她那条街道的路牌标着"随意街",真是名副其实!在大学里,这条路名一直引人发笑;不过现在只有悲伤。房租便宜,这是最重要的,因为她在学校里一个月只能靠五百美元勉强生活。既然如今她工作了有薪酬了,年薪三千三百美元,她应该生活得好一些。

艾丽丝把车停在街边,朝私家车道走去,在那边一块窄小的地皮上,前后三栋破烂不堪的房子一栋挨着一栋。每栋破旧的房子都已被改建成多个更加破旧的套间。她的邻居像往常一样坐在在她家的门廊里,守着人行道。

"嗨,卡普雷塔夫人,"她一边匆忙经过一边欢快地打着招呼。这是一种避免无法避免之事的无效努力。这个老太太不管说什么总是绷着脸。早在几十年前她那副厚眼镜的鼻垫就已经深深陷入她浮肿的皮肤之中,艾丽丝暗自琢磨卡普雷塔夫人还能不能从脸上摘下她的眼镜。

"今天药店老板想欺骗我,"她抱怨说。"别去那条街买东西。他们会骗光你的钱!"

"我会小心的。谢谢!"在卡普雷塔夫人家后面住了三年,艾丽丝明白最好别争辩也别提问。

艾丽丝不知道其他邻居的姓名。后面那栋房子里有一对研究生夫妇,她楼下的套房里住着一个意大利裔的四口之家。他们说不了几句英语,不过每当在车道相遇,意大利人总是笑嘻嘻地朝她微微鞠躬。

她快速取了邮件,攀登弯弯曲曲的楼梯,来到她称之为家的二楼危房。刚进房门,她就看见地板上的一小滩污水。房顶又漏了。她跨

---

① 弗兰克·辛纳屈:Frank Sinatra, 1915—1988, 美国歌手、演员, 曾获奥斯卡奖。
② 迪安·马丁:Dean Martin, 1917—1995, 美国歌手、演员。

过水滩，头脑里记住了：明天一早给她的贫民窟房东打电话。

灰尘覆盖的电话答录机提示灯在闪烁。

"艾丽丝？艾丽丝，你在吗？我是你妈。给我回电，好吗？太久没来电话了，宝贝。我开始担心啦。我爱你！再见！"

上次他们通话以来才一个星期。艾丽丝叹了口气，提起电话。

"喂？"

"嗨，妈妈！"

"宝贝！听到你的声音太好了！你好吗？"

"还不错，只是有点累。"艾丽丝的一只脚已经开始踢踏起来。母亲没有她自己的生活。她是个经常待在家里的妈妈，自从艾丽丝搬走之后，她不知道如何独自生活。

"工作还好吗？"

"挺忙的。我刚接到一项特别任务，所以挺好的。"艾丽丝浏览了一下邮件——垃圾邮件，垃圾邮件，学生贷款账单。

"太好了！是啊，他们是该重视你了，宝贝！你那么优秀。那天我恰好对你父亲说该有人好好起用你了。他们净让你伏案工作真是荒唐——"

"妈妈！打住！我正在被起用，好吗？我的工作也不荒唐。"

艾丽丝尽量不去理会这种几乎不加掩饰的侮辱。父母都对她选择的职业生涯有点失望。父亲觉得土木工程是留给较笨的学生的，这些学生学不好有机化学。事实上，艾丽丝学什么科目都没有问题。自然科学、数学、给各种复杂的方程式寻找正确答案对她来说易如反掌。她并不真正在乎这种气体在穿透那种液体的弥漫率或诸如此类东西。不过，从另一方面来说，确定一栋楼房是否会倒塌实际上似乎更有意义。艾丽丝曾试图争辩：建造桥梁和堤坝要比为某个研制房屋新涂料配方的化学公司工作重要得多。她采纳了父亲的建议并主修工程学，但还不够，他对她有更高的期望。

"当然啰，宝贝。只是有邻居在毕业典礼上代表毕业生致告别词后，人们就想知道他们发展得怎样。就几天前，我遇见约翰逊夫人。她坚信你已经成了一名脑外科医生。"

"约翰逊夫人教家政学，妈妈。"艾丽丝转动着眼珠。她撕开贷款账单，账单说明今后十五年每月应付美元五百七十四元七角三分。这是监狱刑期。"我一切都好。听着，我得挂了。我工作了一整天，累坏了。"

"好的，宝贝。谢谢你打电话。我只是想偶尔听听你的声音。"

"我明白。问爸爸好，行吗？"

"好的。我爱你，宝贝。拜拜。"

电话挂断了。

"谁在乎约翰逊夫人怎么想，妈妈？天哪！"艾丽丝对着没有声音的听筒高声喊道。

宽松长运动裤，几块冷披萨饼，之后一杯啤酒，她扑通一声沉重地躺倒在她的二手长沙发上。盒式磁带录像机闪烁着晚上八点半。她啃着一个手指甲，扫视着她极小的公寓，想找点事做做。一个角落里硬塞了个书架，上面塞满了大学教科书。房间的另一面，满是灰尘的画架上搁着一块空白画布。自从她搬进小屋并决定将那个角落作为艺术工作室以来，画布与她的颜料和画笔都一直搁在那里。那已经是三年以前的事了。

艾丽丝站起身，走到画架跟前。她用一个手指戳戳画布，仔细端详着她冷落的画具。此时此刻，这些画具在她看来十分可笑。它们在取笑谁呢？她不是个艺术家。上学的时候，她根本没有时间作画。可是现在她有时间了，没有家庭作业，也不用上夜班。除了与埃莉一起喝酒以外，她甚至没有社交生活。毕业后，她的多数大学朋友离开了这个城市。有些同学返回了家乡，其他人去了更大更好的城市寻求更高级更优越的工作。

艾丽丝从咖啡茶几上抓过打火机，点燃了一支香烟。她为什么不也离开呢？她吐出烟雾，回头看了一眼空白的画布，她没有一个好的答案。

这只是暂时的，她告诉自己。明年她也许会考研。几年之后，她也许会给纽约某个一流工程公司寄去履历。她很聪明，事情慢慢做，在采取突然行动之前，先在行业里干几年。当她坦率地说自己吃不准毕业后想做什么时，这就是她的导师给她的建议。在当时，这一建议合情合理，尤其当她没有勇气大胆说出一年多来她暗自怀疑的想法——她根本不想当一名工程师。

这种想法很荒唐。读了五年大学，现在她很想放弃？这才工作了三个月。她怎么可能确定自己是否喜欢这种工作呢？艾丽丝从冰箱里取出又一瓶啤酒。这将需要时间。她得给这种职业一个机会。这是父亲此时在她的脑海里说话。此外，学生贷款它自己不会还款的。

子夜前后，她拖着疲惫的身子上了床。

第六章

艾丽丝将车开到旧银行后院车库卷帘门前停下时依然睡意蒙眬。她已经迟到了十分钟，不过，她太疲倦了以至于根本不在乎。如果布拉德想找她麻烦，那么他完全可以让她吃不了兜着走。神志正常的人谁都不会在星期天工作的。尽管她头脑深处一直听见埃莉在说"让他们见鬼去吧"，但这不起作用。

"你感觉还好吗？"当她垂着头弯着腰下车的时候布拉德问。

"我还好。"艾丽丝勉强笑了笑。她提醒自己：这是职业生涯的一个巨大机遇。布拉德推荐她做这份工作，她应该表现出兴奋的样子。这次机会也许会通向更大更好的机遇，可是她唯一能够表现出的情绪是温和的恼怒。

她从汽车后座上抓起她粗厚起绒呢料包。她至少设法拼凑起一个野外工作包。她甚至有了自己的卷尺。

"谢谢你这么早赶过来。我刚得到消息，我们将'快轨进行[①]'这个项目，从星期一开始。"

[①] 快轨进行：fast-tracking，指建筑业中设计未完成便破土动工。

"哦？以前我们是'慢轨进行'这个工程？"艾丽丝用温和嘲弄的语气问。

"不完全是。今天结束时，惠勒先生要拿到地基的简图。此后，我们每天至少得给他们一个楼层的简图，以便跟上设计研发小组的进度。"

布拉德领着她走上装卸码头，穿过电梯井后面的服务走廊。他们经过大堂入口处，沿着从上到下都是米色的走廊继续前行。头顶上的荧光灯泡发出低沉的嗡嗡声。

星期六他们花了八小时测绘完了一个半楼层。艾丽丝在脑海里飞快地计算了一下：如果他们在办公室继续正常上班，然后用业余时间进行测绘，那么她就得日夜不停地工作。

"这么说，我们得每晚工作到凌晨两点？"艾丽丝询问道，她的嗓音情不自禁提高了许多。该死！她刚刚违反了不成文的职业信条——你不应该牢骚满腹。她转而用柔和的声音说："我的意思是，没有外来援助，我不知道我们怎样才能完成任务。"

布拉德转过身来用毫无表情的目光看着她。"你想保住这份工作，对吧？"

她的脸色渐渐变得苍白。"当……当然我想保住的！"工作才三个月，她不能失去她的工作。那会毁了她的简历。他是在威胁要向惠勒先生汇报她的情况？等一等，他在笑吗？

"我只是跟你开玩笑，艾丽丝！"他咯咯地轻声笑了。"惠勒先生要你专职测绘这栋大楼，从明天开始！"

布拉德取笑她，艾丽丝真想用提包砸他的脑袋，直至他说了第二件事才作罢。"你的意思是说我来这里而不是去办公室工作？"

"对。哈哈，我真的把你给唬住了！"

"是的，你真的把我给吓唬住了，你这个坏蛋！谁知道你是这样一个会恶作剧的人？！"

"嗨，你千万别低估闷声不响的家伙。"他龇牙咧嘴笑着打开大楼过道尽头的门。艾丽丝跟随他穿过门，走进一个黑暗的楼梯井。

沉重的门在她身后"铮"的一声关上了。楼梯井几乎完全漆黑，不管他们往哪里走，一股冷风就会从他们来的方向升腾起来。

"你也会在这里工作吗？"

"不太会待在这里。"他咔嗒打开了一个小手电筒。"我算是指导你的，还要跟上办公室的其他工作。"

艾丽丝可以暂时离开办公室这个毫无隐私的玻璃鱼缸了。她的工作日将在无人监督的情况下度过，脚蹬旅游鞋身着牛仔裤。一想到这些，她在黑暗中露出了笑容；突然，有样东西在她手上爬行，她尖叫一声，拼命地甩手。楼梯扶手上黏着许多蜘蛛网！她猛地抽回自己的手，暗暗祈祷自己脖子上痒痒的东西绝不可能是只蜘蛛。他俩越来越深入大楼的内部，手电筒闪烁的光柱在煤渣砖墙上留下一条条光影。

走下两段楼梯之后，闪烁的手电光亮终于停止移动。当她赶上布拉德时，他正在费劲打开一扇沉重的钢门。他狠狠地踹了门一脚，门一下子开了，哐当一声响亮地撞上了邻近的墙壁。楼梯尽头是一条狭窄的走廊，走廊通向一个大房间，房间装有两扇巨大的圆门。

"天哪！"

她目不转睛地看着两扇门中一扇门。诅咒是不专业的，可是这扇门的直径足有八英尺。门的中央有个巨大的轮子，轮子上有数个穗状把手，这使艾丽丝想起海盗船上的舵轮。她伸手去转动它。门没有上锁。它是用十二英寸厚的实心钢板制成的，周边有锁簧，足有汤罐那么粗大。

布拉德一边走着推开金库门一边哈哈大笑。"嗨，谁想抢银行？"

"哇！"

艾丽丝走进金库。金库是一个狭长的房间，不足五英尺宽，但至少有二十英尺深。天花板用抛光铜锡合金制成。两边墙壁从上到下，从一端到另一端，布满数百扇小门，整整齐齐排成一行行，就像公寓大楼的信箱。

"这些到底是什么呀？这不会是他们存放钱的地方吧？"

"不是的。金库在那边。"布拉德指着大理石过道对面墙上第二个更大的金库门。那扇门如此巨大，以至于门前的地面有向下的阶梯，以便能够开门。从她站立的地方，艾丽丝能够看见那个更大的金库里满是空空的金属架子。

"那么，这是什么？"

除了用哥特风格雕刻的数字以外，排列在墙上的每扇小门都一模一样。每扇门都有两个钥匙孔。艾丽丝伸手触摸了一个钥匙孔。

"这是设有贵重物品保管箱的金库，是人们锁藏他们最贵重财物的地方。或者，你知道吗，锁藏他们不想让任何人找到的东西。"

艾丽丝环顾了一下所有金属小门，看见其中有一扇小门开着。她走到它跟前，朝里仔细察看。小门里隐蔽着一个钢衬鸽笼式的洞，洞里空无一物。艾丽丝伸手进去往里探究，四周内壁光滑冰冷。她缩回那只手并关上小门，可是小门却摆动着自己开了。

"我想可能需要钥匙才能锁上门，"她自言自语地说。

她回头走出金库，她的脚步声在铜锡合金地面上发出回声，她脚下一个个瓶塞似的圆形金属钻花发出嘎吱嘎吱的声响。她弯腰捡起一个，来到一个满是洞眼的贵重物品保管箱门前。

"这里到底发生了什么事情？"

"他们把它钻开了,"他俩身后传来一声粗重而沙哑的嗓音,是一位年纪稍大的黑人在说话。他身着有领子的蓝色衬衫,衣服上印有"保安"两字,脖子上挂着一张身份标牌,皮带上悬挂着一大圈钥匙。

"哦,嗨!"艾丽丝挺直身子。"你一定是拉莫尼。"

"是我。"拉莫尼瘦高个,稍许有些驼背。看着他灰白的短发和疲惫的眼睛,艾丽丝猜想他至少有五十岁了。他棕黑色的皮肤看上去像金库的地面一样干燥多尘。

"我是艾丽丝。我想你要与我一起待几周了。"

他走到艾丽丝面前与她握手,他的黑色运动鞋在金库地面上不会发出一点声响。他的握手是温和的,但他的手感觉像砂纸一般粗糙。

"见到你很高兴!我是否需要为这位年轻女士另拿一套钥匙?"他问布拉德。

"不用了,我会把我的一套给她的。"布拉德说。

事情办妥了,拉莫尼似乎挺满足。他朝贵重物品保管箱中的一个瞥了一眼,随后转身对艾丽丝说:"这是你第一次下楼来到这里?"

"对。感觉就像进了棺材!"布拉德替她回答。他踢了一下外面的墙壁,转过墙角。"知道吗,这些保管箱都是实心钢做的。墙壁约有一英尺厚。他们不会再建造这样的金库了。"

艾丽丝赞同地点点头。当布拉德拿着卷尺沿着过道四处走动时,她降低声音问拉莫尼:"你是什么意思,他们把它钻开了?"

"保管箱,"拉莫尼用一种一天三包香烟的男中音说,"每当有人想领取他们的东西时,他们不得不钻开箱子。知道吗,在他们向俄亥俄州提交一份正式申请并获得授权令之后。"

"我不明白。不是有钥匙吗?"

"有啊,我猜想钥匙在某个地方,但我认为没人知道在哪里。"

The DEAD KEY　033

"你是什么意思？难道在这里存储物品的人们没有钥匙？"

"并不总是有。有时，人死了，没人能找到钥匙。不过那倒不是个问题。"他咧嘴笑笑，好像这是个有隐情的笑话。

"那么什么是问题？"

"问题是，银行解雇员工太快，当银行倒闭时，他们弄不清万能钥匙在哪里！"

"万能钥匙？"

"对，"拉莫尼指着一扇门说，"你看，开这扇门需要两把钥匙：他们给保管箱租用人的钥匙，还有保管箱的万能钥匙。"

艾丽丝凝视着两个锁孔，注意到一个孔大于另一个孔。她看着保管箱，随后回头看着拉莫尼。拉莫尼对此事似乎了解甚多。

拉莫尼指着 1143 号保管箱。"我得监视他们钻这个箱子。他们花了很长时间才找到最容易穿透的钻点。那个小老头恼火极了。据说他花了两年才使他的所有文件获得批准。"他粗嘎刺耳地哈哈大笑，事情就像昨天发生一样。

"那是多久以前的事情？"

"一定是十年或十五年以前的事了。已经很久没人下到这里来了。"

金库里有成排成排锁着的保管箱小门。她玩味着拉莫尼所说的话，眼睛睁得大大的。"你的意思是这些保管箱里仍然存放着东西？"

"是的，它们中的一些。很难说清是多少。不管怎么说，至少眼下还有。"他轻轻叩击一扇门。

"你是什么意思？"

"噢，业主打算拆毁它，然后出售这个地方，这是我最近听说的。我不知道他们打算如何处理所有这些保管箱，但时间不多了。"他朝四周的墙壁挥了挥双手，仿佛将这些保管箱处理掉他会很高兴。从他粗糙的双手和稍许驼背的样子来判断，他困在这栋楼里已有数十年了。

"可是难道人们不想要回他们的东西？"

"我搞不懂。"拉莫尼耸耸肩膀。"他们中许多人也许早已不在了。死了或者搬走了。我在这个地方工作多年，我把我的钱储存在一个咖啡罐里。"

艾丽丝再次看着那些被强行打开的保管箱小门。一共有十扇门。她快速扫视了一下一排排一行行的小门。保管箱整齐地叠在一起，每侧高二十宽三十。她算了一下，总共至少有一千二百个保管箱，但只有十个被钻开了。那样的话，剩下的数百个箱子里很可能依然储存着天晓得是什么的东西。

布拉德转过墙角露面了，手里拿着他的卷尺。"嗨，我们来看看今天是否能绘制好这个地下室平面图。"

艾丽丝听得出布拉德的说话声里有点不高兴。她赶紧集中注意力，拿起她的写字夹板。她沿着过道走了几步，回头瞥了一眼。拉莫尼依然站在金库里，出神地望着那些保管箱。

The DEAD KEY　035

第七章

一九七八年十一月六日，星期一

人力资源部经理领着比阿特丽斯乘电梯上到九楼，穿过一条走廊，走进了一个大房间。房间里有八个办公桌，一对一对组成四排。这些办公桌的三面是一圈房门紧闭的办公室。这里没有通向户外的窗口。房间里只有嗞嗞作响的日光灯亮着，还有那盏偶尔打开的绿色台灯。

"坎宁安女士是你的上司，"身着涤纶套装的女人解释道。

"噢，我以为我为汤普森先生工作呢。"比阿特丽斯扫视了一下被圈在房间里的七个女人，她们各自坐在办公桌前。

"亲爱的，所有这些女士都为汤普森先生工作。他是部门负责人。"这位人力资源部的女士转动着眼珠说。"啊，你看，坎宁安女士来了。"

一位火药桶似的女人风风火火地朝她们走来。她矮个子身材圆而胖，随着她走动，她的长筒袜相互摩擦发出响亮的声音。她目光中有一种厌烦的神色，她的头发里插着一支旧铅笔。

"这是新来的姑娘?"

"是的,这是贝克小姐。"她转向比阿特丽斯。"坎宁安女士会教你熟悉这里的工作的。你若有什么问题,就来找我。"

坎宁安女士点点头表示同意,然后快步走回自己的办公室。比阿特丽斯不得不奔跑着追赶。

坎宁安对比阿特丽斯指了指座椅,随后挪动她肥大的身躯坐到办公桌前。"你从哪里来,贝克小姐?"

"我原先来自马里塔①"比阿特丽斯交叉手指祈求这将是询问她过去的最后一个问题。

"那你怎么会到克利夫兰来的?"

"两年前我来克利夫海茨投靠姨妈。"

"有意思!"

坎宁安女士目不转睛地打量着比阿特丽斯。这个女人肯定至少六十岁,不过丝毫看不出老态。比阿特丽斯明白真正的工作面试要开始了。

"你为什么要离开家庭呢,贝克小姐?"

"我父亲死了,我母亲……"比阿特丽斯花了好一会儿工夫才让自己的嗓音带有哭腔。"我妈妈病得非常……呃……严重。"她低垂目光看着地上,仿佛母亲的精神病让她感到羞耻。"我没有其他地方可以投靠。"

多丽丝姨妈坚持认为她的叙述必须透露某种可怕的甚至让人感到羞耻的事情,以满足询问者。当比阿特丽斯举起目光时,她能看到坎宁安女士的目光柔和了。

---

① 马里塔:Marietta,美国一地名,位于俄亥俄州。

The DEAD KEY 037

"你能打字吗?"

"每分钟八十五个字。"

"太好了。我要告诫你一下,贝克小姐,我部发生的一切事情都由我亲自处理。如果你有任何看法或看到任何不符合我们银行优秀标准的事情,我要你立刻向我报告。"她严厉地看着比阿特丽斯,随后笑了。"我们来帮助你开始工作吧。"

一小时后,比阿特丽斯坐在秘书处第三排一张金属小办公桌前,眼睛盯着面前闪闪发光的新电动打字机。她把按钮打开又关掉,心想,这一定非常昂贵。打字机运转了起来,马达发出低沉的嗡嗡声,她被迷住了,用一个手指在柔滑的键盘上快速滑动。与多丽丝老旧的雷明顿打字机的长爪型键盘相比,这种键盘感觉上就像是宇宙飞船的控制面板。

标准的铁丝订书机、胶纸自供器、速记薄、铅笔、钢笔、回形针、长尾夹以及剪刀在日光灯的照射下都在它们的包装盒里闪闪发光。坎宁安女士还没有指派她任何工作,所以比阿特丽斯慢慢打开并细细研究每种文具。她逐个打开自己办公桌的抽屉,仔细查看里面,然后小心翼翼地将每样文具放到合适的位置。

多年前,整理自己的玩具小屋也曾给她带来同样令人眩晕的愉悦。尽管她收藏的每把小椅子和每个床边柜都互不匹配,到她手里时要么脏兮兮要么缺胳膊少腿,可比阿特丽斯还是非常仔细地清洁每样玩具,尽善尽美地将它们置于合适的地方。她母亲嘲讽她喜爱那个三条腿小匣子里的东西胜过她自己的屋子。不过她赖以成长的屋子不真正属于她自己,她只是屋里的客人——她母亲就是这么说的。而且那间玩具小屋也不真正属于她自己。十三岁的某一天,她放学回家时玩具小屋不见了。

比阿特丽斯正在把她的铅笔摆成密密的一排，这时她办公桌上铮亮的黑色电话响了。电话铃声吓得她一跳，一瞬间她只是呆呆地看着话机。没人教过她接听外线电话的正确步骤。这是她在新岗位上的第一次考验。她在座位上挺直身子，拿起电话，用最规矩的声音说，"早上好，克利夫兰第一银行。"

"你要放松。你让我神经紧张。"一个女人通过电话细声细气地说。

一时间，比阿特丽斯对着桌上的电话旋转拨号盘眨巴着眼睛。"什么——？你是什么意思？"

"这只是你的第一天。放松些。你过分认真地整理办公桌使我们大家很难堪。"

比阿特丽斯明白这一定是房间里的另一位秘书。她将听筒稍许移开耳朵，朝邻近的办公桌瞥了一眼。她旁边年纪稍大的女人正在快速打字，她的名字叫芙朗辛。在介绍她俩的时候，芙朗辛在埋头工作中抬头看了一眼，只是微微点了点头；她戴着角质架的眼镜，嘴唇撅起，使比阿特丽斯联想起一位上了年纪的古板女人。这肯定不是她打的电话。

比阿特丽斯偷偷看了看坐在她前面的女人们。紧靠的前一排有两个超重的母亲型女人并肩坐着，她们正在安静地整理文件。往前两排的一张办公桌前坐着一位近似年迈的女人，她正在将一堆文件分成整齐的几叠，同时还在对着话筒扼要地说话："不，我没有 C-3 表格。我寄给你的一份 C-44 表格应该足以……"

这位怒气冲冲的祖母身边坐着一个漂亮的年轻女人，年纪不会超过二十岁，她正在费劲地摆弄着打字机，试图硬把几张纸卷过滚筒，当其中一张纸被扯碎时，比阿特丽斯听见她在轻声咒骂。显然，她前面的几个女人都没有打电话。

比阿特丽斯没有办法只好转身寻找电话里的声音。她小心翼翼地扫视了一下围绕秘书工作区的一圈紧闭着的办公室门。有几扇门里传出一些低沉的声音。罗思坦先生正在打电话。一个高大的身影掠过哈洛伦先生办公室的毛玻璃隔板。她是从他们门上的小型名字牌上获悉他们的姓名的。情况已经很清楚，于是她慢慢在座椅上转过身子朝身后看去。

最后一排坐着两个女人。一人低着头打字；另一人正拿着电话。比阿特丽斯听见她在低声说："宾果①！""五分钟后在女厕所里见我。"比阿特丽斯还没来得及回答，她就挂了电话。

比阿特丽斯突然转过头去，仅仅瞥见这个神秘女人黄铜色的金发和红色唇膏。坎宁安女士没有特别说明不能在秘书处闲聊，但是到目前为止，她没有听见过任何友善的闲聊。似乎只有在谈业务时才大声说话。

房间正面上方挂着一只大时钟，它每隔五分钟滴答走一走。比阿特丽斯终于在办公桌前站起身来环顾四周。坎宁安女士指引她入座后甚至连门都没有嘎吱开一下。四周数间办公室的门依然紧闭着，其他秘书都低着头做她们自己的业务。比阿特丽斯吃不准她是否需要征得同意才可以如厕，但是她又不太好意思去问。她蹑手蹑脚离开秘书区，朝女厕所走去。她那双娇小的脚踩在橄榄绿地毯上悄然无声，直至到达走廊，在那里，她的鞋子在油地毡块上发出短促而响亮的喀哒声。这噪声促使她急忙走进盥洗室，就像一只受惊的小猫。

"天哪！你为什么这么神经紧张？"

---

① 宾果：Bingo，一种赌博游戏，赢时高声喊"宾果"，表示高兴。

比阿特丽斯转过身来,与神秘的女人打了个照面。她是个绝代美人,像个电影明星。她蒙眬的蓝眼睛黏了假睫毛并用炭笔勾画过;她的金发用一个法国发夹固定成密集鬈发冠,衬衫的领口开得很低,裙子也比通常短一英寸,这一切都使这个女人显得几近花哨。

"嗯,我想我是有点紧张。"比阿特丽斯的目光在女厕所四周转来转去,尽量不显得那么焦虑。她倚靠着一个台盆,以加强效果。

这个陌生女人从容地走到窗前,从窗台上掀起一块大理石,从底下取出一包香烟和一个打火机。比阿特丽斯对此困惑不解,女人显然被逗乐了,她点燃一支香烟,然后解释说:"去年老坎宁安禁止在秘书区吸烟,说那是火灾隐患。噢,对了,你叫什么名字?"

"比阿特丽斯。"

"我是马科欣,你叫我马科斯吧。别太担心。坎宁安也许是只叭喇狗,但人还可以。她肯定不会在你工作第一天就开除你什么的。"马科斯停顿了一下,从窗户缝隙里吐出烟雾,然后上上下下打量起比阿特丽斯,"你到底如何得到这份工作的?你不会超过十六岁。"

听到马科斯精确的估计,比阿特丽斯一下子浑身僵硬。她盯着马科斯在维珍妮牌女士香烟[①]烟蒂处留下的完美红色唇印,以避免显得焦躁不安。"实际上我十八岁。我申请了这份工作。"

"是比尔面试你吗?"马科斯扬起一根眉毛问道。

"比尔?"

"喏,汤普森先生。"

"对,汤普森先生面试了我。"看着马科斯抽烟,比阿特丽斯开始

---

① 维珍妮牌女士香烟:Virginia Slim,美国烟标,味淡,有菲利普·莫瑞斯公司生产。

The DEAD KEY 041

感到好奇,她到底在盥洗室干什么,她应该坐在办公桌前。"你在乎吗?"

"我不在乎,不过这合乎情理。汤普森先生有个弱点,喜欢年轻姑娘,假如你明白我话的含义。"

比阿特丽斯惊讶得张大了嘴巴。

"哦,穿好你的紧身褡!我不是说他会骚扰女童子军什么的。"马科斯得意地笑了,这么容易就把比阿特丽斯唬住了,她似乎很开心。"我只是说他喜欢雇用年轻姑娘。几年前他雇用了我。听懂我的意思了吗?你遇见了比尔而不是那个色鬼罗思坦,应该感到高兴才是。他亲手挑选了坎宁安,还有秘书处其他几个臃肿的老女人。罗思坦会把你送回老家,到你妈妈那里去的!"马科斯咯咯地笑了。

比阿特丽斯转换了话题。"不请示我们可以上洗手间吗?"

"当然可以,但是如果离开时间超过五分钟,你最好找个该死的好借口。你之前做这份工作的可怜姑娘一直跑着上厕所,结果还是被开除了。不过,这也许倒是最好的结局。"

"为什么要这样说?"

"她有家庭问题,如果你明白我的意思。"

比阿特丽斯摇摇头。

"你明白的。"马科斯指指她的腹部。

"他们为了那个开除她?"比阿特丽斯的眼睛睁得大大的。她停顿下来,望着敞开的抽水马桶隔间,想象那个可怜的姑娘跪着呕吐。地砖看上去冰凉坚硬。

"当然是为了那个!克利夫兰第一银行是一个家族企业。有点讽刺意味,对吧?只要把头低下,把眼睛睁大,你就会懂得这里周围的处事诀窍。再说,现在你有个朋友给你引路呢。"

"噢，谢谢！"比阿特丽斯开始感到诧异，马科斯深乳沟长睫毛，是如何融入这个家族企业的呢？

马科斯在窗台上捻灭香烟。"听着，傍晚五点在前面大厅与我会合。我会给你买杯饮料，告诉你所有一切。"

还没等比阿特丽斯这样或那样答复，马科斯已经走出盥洗室，沿着走廊喀哒喀哒地走了。

第八章

傍晚五点零一分，比阿特丽斯在大厅与马科斯会合，跟着她走出沉重的旋转门。她想给姨妈打给个电话，告诉她晚点回家，但是在马科斯面前她不能冒险像小孩一样被责骂，马科斯正拉着她的手臂沿着街道行走。

她们从尤克利德大街1010号向北朝东九街走去，寒冷潮湿的北风刺疼了她们的双腿。东九街为别克车和林肯车还有偶尔一辆公共汽车所阻塞。人行道上挤满了身着长外套留着完美发式的男人。他们大多数人都低着头，匆匆走过贴满"出租"广告的一家家店面。他们擦肩而过，没人微笑，每个人都试图超越身旁的人们。工作越来越难找；多丽丝姨妈就是这样说的。

走过一些街区之后，马科斯拐过一个街角，来到一条支路；她领着比阿特丽斯走下三个台阶，穿过一扇门，门上的招牌上写着"戏剧酒吧"。酒吧昏暗、潮湿，周一傍晚几乎没有客人。一个留着浓黑八字须、脸颊毛发柔软浓密的肥胖汉子从吧台里走出来，张开双臂。"啊，马科欣！美女！你今晚好吗？"他挽起她的一只指甲经过修剪涂色的手，礼貌地亲吻了一下。"你这位漂亮的朋友是谁啊？"

"嗨，别调情，卡米歇尔！"马科斯重重地拍了他一下。"这是比阿特丽斯。"

"比阿特丽斯，欢迎光临我的酒吧。可爱的女士们，要我给你们端些什么呢？第一轮饮料算我的。"他欢快的目光和红润的脸颊不由得使比阿特丽斯朝他回应微笑，仿佛他是一位失散很久的伯父。

"我来一杯斯丁格鸡尾酒①。你呢？"马科斯回头看了看比阿特丽斯。

"我？"比阿特丽斯尖叫起来。以前她从没进过酒吧。"唔，一杯斯丁格听起来挺好的。"

让她感到宽慰的是卡米歇尔没有要求她证明自己的年纪；他只是深深鞠躬，然后离开回吧台去了。

"来说说吧，工作第一天你觉得怎么样？"马科斯坐进一个火车座，点燃了一支香烟。

"好极了。"

"好极了？唉呀，得了吧！"

"好吧，挺枯燥的。"一整天什么事情都没发生。坎宁安女士似乎把她给忘了。办公室里的男人们没有一个叫她帮忙。"我想我还不知道该干些什么。"

"如果你想有活干并保住这份工作，那么老坎宁就得把你分配给一位中年男子。"

听到马科斯给她们的老板起的不恭维的外号，比阿特丽斯的脸红了。提及她丢饭碗的事让她保持了镇静。

"中年男子？"

---

① 斯丁格鸡尾酒：一种用白兰地、薄荷酒、冰水或柠檬汁调制而成的饮料。

"对，那些为比尔工作的小伙计们。那些在所有办公室里工作的伙计们。没人真正知道他们在干什么。他们坐在办公室里接听电话，偶尔他们要你打点东西。如果你想留在银行，那么你需要找到一个喜欢你的男人，并且缠住他。"

"你为谁工作？"

"嗯，七年前刚开始工作的时候，我为一个名叫迈纳的懦夫工作。他总是匆匆忙忙跑来跑去，用那对晶亮的小眼珠子盯着我看，不过四年前他被解雇了。"这时卡米歇尔端来了饮料，马科斯停顿了下来。两个凹槽高脚杯里盛满了某种粉红色冒气泡的东西，上面放了一个樱桃。"到妈咪这里来。"马科斯一边龇牙咧嘴地笑着一边小口抿下酒杯顶部的鸡尾酒并噗地一声把樱桃吃到嘴里。

"谢谢你！"比阿特丽斯对卡米歇尔说。等他离开后回头问马科斯："那么迈纳离开后又发生了什么事情呢？"

"哦，老坎宁企图解雇我，但是比尔说服了她，说要留我执行特殊任务，打那以后，我一直为比尔工作。"

"特殊任务？"

"我不能具体谈论这件事情，"马科斯摆了摆手说。

"他让你叫他比尔？"比阿特丽斯心里犹豫是否继续询问特殊任务的事情。马科欣似乎非常友善，但是比阿特丽斯禁不住感到疑惑：马科欣为什么要让她的乳沟露出她的紧身衬衣？

"啊呀，天哪，不！"马科斯哈哈大笑。"不过，他不了解的事情是不会伤害他的，对吧？"

马科欣深深吸了口烟，开始对比阿特丽斯详细讲述办公室里的内幕消息。那个神情严肃的图书管理员芙朗辛是汤普森先生的侄女，一个老处女。那两个胖女人中有一位是离了婚的，另一位是个寡妇，她俩总在一起，所以马科斯称她俩为"格林姐妹①"。"她俩一起吃饭，一起工作，一起去盥洗室——有点儿怪，如果你要问我的话。"马科斯眨着眼睛边笑边说。

比阿特丽斯几乎吐出她的饮料。"可是我想你说过的，这是个家族企业！"

"呃，是呀，但哪个家庭没有秘密呢？"马科斯的眼睛闪烁着光芒。"那么你呢，孩子？你的秘密是什么呢？"

比阿特丽斯把目光转向她的酒杯，慢慢抿着这甜滋滋冒气泡的饮料，她在拖延时间。她不知道自己在多大程度上能够信任这位喜欢说长道短的新朋友。她的玻璃酒杯突然空了，她依然在拼命思考说些什么。

"加尔松！再来一轮！"马科斯对着吧台高声喊道，随后她那对探究的大眼睛又转向比阿特丽斯。"嗯，你来自哪里？"

"马里塔。"这是个简单的问题。

"你在克利夫兰多长时间啦？"

"大约两年。我来投靠我姨妈。"她小心翼翼不提及多丽丝的名字，马科斯也不问及。这些谎话变得如此顺口，以至于比阿特丽斯几乎相信它们是真的。

显然，这些信息对于马科斯来说已经足够编织一些闲言碎语了。她点点头，好像理解一位小镇姑娘身上发生了什么事情会迫使她背井离乡。

第二轮饮料来了。马科斯搅动自己的饮料，开始咬那根红色的麦

---

① 格林姐妹：The Sisters Grim，可能指儿童系列幻想小说《格林姐妹》中的主人公 Sabrine 和 Daphne，这里用来讽刺两个胖女人形影不离。原著可能有误，应该是 The Sisters Grimm，作者 Michael Buckley 总共写了 9 本，发表于 2005—2012 之间。

秆小吸管。比阿特丽斯深深喝了一口这种甜玩意,她的头开始感到轻飘飘。

"我一辈子住在克利夫兰,在西区长大,我爹是个警察。"马科斯又吸了一口,然后换了话题。"我想你为兰迪·哈洛伦工作也许会干得不错。你来之前干你这份工作的女孩样样事情都替他做,现在他有点不知所措了。"

"你是说那个有……?"比阿特丽斯指了指自己的腹部。

"对。我会想个办法把你介绍给他的。不过,要当心,孩子。那个男人是条鲨鱼。"

"鲨鱼?"

"只要留神他的手,尤其是长时间午餐之后。他会有点醉酒。"

"像个酒鬼?可是他上班喝酒难道不会被开除?"

"当然不会。他父亲是银行副总裁!"马科斯哈哈大笑。"他终身有工作。"

"这好像不公平。"

"哪样事情是公平的?"马科斯眨巴着眼睛说。"这些有钱的杂种在东区大厦里长大,上私立学校,从小享受特权,没有干过一天苦活!重要的是如果他喜欢你,你的工作就安全。"

她们离开酒吧的时候,比阿特丽斯不是一点点头晕目眩。寒风吹到她暖热的脸颊上感觉很好。晚上八点,克利夫兰的街道上已经是空荡荡的了,甚至找不到一辆出租车。她俩走到街角处的公共汽车站,在长凳上坐了下来。一只空纸袋随风飘过,落在候车棚前面的脏雪上。

马科斯点燃又一支香烟,低头看了看手提包,随后环视空荡荡的大街。"哈,这个城市死了!我喜欢生活在真正的城市里,比如纽约或芝加哥。"

"那你为什么不去呢?"在比阿特丽斯看来,马科斯能够做任何事情。

"噢,总有一天我会离开这个垃圾城市。"马科斯抬头仰望路灯上沾染的工厂油烟。

马科斯一直等到比阿特丽斯安全上了公交车。"你独自一人没事吧?"比阿特丽斯边问边注视着她美丽的新朋友,马科斯这时站在车旁冷清清的人行道上。

"跟你说吧,我一辈子都生活在这里。"马科斯笑着说,然后从容地漫步朝终点大楼走去。

第九章

"比阿特丽斯？你能速记备忘录吗？"午餐过后，哈洛伦先生从他的办公室里探出头来问。马科斯的推荐成功了，比阿特丽斯经常协助哈洛伦先生工作已近两周时间。哈洛伦在门口迎接她，领着她朝办公桌走去，他的一只手扶着她的腰。哈洛伦先生的手在她身上搁放的方式和目光在她身上停留的时间变得越来越难以忽视。

"今天你有点不一样，"他皮笑肉不笑地说，气息里透出伏特加的味道。

"呃？噢，我穿了件新衬衫。"

前一周，马科斯带她去购物。"你那个生蚤的衣柜我连一分钟都不想多看！"马科斯咯咯地笑了，她从比阿特丽斯手里一下抢过她的薪金支票。"我们去购物！"

"购物？可是……"比阿特丽斯看着自己过大的彩格呢裙子和她一直尽力试图掩饰的连袜裤上的抽丝皱起了眉头。站在马科斯光洁闪亮的女装裤和紧身的女衬衣身边，比阿特丽斯看上去太可笑了。

"怎么啦？你姨妈不是让你走出家庭吗？"

比阿特丽斯耸耸肩膀。她每天提前几分钟偷偷下班，以避免与马科斯再次外出。两周前，她喝醉酒回家时，她姨妈大发雷霆。

"嗨，比！你是个成年女人，不能让你姨妈管头管脚的。"

"可我没钱购物。"

马科斯在她面前挥了挥那张薪金支票。

"是的，可我甚至还没有一个银行账户。"

"哎呀，那很容易搞定！"

马科斯一把抓住比阿特丽斯的手，拉着她回头穿过大厅，来到银行业务区。银行出纳员们正在准备结束一天的工作。马科斯拖着比阿特丽斯来到一个装有栅栏的窗口。

"我对姨妈说什么呢？她叫我把薪金支票拿回家交给她的。"

"你他妈的跟我开玩笑吧？"马科斯厉声说。"你打算供养她多久？"

"哦，我认为她不会把我的钱偷偷花掉的。她只是不想让我把钱全部花光。她就是这么说的。她希望我把钱攒起来，那样的话有朝一日我就能负担得起我自己的住处。"

"噢，这很好。可你不能让你的整个生活停顿下来，等待将来某一天再享受。如果目的永远达不到，那你得到的又是什么呢？"

"那我怎么对姨妈解释呢？"

"告诉她……告诉她银行要求所有雇员都要开设储蓄账户，以'改善投资者信心'。"

马科斯是个天才！这就好像是哈洛伦先生或某个主管在说话。问题就这么解决了。

比阿特丽斯轻轻抚平了她新买的针织上衣的翻领，上衣外披着佩斯利涡旋纹花呢披肩，衣服十分贴身。

"我喜欢这件衣服！"哈洛伦先生咧嘴而笑。一阵尴尬的停顿之后,他似乎回神了,转身走向办公桌。"请坐。我需要你速记一封信。"

比阿特丽斯顺从地打开她的速记本。每天上下班,她几乎都在公交车上都用格雷格①速记指南操练速记,她已经马马虎虎掌握了速记。她感觉自己正在成为一个真正的专业人士。

"呈送:联邦储备委员会布鲁斯·帕克斯顿先生。"他凝视着窗外克利夫兰的空中轮廓线。"惊悉你对我行最近的交易活动颇感兴趣;然而,我必须提醒你一九三四年的黄金储备法令已被废除……"哈洛伦先生在教训收件人的时候,比阿特丽斯作记录。当她刷刷一小行一小行地速记下哈洛伦的口述时,她记不清他所讲的内容。她几乎能够跟上他口述的速度。他在信的末尾写道:"尼克松总统也许已经听任国家通货膨胀,但是我们靠黄金支撑银行业务。我们打算将这次调查一直上诉至最高法院。"

当她记下这些话的时候,她的眼睛睁得大大的。"有人在调查银行,先生?"

"嗯?"他应答了,他好像忘记了她在屋里。"噢,不,比阿特丽斯。这只是俗套。只是用我的结尾套话结束信函,把它打印出来吧!"

"好的,先生。"她起身准备离开。

"等一等,比阿特丽斯。我还有一件事想与你讨论一下。"

她坐回自己的座椅。"什么事?"

"我将要对你说的事情你不能外泄,明白吗?你能保守秘密吗?"

她倒抽一口冷气。"嗯。说吧,先生。"

---

① 格雷格:Gregg,1867—1948,爱尔兰人,格雷格速记法发明者,1893年移居美国。

"我们有理由相信克利夫兰第一银行内部有鼹鼠,他试图从内部破坏我们的公司。"

"鼹鼠?"

"间谍。"他的目光强忍着忧虑的怒火。

比阿特丽斯等着他讲述更多的情况。根据刚才他口述的那封信,联邦储备委员会正在调查他们的银行,她猜想这封信可能与此事相关。一阵长时间的停顿之后,她不得不问:"这事与我有什么关系呢?"

"你与马科欣·麦克唐奈是朋友,对吧?"

"对,当然是的。"

"我需要你去查明她与汤普森先生正在搞什么特殊项目。"

"你不会认为马科斯与此事有任何牵连,对吧?"她心中一沉。

"她?不,"他否认地一挥手说。"我只需知道汤普森先生和他的团队想干什么。"

"而你认为马科斯会告诉我?"

"她与你交谈会感到比较自在。姑娘间的交谈嘛。你知道的。"他朝她眨了眨眼。"当然啰,我要你对我俩之间的这次谈话绝对保密。马科欣不会知道你在为我工作。"

他走到她的座椅跟前,拿起她的一只手,低头凝视着她,他笑得更加开怀,他的目光也更加深沉。"我能指望你吗,比阿特丽斯?你的忠诚不会付之东流的。"

他居高临下站在她面前的样子让她慌乱起来,她怕他俯身紧搂着她亲吻。她尴尬地从椅子里站起身来,朝办公室门走了一步。"当然能的,哈洛伦先生。"

"叫我兰迪。"他边说边靠得更近了,他依然握住她的一只手。

她按照姨妈教导的方式,坚定地握了握手,然后猛地抽手挣脱

The DEAD KEY 053

了,并装出她需要整理笔记的样子。"当然能的,兰迪。我会看看我能发现些什么。"

"太好了。两周后某个时候我希望得到一份报告。"

她点点头,急急忙忙朝门口走去。"好的,感恩节快乐!"

"也祝你感恩节快乐,比阿特丽斯!"

回到办公桌前,一想到如果当时她没能逃脱将会发生的事,比阿特丽斯不由得浑身颤抖起来。"这家伙是条鲨鱼。"可现在这条鲨鱼要她从她唯一的朋友那里搞情报!

为了这一整笔交易他们甚至还握了手。那是自卫,她抗议说,可是现在她陷入了困境。她的这份工作也许要依赖为兰迪搞到他所需要的东西。但是如果她开始询问有关秘密项目的事情,马科斯就会起疑心。

"嗨!"

比阿特丽斯吓得轻轻尖叫一声。马科斯已经站在了她的办公桌边,好像接收到信号一样。她微微晃了晃脑袋,尽量漫不经心地哈哈一笑。"哦,天哪,你不声不响站在我身旁!"她不适合当间谍。

"你看上去怪怪的。我想我们需要喝一杯!"说完,马科斯抓住比阿特丽斯的胳膊,领着她走出办公室,沿着大街朝"戏剧酒吧"走去。"我说啊,明晚你打算怎样过节?"

"噢,我姨妈还得上班,节假日她总是上班。"比阿特丽斯想起前周多丽丝抱怨感恩节深夜那些醉鬼会闲逛着走进小餐馆,以避免与他们的亲戚共度节日。

"那么你回老家马里塔吗?"

"不回去了,我母亲和我不……"比阿特丽斯的声音越来越轻,她一时不知说什么好。

马科斯用眉笔画过的眉毛弓了起来，但她的目光是柔和的。"那你为什么不忘掉你那荒唐的家庭，明天跟我回家呢？"

"如果我跟你回家，你确定你家里人会乐意吗？"对于这样慷慨的邀请，比阿特丽斯真是十分感动，尤其想到自己将会是一个多么可怕的朋友。

"你说笑吧？我来自一个爱尔兰天主教家庭。我想他们甚至不会意识到你在那里。"

马科斯推搡着她走进"戏剧酒吧"。

卡米歇尔从吧台里招手示意，并急忙走到她们身边。"美女们！今天想喝点什么？"

马科斯亲了亲他的脸颊。"来两把螺丝刀①如何？我们毕竟只是劳动女性——我们需要我们能够弄到的所有工具！"

---

① 螺丝刀：screwdrivers，也可作"特加橙汁鸡尾酒"解，与后文的 working girl 和 tools 作呼应，有幽默含义。

第十章

感恩节早晨,比阿特丽斯醒来发现房间里空无一人。多丽丝姨妈昨晚很晚回家,一大早又离开了。很多天以来,比阿特丽斯没有真正见过姨妈或与她交谈,她开始愁眉深锁。不过,很快她又愁云尽扫,因为当马科斯坚持要到"戏剧酒吧"喝一杯的时候,她就不用说谎工作晚了,也不用说谎开设自己的银行账户,但是多丽丝不太可能一直被蒙在鼓里的。

比阿特丽斯的目光越过长沙发扶手朝姨妈的房间张望。她的房门敞开,床也整理好了。比阿特丽斯从没进过姨妈的房间,自从她搬来以后,这个房间一直是个禁区。即便多丽丝不在家,比阿特丽斯也总是尊重她姨妈的意愿。

"只要你遵守两条规矩你就可以住在这里——保持你的房间干净整洁,别进我的房间。"姨妈咧嘴笑着说,同时在比阿特丽斯的背上拍了一下。比阿特丽斯猜想收留她这个麻烦的外甥女对于多丽丝来说是受罪。就比阿特丽斯所知,她姨妈一直独居,不太在意家人。至少家人不太在意多丽丝。她母亲甚至不提及她的名字。

比阿特丽斯在长沙发上坐起来,伸展身子。几个高低不平的靠垫总是让她感觉像淤伤了似的。她把手工编织的拖鞋穿到她六码大的脚上，蹑手蹑脚地走过冰凉的地板，来到棕色的小冰箱面前。她在咖啡杯里倒满一杯橙汁，然后寻找早餐。冰箱里平时总放着至少六罐啤酒和一块吃剩的比萨饼，但是今天早晨冰箱几乎是空的。只有一罐啤酒和几片奶酪。当她关上冰箱门时，她注意到福米加塑料长餐桌上有一张小便条：

"亲爱的比阿特丽斯，今天夜里我必须工作到很晚。你来小餐馆祝你老姨妈感恩节快乐吧！爱你的，多丽丝。"

感恩节快乐，比阿特丽斯暗自思量，同时环顾空荡荡的房间。她提醒自己应该感恩，不过一种熟悉的孤独感渗入了她的内心。假日的欢乐已经是很久以前的事了。对于妈妈盒式厨房里随风飘送出的火鸡和腊肉香味的记忆几乎已经淡忘，但是没有全忘。曾几何时她父亲会祐她的下巴，她妈妈会哈哈大笑。那时她还是一个小女孩。她感到喉咙憋闷。今年应该与往年有所不同了。她紧紧攥着橘汁杯，直至眼睛里的泪水干了。

像每天早晨一样，比阿特丽斯整整齐齐地叠好自己薄薄的印花床单，把它与枕头一起贮藏在过道的壁橱里。她回到沙发上，再次朝多丽丝的房间里窥视。

多丽丝的房间很小，几乎只够放下一只大号卧床和它的彩色油漆铁质床头板。格式王冠图案的床头板弯弯曲曲装饰着各种花朵和藤蔓，不过油漆已经龟裂和剥落。床垫上铺着一块破旧的拼缀床单。卧床顶着远处的墙壁放置，紧靠着一扇变了形的窗户；透过吊挂在赭色窗帘杆上泛黄的透明窗帘，比阿特丽斯能够看见砖铺的车道。她慢慢朝里走去。

紧靠房门的侧边放着一只小梳妆台，梳妆台和卧床之间只剩下窄窄一小条磨损的地板。这条小路通向一扇狭窄的壁橱门，橱门微微开启，多丽丝法兰绒睡袍的一只袖子在向她招手。灰尘覆盖的小摆设挤满了梳妆台台面。角落里，几根项链勒挂在一个瓷制猫咪的脖颈上。比阿特丽斯记不清她是否见过姨妈戴任何种类的珠宝，似乎从来没有见过。她走进房间，用一个手指抚摸金项链和珠子项链。

在另外一个角落里，一张黑白照片中的两个年轻女人抬头朝她微笑。很奇怪，这两个姑娘看上去很熟悉。她们大大的眼睛里满是幸福，脸蛋上也满是乐观，她们不会超过十八岁。照片上的一位姑娘是她亲生母亲艾琳，比阿特丽斯最早是从她在成长过程中见过的几张旧照片上见识过母亲年轻时的模样。另一个姑娘一定是多丽丝。她难以置信地一下子拿起照片。多丽丝看上去那么漂亮。这个年轻时的姨妈一点儿也不像她后来认识的那个肥胖憔悴的女人：她的头发利落地卷成短发，她穿着高跟鞋和连衣裙。

尽管见到多丽丝身着连衣裙是那么令人困惑不解，不过比阿特丽斯最终将自己的目光聚焦在母亲的眼睛上。艾琳从相片框里率真地朝她微笑。照片里的这个姑娘似乎也不可能是那个把她抚养成人的女人。眼泪使照片变得模糊不清。她小心翼翼地将照片放回满是灰尘的梳妆台。

比阿特丽斯蹑手蹑脚地走向壁橱。当她碰触橱门的时候，一股冰冷的恐惧感慢慢爬上她的脊梁，她禁不住回头张望。如果窥探房间被抓，她不知道多丽丝会怎么惩罚她。她能感觉到渐渐逼近的大耳刮子，她本能地往后退缩，随后一下打开了壁橱门。

满满一橱柜衣服几乎要倾覆在她的头上，好像二十年积聚起来的衣物都被塞在了橱里：上衣、套装、连衣裙、女衬衣、亚麻手提包——所有一切都挤在三英尺的吊杆上。金属挂衣架一个叠在另一个之上。挂衣架之上的平板和搁板也都塞满了鞋盒。

比阿特丽斯记不清多丽丝是否穿过这壁柜里的任何一件衣服。她的手指痒痒的,想抽出一件来仔细看看,但是她确信这么一堆乱七八糟的衣物,她根本不可能把它恢复原样。她瞥见了一件貂皮外套,它在壁橱深处引诱她。足跟三英寸的齐膝中高跟长统皮靴向外倾斜。

她熟悉的多丽丝穿护士和收银员喜爱的厚底系带皮鞋。她姨妈日常穿着的全部服装包括涤纶裤子和领尖钉纽扣的白衬衫。比阿特丽斯没有她穿过任何其他衣服的印象。除了那件挂在橱门背后一个钉子上的睡袍,整个壁橱没有一点多丽丝姨妈的痕迹。

比阿特丽斯小心翼翼地关上壁橱,随后走近梳妆台。她不知道自己为什么如此轻手轻脚。多丽丝还要过数小时才回来,可是当她打开最上面那个抽屉时,她觉得自己在屏住呼吸。

老太婆的内衣内裤和袜子叠成平直整齐的一堆堆。比阿特丽斯移开目光,关上抽屉。她几乎心虚发慌,所以又去查看了房门:房里没有其他人。接着是中间的抽屉。她看到五条涤纶宽松长裤和七件领尖钉纽扣衬衫。这是她熟悉和喜爱的多丽丝——或者不管怎么说试图喜爱。那就只剩底层抽屉了。她用力拉它,但拉不开。这个抽屉的面板是本色松木,中间有一朵雕刻的花朵。比阿特丽斯对那朵娇美的玫瑰花皱起眉头,同时用力猛拉抽屉,拉呀拉,抽屉终于一下子开了,她一屁股坐到了地上。

文件——一沓子泛黄的文件散落在抽屉里。比阿特丽斯从三英寸厚的一沓文件上面拿起一页,文件的抬头上印着"克利夫兰第一银行"。这是一份有关一位客户贵重物品保管箱的通知。比阿特丽斯皱起眉头,更加仔细地阅读它。它是一份副本,从铅字字面边缘四周的羽状墨迹,她可以这样断定。通知由"审计部主任威廉·S. 汤普森"

签署。汤普森名字的下面是打字员的首字母："DED"，多丽丝？多丽丝打了这份备忘录？比阿特丽斯手里拿着这份文件往后一坐，惊得目瞪口呆。多丽丝也曾在这家银行工作？

比阿特丽斯将信件放回抽屉。多丽丝不喜欢回答有关过去的提问。她从不解释许多年前她为什么离开马里塔，或者为什么她和姐姐艾琳相互讨厌。她当然也从不提及曾在银行工作。

比阿特丽斯快速翻阅更多的文件，以寻求某种解释。在一封封银行信件的下面，在抽屉的底部，她注意到一种不同类型的信件。它是米色的，很柔软，像布一样。她小心翼翼地将那沓子银行信函举高一些，那样她就可以更好地看清底下的羊皮纸信件。信件是用墨水用漂亮的草体写成的。她倒着阅读：

我最亲爱的多丽丝：

没你的夜晚让我难以忍受。我必须再次见你。除了我们的爱情，请忘记这可怕的交易，忘记我的妻子，忘记所有一切。每当我……

不把信从抽屉里取出，她就无法看清更多内容。她不敢尝试。如果很多东西改变了位置，多丽丝会发觉的。比阿特丽斯关上了抽屉，小心翼翼不去弄乱任何文件，然后蹑手蹑脚走出姨妈的卧室。

比阿特丽斯坐在长沙发上，困惑不解。多丽丝姨妈曾经恋爱过，更确切些说有人爱过她。此人有妻室。各种可能弄得她头昏脑涨。这场恋情发生在多丽丝在银行工作的时候吗？这个男人是否像哈洛伦先生一样是某种鲨鱼？她丢了工作就是因为这个原因吗？比阿特丽斯回头瞥了一眼姨妈的卧室。

多丽丝有秘密；她有满满一壁柜她从来不穿的时髦衣服和一抽屉信件。梳妆台桌面上，那张黑白照片镶在镜框里，姨妈是那样的年轻，笑容满面。

第十一章

一九九八年八月十日星期一

　　星期一那天，早晨七点五十分，艾丽丝没有起床。她迟到几分钟没有关系；在一栋废弃的大楼里，没有人会检查她。不需要涂脂抹粉，也不需要穿上不合身的工作便装。她出发去工作，身穿旧的T恤衫、牛仔裤，头戴棒球帽，潇洒自如；她不必矫揉造作装得像个成熟的工程师。这几乎根本不像是去工作。

　　早晨八点四十一分，多丽丝将那辆破旧不堪的汽车开到旧银行后院的车库卷帘门前下了车，悠闲地舒展身子。一个街区以外，一位身着套装的年轻女子正沿着人行道匆匆行走，同时兼顾着手里的咖啡和公文包。艾丽丝暗自发笑并按下了装卸码头入口处旁边的白色按钮。拉莫尼在楼里某个地方听见呼叫，便打开了门。艾丽丝在装卸码头横压三个车位泊了车，然后将香烟吸完，把咖啡喝光，拿着卷尺，又一天开始在克利夫兰第一银行阒无人烟的走廊里游荡。

　　她手里拿着写字夹板，花了一上午时间在旧银行三楼死电梯周围的过道里来回走动，绘制楼层平面草图。她在挂着"人力资源部"牌子的门前停住了脚步，将门推开。这是又一个一九七零年代单调乏味的办公室，里面有低矮的垂吊式天花板，蹩脚的地毯，以及鳄梨木家具。破损的窗户用木板封了起来，所以她打开了电灯。她走过会客区，来到接待员服务台的后面。柜台的几个抽屉都被拉开，文件散落在四处。名字牌面朝下放在一个文件抽屉里。艾丽丝拿起名字牌，上面写着"苏珊娜·佩普林斯基"。她将名字牌放在了台面上，好像苏珊娜很快就会回来一样。柜台的中间抽屉里还放着一些回形针和一盒子未开封的笔。

"发生什么事啦，苏珊娜？你是匆忙离开的？"她一面开玩笑一面关上抽屉。这种场景说是有趣还不如说令人毛骨悚然。

艾丽丝蹬蹬蹬地走过接待台，进入到它后面的办公室，门上挂着"人力资源部主任琳达·哈洛伦"。房间中央的办公桌空着。艾丽丝拉开几个抽屉，发现它们都是空的。桌子后面的书架上没有一本书。任何地方都没有琳达的任何痕迹。艾丽丝拉出她的卷尺，啪嗒一声把写字夹板重重地放在办公桌上。测量这个房间和绘制草图花了五分钟。当她拿回笔记时，她的手指在桌子表面厚厚一层灰尘上留下了抓痕。她在抓痕旁边写下"洗掉我"，随后在她自己的牛仔裤上擦了擦手。

艾丽丝离开琳达的办公室，缓步来到一间狭窄的档案室。她测量了一下：宽八英尺长十五英尺，她在图纸上作了记录。沿着一面墙壁放着一排十只文件柜。泛黄的标签依然贴在每个把手上。艾丽丝对着它们皱起了眉头。她放下夹板，拉出一个抽屉，抽屉里依然满是马尼拉文件夹。她偷偷打开一个夹子，发现了一张用手打印的付款存根。

"这他妈的是些什么东西？"她压低嗓子说。

银行倒闭了，遗留下它的档案。她低头看着这一排文件柜，意识到这些柜子里可能存放着这家银行每个工作人员的详细资料。艾丽丝回头看了一眼琳达空荡荡的办公室,随后又拉出一个抽屉,哈斯、哈伯、哈尔、哈洛克——没有哈洛伦的档案。艾丽丝又寻找了一遍,但什么也没有找到。也许琳达在银行倒闭前早就离开了。

"那么你呢,苏珊娜?你在这里面吗?"

佩普林斯基小姐的档案就在佩普莱斯和佩普罗斯基之间,它应该放在这里。艾丽丝将它从抽屉里一下抽了出来并打开了文件夹。里面有一张泛黄的女人小照,她将近五十,稍有锯齿,正朝着艾丽丝微笑;附表上登录了苏珊娜的出生日期、住址和社保号码。艾丽丝迅速翻回到前面那张照片。如果不是那件钉着蝶形领结的格子花衬衣和卷发的发型,苏珊娜可以算作有点漂亮。也许是日光灯闪烁不定的缘故吧,艾丽丝开始感觉照片里的这个女人也正在朝她看。她一下合上了文件夹。

可怜的苏珊娜,艾丽丝心想。**今天你坐在打字机前忙着干活,明天你就被开除了。**苏珊娜也许每天准时报到上班,像一只勤劳的工蜂。**可是看看她得到什么下场!** 也许她的酒吧女招待朋友埃莉说得对。银行老板只是把她嚼烂了,然后只要时机对他们有利就会把她吐掉。

艾丽丝离开档案室,一屁股坐在苏珊娜的办公桌前。椅子有衬垫,但不舒服。艾丽丝转动"罗乐德克斯①"纸盒的旋转轮,一阵尘雾扬撒在仿木台面上散落的文件之上。

一个圆筒形咖啡杯搁在办公桌另一角的烟灰缸旁边。**至少苏珊娜获准办公时可以吸烟**,艾丽丝心想,于是她从野外工作包里取出她自己的香烟,点烟之前,她看了看天花板上是否有正在运行的烟雾报警

---

① 罗乐德克斯:Rolodex,是 rolling 和 index 的合成词;1956 年由丹麦工程师发明。

The DEAD KEY 063

器。工作时抽烟，这是一种小小的叛逆，不过她无法摆脱可能会被查到的感觉，这样做是不专业的。

"去他妈的，"艾丽丝嘟哝着又深深吸了口烟，同时警惕地注视着办公室的房门。

中间抽屉里那个圆珠笔盒子吸引了她的眼球。她总是不嫌笔多。看来苏珊娜好像不需要这些笔。艾丽丝拿起盒子轻轻摇了摇，丁当一声有样东西落到金属抽屉的底部，它是一把小铜钥匙。

"这是……"她捡起钥匙。钥匙的一面刻了"547"。环绕这个数字的是一串弧形的小字，读作"克利夫兰第一银行"。

艾丽丝狠命地吸烟，同时一只手里翻转着这把钥匙。她观察它的时间越长，就越怀疑这是用来开启地下金库某个贵重物品保管箱的钥匙，因为用它作大门钥匙太小了，再则上面有数字。她在烟灰缸里捻灭了香烟，把这个抽屉再向外拉出一点。拉莫尼说过出售银行的时候金库所有的钥匙都遗失了。也许这些钥匙一直就在苏珊娜的办公桌里躺着。

她把中间抽屉里的回形针和荧光笔推到一边，结果没发现任何钥匙。她一个接一个地拉开其他几个抽屉，在纸张文件和悬挂文档间来回寻找。她琢磨，如果她找到所有的钥匙，那么有人会欣喜若狂的——惠勒先生、客户、某些其他人。一个二十年未解的谜被一个初级工程师破解了，她只是在做她的本职工作，只是除此以外做了点职责以外的事情。也许他们甚至会让她打开其中的一个保管箱。他们会寻找箱子合法的主人，这位物主一定会是某位和蔼可亲但不太走运的小老太。

还没等艾丽丝有机会美美地计划在克利夫兰街头作英雄般巡游，她的搜寻便以两手空空而告终。她手里攥着这把唯一的钥匙，重重地靠进座椅。她不准备放弃，她告诉自己这栋大楼四周仍有可能有更多的钥匙。另外，她不能就这么把547号钥匙放回抽屉离开办公室。那个小老太怎么办？也许那个小老太就是苏珊娜·佩普林斯基！这把钥匙毕竟是在她的办公桌里找到的。

她的目光急速环顾这个被遗弃的办公室。她思想斗争：如果她拿了这把钥匙，这不能算真正的偷窃。她拿它不是为了自己。想到这里，她将钥匙放进了她的后裤兜里。

第十二章

那天傍晚较晚的时候，艾丽丝口袋里依然揣着那把钥匙离开了旧银行。她需要喝一杯。装卸码头外面，八月闷热的天气在等着她，不过室外空气里至少不充满灰尘。她点燃一支香烟，沿着东九街向北徒步而行，途径 WRE 占据九楼的办公大楼。视程之内没有一家酒吧。东九街连续好几个街区都是人迹罕至的地带。她不想一直走到称作"公寓"的酒吧区。她不会独自去。她刚要转身往回走，这时她瞧见文森特大街上一块亮着灯的小广告牌，那是"埃拉酒吧"。

酒吧门口，潮湿且烟雾弥漫的空气迎面而来。酒吧的盒式布局包括过道一侧的一长条售酒柜台和另一侧的七个乙烯基火车座。酒吧里顾客稀少，只有酒吧老板和另一个男人。那男人垂头弯腰坐在尽头的一个高脚凳上。艾丽丝将沉重的提包猛地扔到一个没人的隔间座椅里，她自己滑动着坐在提包旁边。走了整整一天，她腰酸背疼；一只手紧攥写字夹板另一只手紧握钢笔，她的手指也感到酸疼；不管如何舒展身子，似乎都不能缓解；不过她还是再次试着伸展肢体，点燃一支香烟，同时闭上了眼睛。

"累了一天？"身边有声音问候。吧台里面的小老头看上去好像在酒吧生活了五十年。他满脸皱纹，从头到脚都沾染了烟草的味道。他微笑着耸起浓浓的眉毛。

"够累的。"小老头球茎状的鼻子呈玫瑰红颜色，耳朵大得令人难以置信，艾丽丝禁不住朝着他露牙而笑。圣诞老人众多调皮小精灵中的一个显然被流放到克利夫兰来了。她努力不盯着他的耳垂看，因为它们像两块挡泥板几乎垂到他的衣领处。

"你想来点什么？"

"健力士黑啤，你们供应饭菜吗？"

"啊，我希望我们仍然供应。不过，我们酒吧有些点心。你喜欢花生吗？"

"当然，谢谢！"

"别客气，请……叫我卡米歇尔。"他微微欠身，然后去为她取啤酒和花生。

艾丽丝从口袋里掏出那把钥匙，再次把它翻转过来，心里想着发现它的那张办公桌。苏珊娜年纪较大，但在公司的全家福照片中她还不算老。她也许还活着，至少六十岁了，不过这个年纪似乎还不太会作古。

从眼角的余光里，她注意到卡米歇尔端来了她点的啤酒和花生，于是就将钥匙藏于手掌之中。小老头用五星级侍者优雅的手势放下她的饮料和一钵花生。

"谢谢你，卡米歇尔！"

"你若需要其他什么就呼我。"他眨眼示意，随后回到啤酒龙头后面他歇脚的地方去了。角落里一台黑白电视正在播放一场棒球比赛。卡米歇尔和酒吧尽头那个家伙盯着电视机默默无言。

艾丽丝喝了一大口啤酒，展开手掌再次看着钥匙。从严格意义上来说，她是偷了这把钥匙。但她只是想把它交还给它合法的主人，她争辩说。它的主人到底是谁呢？现在有苏珊娜，她或许活着或许已经死了。还有大楼的业主，非常便宜买下这栋楼的某个房地产控股公司，这是布拉德告诉她的。他们不在乎这栋大楼；它只是用来减免税金的。克利夫兰第一银行二十年前就倒闭了，遗留下它的文档和设备。艾丽丝提醒自己，这些财物并非完全遗弃乃至让坏人随意破坏。门都用链条锁了，大楼有人看守。尽管如此，大楼出售后，业主们会在乎苏珊娜的办公桌吗，或者他们会把一切东西都丢进垃圾桶吧！她断定，苏珊娜是唯一可能知道谁是钥匙主人的人。

艾丽丝嘎吱嘎吱嚼着花生，仔细观察着酒吧，一杯啤酒很快下肚。时光在这家酒吧里凝固了。就像旧银行一样。所有的啤酒标识和音乐招贴至少过时十五年。

卡米歇尔注意到她的目光在扫来扫去，于是就招手致意。艾丽丝指了指她的啤酒杯，他点点头。他倒了第二品脱，将它端了过来。他刚想回去看球赛，艾丽丝决定主动开始与他交谈。

"这是个有趣的地方。"

"你喜欢它？"他笑了。

她点点头。"你在这里多久啦？"

"哦，我买下这个地方足有三十年了。"他边说边抬头看看镀锡铁皮的天花板。"那时可大不一样啊。我们叫它'戏剧酒吧'。听见过吗？"

艾丽丝摇摇头。

"从前就在你就坐的地方是一家著名的爵士俱乐部。它是城里最热门的地方。埃拉·菲茨杰拉德[①]就在那边演出。"他指着后面一个角

[①] 埃拉·菲茨杰拉德：Ella Fitzgerald，1918—1996，美国著名歌手、演员。

落说。"那时我只是个孩子,但那可是件了不起的事情。"

艾丽丝耸了耸眉毛,努力想象一个乐队挤在那个小角落里的情景。"后来发生什么事啦?"

卡米歇尔绝望地举起双手。"时代变了。音乐变了。甚至这么一个古老旧派的城市也变了。四十年前,短短的文森特街是城里最热闹的地带。光阴似箭,二十年过去了。如今大家都去南边的'公寓'听那种糟透了的舞曲。我无法忍受那种玩意。让我头疼。像你这样的年轻姑娘也许喜欢它,对吧?"

"没那么喜欢,"她说谎道,"听起来这些年来你目睹了很多事情。"

"你所见所闻的可能连我的一半都不到。"他咯咯轻声笑着摇摇头。

艾丽丝环顾四周过时的装饰,决定冒险提一个比较隐私的话题。"你记得克利夫兰第一银行吗?"

他皱起眉头,用手指梳理自己日渐稀少的头发。"当然记得!它离开这里只有几个街区。过去下午五点以后,各式各样的人常来这里。"他走到火车座的另一边坐下。"我坐下你不介意吧?我腰痛病很严重。"

"不介意,请坐!"艾丽丝从她那个品脱酒杯里痛饮了一口。"你知道银行为什么要关闭吗?"

"我听说他们把它卖了,但我吃不准。这是最奇怪的事情。今天还在那里,明天就没了!大门上了锁链,窗户用木板封了。他们甚至还在半夜里把大楼前面的招牌拆了。"卡米歇尔皱起了眉头,他的前额起了皱纹,像公路交通图一样。

"你在开玩笑吧!"

"太可怕了。一天早晨,所有那些人去上班,发现他们失业了。

据我所听到的消息，他们大部分人直至试图开门才得知此事。有些人在这笔交易中损失了很多钱。"卡米歇尔的目光黯淡了，他的双肩似乎沉重起来。"那一天，他们中有些人来到这里。简直是一团糟……"

艾丽丝点点头。如果她像那样被解雇了，她也会去最近的酒吧。谈起这件事似乎使卡米歇尔灰心丧气。

"唉，算了。"他朝着过去挥了挥手，然后把注意力转向艾丽丝。"像你这样年轻的姑娘干嘛要打听这家旧银行呢？那至少是十五年前的事了！"

"实际上那是二十年前的事。"她又喝了一大口啤酒。"我现在在那个旧银行里工作，说来你可能不信。"

卡米歇尔的笑容收敛了一些。"我不信！你是什么意思？"

糟糕！艾丽丝对在银行工作的事情是应该保密的。惠勒先生就是这样说的。县里不想让任何人知道他们对大楼的计划。"噢，你知道吗，大楼的主人正在进行……常规检查。我正在为建筑师工作。"艾丽丝为自己脑筋转弯快而庆幸，于是又喝了一口啤酒。见鬼，不管怎么说，一个酒吧老板会在乎什么县里的计划？"我在勘测这座大楼，我跟你说吧，真是奇了怪了！"

她叙述了自助餐馆和里面的空餐桌，年代久远的投币式自动售货机。她对他说了会议室里黑板上仍然遗留着潦草书写的笔记。她就此打住，没有透露更多的情况。人事档案啦，贵重物品保管箱啦，她独自一人在一栋大楼里工作啦，这些好像情报一样最好保密。再说，卡米歇尔紧张地盯着她看，这开始让她心生疑窦。

"你的意思是这些年来没人进过大楼？真让人吃惊！"他啪地拍了一下桌面，龇牙咧嘴地笑了，但是他的目光依然似乎过于关注。他指着她的啤酒说："我给你再来一杯？"

空腹喝下两大杯啤酒，她的脑袋开始晕了，这个地方开始使她感到毛骨悚然。"不，我要走了，不过，谢谢！"

老头点点头，从他的便笺上撕下一张手写的七美元账单。当艾丽丝等着找零的时候，她仔细看了自己夹板上的草图。绘图纸的抬头是"惠勒·里斯·埃利奥特责任有限公司"，旁边是清新的公司标识，她马虎的笔迹看上去就像三年级学生写的字。看着自己邋遢的草图，艾丽丝不由得叹了口气。她将不得不把草图清洁整理后再提交审核。当她在仔细查看图纸的时候，有件事开始烦扰她。她快速翻找自己的资料，直至找到二楼的图纸。对比二楼和三楼的草图，她突然发现它们不一样。不知怎么的，三楼她整整少绘了一个开间，她的草图缺少十英尺。她啪地打了一下自己的脑袋。她把两份草图放在一起对照检查，试图调整差异之处。她绝望地举摊双手，只好把草图塞进提包。她得回到三楼去看看自己漏画了什么，她认为只需花十五分钟，于是就捻灭了香烟。

卡米歇尔递给她找头。"见到你很高兴，小姐！"

艾丽丝从火车座里站起身来，伸出手与他握手。"我叫艾丽丝。见到你我也很高兴，卡米歇尔！"

她朝门外走去，但突然停住了脚步。

卡米歇尔在吧台里面清洗艾丽丝的玻璃杯。他耸起浓浓的眉毛。"你忘记什么东西啦？"

"对，有点那个意思。我想问，我们在谈论旧银行的时候，你是否认识一个名叫苏珊娜·佩普林斯基的女人？我想她曾在那里工作。"

"我不能说我认识。她是你的一个朋友？"

"不是的。我只是认为我发现了某样也许属于她的东西。"艾丽丝

The DEAD KEY 071

耸耸肩膀，挥手告别。

他的问话止住了她的脚步。"你发现什么东西啦？"

艾丽丝没有回答。

"美女，我老家有一句俗话：永远别从坟地里偷东西。你会惊动死鬼的。"

第十三章

艾丽丝在旧银行大楼后院按了内部通话盒上磨损的白色按钮，然后等待着。楼外天色几乎已经黑了，街上不见人影。卡米歇尔的话"你会惊动死鬼的"在她耳边回响，她再次按下按钮。她凝视着通话盒黑色的凹线，好像它是一个摄像探头，拉莫尼在监视。但是他没在监视。

她再次按下按钮。她的汽车被关在金属门里面。整整两分钟过去了，她踢了车库的门，然后踩着重步转到大楼前面，透过玻璃窗去看看有没有生命的迹象。

路灯使尤克利德大街迷漫着一种黄色的烟雾。她将鼻子贴在旋转门旁边的一扇玻璃窗上，朝大堂里面费力地张望。大堂里各种阴影朦朦胧胧，但没有拉莫尼的影子。她不管三七二十一照样砰砰地敲击玻璃。

"该死！"她发出不满的尖利嘘声。

她往后退了一步。大楼正面铺了粗凿的花岗岩大石料。街上的门牌号码1010深深雕刻在人行道上方的一块墙角石上。地址旁边是一块模糊不清的空白处，这里曾经用螺栓栓过一块大匾。艾丽丝猜想这一定是半夜三更拆掉"克利夫兰第一银行"标牌的地方。用来栓螺栓的空心金属凹槽仍然嵌在石头之内，仿佛它们正在等待安装另一个标牌。

艾丽丝伸长了脖子朝上眺望。红砖沙石向上延伸，直至像化学品泄露形成的橙色天空。每扇小窗的顶部都有王冠石饰，所有的窗户都漆黑一片。房顶檐口高悬在人行道的上空。即便天色已近黑暗，大楼华丽的隅撑和石花依然雄伟壮观。

向南三个街区一辆辆汽车的前灯一闪而过，这提醒艾丽丝：夜深了，不宜在克利夫兰街头独自行走。东九街和尤克利德人街交界处的交通灯转换成了绿色，但叉路口没有汽车通过。一位肥胖的女人正在街角处的公共汽车候车亭里候车回家。

"我没法相信今晚我居然要搭乘该死的公交车回家了。"艾丽丝一面穿过人迹罕见的五巷路朝候车亭走去一面嘴里自言自语地说。她转过身，再次仔细看看这家旧银行。大楼没有电灯亮着。"你只好去喝杯啤酒了。好主意，艾丽丝！"

她转身朝公交候车亭走去，突然一道闪烁的光亮吸引了她的目光。她眯着眼睛仰面向十五楼看去，她再次瞥见那道闪烁的光亮。那是手电筒的光亮。她想放声对着拉莫尼尖叫，但是明白那将白费力气。拉莫尼听不见她的喊声，她也根本不可能把一块石头投得足够远乃至击中光亮附近的一扇窗户。

一辆途经的汽车提醒艾丽丝，她竟然正站在尤克利德大街的路中央！她奔回到休伦街上的车库卷帘门前。当她到达通话盒前时，她这个吸烟人的肺部感觉火烧火燎。她接连三次猛击白色按钮。门几乎立刻活了。艾丽丝如释重负地合上了眼睛。**感谢上帝！**当她睁开眼睛时，拉莫尼离她只有几英寸。

"啊呀，天哪！"她尖叫起来。

拉莫尼只是怒气冲冲地看着她。显然猛击通话盒按钮会令他十分恼火。

"拉莫尼！你吓死我啦！"

"你在等人吗？"他用瘾君子的愠怒之声问。"千万别再那样猛击按钮，行吗？"

"对不起！我只是……你怎么会这么快下楼来到这里？"

"我就在拐角处。"

"不是的。我看见你了。你在十五楼！"

"你到底在说什么呀？"他看着艾丽丝，好像她吸了毒一样。

"你，拿着手电筒，在上面十五楼。我透过窗户看见了亮光。"

他的目光变得锐利了。"你肯定看见什么了吗？"

"对，绝对有一个手电筒在楼上四处移动。"

"你待在那里，"他边说边指了指她的汽车，"我去查看一下。"他将手伸进衬衫底下，去抓挂在皮带上一个硕大的手电筒。她瞥见手电筒边上挂着一把装在皮套里的黑色手枪。这就行了。她遵照指令，急匆匆走向她的汽车，在后视镜里看着拉莫尼沿着服务走廊消失了。

艾丽丝锁了车门，将座位靠背往后放以便于藏身。你会惊动死鬼的，卡米歇尔的话嘲弄着她。"住嘴，卡米歇尔！"她轻声说。

在开始几分钟里，她呆呆地坐着，为十五楼正在发生的事情而担忧。随后，她挖净了自己的几个指甲，数了数汽车顶棚上香烟烧焦的印子，她终于忍耐不住，点燃了一支香烟。她把车窗打开一条缝隙，倾听枪声或手电筒砸某人脑袋的声音。仪表板上的数字时钟显示九点零一分。又过了五分钟，真见鬼，她要下车了！

她转而去思索那个非法闯入大楼的人会是谁，但没有想出任何结

The DEAD KEY 075

论。银行倒闭已经二十年，现在怎么可能有人在楼里四处游荡？**也许只是拉莫尼的女朋友正在穿好她的裤子。**一想到这里她咯咯地轻声笑了起来，不过头发花白的保安没有任何举止表明他在过去的十年里生活放荡。

她的香烟已燃烧到残端。为了避免再点燃一支香烟，艾丽丝从手提包里取出二楼和三楼的平面图，再次仔细对照。从南到北圆柱的数目相同，电梯也在相同的位置，但是服务走廊四周少了些什么东西。她绝不可能今晚在黑暗里独自上楼。时钟显示九点零四分。再过两分钟，她就开车去警察局。

她刚想启动汽车，这时她从后视镜里看到拉莫尼沿着装卸码头的楼梯吃力地慢慢走下来。

"不管是谁，他一定已经离开了。"他看上去很恼火也很劳累。

"可那会是谁呢？"她简直不敢相信他似乎很冷淡。他是个该死的保安。难道他不应该始终处于防暴或类似的工作状态吗？

"无家可归的人偶尔会设法进入大楼。他们是无害的，只是找个地方睡觉。"拉莫尼用纸梗火柴点燃了没有过滤嘴的香烟。他也许不太像个保安，但他却是最厉害的。

"可他们是怎么进楼的呢？"她在大楼里四处走动的时候，没有看见破损的窗户或巨大的墙洞。

"嚄，你吃惊了吧！他们像老鼠一样。他们有他们的办法。机械管道，屋顶小窗，隧道……"

"隧道？"

"老的蒸汽隧道。它们联通市区的许多大楼。这栋大楼与整个街区相连。"

"可是我们勘测过整个地下室，并没有看见任何隧道。"

"明天我带你去看。你应该回家了。"

艾丽丝点点头表示同意，随后想起就问："那么你呢？难道你从不回家？"

"不，每隔几周回去一次。我是所谓的全职保安。他们付工资让我睡在这里。"

"这听起来好可怕！"她没加思考就说。她并不想随意评判，但是在大垃圾桶和沉闷的寂静之间工作，她为这家伙感到可怜。

"噢，他们给我的报酬不错。"

"你不害怕吗？喏，那些非法进楼的人？"

"谁，我？"对她的关切，他似乎有点吃惊。"狗屁！我在这里已经三十年了。如果有事要发生在我的身上，那么早就发生了。"

他为她打开码头入口处的门，然后随着大门滚动着关闭，他拖着脚步返回大楼。

第十四章

一九七八年十一月二十三日星期四

比阿特丽斯刚要离开公寓房去小餐馆看望姨妈多丽丝,这时她听见有人敲门。她呆住了:从来没人敲过她家的门。

"谁……谁啊?"比阿特丽斯一面大声喊叫一面往后退缩离开声音。她的眼睛飞速扫视房间直至锁定一把菜刀。

"我是马科斯。"

比阿特丽斯冲到窥孔前。马科斯正站在楼梯井那里,一只脚轻轻踢跶着。"马科斯!什么风把你给吹来啦?我的意思是,你是如何找到我的?"

"找你不难,孩子。开门吧!"

"可是……"她停顿下来,皱起了眉头。马科斯从没送她回家,工作时,比阿特丽斯给了她一个假地址。她拔掉了门闩。

"嗨,西方邪恶的女巫[①]在家吗?"马科斯推门进了房间。

[①] 西方邪恶的女巫:the Wicked Witch of the West,美国儿童作家 Lyman. Frank Baum 虚构的儿童读物《绿野仙踪》中邪恶的女巫,这里是幽默地指多丽丝。

"不在家，她在上班。"

"挺好的住所！"

"谢谢！不怎样好，不过……"比阿特丽斯环顾这个她称之为家的两室小公寓，不知说啥好。

"嗨，你打算穿这衣服？"马科斯问。

比阿特丽斯低头看着她的喇叭形紧身裤和腰间打结的肥大衬衣耸了耸肩。"你是什么意思？"

"感恩节你要来的，还记得吗？"

比阿特丽斯看了看时钟：中午十二点半。"是不是有点太早？"

"我家下午一点开始感恩节正餐。如果开始晚了，我们永远结束不了。"马科斯哈哈大笑。

比阿特丽斯犹豫了，她想到了多丽丝，不过她总能在回家的路上顺便去一下餐馆。"好吧。那我应该穿什么呢？"

一小时后，她俩到达了位于莱克伍德的麦克唐奈家，一个工人阶级的近郊住宅小区，就在克利夫兰的西部。住宅有个很大的前门廊，门廊的一端有个长椅秋千，另一端有两把摇椅。石头的台阶经无数次踏踩已经破损。马科斯打开前门，屋内人群唧唧喳喳的说话声飘到了门廊里。小屋里挤满了人，充满了火鸡脂油和烤南瓜的温暖味道。

马科斯拉着比阿特丽斯挤进极度拥挤的人群。姓名和面容一个接一个飞速闪过——罗达，里基，玛丽，蒂米，肖恩，帕特里克。马科斯哇啦哇啦介绍个不停，介绍了前面十人之后，比阿特丽斯放弃了试图跟上介绍节奏的努力。每张新面孔都微笑着点点头。小孩们在塞满狭长起居室的便裤和连袜裤林里钻进钻出。哭泣的婴儿在闹腾。马科斯拉着比阿特丽斯往屋子更深处走，直至抵达厨房。

磨损的餐具和箔纸裹着的盘子从一端到另一端摆满了柜台式长桌。两英尺高的一叠一次性纸盘搁在洗涤槽附近，两个女人正忙着准备感恩节晚餐。

"挤不下更多厨师啦！"年纪较大的女人没有抬头就欢快地说。

"嗨，妈妈，我要你见个人！"

马科斯的母亲在锅边抬起头来。她面容憔悴，不过，她的蓝色眼睛与她的女儿一模一样。她渐趋花白的头发像法国人那样盘绕在脑后，马科斯也经常梳成这种发型。《美化家居与花园》杂志①一九五零年代有一期刊登了她系围裙戴珍珠项链的专页。

"你一定是比阿特丽斯，我如雷贯耳啊！我是伊芙琳·麦克唐奈。"

"见到你很高兴！"比阿特丽斯腼腆地边说边握住伊芙琳一只沾满面粉的手。

"嗨，比阿特丽斯！我是达琳。"达琳宽松的衬衣沾染了好几处食品污迹，她的红发也成了乱糟糟的一绺绺鬈发。

"嗨！"比阿特丽斯挥手还礼并对母女俩说，"谢谢你们邀请我出席晚餐。"

"这是我们的荣幸，亲爱的！"伊芙琳满脸笑容。

比阿特丽斯惊讶地看着长桌上摆放的一长溜数不清的食物，看着伊芙琳一边搅动罐子和从烤箱里拉出薄铁盘子，一边平静地微笑。

"马科欣，请你去告诉大家十分钟后我们开始吃饭。还有，去叫你爸爸来切这只鸟。"

---

① 《美化家居与花园》杂志：Better Homes and Gardens，美国销售量第四的杂志，1922年开始创办，曾由美国农业部部长主管。

"你留在这里。"马科斯命令比阿特丽斯,自己推搡着穿越人群。

比阿特丽斯站在角落里尴尬地搓着双手。四方形的小厨房没有坐的地方。伊芙琳从烤箱里拎出一只看上去像史前的猛禽,将它搁在厨房中央的那块砧板上。这是比阿特丽斯所见过的最大的火鸡。这个小个子女人能够拎起这么大只鸟简直是惊人!

"我能帮什么忙吗?"比阿特丽斯问,她感到尴尬无用。

"没什么事!你是我家的客人。终于见到马科欣的一个朋友,我真是太高兴了!"

"对呀,她通常只是与老头们厮混。"马科斯的姐姐嘲讽地大笑。

伊芙琳眯起了眼睛。"达琳,宝贝,你去地下室再取些餐巾好吗?"

达琳张嘴想争辩,但后来改变了主意。她用麦克卡车①的速度离开厨房。

"你得原谅达琳,"伊芙琳挥了挥一只烤箱防护手套,"她总是有点嫉妒她的姐妹。"

比阿特丽斯笑着淡化这段小插曲。"马科斯是个难得的好朋友,她真心实意地帮助我适应银行工作。"

"噢,她在银行工作很长时间了。"伊芙琳边说边在巨大的火鸡上覆盖锡箔。她从抽屉里取出切肉刀具。"我只是希望他们搞清楚所有那些指控。这么大一个丑闻!"

"丑闻?"

伊芙琳边点头边在一根磨刀棒上磨快切肉刀。"哪个银行不保存

---

① 麦克卡车:Mack Truck,由麦克兄弟兄弟公司生产的一种美国卡车。

他们寄存物品的可靠档案？整个事件简直不可思议。如果警察不介入，那将是他们的幸运。"

听到"**警察**"两字，比阿特丽斯几乎惊得张口结舌。

"有人在议论我吗？"一个深沉的声音问。

比阿特丽斯转过身去，看见一个年轻男子轻快地走进厨房。

"嗨，安东尼。别傻兮兮的。"伊芙琳笑着责骂他。

安东尼俯身亲吻她的头顶。

"嘿，妈妈！你的这位朋友是谁呀？"他指着比阿特丽斯说。安东尼熊腰虎背，下颌四方，眉毛浓密，不过蓝色的眼睛和酒窝还略带孩子气。

"这是比阿特丽斯，"伊芙琳说着用一块抹布擦拭切肉刀，"她与马科斯一起在银行工作。我们碰巧在议论他们银行正试图搞清楚的那件丑事呢。"

"你在骚扰我的朋友吗，托尼？"马科斯在门道里说。

托尼一下转过身来，脸上再次笑容满面。"这是你的安东尼·麦克唐奈探员！"

"别睬他，比阿特丽斯。自从去年当了探员，他简直让人受不了。妈妈，爸爸不知哪里去了，我找不到，可一大帮子客人越来越焦躁不安了。"

"噢，他也许在车库里抽烟。我去把他找来。安东尼，你来把那只野兽切成薄片。"

马科斯拉着比阿特丽斯走出厨房。"走，咱们去呼吸点新鲜空气。"

她们推挤着走出起居室，来到前廊。马科斯在出屋的路上不知从何处弄了两杯饮料。她把一杯饮料给了比阿特丽斯，扑通一屁股坐在门廊的秋千上，随后点燃了一支香烟。

"你妈挺好的。"比阿特丽斯开始了交谈。

"对,她真了不起。我不知道她是如何搞定这一切的。我觉得我是搞不定的。见鬼,我才不愿意干这种事情呢!"

"是的。"比阿特丽斯转向窗户。一个脸红耳赤的学步儿童正在拉扯她妈妈的头发。"你妈妈说的银行丑闻是什么意思?"

马科斯停止吸烟,耸起眉毛说:"我不清楚。她说什么啦?"

比阿特丽斯叙述了伊芙琳说起的有关寄存物品和警察的事情,尽量不让她听出好像哈洛伦先生给她任务暗中刺探她的朋友。

"哦,天哪!"马科斯摇摇头,显然很恼火。她一下喝光了她的鸡尾酒,又狠命抽烟。"我妈是个白痴!没有什么欺诈或警察调查。银行丢失了档案,我在帮助重建档案。"

"是否就是你正在与汤普森先生一起进行的特别项目?"

马科斯停顿下来,盯着比阿特丽斯的脸仔细看。"是的。几年前,我接到客户的一个投诉电话,好像银行丢失了她的贵重物品保管箱。我报告了汤普森先生,他叫我处理这个问题。整个项目有点成了秘密,因为比尔不想办公室里流言四起。"

尽管听不懂马科斯说的话,比阿特丽斯还是点点头。比如,哈洛伦先生为什么要对一个贵重物品储存的审计员感兴趣?如果整个事件是保密的,那么马科斯的母亲为什么知道得那么多?

马科斯看见比阿特丽斯又皱眉头又叹息。"我母亲是担心我有什么风流事,因为我在办公室那么多天夜晚都工作到很晚。我不得不告诉她一些事情,免得她把我送进修道院。她如此满嘴胡说,真是要命。你能保守这个秘密吗?如果比尔认为我在办公室里到处乱说这件事,他可能会开除我的。如果我帮他把这件事做好了,我甚至可能得到提升。"

"绝对保守秘密！"比阿特丽斯不敢正视马科斯的眼睛。

马科欣站起身来，把她的香烟扔到紧靠门廊边的雪堆上。她勾住比阿特丽斯的胳膊说："太好了！我们去吃饭吧。我快饿死了！"

第十五章

比阿特丽斯一生中从来没有吃过这么多食物，一餐三杯葡萄酒和四道主食，她觉得自己的胃要胀破了。在玻璃杯和银餐具的一片叮当声中，比阿特丽斯了解了梅姨妈的玫瑰花园、一位姐姐的猫咪，还有一位侄子近似疯狂的习惯。她的脸都笑疼了，她一直点头脖子都僵硬了。她低声对马科斯说她要回家了，于是就从椅子上起身。

她艰难地经过四张坐满客人的餐桌来到门口。门外前廊里的空气令人感到舒服，寒冷而又清新。她呼出一长串热气。必须得想个办法礼貌地离开聚会。喋喋不休的闲聊使她精疲力竭。再说，多丽丝也许还在小餐馆里等她呢！她有那么多问题想问姨妈。

马科斯的哥哥托尼没精打采地坐在长椅秋千上抽着雪茄烟。"美好的夜晚！"

"嗯，是的。"

"你想坐下吗？"

"噢，不，谢谢！我感觉好像已经坐了很长时间了。"

"我明白你的意思。"他咧嘴而笑。"我好佩服你啊，你敢于面对整个麦克唐奈家族！你是如何承受住的？"

"噢，我过得很开心啊。"她一边说一边透过热气腾腾的窗户朝里张望，寻找马科斯。她的椅子是空的。

"嗯，马科欣一定真的喜欢你。她从来不带朋友回家。"他在门廊栏杆上轻轻扣击他的雪茄烟，同时问道，"你在这里有家人吗？"

"我与姨妈一起住在东区。我真的该马上回去了。我姨妈正在上班，如果我不去祝她感恩节快乐，我会难受的。"

"呀，你进退两难，是吗？"他的酒窝又出现了。"我是说，我妈甚至还没上甜食呢！"

"哦，天哪！我可不想没礼貌。"她边说边感到一阵无奈和内疚。太阳开始在屋后落下。

"我不知道你感觉如何，不过我是再多吃一口都不行了。"他边说边拍拍他十分干瘪的腹部。他站起身来说："我们在这里开溜如何？"

"你是什么意思？"

"留给我来处理。"他为她打开前门，轻声地说，"让我来向他们解释吧。"

五分钟后，比阿特丽斯坐在托尼没有标识的福特LTD[①]上，眼睛盯着仪表板顶部乏味的红色紧急警灯。马科斯曾不同意他们离开，不过似乎从来没人与托尼争辩，他可以随意摆平他们所有人。比阿特丽斯在脑海里已经想好星期一向马科斯道歉的说辞。

当他俩驶过雪原越过弯弯曲曲的河流时，八轨道播放器下面民用通讯频道搜索仪发出轻轻的嗞嗞声。

比阿特丽斯对仪表板如此感兴趣，托尼对此似乎大为惊愕。"你

---

① 福特LTD: Ford LTD, 美国福特公司1965—1986年间专为北美生产的一种汽车。

坐过警车吗？"

比阿特丽斯摇摇头。

"我当警察前乘过多次警车。如果你没法打败他们，那就参加他们，懂吗？"他咯咯地发笑，这使她联想起马科斯。"我说啊，我希望我妹妹不要让你卷入银行里太多的麻烦。"

"麻烦？"比阿特丽斯皱起了眉头。"你是什么意思？"

"是啊，她太爱管闲事，喜欢搅和所有人的事情。如果说我不明事理，那么我要说她应该来当这个探员。"

"你是说那些丢失的档案？"她尽量显得很随意。

"那件事以及其他许多小诡计。她总会想出许多有关城里富人家庭和他们与银行之间关系的阴谋论。你知道吗，克利夫兰第一银行是俄亥俄州东北部所有银行中储蓄率最高的。你在银行工作应该感到自豪。"他开车下了高速公路，开始向南朝小意大利驶去。"你住在北边的梅菲尔德，对吗？"

她眨眨眼，意识到她还没有告诉他们应该驶向哪里。"嗯，对。马科斯告诉你我的住址了吗？"

"不完全是。这样说吧，说过这件事。"

"说过？"

"银行里有关你住址的信息有点混乱，马科欣对此恼火极了。顺便说一下，你也许需要去查看一下。很显然，你的档案里有一处差错。档案说你住在一个餐馆或什么的。"

比阿特丽斯目瞪口呆地看着托尼。有人已经发现她在职员登记表上说谎了，是马科斯发现的。

"我告诉你她是个爱管闲事的人。她甚至让我在警察档案里查你。"他抚慰地朝她笑了笑。"别担心，警察局里没你的档案。"

"那样做合法吗?她为什么要那样做?"她的声音变得尖锐起来。

"嗯,那些都是公开的档案。我只是查阅比较方便而已。我还能说什么?小妹要我做的事我还能不做?!"

比阿特丽斯张开嘴巴想说什么,但什么也没有说出嘴。在交通信号灯处,托尼转过头来朝向她。"别这么担心。马科斯真的喜欢你。再说了,你有什么需要隐瞒的?"他拍拍她的膝盖,仿佛此事就这么了结了。

比阿特丽斯不自然地笑了笑。"能不能让我在那边的小餐馆下车?我姨妈在那儿上班。"

托尼放慢了车速,比阿特丽斯努力放松自己。也许马科斯的打探真的毫无恶意。毕竟马科斯邀请她参加了感恩节聚会。也许她真的爱管闲事。比阿特丽斯决定改变话题。

"那么,你刚才是不是说银行与城里所有最富有的家庭都有关系?"

"对,从卡耐基到洛克菲勒,似乎他们都偏爱克利夫兰第一银行。事实上,他们中有一半人是银行董事会成员:布罗丁杰、斯韦德、马赛厄斯、瓦克尔利、哈洛伦……"

比阿特丽斯听说过洛克菲勒,但是直至托尼说了哈洛伦,其他人的名字一点儿印象都没有。

"有些人甚至猜测卡弗利家族拥有银行的股权。"

"谁?"

"你住在小意大利,从没听说过卡弗利家族?"他耸了耸眉毛。

她脸上一片木然。

"他们是克利夫兰市依然与西西里有联系的最后一个家族,或者说我们是这样认为的。"

尽管比阿特丽斯对托尼所说的话并不太相信，但是她还是点了点头。汽车减速了，托尼将车停靠在小餐馆前面的路边，比阿特丽斯的姨妈在餐馆里做双班。托尼下车护送她到餐馆前门。

"见到你很高兴，比阿特丽斯！如果你需要任何帮助，"——他伸进自己羊毛大衣的口袋，掏出一张名片递给她——"给我打电话。"

她接过名片，名片上印着："克利夫兰警察局安东尼·麦克唐奈探员"。托尼是在向她提供警察保护还是在与她调情，这就不十分清楚了。"谢谢你，大警探！"她腼腆地说。

他轻轻抚弄她的下巴。"感恩节快乐，比阿特丽斯！"

比阿特丽斯手里拿着警探的名片站在那里，没有标识的警车在雪地上留下了车辙。

第十六章

比阿特丽斯走进油腻闷热的小餐馆寻找多丽丝。明亮的灯光照得一切都似乎更加肮脏。零零落落的几个顾客,多数是上了年纪的男人,他们散坐在餐馆的四周,抿着咖啡,吃着馅饼。整个小餐馆只有几个骨干员工支撑着门面。后面厨房里也只有一个厨师,还有一个女招待端着一壶清咖啡一瘸一拐地四处服务。

比阿特丽斯挥手示意她停下。"嗨,格拉迪丝,感恩节快乐!多丽丝在吗?"

"啊,亲爱的!"老女人将烧焦变了色的咖啡壶搁在早餐柜台上。"比阿特丽斯!"

比阿特丽斯的笑容消失了。

格拉迪丝一把抓住她的手,将她领到一把椅子跟前。"我不知道如何联系到你,多丽丝进医院啦!"

"什么?发生什么事啦?"比阿特丽斯的脸刷的白了。

"哦,宝贝!"格拉迪丝拍拍比阿特丽斯的手。"我真的不知道发生了什么事情。前一会儿还是好好的,过一会儿我们就发现她倒在了地上,救护车来了,把她送到大学医院去了。米克跟着去了,两小时以前。"

格拉迪丝在解释，她的声音听起来越来越远。比阿特丽斯一屁股坐在了午餐柜台边的一个搁脚凳上。

"我来帮你叫一辆出租车，那样你就可以去医院了。"格拉迪丝拍拍她的手。

比阿特丽斯也许点了点头，她吃不准。她不知道自己在那里坐了多少分钟，呆呆地望着地板，直至格拉迪丝扶她上了一辆出租车，给司机付了车费，让他送她去急救室。小餐馆室外冰冷的空气冻得她直眨眼睛。

她转身面向格拉迪丝，打起精神轻声地说："谢谢你！"

急救室里乱哄哄的。每个座位都被人占了。人们只得靠墙倚着。不知什么地方一个婴儿在啼哭。一个女人紧紧抓住手上裹着的一条红色的湿毛巾。一个男人坐着，脑袋捂在双膝之间。问询处前五个人排成长长一溜。比阿特丽斯也排队等候向护士询问，她的眼睛一直盯着自己的双脚。

当她终于排到问询处前时，护士正忙着在写字夹板上书写什么东西。"呃，对不起，我要找多丽丝。我想是一辆救护车把她送到这里的。"

"她入院了吗？"护士问，连头都没有抬起。

"我也吃不准。他们说是救护车送来的。"

"那你得去住院处询问。出那些门，往那边走两个路口。"护士用铅笔指着路说。"下一个！"

比阿特丽斯想抗议，但她的眼睛已满是泪水。她离开问询处，奔跑着离开候诊室。到了医院外面，她终于忍不住哭出声来。她倚靠在一根灯柱上，哭得浑身发抖。

"小姐，你还好吗？"一个声音问。

比阿特丽斯懒得抬起头看谁在说话，而是挥手让他们离开；她用颤抖的双手擦拭泪流满面的脸膛，沿着人行道跌跌撞撞地走了。

多丽丝被送到了重症监护室。服务台后面的女士指引比阿特丽斯去了电梯口。她到达五楼，找到了另一个服务台。

"我——我的姨妈今晚被救护车送到这里了。她在工作时晕倒了。"

夜间值班护士抬头看着比阿特丽斯红肿的眼睛和弄污的睫毛膏，她的脸色温和了些。"她叫什么名字？"

"多丽丝·戴维斯。"

"让我去看看能否找得到。"护士走开了，留下比阿特丽斯独自一人在重症监护室等候厅。比阿特丽斯能够听见服务台后面机器微弱的嗡嗡声和嘟嘟声。空气里飘浮着工业清洗剂和尿液似的味道。一想到多丽丝在那里过夜她感到一阵恶心。她倒进一把椅子，来回摇动起来。

她压低嗓子哼了起来，"低声——说——再见……别哭泣……快快睡，我的小宝贝……醒来时，你会有……所有漂亮的小马驹。"

这是她成长的摇篮曲。她记不起有人曾给她哼过这首曲调，但这事一定发生过。她也记不起自己是几岁开始哼哼这个曲子的。

护士终于回到了等候厅，手里拿着某样东西。那是多丽丝的手提包。护士将包放在总服务台，然后走了过来。比阿特丽斯停止了呼吸。她确信多丽丝死了。

"你姨妈中风了。"

无菌服务台上的手提包是希望的结束。比阿特丽斯感到自己的心在往下沉。

"她处于昏迷状态,"护士继续说,"麦克哈蒂大夫下班回家了,不过他明天会来医院回答你可能提出的任何问题。"

昏迷。这个词慢慢地印入她的脑海。她深深吸了口气。多丽丝没有死。"我能见她吗?"

护士领着比阿特丽斯穿过两边都是玻璃门的狭窄走廊。他们来到右边的最后一扇门,护士嘎吱推开了门。屋里,一个女人一动不动躺在一张洁白的床上。各种管子在她的鼻子和右手臂上输入导出。比阿特丽斯几乎认不出躺在轮床上的躯体,可那是多丽丝。比阿特丽斯倒退着走出敞开的房门,她用手捂住嘴巴摇摇晃晃地走向等候厅。当她快要走到电梯的时候,护士的叫喊声止住了她的脚步。

"等一等!别忘了她的手提包!"护士喊道,同时将棕色的提包送到比阿特丽斯的手里。"我们不建议把这样的私人物品留在医院里。我们不能为这些东西负责。"

比阿特丽斯紧紧抓住提包,独自步行半英里回家。她爬上山岗,冰冷的北风吹透了她的衣服,但是她几乎没有感觉到寒冷。终于到达了公寓房,她开门入内,一下子倒在长沙发上,手里依然紧攥着多丽丝的手提包。皮包柔软陈旧。

她的目光环顾房间。现在怎么办?现在她打算做什么呢?她将提包扔在咖啡茶几上——提包落到了地上,里面的东西全都掉落出来——七美元,缠满白发的梳子。姨妈的库尔牌香烟[①]还剩半包,而且已经褶皱。她把那盒香烟放到鼻子前,闻闻香烟的味道。她的眼睛再次热泪盈眶。

她伤心地拿起姨妈的钥匙链,将它攥在手心里,仿佛她握住了多

---

① 库尔牌香烟:Kools,一种薄荷味居多的香烟,壳子常呈绿色。

The DEAD KEY　093

丽丝的手。在医院里她没有碰触姨妈的手，而是逃离了。

比阿特丽斯紧握几个钥匙直至手指生疼。她认识家里的房门钥匙和地下室洗衣房钥匙，猜想另一个钥匙一定是工作上用的。这最后一个钥匙很奇怪，它比其他钥匙小而精致，显得比较陈旧。她把钥匙反过来，看见上面有数字："547"。她盯着钥匙看，直至合上红肿的眼睛。

第十七章

星期一，比阿特丽斯走进办公室，依然昏昏沉沉。医生给她作了长时间的解释，什么破裂啦，抽烟啦，运气不好啦等等，对于这些解释她几乎都弄不太懂，只知道多丽丝可能永远不会再醒来。

"你的脸色很难看！"马科斯嘲弄数落她。"昨晚外出喝酒啦？"

比阿特丽斯不敢说话。她的眼角处泪珠在闪动。她不能在工作时哭泣；在这种时候，她不能再丢了工作。房租、账单、食品等等全部要由她支付，独自一人支付。一颗泪珠从她的脸颊上滚落下来。

"去盥洗室见我，现在就去！"马科斯命令道。

比阿特丽斯顺从地去了。她走进一个马桶间坐了下来。她记不清上次她是什么时候进餐的。

马科斯风风火火地进来了。"嗨，你怎么啦？"

"我姨妈进医院了，她中风了。我……我不想说这件事。"

"什么时候出的事？"

"感恩节。你哥哥放我下车后我才得悉。"

"我的天哪！对不起，我能帮什么忙吗？"

马科斯的脸上露出了真诚关心的神情。这种情景使比阿特丽斯哭泣起来。马科斯是她姨妈中风之后第一个向她伸出援助之手的人。护士们都很冷漠,医生说她姨妈的病情时好像她是一辆出了毛病的汽车。她用双手捂住了脑袋。

马科斯递给她手纸擦拭眼泪。"我们得让你离开这里。乘电梯去楼下大堂。五分钟后我在那里与你碰头。"

"可是那个……"

"让我去对付坎宁安。你这种样子不能让她看见,快走吧!"

比阿特丽斯点点头。她站起身来,两腿颤抖,在镜子里照了照自己红肿的脸庞。马科斯是对的,她不能这样回办公桌去。

五分钟后,马科斯笑嘻嘻地走出电梯。"今天感觉老坎宁很慷慨。我俩今天都放假,帮助你处理一下家庭悲剧。上帝啊,看上去她自己也要哭了。喝一杯怎么?看样子你需要来一杯。"

只要不再孤独一人,比阿特丽斯去哪里都无所谓。她跟着马科斯出了前门,走上街头前往酒吧。

卡米歇尔在售酒柜台里,准备开始一天的生意,这时马科斯连续重重地敲击玻璃门。门锁了。"戏剧酒吧"上午十一点才正式开门。"美女们!"他在门里面欢快地招呼,"你们有事吗?"

"快开门,卡米歇尔!我们有急事。"马科斯高声喊道。

"可你是知道的,酒店开始营业我才能为你们服务。否则警察会给我找很多麻烦的。"

"我的哥哥和我的父亲坚决要求你开门,"马科斯硬是推门进入酒吧。"给我们拿两杯杜松子利口酒[①]。"

[①] 杜松子利口酒:gin rickeys,由杜松子酒、伏特加、柠檬汁、苏打水和冰混合而成的一种鸡尾酒。

卡米歇尔停下来想了想马科斯的说辞，最终点头同意了。马科斯把比阿特丽斯拉到一个火车座，让她坐下。"把一切都告诉我。"

卡米歇尔很快端来了饮料，马科斯将一杯酒推给比阿特丽斯。比阿特丽斯长长地慢慢地抿了一口，随着烈酒热辣辣地咽下喉咙，她微微喘了一口气，随后又呷了一口，心里的话全都倾吐了出来，从她搭乘托尼的警车，到医院里发出嘟嘟声的机器。马科斯倾听着，不时递给她手巾纸。

"随后他们叫我把她的手提包拿回家，因为放在医院不安全。手提包在医院不安全，可是我希望离开的是一个健康的人，一个手提包没有一个……人重要。"比阿特丽斯说着泪水再次如泉涌一般。

"手提包当然没人重要。"马科斯拍拍她的手。她已经喝完了自己的酒，于是挥手招呼卡米歇尔过来续杯。"那么你有没有在里面发现什么有趣的东西？"

"在哪里？"

"手提包里。"

比阿特丽斯怀疑地看着马科斯。这是一个完全不妥当的提问，甚至有点恶意，但又似乎问到了点子上。哭了一个小时，突然来点幽默，比阿特丽斯露出了一丝笑容。

"你知道吗，我发现了某种有趣的东西。"她从自己的提包里取出了姨妈的钥匙链，将它放在桌子上。"这上面有一个非常奇怪的钥匙。"

"这是一个贵重物品保管箱的钥匙。"

"你怎么知道的？"比阿特丽斯拿起钥匙，再次仔细观察它。

"噢，钥匙上有箱子的号码，它是我们银行的。你看，上面刻着'克利夫兰第一银行'。"

"我在想为什么多丽丝姨妈会有一个贵重物品保管箱。"比阿特丽斯眯起眼睛再次阅读钥匙上微小的刻字。她真正想知道的是这个钥匙与她在姨妈梳妆台底层抽屉发现的那些奇怪的信件有什么关系。

"噢,你会吃惊的。人们把各式各样的东西放在保管箱里。现金、珠宝、法律文件,应有尽有。"

"什么样的法律文件?"比阿特丽斯比较肯定她姨妈没有钱也没有珠宝。

"我不知道。遗嘱,出生证,契约证书,医院档案,诸如此类的东西。"马科斯耸耸肩膀。"我与比尔一直在做的就是这件事情,你知道吗?"

比阿特丽斯摇摇头。她不知道的事情有那么多。

马科斯又点燃一支烟。"贵重物品保管箱。人们不再支付保管费,他们把它们忘记了,或者他们病了或死了,银行保管这些人的东西处于两难境地。"

"那么银行如何处理这些东西呢?"

"呃,依据法律他们必须保管五年,然后如果没人来认领保管箱里的东西,银行就应该把一切移交给州里。"

"那么州里如何处理它们呢?"

"他们出售这些东西,保存现金。他们应该保留记录,以防最近的亲属前来索取,但是几乎没人前来索取。太折腾了!"

"这太可怕了!"比阿特丽斯用酒吧的餐巾擦了擦鼻子。"如果人们意识到发生了什么事情,想要回他们的东西,那将会怎么样?"

"几年前就发生过这样的事情!"马科斯瞪大了眼睛说,"大约是四年前吧。有个小老太拨通了我的电话,想知道她儿子婴儿时代的鞋子以及其他一些东西哪里去了。这件事花了我极长一段时间才从比尔嘴里得到了直白的回答。当我终于告诉那个小老太州政府可能把鞋子扔了,她永远失去那双鞋子的几周后,老太来到银行,威胁说要把银行关了。她宣称俄亥俄州从来没有听说过她或者她的保管箱。她要把这事捅到新闻界去。你真应该亲眼目睹一下!你能听见她在比尔的办公室里尖声喊叫,清楚极了!"

"后来发生什么事啦?"

"什么也没有,"马科斯说着用一根小红麦管搅拌她的鸡尾酒,"我们再也没有见到那位小老太。我觉得有点奇怪,你知道吗?我决定去寻找她。"

比阿特丽斯坐着等待马科斯继续说。终于她问:"你找到她了吗?"

"她死了。交通事故。"马科斯一口接一口地抽烟。"你知道吗,我总觉得这件事不对头,老太来银行吵闹大概两天后事故发生了。事情似乎,唔,很蹊跷。我对托尼说过这件事。我努力敦促他启动调查。他认为我疯了。当然啰,那时他还不是一个专职警探。"

"什么?你认为银行与这次交通事故有牵连?"比阿特丽斯的声音降低到几乎是耳语,尽管酒吧里空荡荡的没有其他顾客。马科斯耸耸肩膀,用力扯了扯她的一绺黄铜色的鬈发。

"就在那个老太离开后,我从来没有见过办公室这么安静。银行召开了各种各样的会议。几位副总裁下楼来,在比尔的办公室里待了很长时间。那天结束的时候,比尔的模样像见了鬼似的。而托尼认为我只是在胡乱猜想。"

"你曾经对比尔说过你的想法吗?"

"天哪,没有!不过我的确提出了很多问题。他说我表现出了'主观能动性'。第二天,他决定让我参与一个新的项目。打那以后,我一直在审计贵重物品保管箱。"当比阿特丽斯茫然地看着她时,她补充说:"喏,就是给保管箱的物主打电话,核查记录,诸如此类的事情。"

"这件事为什么要如此保密?它听起来并不那么神秘。"

"噢,比尔说他想对此事保密,那样存储办公室就不会发觉他们正在被审计。"马科斯停顿了一下,然后低声说,"此外,偶尔我会发现存储记录遗失了。"

比阿特丽斯点点头。马科斯的母亲在感恩节聚会上提及过遗失档案的事情。不知怎的,她无法摆脱多丽丝卷入所有这一切的感觉。她所发现的信件有关一个贵重物品保管箱。另外,她记得马科斯的哥哥说过:**马科斯应该来当警探**。"是否有可能让我看一下我姨妈的保管箱里有什么东西?"比阿特丽斯意识到这话听起来有点过分,于是就补充说,"我根本不会从箱子里偷东西,不过,也许里面有遗嘱……或某种她需要的东西。"

"不行,不合法的。她依然活着的时候是不行的。"马科斯停了一下,然后慢慢地咧嘴而笑。"不过,规定有时是可以通融的。"

第十八章

一九九八年八月十日星期一

艾丽丝进屋后随手关上了房门，将头靠在墙上。多漫长要命的一天啊！她把野外工作包撂在门厅，拖着脚步走进厨房，去找点东西吃。她直至撕开一纸盒剩下的中国食品才打起精神去瞧瞧电话答录机。她转动着眼珠，按下按钮，咕哝着说："又有什么事，妈妈？"

"艾丽丝？艾丽丝，你感觉好些了吗，宝贝？给我打个电话。我替你担心！"

抹掉。

艾丽丝叹了口气，脱掉满是灰尘的衣服，听见什么东西当啷一声掉落到地上。这是她从一个秘书遗弃的办公桌里拿来的钥匙。办公桌不是被遗弃的，她纠正自己。苏珊娜·佩普林斯基和她所有的同事都被锁在大楼外面，事先没有得到任何告示。

她捡起钥匙，放在手里颠了颠。有一千多扇小门的狭长地下金库从她脑海里闪过。小门都是锁着的。拉莫尼说过其中许多保管箱里仍然装满了东西，因为二十年前银行在出售的时候遗失了万能钥匙。

但是钥匙是如何丢失的呢？你怎么会丢失整个金库的钥匙呢？公众为什么不要求钻开所有的保管箱呢？她翻来覆去地看那把钥匙，穿着内衣内裤躺在长沙发上。不管是谁拥有这把钥匙，他也许丢失了547号保管箱内某些珍贵的东西，某种小东西永远被锁了起来，被遗忘了。

也许甚至没人记得丢了什么东西。**除非你知道一把钥匙是开哪把锁的，否则它毫无价值**，她边想边用一个手指在钥匙齿上滑动。这使她想起了多年前的某个时候，她偷翻了父亲最上面的抽屉，发现了一个装满钥匙的旧皮夹。艾丽丝花了数月时间试图破解它们的用途。没有一个钥匙可以打开房子或汽车。她父亲从不带这些钥匙去上班。即便他出差离家好几周，那些钥匙也从不离开那个抽屉。尽管只有八岁，她却想象出一百种稀奇古怪的情节来解释这些钥匙，什么秘密房间啦，埋藏的珍宝箱啦；不过无论她如何努力寻找，这些钥匙根本打不开一把锁。她永远没有勇气承认自己的窥探行为，也没勇气问及这些钥匙。最后，她放弃了寻找，改变兴趣去玩其他东西，不过她看父亲的眼神不再一样了。父亲锁藏了某样东西，某样不管她如何努力也永远看不见或摸不着的东西。

艾丽丝在几个手指间玩转547号钥匙。这把钥匙有个秘密。没人会把一把贵重物品保管箱的钥匙放在抽屉里，然后忘记了它。如果这把钥匙不重要，那么它的主人根本就不会租用一个贵重物品保管箱。它不应该被遗忘埋没在大楼里；遗忘在一个墓地里，她纠正自己。据卡米歇尔说，这栋大楼是个墓地。

一想到大楼里四处游荡的手电灯光，她啪的把钥匙拍在咖啡茶几上，然后点燃另一支香烟。无论从哪个角度看，这真不关她的事。她吹开脸颊上的一缕头发。她的目光从灰尘扑扑的电视荧屏移到角落里空白的画布，再回到茶几上的钥匙。

"做你想做的事情。"这是埃莉的建议。

去他妈的！她重新捡起钥匙，踏着重步走进厨房去寻找她的电话簿。电话簿埋没在她从来没有使用过的那个汤罐底下的一个碗柜里。她费力地将厚厚的电话簿从碗柜里拿出来，啪的一声放在地上。苏珊娜·佩普林斯基不是一个死鬼。

电话簿上列了三个佩普林斯基——迈克尔、罗伯特和S.。她瞥了一眼电炉上的时钟，发现时间已经是晚上十点了。她母亲要发火了，不过不管怎么她还是决定试着拨个电话。

她提起电话先拨了S. 佩普林斯基，电话响了三下，一个年轻女人接了电话。

"喂？"

艾丽丝清了清嗓子，意识到自己还没有准备好说什么。"嗯，喂……呃，你不认识我，不过我在寻找苏珊娜，苏珊娜·佩普林斯基。你认识她吗？"

"认识的，她是我的伯母。"

"你能告诉我怎么才能联系到她吗？"艾丽丝很客气地问。她的心在飞快地跳动。实际上她已经寻找到苏珊娜。**听见了吗，卡米歇尔**，她心里在想。不存在什么死鬼。

"这到底是怎么回事？"

"我想我偶然发现了她的一样东西，"艾丽丝说，而且心里明白她需要提供更多信息。"我想我偶然发现了她的钱包。"她憎恨说谎，但是出于某种原因，她不想对任何人泄露任何有关钥匙的情况，苏珊娜除外。也许也是因为她偷了这把钥匙，她责备自己。她将如何解释这件事情呢？

"请等一下。"女人放下电话，艾丽丝听见女人在高声叫喊："苏西伯母！你丢钱包了吗？你的钱包？……**你的钱包！**"很显然，苏西耳聪。过了一会儿，那个恼怒的声音说话了："来，你为什么不亲自跟她说呢？"

一个更加年老刺耳的声音在电话里急促地说："喂？"

"苏珊娜？你是苏珊娜·佩普林斯基吗？"艾丽丝对着电话高声喊道。

电话那一头传来一声高嗓门的尖叫声。"该死的助听器。"女人小声而含糊不清地说，她的声音远离话筒。随后她说："对，我是苏珊娜。这到底是怎么回事？你知道吗，你打电话太晚了！"

"对不起，大人。我知道时间很晚了，不过我想我偶然发现了你的一样东西。"她停顿了一下，寻找合适的说辞，最后终于决定说什么了。"你好像曾在克利夫兰第一银行工作过？"

"是的……不过，你怎么知道的？"

"对不起！我知道这不关我的事，但是我最近在旧楼里工作——喏，尤克利德大街1010号那栋大楼——我发现了某样奇怪的东西。"艾丽丝停顿了一下，随后说，"在你的办公桌里发现的。"她猜想这个女人对一个素不相识的人乱翻她的东西不会太客气的。

"某样奇怪的东西？"女人边说边咳嗽了一会儿。"你在说什么呀？"

"我发现了一把钥匙，我想它也许属于你。你曾在银行租用过一个贵重物品保管箱吗？"

"贵重物品保管箱？你在开玩笑吧？那时我甚至没有一个银行账户。我要一个贵重物品保管箱派什么用处？"一阵长时间的沉默，随后她小声抱怨说："听着，我不知道那个姑娘对你说了些什么，不过我从来没有租用过保管箱。"

艾丽丝的眼睛瞪得大大的。"对不起,什么姑娘?"

"我对她说过的话,现在对你再说一遍。我永远不会把我的钱托付给那些骗子!"话筒里传来了吐烟的声音,"我是对的,你知道吗。那些杂种深更半夜把门都用链条锁了起来。人们不得不向联邦政府请愿,只是为了从办公桌里取回他们的私人物品!我说那个阿利斯泰尔和那些骗子将罪有应得!"

艾丽丝从杂物抽屉里抓起一支笔,开始在一张过期的披萨赠购券上潦草地记录:"什么姑娘?/阿利斯泰尔将罪有应得/请愿联邦政府。"

"你也回大楼取你的东西了吗?"艾丽丝咬着笔问。

"取什么东西?我对你说过了,我不在银行存放任何东西。"

这么说来,这把钥匙结果不是苏珊娜的。

"对不起,刚才你说你对别人说过这件事啦?"

"我没在说什么。那个姑娘是疯了。深更半夜像这样给我打电话。"

电话背景里有个声音在不耐烦地说话。艾丽丝没有太多时间了。

"谁在深更半夜给你打电话?你记得吗?"

"我当然记得。我没有疯,知道吗。"电话听筒里传来更多吐烟的声音。

"当然没疯。她是谁?她也在银行工作?"艾丽丝追问。

"是审计部那个小东西。比阿特丽斯·贝克。顺便说一下,别相信她说的任何话。她是个说谎的人。"

第十九章

整个夜里,苏珊娜的声音在她耳朵的深处尖叫着。也许苏珊娜对这把钥匙一无所知。不过,艾丽丝一问起钥匙,苏珊娜说起话来就像一个偏执多疑的疯子。艾丽丝在床上翻来覆去睡不着,头脑里反复思考着这件事,直至只留下一种想法——谁是比阿特丽斯·贝克?

第二天,艾丽丝几乎准时到达尤克利德大街1010号的后门。她按下按钮,将她缺乏睡眠的脑袋靠在石头墙壁上。沐浴在清晨的阳光下,半夜里所有戏剧般的事情——手电光、钥匙、保管箱——似乎都很荒唐可笑。大门、人行道、街道——一切都显得完全正常。

像平常一样,拉莫尼没有露面就开了大门。艾丽丝泊好车,坐着抽烟,考虑先做什么。首先,她想跑上十五楼,去看看昨夜手电光四处移动的地方,但是她不敢保证自己有那种勇气;其次,三楼缺少个开间,她想集中精力解决这个问题;第三,拉莫尼有关地下室隧道的说法更具诱惑力,他对这件事明显更有兴趣。她还不知道保安日日夜夜都在这空荡荡的大楼里度过。

是父亲在她头脑里的声音为她作出了决定:不管拉莫尼和大楼多么有趣,她还是要工作第一。她泄气地叹了口气,从那个她用来装可怜巴巴的几件工具的旧健身包里找出三楼的平面图，将图固定在写字夹板上。星期一前，布拉德需要拿到下面七层的简图。她大步登上装卸码头的楼梯，走进服务走廊。

艾丽丝使劲拉开三楼的大门，然后举步折返。她慢慢地清点圆柱的数目，从东面的墙壁开始，慢慢向西面清点。圆柱的数目是吻合的，窗户的数目也是吻合的。

图书馆里一切都乱了套。窄长的图书馆占据了三楼的西侧，宽只有二十五英尺。她再次测量了整个房间。若与二楼相一致，那么三楼应该实实在在有三十五英尺宽。图书馆没有任何窗户，因为银行大厦的西侧毗连旧的克利夫兰圆形大楼；这里是一堵共有墙。艾丽丝从提包里找出二楼的平面图。依据她的草图，下面二楼的外墙比她正倚靠的三楼墙壁再向西外延十英尺。

她一边查阅草图一边用铅笔敲击墙壁；墙壁听上去是空心的。她再用拳头用力重击，墙壁绝对不是旧木板条和灰泥，听上去像建在壁骨上的干砌墙。她上上下下仔细查看整个房间的墙壁。墙壁无缝。墙壁被油漆成棕黄色，悬挂了一排白人老头的大幅肖像：瓦克利先生、布罗丁格先生、马赛厄斯先生——每隔十英尺就有一幅肖像，每幅肖像配有金色小名匾。艾丽丝沿着西墙来回走动，这些肖像的眼睛始终盯着她。一排又一排的图书，她还是找不到一扇门、一扇窗或者一扇检修窗。

艾丽丝放弃了对图书馆的彻查，走向大楼正面西北一侧的角落办公室[①]，琳达·哈洛伦的办公桌依然空荡荡地摆在那里。艾丽丝数了

[①] 角落办公室：Corner office，一般指位于角落的经理办公室，象征美国职场的身份和地位。

数窗户，核对了她的几张平面图。少了一扇窗户！为了确凿起见，她又数了一遍。她走到办公室的西墙，用力重击，声音听起来就像图书馆的墙壁，墙壁用难看的护墙板覆盖，可是却没有缝隙。角落里有一个巨大的书橱，高八英尺宽四英尺。

艾丽丝走到书橱跟前，用一只脚轻推，它几乎纹丝不动。**实心栎木**，她心想。她朝书橱和护墙板之间极小的间隙里窥视，除了一个阴影外什么也没有看见。艾丽丝低头看着绿色的长绒粗呢地毯，然后再退后几步抬头看书橱。她根本没有办法移动它。她检查了空空的木头书架，做了一些快速的心算。书橱前面有那张沉重的木头办公桌和一对皮座椅，它们都看上去相当昂贵。她犹豫了一下，然后绕过办公桌，将两把皮椅挪开。

巨大的书橱光脱脱毫无防护地靠着墙壁。**没人会惦记你**，她心想。她眯起眼睛直至几乎闭上，并尽可能高地向高处伸手，同时将一只脚抵住墙壁，然后用力拉，庞大笨重的木书橱嘎吱嘎吱地缓慢离开它的承座，开始倾侧；随后它靠着橱边支撑摇摇欲坠，终于这个家具中的庞然大物轰然倒地。木头破裂成许多碎片或者爆裂开来。书橱哗啦砸到办公桌的一角，倾覆在地，艾丽丝感到地面在颤动。她蹲伏着，举起双臂护住自己的脸膛，以挡住木块碎片。她几乎预料拉莫尼会举着手枪冲进房间。当一切都没发生的时候，她紧张得傻笑出声，并掸去衣服上的灰尘。

她转过身来，真切看见了书橱背后她所希望发现的状况。它是一扇门。它深色的木头与周围的护墙板完全一致。她试了试青铜的门把，门把是锁着的。她从口袋里掏出布拉德几天前给她的万能钥匙，将它插进门锁，锁纹丝不动。为了确定，她又试了试。

什么地方一定有一把钥匙。她决定再次试试琳达的几个抽屉。从一个角落到另一个角落她摸索了每个抽屉的内侧，以寻找钥匙。她只找到了两个回形针和一个图钉。她砰的使劲关上抽屉，沮丧地坐进琳达的椅子。她怒视着损坏的书架，随后又瞪着眼睛看着办公桌。书橱倒下时给木头桌面留下了伤痕，不过桌面有点让她感到异样。桌子看上去与前天完全一样——巨大、沉重、空无一物。当她用一只手撸过桌面时，她一下子呆住了，因为她意识到是什么出了差错：桌面上没有一点灰尘！她盯着她写过"洗掉我"三字的地方，她写的字已被完全抹去。木头桌面露出了原来的样子。她迅速环顾整个房间，办公桌成了房间里唯一不积满灰尘的东西。

她一下子从座椅上蹦了起来，有人来过这里。有人看见了她在灰尘上写的字。她奔出办公室，来到走廊里，仿佛那个罪犯还站在那里，手里拿着一块擦灰尘的抹布。她静静地站着，洗耳静听地倾听寂静的四周。十五楼四处移动的手电筒在嘲弄她。

也许那是拉莫尼干的，她自言自语。她强迫自己慢慢地呼吸三下。巡查大楼是拉莫尼的工作，如果他想随意打扫卫生，这是他独有的权利。也许他患有强迫性神经官能症，也许他是疯了。

"喂？"她对着走廊高声喊叫。"拉莫尼？"

没有回应。她再次静心倾听脚步声或者疯子气喘吁吁的声音。如果这个楼面上有任何其他人与她在一起，她能够听见他们。浓浓的寂静笼罩着一切。

艾丽丝转身回到琳达的办公室和那扇暗门。至少她发现了缺失的楼面。她在三楼平面图上画了一个宽十英尺长五十英尺的空房间，标明了门的位置和琳达书橱后面缺少的窗户。这个空房间与图书馆一样长，后面与紧急楼梯相连。她目不转睛地看着平面图，书橱隐藏那扇门毫无道理。书橱即便是空的也是相当重的。她怀疑琳达到底是否知道这扇门的存在。艾丽丝眯起眼睛,集中注意力看这个秘密房间与紧急楼梯相连的地方。也许她漏绘了什么。

拉莫尼也许有开启神秘门的钥匙。她也需要问他擦灰尘的习惯,不过,她不知道如何找到他。苏珊娜的办公桌上有一架电话机。她拎起电话,不出所料电话是不通的。

艾丽丝拿起一个缺了口的咖啡杯,心里想起了她与那个用此杯喝咖啡的女人之间的交谈。一个年轻姑娘深更半夜打电话给苏珊娜,询问有关贵重物品保管箱的事情。她的名字叫比阿特丽斯·贝克。

艾丽丝一下子从椅子上跳起来,走进了文档室。在标明"Ba-Br"的抽屉里,比阿特丽斯·贝克的档案白纸黑字就在里面。艾丽丝将马尼拉文件夹抽出来,急速翻开。第一页满是数百个小勾号和圆圈。这是某种写字的方法,但她从来没有见过,一页又一页看上去都很相似。"这是什么玩意?"艾丽丝轻声说。文件夹里没有一九七十年代的大头照,没有雇用记录,整份档案里没有比阿特丽斯的任何资料。

"你在这里干什么?"一个深沉的声音责问道。

艾丽丝吓得放声尖叫起来,她的手臂猛地撞上了打开的抽屉。她转过身来朝向那个声音,挥舞她的"玛格南"手电筒,随时准备将它投掷出去以自卫。来人是拉莫尼。

"天哪,拉莫尼!你不能这样偷偷摸摸地走近我!"她把比阿特丽斯的档案夹在手臂底下。"有事吗?"

"我说了,你到底在这里干什么?听起来好像你在把这地方拆个七零八落。你会唤醒被罚入地狱的死鬼的!"

当拉莫尼提及"死鬼"的时候,艾丽丝倒吸了一口冷气。随后,她意识到拉莫尼说的是几分钟前书橱倒地的那声巨响。"噢,我不得不移动一个书橱。"她挥挥手好像那是小事一件。拉莫尼不满地嘟哝了一下，她急匆匆走过他身边，急于想改变话题。她拿起写字夹板，将比阿特丽斯的档案塞在她的笔记本底下，好像档案本来就在本子底下。"事实上，你来我是很高兴的。有扇门我需要帮帮忙。它在这边。"

拉莫尼跟着艾丽丝绕过苏珊娜的办公桌，走向琳达的办公室和毁坏的书橱。

"你为什么不来叫我帮忙？"他生气地看着倾覆的书橱，然后回头再看看艾丽丝。

艾丽丝做了个怪相，举起双手说："呃，我想我认为没人会在乎。"

拉莫尼摇摇头，艾丽丝的脸上挂了歉意的微笑以掩饰自己的过失。重要的事情是拉莫尼不要再追问她在档案室里翻找东西或她刚才偷窃的文件夹。比阿特丽斯·贝克的名字正在她的笔记本底下探头探脑呢！她调整了自己的草图以掩盖偷窃的文件。当她看着那张一尘不染的办公桌的时候，她的心还在飞速跳动。现在她不能询问有关书桌灰尘的事情。这个问题会显得很唐突。拉莫尼也许已经认为她是个怪人了。她转而指着那扇门说："我很想知道那扇门里面是什么？"

"噢，它只是个盥洗室。"拉莫尼摸索他的钥匙。

"盥洗室？"

"那时候，所有的角落办公室都有盥洗室——'经理盥洗室'——那样的话，大亨们就不必与普通职工一起上厕所啦。"他从他的一个大钥匙圈上抖出一把钥匙，试着插进球形把手，钥匙不匹配，他又试了好几把钥匙。

"不过他们为什么要在门的前面放一个书橱呢？"

The DEAD KEY　III

"谁知道啦？也许门坏了，他们决定不再修理它。"拉莫尼又试了一把钥匙，随后退后几步离开了那扇门。"钥匙不匹配，他们封了浴室之后，一定换了锁。要知道，在混乱之中，像这样的小东西就丢失了。"

艾丽丝又重新核对了三楼的草图，她皱起了眉头。她把草图展示给拉莫尼看，然后问："所有这些空间怎么可能只是一个盥洗室？"

"这不是的，"拉莫尼指着草图回答，"这是盥洗室。这是机械管槽。这是冷气回行管道。"他用指尖勾画出各种不同的空间。

艾丽丝点点头，感觉自己的傲气顿时全消。她没有想到那些机械管道。拉莫尼比她更加了解一个大楼的布局。

"你想不想去看一下这个盥洗室楼上的盥洗室？也许它们是相同的。"

"不用了，这就可以了。反正接下去我也要朝那里走。谢谢你，拉莫尼！"艾丽丝默默发誓，不要再试图充当业余警探，而是要集中精力当好一名平庸的工程师。拉莫尼开始拖着脚步往回走，去鬼知道什么地方消磨他的时光。"嗨，拉莫尼？"

拉莫尼转过身来，他皱起了眉毛。

"你……"下面的话"擦桌子啦？"梗在了她的喉咙里。这样问听起来会很蠢的，她已经感到够蠢的了。"算了。"

拉莫尼摇摇头，回头沿着过道走了。艾丽丝仔细地倾听，牢记每一步的声音，直至紧急出口的门响亮地"嘎吱"关上。

这天早上的剩余时间，艾丽丝用来绘制四楼的核心平面草图。她小心翼翼地画出外墙、走廊、电梯、厕所、标志性楼梯，以及西南角上的紧急出口楼梯。她决心不再犯更多的错误。她把圆柱数了两次。一切都与三楼相一致。她自我感觉很满意，认为没有漏画楼面的任何部分，于是她停止工作，活动活动身子。

各种蓝图正在汇集起来，不过这一切似乎都将是白忙活。根据布拉德的说法，这栋大楼也许会被拆除，里面所有隐藏的谜一般的东西也将随之一起消失，没人会知道这里曾经真正发生过什么事情。那个思念547号保管箱的小老太也许死了并且被埋葬了。

艾丽丝沿着长长的过道朝西北角缓缓走去，那里，在琳达办公室的上面也有一个办公室。过道尽头的那扇门上挂着"档案室"的牌子。它的后面是一个预留的办公区，与楼下的人力资源部相似。要不是那厚厚一层灰尘和角落里枯死的植物，今天也许只是又一个平常的工作日，办公室等着工作人员的到来。

艾丽丝在服务台跟前停住了脚步。台上有一个杯子，里面装满了各种笔；还有一张全家福，照片里每个人都穿着彩格呢衣服，一张张黄皮肤的脸都从仿金相框里注视着艾丽丝。**别惊动死鬼！**艾丽丝在打开一个抽屉的时候告诫自己。抽屉里满是大的橡皮图章。有一个图章刻的是"卷宗"。另一个是可以调整的图书馆印戳，秘书可以调节日期——印戳上的日期是一九七八年十二月二十八日，它已经凝结在红色的印泥之中，倒着读它的刻文是"**内部传阅**"。她放下印戳，把目光聚向角落办公室。

办公室门上还挂着一块小牌："约翰·史密斯"。艾丽丝一下推开房门，朝里看了一眼。屋里的窗帘全都拉了起来，四周墙壁是暗色的。她试了试电灯开关，但是灯泡烧坏了。艾丽丝摸索着走到一扇窗户跟前，拉开窗帘，二十年积聚的垃圾像雨点一般飘落在她的头上。她打着喷嚏，猛拍衣服，发现自己处在一间摆满文件柜的房间。这些文件柜沿墙一字排开，房间中央也成群块摆放。灰尘在艾丽丝脑袋的四周一闪一闪地飘落，她眨巴着眼睛透过灰尘看着迷宫一般的公文柜。

"这都是些什么呀?"艾丽丝低声说。

所有的抽屉都没做标记。她拉开一个抽屉。里面塞满了马尼拉文件夹,每个文件夹只用奇形怪状的符号标注。她看了一些标签——"!!@％","!!@-","!!@&"。她抽出一份标着"!!♯％"的文件夹并且将它打开。夹子里的文件因年代久远而泛黄,上面记满了各种各样的结算数据。每页的右上角都打印了"KLWCYR"。在右下角,她发现了"!!♯％"。

艾丽丝将文件夹硬塞回抽屉,并使劲地将它关上。她还要干活呢,她提醒自己。她浪费不起更多的时间。艾丽丝取出卷尺,画了这个房间的草图。她摸索着走到背面的角落,宽慰地发现那里没有一个巨大的文件柜挡住通向经理盥洗室的门。一天里她毁坏的家具够多了。她抓住铜质的小门把,这个把手与琳达人力资源部办公室的一模一样,门把转动了。

盥洗室内,阳光从北窗户照射进来,白色的大理石地面在阳光下闪闪发光。一面巨大的镀金镜子悬挂在瓷质洗脸盆之上。古色古香的梳妆镜框架四周是鲜花和一张张小天使的脸蛋。艾丽丝转动热水龙头,没有流出水来。她朝抽水马桶看了看,里面是干的。淋浴间地面成了铁锈色,因为一个水龙头漏了,而且多年前就已断水。

艾丽丝测绘了盥洗室。它的宽度如预料一样不多不少正好十英尺,但是长度只有十英尺。毗连拉莫尼所说的机械管道间的那堵墙面铺设了瓷砖,但是抽水马桶边靠近地面有一大块格栅。她在它的旁边蹲了下来,用手电筒朝里照射。在格栅板条之间,她能够看清光滑闪亮的金属薄板,她断定那一定是冷空气回流管,于是就在平面图上做了一个注释。

当艾丽丝关上约翰·史密斯办公室的门时,她头脑里怎么也摆脱不了苏珊娜的声音:"那帮杂种深更半夜把门都用链条锁了起来。"

不管那帮杂种是谁,他们早已离去。

第二十章

室外，东九街炎热拥挤，所有其他辛勤劳动着的人们陆陆续续走出附近的一栋栋办公大楼，走进分散在各处的小餐馆小饭店和菜馆酒家吃午饭。艾丽丝点燃一支早就应该享受的香烟，步行两个热浪滚滚的街区，来到"潘妮妮餐馆"，想吃一个塞得过满的五香烟熏牛肉三明治。她穿过人群挤到售货柜台，随后争抢纸餐巾和调料，最后找到靠窗的一条长凳，与人挤了挤坐下。

"嗨，陌生人！"一个声音在餐馆那头招呼。是尼克。

艾丽丝抓住餐巾，擦去下巴上的芥末。尼克随和一笑，她心头一阵激动。四天前，工作结束一起喝完鸡尾酒之后，他开车送她回家。她有点醉，马虎地吻了他一下。当时他似乎并不太感动。现在当他挤过人群朝她走来时，她的脸红了。

"嗨，艾丽丝，你到哪里去啦？"

"嗨，尼克！"他甚至注意到她不在办公室，这使她受宠若惊。"惠勒先生决定让我离开办公室。我在马路南边的旧银行大楼工作。"

他将他的盘子放在她盘子的旁边。尼克留着波浪式头发，身着弄皱的卡其服装，他英俊得几乎恼人。"哇，你是怎么搞定的啊？"

"布拉德推荐了我。我想他是想帮我。"艾丽丝觉得自己的身子坐得更加笔挺了,心想要是穿一件更加漂亮的上衣就好了。**该死!那不是一块芥末污迹吗?**她交叉双臂以掩盖那处污斑。

"想帮助你什么?"他嘲笑地问。

"呃?噢,防止我发疯,我猜。"

"那么有帮助吗?"他朝她扬了扬眉毛,同时慢慢地咧嘴一笑。她依然能够感觉到他温暖的嘴唇亲吻她的嘴唇。

"哦,有点帮助。"她将目光盯着自己的三明治。其实真正使她发疯的是不知道为什么他在亲吻她之后只是把她丢在她的家门口。

"嗨,你们好!我能加入你们一起吗?"一位漂亮的金发女郎手里端着一小盘沙拉走上前来。艾丽丝认出她也是办公室的同事。

"嗨,阿曼达!在这里挤一挤!"他拍拍身边的长凳说。阿曼达穿着丝绸的衬衫,像手套一样紧贴完美臀部的白色裙子。可是艾丽丝永远不能穿白色的衣服。穿上任何纯白色的衣服几分钟,她就可能坐到一滩番茄酱上或者跌倒在车门油腻的门锁处。艾丽丝永远不能赶时髦穿白衬衫。

"你认识艾丽丝吗?"尼克问。

"当然认识。你在工程部,对吧?"

"是的。"艾丽丝确信自己牙齿间有一点菠菜叶子。

"我一直想过来与你聊聊。"她甜蜜地笑了笑。

"真的吗?"艾丽丝蒙了。阿曼达是个建筑师,可是在她看来,阿曼达像个模特儿,喜欢四处炫耀。"聊什么?"

"阿曼达是职工联络官。"尼克一嘴烤牛肉地说。

"联络谁?"艾丽丝皱起了眉头。

"完全正确。你看见了吗,尼克?刚来的职工甚至不知道谁在管理这个公司。"

"呃，这倒不是……"艾丽丝说。

阿曼达继续不停地说："比较年轻的职工是这个公司的未来，不过还得靠我们来确定我们的目标。合伙人确实想看到我们发挥出更多潜力。"

"更多，"艾丽丝重复道，她尽量避免显出恼怒。她刚刚整个周末无偿工作。他们还想压榨出更多什么？

"合伙人"是那些整天坐在办公室的老头们，而且把所有的窗户都给占了。艾丽丝唯一与之交谈过的合伙人是惠勒先生。她对这个事实想了想，随后意识到这并不完全属实。几星期前，她曾经与另一位头发花白身着套装的家伙交谈过。她轻手轻脚地走向办公桌，结果被他撞见了。

"早上好，艾丽丝！"他带着令人毛骨悚然的微笑说。

"哦……呃，嗨！"她回应，因为她不知道他的名字。这没用，因为她宿醉了，而且那天早上迟到了十五分钟。

"嗯……你在 WRE 这里的工作适应得怎样啊？"

这个提问通情达理，不过，她禁不住想，见到她这种局促不安的样子他倒似乎乐在其中。

"嗯，棒极了。"她勉强笑了一下。"我们已经在进行一些非常有趣项目。"

"是吗？"他不自然的微笑表明他知道她言不由衷。"那就最好快点去干活，好吗？"

说完，他慢悠悠地回到办公区另一侧的某扇门关着的房间里去了。她似乎阻断了整个交流的进一步展开，但是在某种潜意识的层面上，她一直故意避免与合伙人有任何直接接触。

阿曼达继续哇啦哇啦地大声说着要增加工作时间和向全体员工开放优先认股权。艾丽丝假装感兴趣,而实际上她在绞尽脑汁琢磨:尼克就坐在身边,她如何把巨大的三明治塞进嘴里,实在没法用女人文雅的方式把这个三明治吃下肚里!另外,艾丽丝无论如何没法预见她自己会在 WRE 待足够长的时间以至于完全获得员工优先认股权,因此这很难说是不是一种福利。尼克和阿曼达像终身挚友那样交谈着,这令人感到沮丧。她敢肯定他俩在一起会很快活。

午餐后,他们三人一起回办公室,一路上阿曼达不停地说。艾丽丝发现自己落在了后面,所以就赶着碎嘴子穿越人流。一有机会,她马上挥手告别,快步疾走,越过东九街朝银行走去。听阿曼达瞎掰呼了二十分钟,艾丽丝确实应该抽支烟了。

"艾丽丝,等一等!"尼克在她背后呼叫。他慢跑几步来到她身边。她把烟盒塞回了手提包。单位里没人知道她抽烟。同事们讨厌抽烟。

"有事吗?"

"我需要去看看旧银行的内部情况,你能带我转转吗?"尼克把头侧向一边古怪地看着她,或许那是阳光照射到了他的眼睛。她没法分辨。

"真的吗?为什么?"

"惠勒先生想征求我的意见,看看是否有任何历史性内景可以加以拯救。如果销售得以顺利进行,WRE 也许可以建议县里恢复部分内景。"他举起一个很大的照相机包,在这之前她并没注意到。

艾丽丝点点头。"行。跟我走吧。"

惠勒似乎对这个项目真的感兴趣了。也许她的努力工作真的会引起注意。呀,这下糟了!他想拯救"内景",可是她刚刚破坏了一个书橱。不过，至少她拯救了一些椅子。

艾丽丝领着他走进大楼后面的小巷。拉莫尼为他们嗞地开了门，她陪着尼克穿过装卸码头，来到大堂。她不停地说话，以填补尴尬的静默。

"克利夫兰第一银行于1978年关闭。他们在半夜三更用链条封锁了门，简直难以置信，留下了所有这一切东西：家具陈设、咖啡杯、画像、文档。所有一切都完好地保存了下来。我难以相信在二十年里竟然没有任何人捷足先登，把它掠夺一空。有人一定确实在乎这个地方。我的意思是，哪一栋空楼会配备一个武装保安？我猜想他们担心有人会把这里的东西偷盗一空。尽管我不知道谁会想偷这些玩意。"

我除外，艾丽丝心想。那天早上她拿了比阿特丽斯的档案。还有苏珊娜的钥匙。这不是偷，她反驳说。她只是想帮助某个小老太拿回她的东西。贵重物品保管库里的那些小钢门，还有十五楼上的手电筒灯光，在她的脑海里闪现。

艾丽丝意识到她陷入了死一般的静默之中。"那么具体地说，你想看些什么呢？"

看着艾丽丝紧张得不停说话，尼克温暖棕色的眼睛里闪烁着顽皮的光芒。"我需要看一处典型的办公区域，初步感受一下这里的室内陈设和润饰。"

她与他双目对视还不到半秒钟，她的脸颊就泛红了。她转过身去，指着一个壁式烛台说："你见过这些固定陈设吗？"

"它们很漂亮。"他在她身后说。

她回头很快看了一眼，他没在看墙壁，而是在看她。**该死！他为什么如此吸引人？**

"我真的需要看一下楼上几层。"

"好的。我还没有测绘完四楼呢,不过我看过一些办公室。"

她领着他走标志性的大楼梯,没走紧急逃生楼梯。走大楼梯需要绕一点路,不过楼梯是用大理石和锻铁建造的,当然比较漂亮。在尼克前面爬楼梯台阶的时候,她感觉自己扭动屁股的频次比平时高了很多。

他们在四楼转悠了一个多小时。尼克用相机拍照片,与此同时艾丽丝也进行了更多的测量,在写字夹板上记下更多的笔记。四楼几乎都是一间间文档室,门上标明"存储"和"贷款"。有一段时间,她不见他的人影,直至听见他高声喊叫:"这到底是干吗用的?"

她跟随他的声音走进了约翰·史密斯遗留下来的档案室。"我不知道。我猜想他们需要更多的文件存放处。"

"嗯。这些柜子仍然是装满的?"

"挺奇怪,对吧?"她开始担心自己的导游没有做好,尼克拍不到足够的室内陈设或其他什么的照片。"走,跟我去看看这里。"

艾丽丝领着他绕过文件柜,走进时尚的盥洗室。"这是'经理洗手间'。你敢相信这玩意吗?"她指着镀金镜子和大理石淋浴间说。

他摇了摇头,慢慢地仔细观察这个房间。

"我是说,这里好极了,但有点乱七八糟。就好像富人需要远离肮脏的大众或什么的。"她又开始喋喋不休。

尼克拍了几张照片。

"行了,我打算……"艾丽丝停顿了一下,意识到她必须从他面前挤过才能到达门口。这房间太窄小,而尼克正好挡着通道。她尴尬地朝他迈出一步,希望他能够领会暗示。"回去画我的平面图。"

他正好站在台盆边,没法挪地方。他停止拍照,望着她顽皮地龇牙而笑。她不得不几乎擦着他的身体经过。也许这就是他的鬼主意。

他俩对视的时间有点长。

"嗯,你打算……"当他的微笑慢慢消退,他的目光落到了她的嘴唇上的时候,"挪动"这个词噎住了。整个房间突然太小太热。他俩完全单独在一起。甚至没人知道他俩在这栋空楼的哪个角落里或者他俩单独在一起。

他的眼睛出神地盯住她的 T 恤衫,此刻 T 恤衫似乎过于紧绷。艾丽丝的脉搏猛烈地搏动,这超越了调情或逗笑。**该死!** 她往后退了一步,几乎跌进身后的淋浴间。他一下搂住了她腰肢。

"哎哟!谢谢,我……我得走了。"她的声音轻到几乎听不见。

"我认为不该走。"他把她拉近贴住他的胸膛,结结实实地亲吻她的嘴唇。她的两片嘴唇好像有它们的主张,也回吻了他。当他们需要换气的时候,她感觉醉了似的,头晕目眩。她脑子里的各种声音甚至说不出话来。他再次亲吻她,更加疯狂地吻,她感觉下面的双膝弯曲了。**啊,天哪。** 她扭动着想脱身。艾丽丝有严格的原则。她从来不从酒吧带男人回家,从来不在第一次约会时与男孩睡觉,她也从来没有约过。

"等一等,尼克。我们在干什么?"

"某种那天晚上我应该干的事情,"他气喘吁吁地边说边把她拉回怀抱,再次亲吻她。这次吻得更深了。除了头脑,她周身的血液都在疯狂奔流。以前她从来没被亲吻得这么爽。

她几乎无法挣脱。"什么?不,我们不可以。"

"可以的,我们可以的。谁会知道呢?"当他再次亲吻她的时候,他的指尖摸索着她的乳房。一股热潮在她体内涌起。

"尼克。我不能……"但是他的嘴唇找到了她的脖子,到处乱吻。

她的双膝和她整个躯体里的其他一切刻板和有原则的东西都融化到地板上去了。她没法将两种迥然不同的想法联系在一起,一切都发生得那么快。他们躺倒在地上。他的手和嘴唇将她的抵抗连同她的衣服一层一层地剥去。他裸露的皮肤热辣辣地贴在她的皮肤上。他残酷无情,将她头脑里的每一种想法都砸成无数炫目的碎片。

当她恢复理智的时候,他们肩并肩地躺在地上,拼命地喘息。艾丽丝用一个胳膊肘支撑着起身。他们的衣服散落在四周灰尘扑扑的地上,好像刚刚引爆过一枚炸弹。她的大腿还在颤抖。天哪!以前她从未经历过这样的事情。大学时期她交往过的三位男友没有一个做过任何近似这样的事情。她感到羞愧难当。**我们必须穿好衣服。要是单位有人看见了该怎么办?要是拉莫尼发现我们这种样子该如何是好?要是他听见了我们该如何是好?** 她也许应该尖声喊叫;她没有主意。血液涌上了她的脸颊。她紧张得哈哈大笑,几乎到了歇斯底里的边缘。

"什么事情那么好笑?"尼克闭着双眼平静地躺着。

她必须说些什么。"噢,我刚才在想,公司说他们正在比较的年轻职工中寻找'协同增效作用',这是否就是他们想要做的事情。"

"也许我们应该提出建议。此时此刻我感觉像一名真正的梯队成员了。"当她挣扎着戴上乳罩的时候,他舒展着身子,用手指惬意地撸着她的后背。难道这就是他一直想干的事情?她猛地拍掉他的手。

他们站起身来,从地上捡起衣服。她停止扣纽扣,偷偷看了他一眼。他至少比她年长五岁。以前他也许也干过这种事。他捕捉到了她的目光,并且伸手去弄乱她已经凌乱的头发。这是大哥对小妹会做的某个动作。当他把衬衣塞进牛仔裤的时候,她瞪着眼睛看了他一会儿。

他以前肯定做过这种事情,她边想边看着地上撕坏的内衣。他带着装有避孕套的皮夹四处活动!他对她干了别人从未干过的事情。他是个成年人。她突然感到自己像个傻乎乎的年轻姑娘。

"怎么啦?"他问。

"你是什么意思?"

"你看上去很恼火!"

"我……呃……不做这样的事!"

"我也不做。"他眨眨眼睛,亲吻她的脸颊。

骗子!

她走到镀金镜子前弄平自己的头发。金色的小天使在他们栖息的地方注视着。他们目睹了所有一切。她转身背对着他们,心想还有多少其他女人进过这个房间,是在什么情况下进来的。

第二十一章

一九七八年十一月二十七日星期一

马科斯和比阿特丽斯摇摇晃晃地走出"戏剧酒吧",走进冬日的阳光,时间已过中午。一条条长长的碾压成雪泥的车辙之间刚飘落的雪花晶莹闪烁使人眼花缭乱。比阿特丽斯在阳光下直往后退缩。

"我们去你家待一会儿吧,"马科斯边说边领着比阿特丽斯走向拐角处的公共汽车站。"今夜晚些时候我们再回办公室,去看看我们能在你姨妈的保管箱里找到什么东西。"

比阿特丽斯已经在重新考虑这种想法,但是她太醉了无力争辩。她只想知道姨妈多丽丝为什么藏着银行的信件,还有547号箱子里藏着什么东西,她知道这样做是错误的,多丽丝永远不会原谅她。她必须告诉马科斯,但不是现在。是以后。

当她们到达多丽丝仅有一间卧室的公寓时,比阿特丽斯的脚都已经迈不开步了。她把手提包扔在门边,一下子瘫倒在长沙发上。自从姨妈进医院以来,她没有睡过多少觉。夜晚她独自一人住在公寓里,每个小动静就会吓她一跳。她记得自己做的最后一件事是从冰箱里取了一瓶啤酒给马科斯。

比阿特丽斯不知道自己睡了多长时间。她睁开眼睛的时候房间里黑暗安静，烤箱上的时钟显示晚上五点一刻。是纸张窸窸窣窣的声音把她惊醒。她支撑着起身，人越来越警醒。

"谁啊？"她朝着黑暗的卧室低声问。

公寓的大门关着。厨房的灯关了。唯一的灯光是从多丽丝的卧室里透出来的，还有从抽屉里拉出纸张的声音。

她一下子从长沙发上跳起来，奔到姨妈卧室的门口。壁橱的门敞开着，多丽丝梳妆台的底层抽屉是空的，马科斯坐在多丽丝的床上，四周都是一堆堆文件。

"你在干什么？"比阿特丽斯尖声叫喊。

马科斯放下她正在阅读的那张纸。

"谁允许你进这个房间的？"她冲到她姨妈的壁橱跟前，砰的将橱门关上。她猛地转身，眼睛快速从堆在床上的一叠叠文件扫视到空抽屉。她永远不可能把文件按照原样放回去了。"你怎么能这样？你怎么能干这种事？"

"宝贝，对不起，我只是……我没有恶意，"马科斯结结巴巴地说，"你睡着了，嗯，我感到无聊。"

"甚至我都不能进入这个房间！"比阿特丽斯尖声叫嚷。"这些是我姨妈的东西！你怎么能够碰她的东西？滚出去！"

"得了，比。"马科斯一面争辩一面离开卧床。

"我说话算数的！滚出去！你不能在这里！"

马科斯急忙走出房间，一把抓起她的手提包，往肩上一甩，打开了正门。她转过身来对比阿特丽斯说："对不起，孩子！我真的没有恶意。我不知道……"马科斯几乎想再多说几句，但是似乎改变了主意。她走出公寓，踏入冰冷的楼梯井，轻轻地关上了门。

比阿特丽斯花了一个多小时洗了个长时间的热水澡，才放松拳头。她梳理头发直至头皮发痛。她穿上最好的羊毛套衫和羊毛裤子。她必须去见多丽丝。

比阿特丽斯走过医院的无菌走廊，乘了消毒过的电梯，一路上头也不抬，眼睛盯着地面一直走进多丽丝的小病房。躺在病床上的这个女人看上去再也不像她姨妈了。

"对不起。"她轻声说。

她紧贴着病床站立，眼睛注视着一台使她姨妈的胸膛有节奏起伏的机器，等待姨妈听到她的声音会有某种反应。自多丽丝中风以来，这是比阿特丽斯第一次试图与她交谈，但是姨妈没有任何反应。

"我不知道她会翻阅你的东西。"

比阿特丽斯仔细观察着多丽丝的脸，很希望它会生气地抽动。她灰白的脸庞颧骨凸出，她的眼窝深凹乌黑，下颚松弛的皮肤叠皱在脖子四周。甚至她的头发看上去也稀稀拉拉的。仅仅才过去了五天，她熟悉的多丽丝已经没了。她伸出手，触摸她姨妈的一只手，感觉手是冰凉和僵硬的。

"只是因为有个朋友感觉很开心，我需要一个朋友。你知道吗，我曾有过朋友，真的，在老家。"她的声音断了，因为她在强忍抽泣。"我多么希望你能告诉我现在该怎么做？"

她从椅子上站起身来，擦干眼泪。多丽丝不喜欢见她哭泣。比阿特丽斯尽量克制自己，直至能够用清晰坚强的声音说话："明天我再来看你。"

比阿特丽斯正在等电梯，这时前台一位护士招手示意她过去。

"你刚错过你的姨夫！"

The DEAD KEY 127

"我的姨夫?"比阿特丽斯重复道,她刚想说她一定搞错了,这时护士打断了她的话。

"对,不到五分钟之前,如果你走快点,也许还能在大堂里赶上他。见到你的姨妈多了个探访者,我们都感到很欣慰。"

比阿特丽斯皱起了眉头。

"这只是因为你看上去年纪那么小,而且总是独自一人。真不愿意承认再这样下去我这里要被人称作'儿童服务部'了!"护士咯咯地轻声笑了起来。

比阿特丽斯血管里的血液快要凝固了。'儿童服务部'!她没有想到直到这一刻从严格意义上来说她仍然是个未成年人——一个没有监护人的未成年人。她竭力压住心头的悲伤,点点头。

"来的真是时候——对于你姨夫来说,我的意思是。我们确实需要与最近的亲属谈谈有关你姨妈的遗嘱。"身着白大褂的女人抬头看了看她的脸。"噢,别担心这一点,宝贝。你要振作起来,好吗?你的姨夫会照料一切的。"

"什么姨夫?"她想尖叫,但是她太害怕了,不能在那里再多待一分钟。电梯把她送到了大堂,她奔跑着穿过大堂,既害怕又希望能看上一眼这位"姨夫"。大堂里没有其他人,只有一位坐着轮椅的老太太。她在哭泣。

比阿特丽斯几乎一路奔回多丽丝的公寓。她姨妈从来没有结过婚,至少就她所知没有。医院甚至没有索要过结婚证书?他们只是要比阿特丽斯每天在探视登记册上签字。她想起了登记册!她的"姨夫"一定也在本子上签了名。

当比阿特丽斯终于从医院回到家里时,她感觉好像自己也需要看病了。在她的"姨夫"和儿童服务部之间,她好像刚刚发过心脏病。

她把手提包扔在厨房的长桌上,拉开小冰箱的门。她已经好几个小时没吃过东西了,也许是好几天,她记不清了。一盒子开封的小苏打边上放着一罐啤酒。还有一些番茄酱,一片面包和半纸盒橘子汁。她抓起了橘子汁。什么姨夫?

突然补进了大量的糖分,多丽丝离家后最近几个深晚所发生的事情渐渐聚焦起来。也许她在约见某人,也许有人到医院探望过她。多丽丝卧室里的电灯依然亮着。床上一堆堆文件依然被理成整洁的一叠叠。比阿特丽斯走过去,坐在马科斯坐过的地方,看着这些文件。

有一叠文件都打印在有"克利夫兰第一银行"抬头的纸张上。它们还有副本。工作时,比阿特丽斯曾努力打印类似这些文件的信件,一张叠一张,中间夹着复写纸。她拿起一堆文件最上面的那封信,信上打印的日期是一九六二年一月五日。

亲爱的霍恩夫人,

我们遗憾地通知你:你的815号保管箱的欠账逾期未付。如果你不汇款,克利夫兰第一银行没有其他选择,只能注销你的账户。未领取的财产将由俄亥俄州政府接管。你有十五天时间考虑。

你真诚的,

审计部主任

威廉·S. 汤普森

看着这封信,比阿特丽斯皱起了眉头。在喝酒的时候,马科斯刚说起过这件事。她匆匆翻阅这一叠文件,它们都是类似的。比阿特丽斯数了一下,总共有二十六份。她放下那叠文件,对它们感到疑惑不解。她想不出任何一个多丽丝要保存一份份信件的理由,尤其还保存了这么多年。

开始几封信上,打字员的署名是"DED",但后来变了。随着比阿特丽斯的仔细查看，信上的日期变得越来越近。最近一封信的日期是一九七七年六月十二日，像所有其他信件一样都是由比尔·汤普森签署的，但打字员是MRM。比阿特丽斯露出了怒容。马科斯？

她看了另一叠。它是一叠速记薄，每一本都有许许多多的速记。比阿特丽斯眯着眼睛看了最上面的那一页，发现她每隔三四个字才能分辨出一个字，她姨妈邋遢的字迹——"销售"，"锁定"，"金子"，"克利夫兰"。

她放下这些速记，去翻阅那叠用手书写的信件。她紧张得背脊上一阵抽搐。这是擅自侵犯姨妈的隐私，但是她的目光依然转向那封信件。

我最亲爱的多丽丝，

自从你离开后，一切不再如旧。我再也无法在单位和家里装模作样。我想在房顶上高声呼喊我的真爱，咒骂那些后果。我想与你共度每个良宵。总有一天我们会在一起，所有的谎言和所有的偷情都将结束。你只要耐心，宝贝。记住我们的计划，记住我是多么爱你！星期六老地方见。

你永远的，

比尔

当她读到最后一行的时候，比阿特丽斯的眼睛瞪得大大的。一个名叫比尔的男人与多丽丝有过一段恋情。这是毫无疑问的。她翻阅一封又一封的信件，信都是用同一种潦草的笔迹写的，署名都是比尔，至少有五十封信。她的目光迅速移向一封由威廉·汤普森签署的银行信件。她拿起这封信，将之与手里的情书相比较，笔迹一模一样。

两封信从她的手上掉落了。多丽丝曾经与比尔·汤普森有过一段恋情。那个去医院探望多丽丝的人也许是比尔。比阿特丽斯头昏目眩跌跌撞撞地走出多丽丝的卧室。她从冰箱里摸索出那罐唯一的啤酒，噗的一声将它打开。味道糟糕极了！

多丽丝在她的卧室里保存着一叠旧银行文档，还租用了一个贵重物品保管箱，这两件事都不可理喻；不过，547号保管箱可能藏着答案。比阿特丽斯迅速翻查多丽丝的手提包，直至她发现了姨妈的钥匙。她将钥匙圈在手掌里展开，寻找她所需要的那把钥匙。啤酒罐砰地掉落到了地上。547号钥匙不见了！

第二十二章

星期二早上，比阿特丽斯快步走进办公室，准备大吵一场。马科斯做得太过分了。她试图说服自己，马科斯偷这把钥匙是为了帮助比阿特丽斯打开多丽丝的保管箱，但是她内心并不认同这种解释。马科斯怎么可以就那样拿走钥匙呢？

可是，星期二早晨哪里都见不到马科斯的人影。她上班总是迟到。以前这种事情从不让她感到烦恼，今天她突然对这种不公平感到火冒三丈。她抬头看看"格林姐妹"，丑老太婆，角落里那个胆小如鼠的姑娘，还有她身旁在噼噼啪啪打字的芙朗辛。他们都在努力工作，都低着头，都不偷偷溜进盥洗室抽烟，当然也绝不会迟到两小时来上班。

似乎得了信号，芙朗辛点点头简单打了个招呼。

"早上好，芙朗辛！"比阿特丽斯小声嘟哝了一下。

比阿特丽斯试图让自己忙起来，开始处理罗思坦先生交给她文件，但是她发现整个早晨她一直在回头寻找马科斯。午餐时刻到了又过了，仍不见马科斯的踪影，她甚至变得更加生气。马科斯在故意回避她？她打过电话请病假啦？她的一只脚轻轻踢踏着地板。芙朗辛瞪眼看着她，显然是恼火了。比阿特丽斯停止踢踏，站起身来，怒气冲冲。

在盥洗室里，她在镜子里仔细看了看自己的头发和化妆，她呆住了。也许姨妈患病使她变老了，因为镜子里对着她凝视的女人比她记忆中的那个姑娘显得老多了。她的金发飘逸洒脱了起来，她开始抹红色唇膏了，就像马科斯一样。她扯了一张纸巾，用力擦拭她的嘴唇，直至它们恢复粉红色。

她刚坐回到办公桌前，哈洛伦先生打开了他的办公室门，示意她去他的办公室。她心中一沉，顺手拿起了笔记本。哈洛伦总是堵在门口，所以她不得不擦着他的身子通过。

"嗯，比阿特丽斯，给你的特殊任务完成得怎么样了？"他边问边盯着她的双腿。

她夹紧了双膝和脚踝。"对不起，你说什么？"

"你对汤普森先生项目的调查进行得怎样啦？"他指甲修剪整齐的细长手指沿着他那本皮封面的记事簿轻轻滑动，他的目光却沿着她脖子边缘在移动。他目光呆滞涣散，借此她可以判断哈洛伦又喝酒了。

她清了清嗓子，不安地在椅子里挪动。她犹豫了一下便拿定了主意：她没有必要再对马科斯忠心耿耿。马科斯是个小偷。"噢，很显然，汤普森先生正在对贵重物品保管箱进行秘密审计。马科欣·麦克唐奈说她一直在追查相关档案并给客户打电话。"

哈洛伦先生停止出神地盯着她的脖子。"是吗？"

"是的……呃，只是有些档案完全遗失了。"

"遗失了？"

比阿特丽斯的手指交叉在一起，她后悔自己说的太多了，但已经太晚了。"我只知道几年前一个客户声称俄亥俄州政府没有收回她的

The DEAD KEY

贵重物品保管箱……审计就是从那时开始的。"

兰迪的脸上露出了灿烂的笑容。"干得好，比阿特丽斯！我一定要让坎宁安女士知道你正在成为多么有用的人才！从现在开始我将把我所有的任务都交给你。"

比阿特丽斯不知道该微笑还是皱眉，所以她既没笑也没皱眉。不管是福还是祸，她正在为兰迪工作。如果马科斯所说的话有任何可信之处，那么比阿特丽斯在银行的工作算是有了保障。

兰迪站起身，抱起一大堆文件。"这些档案仅限于内部传阅，相当敏感。我需要把它们按照脚注分门别类，然后重新归档。今天结束以前你能否把它们交还给我？"

兰迪将档案往她手里一放，沉重的文件使她歪向一边。"当然可以，哈洛伦先生。"

他引导她走到门口。"比阿特丽斯，请叫我兰迪。"

比阿特丽斯回到办公桌边，打开第一份文件，面对这张打印的文件她蒙了。上面全是数字——一行接一行的美元数额和日期。眉头词是"STHM"，脚注是"%&%"。她根据哈洛伦先生的指示开始按照每页底部的符号分成几叠。几分钟后，她的办公桌上铺满了一叠叠文件，她意识到她和这些敏感的文件正在引起关注。她将这些文件集中起来，开始把一页页文件装进她文件抽屉里空的马尼拉文件夹。

一小时后，她拿着一堆文件回到哈洛伦先生的办公室前，轻轻地敲门。没有回应，她转动门把，朝里探望。哈洛伦先生的办公桌是空的。她放心了，不用再次尴尬地相遇。她将那堆文件放在他办公桌的边上。他桌子后面的一扇窄木门开着，以前她从来没有注意到这扇门。里面白色的瓷砖闪烁着微弱的光芒。

比阿特丽斯伸长脖子朝这个神秘的房间里看个仔细。房间里有一个石头大台盆和一间淋浴房。她再往前走几步想看个究竟。

"相当老式，对吧?"哈洛伦先生灼热的气息呼到了她的脖子上。她没有听见他进门。

比阿特丽斯吓了一跳。"啊呀，对不起，哈洛伦先生。我刚把文件放……"

"兰迪。"他一边纠正道一边狡黠微笑着朝她逼近。

她本能地往后退去。"很对不起，哈洛伦先生。我刚把文件归还给你，发现这扇门开着。我太无礼了。"

他靠得太近令人感到很不自在。她再往后退了一步。

"这些房间的好处就是私密。私密非常重要，你同意吗?"他说着用一个手指顺着她的手臂滑动下去。

她内心涌起一阵惊慌。她退到了他的私人洗手间里。他的办公室门关着。他托起她的下巴，使她的脸朝他的脸倾斜。当他凝视着她的嘴唇的时候，她的头脑里飞速考虑着多种选择。踢他一下同时尖叫着冲出盥洗室，那会导致自己被开除；她局促不安，他却眨巴着眼睛。**他真是条鲨鱼**，她心想。另一种应付的方法突然闪入她的脑海：马科斯会如何应对?

她贴近他，嘴唇极其危险地接近他的嘴唇，同时用最性感的嗓音细声地说："兰迪，我们真的没有时间做这事，对吧?"

他没想到这一招。在他还没来得及反应的时候，她悄然溜出了角落，加紧脚步从容地走出浴室，直径回到自己的办公桌前，吓得不敢回头看一眼。

她坐进椅子，双膝颤抖。她身后一排办公桌里，马科斯的桌子仍然空着。

第二十三章

星期五早晨来临时,仍不见马科斯的踪影,比阿特丽斯开始担心了:马科斯好像消失得无影无踪。比阿特丽斯曾期待她会打个电话,写个便条,或以其他什么方式说声对不起,至少问一声多丽丝姨妈的病情怎样了。音信全无。日复一日,她的办公桌一直空着。

比阿特丽斯忙着为哈洛伦先生整理文件,同时避免走进他的办公室。她开始利用坎宁安女士门外的信箱,把整理好的文件留在那里。不过,她注意到哈洛伦先生几乎没坐在办公桌前。他午餐的时间变得越来越长,有好几天,根本没回办公室。这对她来说倒是件好事。

但她再也无法忍受不知道马科斯发生了什么事情。午餐过后,她走到坎宁安女士关闭的门前。

门里传来低沉的声音:"我需要更多时间,戴尔!你不能要求我一夜查清三十份账目……我知道我们有时间限制。她缺席会议……嗯,如果我找不到她,我不能接受她的声明……是的,保管箱里寄存的东西还在那里……"

比阿特丽斯轻轻地叩门。她听见地毯上慢腾腾的沉闷的脚步声,随后门开了。老坎宁站着挡住门道问:"有事吗?"

"对不起，坎宁安女士，我在想……"她咬住自己的一片嘴唇。

"说呀？什么事啊？"女老板简练的问话，加之刚才无意中听到的奇怪的电话交谈，几乎使比阿特丽斯忘记要说什么话。

"呃，你知道马科欣·麦克唐奈在哪里吗？"比阿特丽斯问，随后，感觉好像她需要给自己的提问增添某种合法性，"哈洛伦先生对她的一项任务有点疑问。"这不完全是个谎言，她想。

"我遗憾地告诉你，星期二早上马科欣辞职了。"

比阿特丽斯惊得张大了嘴巴。马科斯辞职了！她不是希望在完成汤普森先生的秘密审计之后升职吗?！这样做一点也不符合情理。

"就这点事吗，亲爱的？我真的需要回头去工作。"

"是的。谢谢！"比阿特丽斯简直不敢相信，马科斯走了。她甚至没有道别。她还拿着姨妈的钥匙。

"噢，现在我想起一件事来了，"坎宁安女士说，"你应该去见一下汤普森先生，看看他是否需要更多帮助。马科欣一走，他人手不够了。"

说完这话，坎宁安女士关上了门。

比阿特丽斯朝汤普森先生的办公室看了一眼。自从他雇用了她，她没有再次见到过他。既然她已经看过他给多丽丝姨妈的情书，她不知道自己还能否正视他的眼睛。

汤普森先生的门关着。她轻轻叩击，没有回应。也许他离开了办公室，她希望是这样。她再次重些敲门，然后等着。就在她要转身回自己办公桌的时候，门一下子开了，她与"比尔"（他生命中的女人都这样称呼他）面对面地站着。

"有事吗，贝瑟妮？"

比阿特丽斯呆了一下，但没有纠正他的称呼。"坎宁安女士要我顺便过来看看你是否需要任何额外的协助。"

"嗯，谢谢你们两位！我还可以应付，不过，如果我需要什么帮助，我会让你知道的。"他开始关门，这时他突然想起了什么事情。"这样吧，你能不能帮我送样东西给坎宁安女士？"

他让门开着，她跟着他进了屋。他的办公室就像她记忆中的那样。书架上搁着一张照片，照片里有一个漂亮女人和两个微笑的女孩。看着他的家庭，比阿特丽斯感到一阵心痛，她知道他许诺过多丽丝他会离开她们的。

汤普森先生递给她一叠文件。"谢谢你，贝瑟妮！周末愉快！"

"谢谢你，先生！"她没法将真心话化成词语。看着他，她无法想象他是那种引诱女人搞婚外恋的男人。汤普森先生大腹便便，头发是黑人和白人混血的那种，他慈祥的目光和温暖的微笑几乎有爷爷似的慈爱。他对她说话的方式使她几乎相信他真的关心她的周末，可是他甚至还不知道她的名字。

第二十四章

在回自己办公桌的路上，比阿特丽斯途径马科斯原来的座位。她停了下来。看见小订书机依然放在桌子上，比阿特丽斯意识到马科斯也许会留下更多的东西，也许多丽丝的钥匙在桌子里，也许马科斯留下了便条或者某种解释。

马科斯想到什么就做什么，没人对此说三道四。比阿特丽斯告诉自己，也许现在是她不需如此担心的时候了。她的老板甚至不知道她的名字。尽管坎宁安女士告诫过比阿特丽斯她要亲自处理办公室的一切事务，但几乎没有干涉过她办公室以外的事情。其他秘书都不理睬她。现在马科斯走了，没人真正在乎比阿特丽斯是谁，或者比阿特丽斯干了什么事情。也许该是她想做什么就做什么的时候了。此时此刻，比阿特丽斯想拿回多丽丝的钥匙。

下午五点，比阿特丽斯背起提包，跟随其他女人去门厅里的衣帽架。她与其他秘书一起穿上自己的外套，戴上帽子和手套，走向电梯间。正当其他人走进电梯回家时，她退了出来，好像突然想起了什么事似的，然后朝女厕所走去。没人注意到这一切。

厕所里没人，而且很暗。头顶上的灯泡不亮了。比阿特丽斯在透过窗户照射进来的昏暗亮光中眯着眼睛看了看马科斯吸烟的地方。她走进一个抽水马桶隔间，坐下等候。

整整一个多小时，她静静地坐着不发出一点声音。她必须确保每个人都走了。今天是星期五，即便喜欢加班的经理们也肯定准时回家。假日即将来临，他们要购买圣诞节礼物，还要去探望家人。整个星期，她注意到每个人都是多么急切地想离开工作。每天傍晚当她坐在候车棚里等候八十二路公交车载她回家时，她看见市中心的街道似乎都是空荡荡的。

除了去医院看着机器不停地将空气送进抽出她姨妈日渐萎缩的躯体，比阿特丽斯没有其他人需要探望，也不需要做任何事情。比阿特丽斯在昏暗的盥洗室镜子里瞥见自己坐在厕所隔间里，憔悴苍白，看上去她自己就像一个鬼。

街道上的喧闹声渐渐安静下去了。从她听见过道里电梯的嗡嗡声以来，她足足等了十分钟，然后慢慢地悄悄地溜出盥洗室。她靴子踩在瓷砖上发出咔哒咔哒的声响，在墙壁之间产生回声。于是，她就在盥洗室门口脱下靴子，穿着长筒袜寂静无声地沿着过道行走。

没人在电话里喋喋不休，也没有翻阅文件的窸窣声。审计部空无一人，四周如此安静，她敢肯定有人可以听见她的心脏在胸腔里跳动的声音。走廊的泛光灯依然亮着，不过悬挂在一排排办公桌上面的大日光灯已经关闭。秘书区四周的门一片黑暗。只有楼下街上暗淡的黄色灯光透过毛玻璃照射进来。

足可以借助过道里射来的昏暗灯光看清东西，她在马科斯的办公桌前坐下，拉开中间的抽屉。这个抽屉放的不是各种笔、回形针和其他办公用品，而是松散摆放的纸质文件。她在文件堆里四处摸索多丽丝的钥匙，可是除了更多的文件其他什么也没有。比阿特丽斯抽出一份文件,在昏暗的光线下努力阅读。纸张上满是潦草的速记。比阿特丽斯眯缝着眼睛看这些笔记,最后只好作罢,将角落上的小台灯打开。马科斯的速记没有她自己的整洁,不过在纸面上的各种记号和花体中,她能分辨出一些词语。

304箱——延迟付款,七八年六月七日通知,泰勒·卡明斯,七八年六月十九日收回;305箱——到期未付,七八年六月六日联系,玛丽昂·德莱尼,无传递地址,七八年六月十九日收回。

这是一份马科斯的审计记录。很奇怪它是用速记方式写的。这些笔记已经够简要的了,除了马科斯,不可能是任何其他人记录的。汤普森先生或者秘书处以外任何与此事无关的人都不可能读懂它们。这几乎好像马科斯就是把这些文档留给了她。她的目光顺着速记往下移动,她边读边皱起了眉头:

七八年六月二十五日与俄亥俄州财政部联系,没有收回记录。保管物品去向不明。

马科斯曾给州里打电话求证是否收回保管箱。抽屉里有许许多多的贵重物品保管箱审计的记录。每一页的结论都说州政府没有收回保管箱存放物品的记录。她逐页翻阅直至有一页的记录真正震撼了她:一百多个贵重物品保管箱内所存放的物品被正式认定遗失了。马科斯正在确认遗失的账户,并用速记记录,以确保其他人无法读懂它们。

多丽丝也保存了贵重物品保管箱的文档。比阿特丽斯小心翼翼地把所有的记录汇集成整齐的一叠。她打开一个较大的档案抽屉,寻找一个马尼拉文件夹[①],这时她听见有样东西在抽屉底当啷一声,原来

[①] 马尼拉文件夹:manila folder,一种用麻蕉纤维制成的文件夹,Manila应该大写,但原文如此;类似的组合还有Manila paper等。

The DEAD KEY 141

是半品脱未喝完的威士忌。她摸索着取出这一小瓶"老祖父"①，不由得想着马科斯直摇头。

尽管她非常生气，但是手里拿着这瓶酒使她产生了怀念之情。没有马科斯的友谊，工作不再如旧。她旋下盖子，抿了一小口以纪念马科斯。酒热辣辣地顺着喉咙滚下肚里。她将酒瓶放回去，继续在大抽屉里四处摸索，直至她确定里面没有姨妈的钥匙。她抓起一个空文件夹，用来装马科斯的奇怪笔记，然后将抽屉关上。

她打开大抽屉上面那个较小的抽屉，发现了一把梳子和一个小化妆包。留下威士忌很奇怪，但是留下化妆品不拿走似乎更加奇怪。这个缎子小包很重，里面丁零当啷好像是一堆硬币。她犹豫了一下，随后耸耸肩膀。马科斯在翻她姨妈的手提包时没有丝毫良心上的不安。她打开了化妆包，在包里摸索。

她身后走廊里的一扇门砰的关上了。

听到这声音，比阿特丽斯心咯噔一下。她拉上化妆包的拉链，这时脚步声从身后渐渐接近。她转过身去。一个身材高大身着制服的保安进入了眼帘。她想沿着走廊逃跑，但是那样做只会让她显得好像做了坏事一般。保安臀部挂着的皮套里有手枪。她唯一的希望就是假装这是她的办公桌。

她尽量放松双肩并微笑着招呼道："晚上好！"

"这么晚了你在楼上干什么，夫人？"

这不是一种真正的指责。还不是。

"噢，我忘了我的化妆包，"她边说边举起拉好拉链的小包给那人看。"我真是个笨蛋！"

---

① "老祖父"威士忌：Old Grand-Dad，一种美国产波旁威士忌。

142　死钥匙

她站起身，将化妆包放进自己的手提包，然后从桌上收起装了马科斯笔记的文件夹。保安制服上绣的名字是"拉莫尼"。她凝视着这几个字以避开他的目光。

"楼层要关闭了，该回家啦！"

他领着她走到电梯间，她远远地跟随，心里祈祷保安不会注意到她没有穿鞋子。她的靴子依然躺在盥洗室的门边。她不可能穿着长筒袜走出大楼走进雪地。

"嗨，对不起，我要用一下补妆室。等我一会儿。"

还没等他转身，她已冲进了盥洗室，进去后就将门关上，她飞快地穿上靴子，将一叠马科斯的笔记塞进了自己的提包。她再次拿出化妆包，寻找多丽丝姨妈的钥匙。不在包里。包里只有一堆发夹和零钱。马科斯办公桌还有最后一个抽屉她还没有搜寻。也许还有时机，她对自己说，也许不会再有这样的机会。

她走进盥洗室里那个傍晚早些时候她借以躲藏的马桶间，冲洗了一下马桶，目的是为了让在外面等候的保安听见。水在冲洗马桶的时候，她凝视着窗户，她几乎能够想象马科斯就站在窗边，她会从松动的石板底下取出藏匿的香烟，得意地嘲笑比阿特丽斯那么紧张。这让比阿特丽斯有了想法。

她关掉水龙头，走到窗台跟前，提起角上那块马科斯藏香烟的松动的大理石，下面是一块凹陷的黏土砖，有样金属的硬东西碰到了她指尖。

它是一大圈钥匙。比阿特丽斯把钥匙圈从藏匿点拿出来，将钥匙展开，圈上足有三十把各种形状和大小的钥匙。大的钢钥匙看上去像是办公室的门钥匙，有一个小一点的钥匙圈连着大的钥匙圈，上面有十三把小铜钥匙。当她挑出一把钥匙来时，她的心跳加速了。钥匙的一面刻有"D"字母，围绕它的外侧边缘刻有"克利夫兰第一银行"，与她姨母的钥匙一模一样。她急速翻动其他钥匙，每把钥匙都有一个字母，但它们都不是547号钥匙。

门上传来一声敲门声。比阿特丽斯吓得一跳。

"该走啦！"保安高声喝道。

比阿特丽斯将钥匙圈扔进手提包，小心翼翼地将松动的大理石放回原处。她回到了走廊里。拉莫尼显然很恼火，他示意她走向打开的电梯门。

比阿特丽斯明白她这是得寸进尺，可是她需要找回姨妈的钥匙。"该死！我还忘了其他东西。我应该带一些笔记回家，在周末看看。我真是个没脑子的人。我马上回来！"

当她奔回马科斯的办公桌时，他在她身后咕哝。她举起一个食指表示只要等一分钟，随后拉开最后一个文件抽屉。抽屉里塞满了文件。她将文件推到一边，摸索抽屉的底部寻找钥匙。除了一把铅笔刨花，她什么也没摸到。她随意抓了一个文件夹，以便使她对拉莫尼的说辞显得貌似真实，然后砰的关上抽屉。

"你找到一切所需要的东西了吧？"拉莫尼就在她肩头用深沉的声音问。

比阿特丽斯克制住没有尖声高喊。她没有听到拉莫尼紧随其后。"嗯，找到了，谢谢你！"

"现在该走了吧，小姐——？"

他打算告发她。她站在马科斯的办公桌边，假装这是她的办公桌。他要她报名字。她决定装聋。"什么事？"

"你叫什么名字，小姐？"

"呃，"她哽了一下，"马科欣。马科欣·麦克唐奈……我真的该

144　死钥匙

走了。"说完这话,她没有奔跑但尽可能快地冲到电梯口。一个电梯箱正在等待,她走入电梯,按下大堂的按钮。

感谢上帝,保安没有跟随她。他没有离开马科斯的办公桌。他只是站在那里,凝视着办公桌,似乎陷入了沉思。最后他抬起头看着比阿特丽斯站在电梯里。

"晚安,小姐!"他表情阴冷地说,随后电梯门关了。

第二十五章

一九九八年八月十五日星期六

在这周剩余的时间里，艾丽丝责备自己是个无可救药的荡妇。她怎么能被亲吻几下就瘫倒在地上呢？不过，她辩解说，这事她没法控制，这不是她的过错，因为他是个接吻高手，一吻女人头就晕。这不是她的过错，因为在尼克之前，她生活中少量的与性有关的经历最多只能称得上不冷不热。以前她曾与别人亲吻过一次，调过情，那与约会不同，但也算是那么回事，她分析说。此外，成年女人可以与她们喜欢的男人发生性关系，但不能被污名或伤害。

但是，她正在受到伤害。他不打电话。

到星期六中午，这已经是毫无疑问的事实。对于尼克来说，她只是个性感女人。现在他永远不会再尊重她了。公寓房四周蒸笼般的墙壁压抑着她。她必须出去。

室外甚至更加炎热。她疲惫地走过卡普雷塔夫人的摇椅，甚至没有抬头望一下。

"嗨，你觉得那样好吗？人们甚至不再对邻居招呼一声。楼上的东方人倒会跟我打招呼,但你不会,艾丽丝!"

"对不起,卡普利塔夫人。今天你好吗?"她叹息一声,但避免目光接触。

"看脸色比你要好……怎么啦?男朋友给你找麻烦了?"卡普雷塔夫人身着被虫蛀坏的家常便服在椅子中来回摇动。

"有那么点意思。"

"你们这些上班的姑娘全都精神失常。在我那个年代,我们知道如何留住一个男人。你想听我的建议吗?"

并不真正想听。

"学会烹调,夹紧你的双腿!这就是你找到丈夫的秘诀。"

艾丽丝转了转眼珠。

"你认为自己太优秀,不应该随意结婚。是啊,现在你二十三岁,可以说这话。不过等你三十三岁了,然后四十三岁,你再回来跟我说你的职业生涯多么伟大!哈!"

"行了,谢谢!"这正是她所需要的打气话,她苦涩地想。

卡普雷塔夫人在她身后大声说:"这就是发生在我的贝特西身上的事情,你知道吗。浪费了她所有的好机会,如今她单身一人……"

就这样结束了她与邻居的寒暄。艾丽丝继续走她的路。她拖着脚步沿着街道朝着她最喜欢的咖啡店卡拉布里走去。她端着咖啡,顺手抓了《自由时报》和《都会各地》两份杂志,找了一个有空调的角落。她浏览了东区租房信息,直至被迫开始阅读尼克居住的特雷蒙特地区的租房信息。尼克在林肯公园附近刚买了一处公寓套房,近几周来一直在办公室四处炫耀照片。如果她能在附近找到一处住所,那她就不完全是个痴情追踪者。她叹了口气卷起了报纸。也许卡普雷塔夫人是对的,她应该夹紧自己的双腿。她津津有味地咀嚼硬面包圈,这时《都会各地》的封面吸引了她的眼球。她展开报纸开始阅读:"丹尼斯! 一九七八年违约……"就是一九七八这个年份让她停止吃饭并展开报纸。克利夫兰第一银行大约是在那年关闭的。艾丽丝曾经看见过"丹尼斯!"的庭院告示贴遍全城各处。那年秋天一场选举即将开始。

从新闻导读中获悉,国会议员库西尼奇正在与一名共和党人进行竞选,共和党人决心揭露他这位现任议员的肮脏历史。据这篇文章报道,丹尼斯·库西尼奇在三十二岁这个年富力强的年纪担任了克利夫兰的市长,当时这个城市违约了好几笔银行贷款,这是这个城市历史上的一个低潮,而该城的北边就是奔腾的凯霍加福尔斯河①。克利夫兰成了全国的笑柄,是衰落地带腐朽的典型代表。一度辉煌的大都市成了"湖上的错误"。以前她听到过这样一些说法,但是她从未真正理解这些细节。她继续阅读。

政客们一面许诺"不再设立新税",一面不断增加他们的预算开支,克利夫兰便欠了巨额债务。城市的债务来自好几家地方银行的贷款,因为他们债券税率极低。文章列举了一些金融家,当艾丽丝读到克利夫兰第一银行是该城债务的最大债券持有人时,她的眼睛瞪得大大的。

由年轻气盛的顾问组成的库西尼奇政府疏远老的企业,不让电力公共事业单位私有化。一九七八年十二月十五日,债券到期,地方银行一起拒绝与市长办公室重新谈判债券条款。克利夫兰第一银行是拒绝以新债券代替旧债券的六家银行之一。该银行的董事会是克利夫兰

---

① 凯霍加福尔斯河:the Cuyahoga River,位于美国俄亥俄州北部,注入伊利湖,故后文称克利夫兰为"湖上的错误",意为靠着富饶的江湖还要破产,实为笑话。

最有影响的企业家。这群精英贵族包括西奥多·哈洛伦、赛缪尔·瓦克尔利、阿利斯泰尔·默瑟，还有很多很多，新闻报道说。

旧银行图书馆里悬挂一幅幅肖像的景象浮现在艾丽丝的脑海中。她看见至少十二位银发老头热切注视着图书。她仔细搜索整篇文章，想找到更多有关这家银行和它董事会的信息，但什么也没有找到。报道接着描述了库西尼奇在国会的投票记录。据说他的竞选对手詹姆斯·斯通宣称，如果丹尼斯重新当选，这位前市长对克利夫兰城市施政的失败意味着对整个国家施政的失败。艾丽丝卷起报纸，将它塞进自己的手提包。

她在一天最热的时段步行回家。看来银行的倒闭远不是一件平常的事件。遗弃的文档、塞满物品的办公桌、枯死的盆栽植物——所有一切看起来都像是犯罪现场的证据。此外，为什么一栋完好的十五层大楼就这么原封不动地杵在那里二十年？以前她在克利夫兰市中心看见过被遗弃的楼房。她每天开车经过这些房子。它们关闭了，被毁了，任何有价值的东西被偷盗一空。透过它们损毁的窗户朝里看，她可以看见楼里啥也不剩。为什么尤克利德大街1010号成了一个保存完好的时代文物密藏器，还有武装保安看守呢？她不断回想起那个金库。

她推开她蒸笼般公寓的房门，看见电话答录机上的灯在闪烁。她将提包扔在角落里，快步奔向那个希望的小黑盒。也许尼克拿定主意认为值得给她打个电话。谁知这是她妈妈的电话。又来电话了！

"艾丽丝？艾丽丝，我开始担心了。你需要给家里打个电话。"

"好吧，好吧。"这次相隔的时间比她原计划要长几天。她拿起电话，甚至不看键盘就拨了家里的号码。家里的电话号码二十三年没有变。"嗨，妈妈！"

"艾丽丝！是啊，你该打电话来了。我急死了！你好吗？"

"对不起，妈妈。"她并非故意让这位可怜的女人担心。"我真的工作很忙。"

"可是，你应该打电话让我知道一下。即便现在你成年了，可我还是你的母亲。"她母亲在电话另一端叹息了。"那么，新的工作进行得怎样啊？你喜欢吗？"

"喜欢！目前我正在对旧银行大楼进行实地测绘。非常有趣！公司头头惠勒先生百里挑一选我领衔进行测绘。"艾丽丝觉得自己在自吹自擂，尽管她怀疑惠勒先生只选了她是因为她是最廉价的雇员。

"呀，宝贝！这太好了！你过得很好，我很高兴！"

艾丽丝笑了。"爸爸好吗？"

"他？噢，他很好。"她停顿了一下。"我想他调整得还不错。"

"调整？"

"噢，我没告诉你吗？他的公司刚刚裁员。你知道的，他们到处都在收缩规模。他还不错，你别担心。他有更多时间在棚子里干这干那，他真的很享受。"

她的爹爹被开除啦！母亲对此尽量显得开朗乐观，但妈妈这样做反而使她感到难受。"妈妈！这是什么时候发生的？"

"上星期。"

"爸爸没事吧？"艾丽丝问，即便她知道她不会得到坦率的回答。

"他过得很好！他真的厌倦了工作，这你知道。他已经尽力拼搏了。现在该去干点别的了。"妈妈的热情使艾丽丝感到难受。

"我能与他说说话吗？"

"现在不行，宝贝，他在睡觉。你要我让他回电吗？"她知道父亲从来不会给她打电话。他讨厌在电话里交谈，或者说至少有一次艾丽丝大胆抱怨此事，父亲就是这么说的。她尽量不把这事看作是针对她的，而是像个男子汉或父亲也许尊重的某人那样接受这种拒绝。"好了，我得走了。"

"今天你打算做什么啊？"每次电话必须用积极的语气结束。

"我得去找一间新的公寓。"

"哦，那太好了！我都等不及看新房子啦！如果你要我过来帮你搬家，一定要告诉我呀！"

"好的，谢谢，妈妈。"

"我爱你！"

"我也爱你……妈妈？"

"嗯，宝贝？"

艾丽丝停顿了一下，一种奇怪的感情涌上心头——她感到有责任保护自己的父母。她不知道他们是否有任何积蓄。她不知道父亲是否得到解雇一揽子福利。一般来说，她父母从不议论钱的事情。"如果你们需要什么，给我打电话。"

"噢，别担心我们，宝贝。我们不会有事的。"

第二十六章

艾丽丝的父亲在那家刚解雇他的汽车配件公司当楼面主管，在他生命的过去二十五年中每周工作五十多个小时。他是个好工人，早上班晚下班。因为加班，错过了他酷爱的所有棒球比赛。可是换来了什么呢？他曾连续数小时给她讲工程师行业的好处，告诉她这个行业会如何导向一种安全稳定的生涯。现在他失业了，艾丽丝找不到她该死的打火机，最后只好在炉子上点了一支烟。

他们把他咀嚼了，然后把他吐了出来，就像埃莉说的那样。抽了五支烟后，来回踱步也腻了，整个公寓简直是个蒸笼，她恨死它了。她在这里住了整整三年，整天与咖喱味、乱窜的蟑螂以及精神错乱的卡普雷塔夫人生活在一起。艾丽丝踩着重重的步伐走在车道上，手臂下夹着租房广告。卡普雷塔夫人的洗涤槽在哗哗流水，艾丽丝猫着腰从她的窗户下经过。

特雷蒙特几条街道的两侧都是些破败失修的房屋，而这些破房子的旁边就是刚整修过的房子。她尽最大努力在这些整修过的房子中挑选住所，在按照刊登的房屋出租广告寻找房子的同时特别注意别太靠近尼克新买的房子。每隔大约三十分钟，她就会按动一家的门铃，得以进门参观一番。

到下午四点,她见识了所有不同种类的捕蚁器和台面凝结一层污垢的厨房长桌,一天中她的胃只能承受这些。她的寻房单上只剩最后一处,可能就是它了!她转入一条单向通行的街道,在一栋小房子前停了车。这栋房子新近装修过,屋里的各种器具都是便宜货,但从没使用过。铺满整个地板的"伯布"地毯是刚铺好的,视野中没有捕蚁器。就是它了!这天下午她就签了租约。

该庆祝一下了。她从新家的前门步行半个街区,走进拐角处的"熔岩雅座酒吧"。紫色的墙上悬挂着光洁的马提尼酒招贴,绿色的橄榄在玻璃酒杯里上下舞动,在牙签条上摇摆,活像一个个又小又圆的脱衣舞者。艾丽丝在一个没人的酒吧隔间啪嗒坐下,点了她第一杯伏特加马提尼酒。她举起精致的酒杯:**为新的开端干杯**,她想。烈酒顺着喉咙火烧火燎地一路下肚,她忍住了颤抖。

"饮料还行吧?"酒保多半四十多岁了,令人毛骨悚然地扫了她一眼。

她从包里取出报纸,那家伙自讨没趣地跑到酒吧另一头去了。分类广告上满是她一天找房的涂鸦。她急速翻回第一页,再次阅读大标题:"丹尼斯!一九七八年违约"。她抿着伏特加,再次阅读这篇报道。这个城市在一九七八年十二月十五日违约。她凝视着这个日期。这一事件就发生在克利夫兰第一银行倒闭前两周。

不知不觉中,她的伏特加喝完了,她感觉脖子上的脑袋轻飘飘的。她得离开这里,否则她就没法开车回家了。离开酒吧再次踏入令人难以忍受的酷热,这使她想起新租的套房里有中央空调。艾丽丝从没在有气温调控的绝对奢华中生活过。她在世界上的地位正在上升。当她从容走向自己汽车的时候,饮酒的兴奋感仍在形成。想与除母亲以外的某个人一起庆祝她的好消息的冲动变得难以克制。她禁不住想起了尼克。她刚租了一套离他市区新式住宅三个街区之遥的公寓。即便他们只在一栋遗弃的大楼里有过偶然的性关系，他们依然是朋友，对吧？

就这么定了。车钥匙转动第二下点火成功，她的车好像自动驾驶似地穿越一条条狭窄的街道，直至她找到了那扇正门，在尼克办公桌上镶框的照片里她曾见过那扇门，至少她相当有把握这就是他的家。她轻快地踏上正门台阶，准备高喊"嗨，邻居！"，然后伸出双臂拥抱他。这是伏特加激起的计划。

她正要敲门，突然听见屋里传出阵阵欢笑声。这是一个女人的声音，这不是随随便便的一个女人，而是职工联络小姐阿曼达的声音！

"那好吧，向我展示一下这种填泥料是如何起作用的。我只在书本上读到过这些东西，你知道吗？"

艾丽丝能够听见尼克回应了一些话，但是听不太清楚是什么话。

"婊子养的！"她一边跌跌撞撞走下台阶回她的汽车去，一边不满地发出尖利的嘘声。尼克，这个办公室的卡萨诺瓦①，总是笑容可掬，用手臂搂着她的肩膀，已经移情下一个姑娘了。她啪的狠狠打了一下自己的前额。他毫不在乎她。她猛地拉开车门。他刚摘过某个唾手可得的果实，他恣意摘取了它。她砰地关上车门。

艾丽丝驾车歪歪扭扭地穿越城区，回到她二楼的桑拿间似的房间。她还能期待什么？她怒气冲冲进了房门。他是个二十八岁的男人，不喜欢她这样的笨女人——至少是不再喜欢。

艾丽丝点燃一支烟，扑通躺倒在长沙发上。电话答录机在闪烁。

---

① 卡萨诺瓦：Casanova，意大利浪荡公子，喜欢乱搞男女关系。

不会是尼克的电话。她不再抱有任何希望。答录机闪烁了整整一分钟，她才跺着脚走过去按下按钮。

"喂？这是苏珊娜·佩普林斯基。你说如果我回忆起任何其他事情就打电话。嗯，"——答录机上压低的声音降至几乎是耳语——"也许你应该过来看望我。"

艾丽丝又播放了一次电话录音。她从零钱袋里拿出547号保管箱的钥匙，盯着它看。有人将它留在秘书的办公桌里。某个名叫比阿特丽斯的姑娘半夜里打电话给苏珊娜，询问有关二十年前一个贵重物品保管箱的事。

"谁他妈的在乎？已经烦够了！"艾丽丝小声抱怨，然后从冰箱里取出一罐啤酒。那个小老太或者不管是谁丢失了547号钥匙，她都应该自己去寻找。

艾丽丝洗了个长时间的淋浴，半醉半醒地爬上床。尼克和阿曼达欢笑的回声迫使她用一个枕头捂住自己的脑袋。他俩非常般配，都有完美的身材，完美的衣服，完美的生活。

而她艾丽丝只有低劣的工作，独自一人测绘一栋令人毛骨悚然的大楼。她甚至连这份工作也做不太好，平面图上缺少了几个分隔间，而注意力却被分散了。惠勒先生只选她从事野外任务，那是因为她太愚钝，只会别人叫她做什么就做什么，不会提出问题。

想到这里，她从床上坐了起来。这栋旧楼问题多得满到房顶，这些问题都急需有人来提出。比阿特丽斯·贝克的个人档案里充满着奇怪的记录。克利夫兰第一银行在克利夫兰城市破产后十四天歇业。人们甚至没有机会清理他们的办公桌。钥匙遗失了。贵重物品保管箱遭到了遗弃，银行大楼铁将军把门二十年。惠勒先生选择最年轻的职员独自测绘这栋大楼也许有其原因。他不希望任何人提出问题。

她摇摇头，喝下了那么多的啤酒和伏特加，整个房间都在来回摇晃。这是一种荒唐的想法。惠勒先生派她独自进入银行大楼只是想省点钱而已。但是，手电筒光柱在十五楼游荡的情景再次浮现在她眩晕的脑袋里。某人在楼里寻找某种东西。

时钟显示晚上十一点三十分。给苏珊娜回电太晚了。

第二十七章

星期天早上，艾丽丝在长沙发上睁开眼睛，喝了伏特加宿醉难醒，头还痛着。

"哎呦！"她痛苦地呻吟着，双手抱住脑壳，试图不让隐形的锤子将脑壳砸碎，但毫无用处。她躺在那里直至第二波恶心消失。

苏珊娜的钥匙不见了，她醉倒的时候手里还拿着它，手上的红印子就可以佐证。艾丽丝强迫自己起来。钥匙不在咖啡茶几上也不在长沙发上。她在沙发、地毯和靠垫底下寻找。

"该死！"艾丽丝点燃一支香烟，又沉重地躺回沙发。**钥匙不会就这么消失了**。她生气地抱拢双臂，突然感觉胸口有样东西戳人。**该死的胸罩支撑钢圈**，她边想边解开睡觉时压扁的胸罩钩子，有样东西掉了出来：是那把钥匙！

"哈，你在这里！"艾丽丝捡起钥匙，眼睛紧盯着刻在钥匙表面的547。"你是属于谁的呢？"

钥匙不回答，但是她希望它能回答。她又躺回沙发。

艾丽丝勉强把满满一杯咖啡灌下宿醉未醒的胃里，拿起电话拨了苏珊娜的号码。

"喂。"一个刺耳的声音回答。

"苏珊娜?"

"是我。"

"我是艾丽丝。昨晚你曾打电话给我。"

"对的。艾丽丝。今天早晨你应该过来见我。我的侄女中午以前都在教堂。"

"你能否告诉我有什么事情。"

"如果你想交谈,那么就到莱克伍德朱尼珀大道13321号来。"女人咳嗽起来,随后就挂了电话。

"好吧,疯女人。我马上就来。"艾丽丝对着挂断的电话说,然后放下话筒。发疯了,她自言自语,不过她是拿着钥匙去寻找它合法的主人。不管昨晚醉酒后她胡思乱想出哪些说法,现在这是她的责任了。艾丽丝重新扣上胸罩,将钥匙放进裤子的后兜里。

朱尼珀大道是莱克伍德一条拥挤的长街,位于特雷蒙特向西一百个街区。艾丽丝驾车在拥挤的网格似的平房区穿行,直至找到想找的房子。这是一个砖砌的小棚屋,门窗前有铝制的雨棚,前廊装了纱门。生锈的纱门里,一个老太正坐在一把摇椅里。

艾丽丝眯着眼睛朝前廊里张望。"你是苏珊娜?"

"你一定是艾丽丝。进来!进来!在我侄女做完弥撒回来之前,我们没有太多时间。"苏珊娜隔着开裂的边门挥手。塑料地毯铺满整个小小的前廊,里面有一个柳条沙发,以及苏珊娜的摇椅。

"你好,"艾丽丝缓慢地坐进那个嘎吱作响柳条沙发。"嗯,感谢你请我过来。"

苏珊娜的脸是那么棕黑干瘪,在过去的二十年时间里,她一定一直躺在鞣皮床上抽烟。唯一与她个人照片有点相似的地方是她的牙齿。

"嗯,你来电后,我开始在想……"她从一个红色皮烟包里抽出一支特别长的薄荷香烟,用一只闪亮的金质时髦打火机点燃了它。"关于银行。以前我在电话里没有提及它,不过你知道吗,有人侦查。银行关闭之后有警察在侦查。"

"真的?为什么?"

"我也吃不准。警察讯问了我们所有的人。他们向我提出了有关文档的各式各样奇怪的问题。我当然他妈的一点儿也不知道。但我与我的一个朋友琼交谈过——喏,私下交谈——想搞懂到底在发生什么事情。她说正在发生一些奇怪的事情。"

"什么样的事情?"

"存储部的文档不见了。还有钥匙……"

"什么的钥匙?"

"贵重物品保管箱的钥匙,还有其他的,"苏珊娜透过一股烟雾说,"要知道,客户得到的消息是:钥匙是在银行出售给哥伦布信托公司、他们用链条锁门的时候遗失的;其实,钥匙在此前几个星期就已经丢失了。所有部门都进行了大规模联合搜查,直至他们用链条锁门那天终止。"

"你朋友向警方报告这一情况了吗"艾丽丝在沙发上倾身向前,眼睛盯着苏珊娜苍老粗糙的脸。老太淡蓝的眼睛盯着她的香烟。

"哦,没有。她没有报告。"

"为什么不报告?"

"有人威胁。"苏珊娜直截了当地说,仿佛这是人人皆知的事情。

艾丽丝等着她说出更多的情况,但是苏珊娜似乎陷入了沉思。她把两英寸长的烟灰轻轻弹入放在她膝盖上的水晶烟缸里。她皮包骨头的腿肚子上布满一条条蓝色的粗血管。艾丽丝禁不住怀疑所有这一切是否都是这个老太婆编造的？她好像很喜欢别人关注。

最后艾丽丝不得不问："什么威胁？"

"银行关闭前一周，我在半夜里接到一个电话。"苏珊娜透过破旧的纱门凝视着前草坪星星点点褐色的枯草。"那个男人说我如果不提银行里发生的一系列怪事，日子会好过些；说我应该配合警方，但却要让我闭嘴！"

"否则会发生什么事呢？"

"没有具体说，不过我当时意识到一些情况。在那段时间里，有些人消失了。"

"消失了？谁？"

"比如，那个女孩，比阿特丽斯。一天深夜，我接到她的一个电话，询问有关某个贵重物品保管箱的事情。当时我对此事没想太多。不过你知道这事让我心事重重，总是想起它。于是我想去探望她。几天后，我直接上九楼去找她。她不在那里。没人知道她在哪里，据我所知，她从此没再回来。"

"你觉得她出什么事了呢？"

"我说不好。"苏珊娜用脚踩灭了烟头。

"你为什么说她胡说八道？"

"一个我从未谋面的女孩给我打电话，认为我在银行有个贵重物品保管箱，那就是胡说八道！天知道她还对谁胡说过这件事。人不能不谨慎，至少我不能不谨慎。"

苏珊娜被吓坏了。艾丽丝想如果某个男人深夜打电话威胁，她也会吓坏的。不过，所有这一切都与她一路开车到莱克伍德来的目的没有丝毫关系。她从口袋里掏出那把钥匙，递给老太看。

"这是你的吗?"

苏珊娜的眼睛眯缝了起来。她点燃又一支烟,吐出一连串生气的烟雾。"我对你说过,我从未拥有一个贵重物品保管箱。"

"那么你知道它会是谁的呢?"艾丽丝追问,但不想承认她是直接从苏珊娜的办公桌里拿的。"也许是比阿特丽斯这个人的。"

"我真的吃不准。"

该死!艾丽丝将钥匙放回口袋。"那么……警察介入调查后发生什么事了吗?"

"什么也没发生。这就成了问题。今天他们给每个人打电话,第二天却什么事也没有。"

"那么,嗯,你说那天有人获悉将要发生一些事,你说这话又是什么意思呢?"艾丽丝问。

"一些有钱人破产了。新闻里全是这类消息。哈洛伦家族,瓦卡利斯家族;老头默瑟死了,他们说是车祸。"苏珊娜耸耸肩。"也许是车祸。"

由于某种原因,哈洛伦的名字是熟悉的。艾丽丝苦思冥想,突然想起了三楼的琳达,她姓哈洛伦。艾丽丝摇摇头,想摇明白琳达、苏珊娜、比阿特丽斯和银行之间的联系。苏珊娜的叙述没能给她理想的结果。再说了,她神经也许也有点不太正常。

"你四处打听克利夫兰第一银行,最好小心点,"苏珊娜边说边用一只瘦骨嶙峋的棕色手指指着艾丽丝,"那栋大楼这么多年来没人去打扰总有原因的。"

"你打电话给我就是为了这个?告诉我小心些?"

"嗯,我不会说一点也没有,因为在电话里听起来你好像是个很不错的姑娘。我不想因为没有提醒你而感到歉疚。"她又点燃一支烟。

"谢谢！我在想，你觉得到底会发生什么事呢？我是说，现在谁会真正在乎这家旧银行呢？"艾丽丝看着烟雾，思想在激烈斗争自己是否也点支烟呢？

"你会感到非常惊讶的。那些有财有势的银行家中还有不少人依然健在。"苏珊娜死死盯着艾丽丝。"最后一个往家里给我打电话询问贵重物品保管箱的人失踪了。我只是想你应该知道这件事。"

苏珊娜手腕上某样东西在阳光下闪烁了一下。它像钻石一样闪光。艾丽丝眯起眼睛偷偷看了一眼那手镯似的东西，张开嘴巴想问一下它，但是一辆客货两用轿车轰隆隆驶进车道，这就打断了她提问。

个漂亮的年轻女人下了车，从后座里抱下一个小女孩。

"谢里尔！"苏珊娜挥手招呼年轻女人过来。"过来见见艾尔玛，她在向我兜售挺好的百科全书，我们可以买下来。"

"什么？"艾丽丝抗议似地怒视着苏珊娜。

"天哪！"谢里尔压低声音叹了口气。"小姐，别理我姨妈，她并不真正想要你在推销的东西。她只是想找人说话。现在你真的应该走了。"她把孩子放在正门里面，示意艾丽丝去车道。

"可是……"艾丽丝还想提问，但看来她没有时间了。她站起身来，把假戏演下去。"谢谢，占用你的时间了，佩普林斯基夫人。如果改变了购书的想法，你知道如何联系我的。"

艾丽丝沿着车道朝自己的汽车走去。她扫视了一下这条街，街两旁停着一辆辆生锈的美国车，与此同时试图弄懂苏珊娜刚才对她说的话。这个荒唐的老女人宣称她不知道钥匙的主人是谁。比阿特丽斯·贝克曾给她打电话询问贵重物品保管箱的事，随后她就失踪了。老太担心这样的事情会再次发生。

"真是个疯子！"艾丽丝低声说，不过一种忐忑不安的感觉渗入她的内心。有人雇用拉莫尼看护旧银行大楼，以及楼内遗弃的文档和仍然锁在金库里的、鬼才知道是什么的东西。

身后的前廊里，苏珊娜依然坐在她的摇椅里抽烟。艾丽丝驾车离开时，她在挥手致意。

第二十八章

一九七八年十二月一日星期五

最后一班公交车把比阿特丽斯载到多丽丝住的那条街的尽头放下。她的提包很重，里面塞满了马科斯的文档和钥匙。**现在谁是小偷？**想到有了某种东西可以交换她姨妈的钥匙，她略微感到宽慰。这也就是说，如果她再有机会见到马科斯的话。

比阿特丽斯的眼睛盯着双脚，攀登弯弯曲曲的楼梯朝她姨妈的房门走去。直至她到达最上面的一段楼梯时，她才发现房门没有关。一道银白色的灯光正朝她射来。她呆住了。她知道自己没有忘记锁门，她出门总是关灯的。她一手捂住嘴巴双膝跪在了台阶上。公寓的墙壁像纸一样薄，房间非常窄小。她屏住呼吸倾听着。当她注意观察门道里是否有人影晃动时，她的心怦怦直跳。

几分钟过去后，她手膝并用爬完最后三个台阶，将门再开大了些。房间里她睡觉的地方已经被拆得七零八落。长沙发上的靠垫被扔到地上，小厨房里的三个抽屉被拉出，里面的东西被倾倒在地上。冰箱门敞开着。地上到处都是纸张、锅碗瓢勺和银餐具。

她惊呆了。她所有的衣服都被野蛮地从衣架上扯了下来,堆在取暖器旁边的地上。多丽丝房间的卧床被掀起来靠在一堵墙上,旧被子和床单被从床垫上撕下来。梳妆台的抽屉被砸碎在房间的四周。多丽丝被践踏过的内衣内裤遮没了地板。壁橱的门被打开,里面所有的东西都被抛了出来。貂皮衣服、花呢套装、帽子盒、中高跟长筒靴都在床边撂成齐膝高的一堆。

比阿特丽斯怜惜地抓起那件皮外衣。如果是窃贼的话肯定会偷走貂皮大衣。这实在令人无法理解!她从地板上捡起多丽丝和艾琳年轻时的合影。玻璃碎裂了。她捧着照片框和貂皮大衣,脚一软跪倒在地上。

一个被摔碎在地上的梳妆台空抽屉就在她的身边。比阿特丽斯呆呆地看着它,直至眼泪模糊了眼睛。**谁会干这种事?为什么?**突然,她想起了什么。她姨母的信件和银行文档不见了。她查看了靠在墙壁上床垫的背面,还有地板四周,哪里都不见它们的踪影,然而,她离家时将它们都留在了床上,一眼就能看见。

比阿特丽斯退出姨妈的卧室。厨房的几个抽屉、一些靠垫、浴室里的药品柜——它们全被弄空,丢弃在地上。有人在寻找什么东西。她姨妈的手提包被拉开丢在了长沙发的架子上,其衬里被撕开,缝口被割开。甚至她的香烟盒也被扯开。比阿特丽斯意识到姨妈的钥匙圈也不见了。这时,那把被马科斯偷去的贵重物品保管箱钥匙在她的脑海里闪现。

她不能待在这里,有人偷了多丽丝的钥匙。他们也许还会回来。他们也许已经注意到多丽丝不是单独生活的。比阿特丽斯从地上抓起自己的旧提箱,将所有可以装进箱里的衣服和化妆品都塞了进去,用尽全力将它关上,然后拖着它走向敞开的房门。户外冰冷的空气已经开始灌满房间,但比阿特丽斯一点也感觉不到寒冷。她使劲拖着装得满满的箱子嘭嘭撞击着台阶下了楼梯,走进雪地。她又奔回到敞开的房门,环顾房间里被毁坏的各种内部物品,随后砰的关上了门。

手提箱在她身后的雪地上留下了一条拖痕,直至她抵达街道的尽头。她姨妈曾经工作过的卡拉布拉小餐馆还在营业。她没有任何能够想到的可以去投奔的其他地方。她提起沉重的箱子,试图保持几分镇静去走完餐厅的半条街。

比阿特丽斯推开餐馆的大门,一股温暖的气流和后堂油炸的嗞嗞声扑面而来。餐馆里有一半座位上有顾客。比阿特丽斯费力地走到一个火车座跟前,将塞得过满的箱子推到餐桌底下,一下瘫坐在塑料座椅上,把头枕在咖啡污迹斑斑的福米加塑料贴面桌上。

几分钟后,一双畸形的鞋子出现在她的身边。是格莱迪斯来了。

"比阿特丽斯,宝贝,你怎么啦?你姨妈的病情怎样啊?"

比阿特丽斯抬起头,勉强淡淡地一笑。

老妇人点点头,将一只手搭在她的肩膀上。"要不要我给你端点吃的,宝贝?餐馆买单。"

"汤?"

"马上就来。"格莱迪斯用手捏了一下她的肩膀后离开了。

她身边四周的空间纷杂斑斓,充满着各种极其强烈的味道和声音,还有嗞嗞发声的黄色灯光。她意识到自己也许要呕吐了,于是就用双手抱着脑袋。她不能报警。她能对他们说些什么?她被抢劫了,但是窃贼只拿走了一些旧的情书和钥匙。她甚至没有证据说明她居住在那里——她没有出钱租借。更加糟糕是,她独自生活根本就不合法,严格按法律讲的话,她还是个未成年人。警察也许会将她带走,送到一个收养家庭,或者更糟糕的地方。她用手掌擦拭眼睛以止住泪水。

食物的味道迫使她睁开眼睛。格莱迪斯端来了一碗汤,一盘烤鸡、一盆沙拉和一罐可乐。这是一顿盛宴。

"你一定要让我们知道我们能帮什么忙,好吗,宝贝?"善良的老妇人拍拍她的手。

比阿特丽斯点点头,她不敢开口说话。

她吃了食物,头脑里的齿轮开始慢慢运转起来。她必须做些什么。她不能给母亲打电话。她不能给马科斯打电话。突然,在她黑暗的思绪之间咔哒亮起了一盏明灯。她伸进外衣口袋,取出一张名片,名片上印着"安东尼·麦克唐奈探员"。托尼在名片背后曾留下过第二个电话号码。悬挂在午餐柜台上方的时钟显示:晚上八点十六分。

"你还需要其他什么吗,宝贝?"格莱迪斯边问边蹒跚着走向她。

"你们有投币公用电话吗?"

第二十九章

电话响了八下之后,马科斯的哥哥托尼接听了电话。"喂?"

"麦克唐奈警探吗?我是比阿特丽斯……马科斯的朋友。"

"对。比阿特丽斯。"她能听见他在微笑。"你一切都好吗?"

"嗯,不好,"她的嗓音有点沙哑,"你能到卡拉布拉餐馆来见我一下吗?"

"我二十分钟后就到,你能等我吗?"

"能,我会在这里。"托尼没有提问这让她感到宽心。她还吃不准要对他说些什么。

比阿特丽斯回头继续吃她的烤鸡和汤,直到再也吃不下。她挑着吃了点沙拉,同时算计着要对托尼说些什么。她需要帮助。她没有其他任何人可以打电话,她吃不准能否相信马科斯的哥哥托尼。马科斯偷了她姨妈的钥匙。

比阿特丽斯低头看着她的手提包,包沉甸甸的,里面依然塞满了那天傍晚她偷来的马科斯的东西。包的底部躺着那一大串钥匙,还有那份用速记法记录的笔记;以及在保安轻轻踢跶着脚的时候,她最后一刻从马科斯的办公桌里拿的另一份档案。

她将那份神秘的文件夹取出来，仔细看了看标签，上面标着："447号保管箱"。在文件夹里，她发现了一份"克利夫兰第一银行"抬头的通函。通函是发给俄亥俄州政府的。标题是"保管移交"。通函登录的保管箱主人为"贝弗莉·勒纳"。表格上还有她的最近已知地址和社会保障号码。登录的收回日期为一九七三年六月十六日。通函还提供了保管物品目录单。比阿特丽斯浏览了一下目录单，看见447号箱藏有出生证、遗嘱、十四颗钻石。她的目光停在了"钻石"两个字上。所有十四颗钻石的克拉重量都一一列出，它们一颗比一颗重，最重的一颗大约是六克拉。447号箱曾经藏着一大笔财富。

她取出马科斯手写笔记的文件夹来查找，直至找到了它：447号箱。六月一日，马科斯曾试图与贝弗莉联系，但没有找到她。电话已经切断。文件这一页底部马科斯用速记方式写的注释是："州政府无收回记录"。

她将目光转回到银行通函。通函用小一号铅字打印了一节满是律师用语的段落，说的是将要把保管箱内物品移交给州政府来"持有或拍卖"。通函由"审计部威廉·S.汤普森"签署。她用手指轻轻勾画署名，意识到这个署名是用图章盖印在通函上的，就如其他许多标准通函一样。她在通函页面的底部寻找秘书的首字母署名，并在左下角找到了它："DED"。多丽丝？

在监管通函的后面，比阿特丽斯发现了一张单页文件，上面标着"文件注释"，它是马科斯给贝弗莉打电话的打印记录，最后的注释是"客户没有回应"，页面底部的首字母读作"MRM"。马科斯打印了这份记录。

比阿特丽斯往后倚靠进火车座，嘴里咬着麦管。在一位愤怒的客户声称她的保管箱被不公正收回后，汤普森先生将审计贵重物品保管

The Dead Key 169

箱的任务交给了马科斯。马科斯开始给许多客户打电话，他们很可能是那些不再付费或那些保管箱已经被收回的客户，她核查他们的去向和收回保管箱的合法性。马科斯有满满一抽屉整理有序的文档，佐证收回保管箱是否合法。马科斯已经确信银行的一些做法是不对的。她甚至请托尼启动调查，还一直亲自跟踪银行通函的进展情况，结果发现州政府没有任何转交财物的记录。财富就此消失了。现在马科斯失踪了。马科斯趁比阿特丽斯熟睡的时候拿了她姨妈的钥匙，接着第二天就马上辞职。

"看样子你正在沉思啊！"餐桌对面一个沙哑的声音说。托尼滑动着坐进比阿特丽斯对面的座位里。

"啊，嗨！"比阿特丽斯没有意识到时间过去了多久。她本来打算在他到来之前收拾好一切的。

"这都是什么呀？"托尼看着一堆堆文件问。

"噢，只是工作上的东西。"她摇摇头，收起文件，似乎它们都是些无关紧要的东西。"我在办公室的工作有点来不及完成。我姨妈病了。"

她讨厌用多丽丝姨妈作为借口。同情无济于事。她没有仔细观察一下看看他的眼神是否为了她而变得温柔。她只是将文件尽快地塞进包里，等她抬起头时，他已经在向格莱迪斯招手，让她端咖啡壶过来。

"知道你姨妈的事了，我很难过。"

"谢谢！她在大学医院里。我想她可能要不行了。"比阿特丽斯咬住一片嘴唇的内侧。这是她第一次大声说出这句话。眼泪在她的眼角处涌了出来。

托尼越过桌面向她伸出一只手，并轻轻拍了拍她的手。"我很难过。"

餐桌之上笼罩一种不自然的沉默。他的手几乎是她的两倍。咖啡送来后，他抽回手，开始往他的杯子里添加奶和糖——三满勺糖！比阿特丽斯微微笑了一下。

"我能说什么呢？我想我喜欢甜食。"他朝她眨了眨眼睛。"那么，我能为你做些什么呢，比阿特丽斯？"

她知道他要开始提问了。她依然不知道就遗失的钥匙或银行文件要说些什么，所以，她慢慢地开始："有人非法闯入了我姨妈的房子。"

托尼脸上愉快的表情消失了。"你没事吧？当时你在家吗？"

"不在，我在上班。"

也许出于对她安全的关切，他没有提出更多的问题。托尼拿出一个小记事本和一支笔。也许不是对她的关切。

"什么地址？"

她告诉了他。

"你姨妈的姓名？"

"多丽丝·戴维斯。"

"遗失什么东西吗？"

"我……我想没有。"她克制住强烈的感情。她不想告诉他有关那些情书和银行文件的事情。首先她根本就不应该四处乱翻并发现那些文件。

"你姨妈有任何也许你不知道的值钱东西吗？现金？珠宝？"

比阿特丽斯立刻想到了贵重物品保管箱钥匙。如果她姨妈的确有值钱的东西，那么毫无疑问它们一定藏在克利夫兰第一银行的金库里。除她姨妈以外另一个知道这把钥匙的人是马科斯。"我想她没有。有一件貂皮大衣，一个电视机……"

"它们被偷走了吗？"

"没有。"餐桌的高度使她娇小的身材显得矮小，在警探目光的注视下，她感到自己越来越渺小。她不能让人看上去像个迷途的十二岁孩子，于是就坐直身子以便显得身材高些。她努力发出坚强一些的声音。"这不合情理，对吧？"

"对，"托尼边说边在笔记本上做一些扼要的笔记，"这不合情理。"

"所以我想到给你打电话。这似乎不像一次平常的入室盗窃。"

他仔细地打量她。既然是马科斯的朋友，她祈祷托尼能信任她。她微微眨了眨眼睛，调情不会有害处。情况似乎朝着有利于她的方向发展，因为他的目光变得温和了。

她松了口原先憋住的气。"我非常感激你来这里见我，托尼。马科斯好吗？"

因为话题变了，所以托尼轻轻合上笔记本，然后小口喝起他那杯加糖的咖啡。

"我已经好几天没有与她联系了。她在度假，"他说，然后停顿了一会儿，"我以为你知道这件事呢。你俩不是相当好的朋友吗？"

"度假？"她皱起了眉头。"不，我不知道这件事。她去哪里啦？"

"坎昆①。"他警惕地看着她。"你俩是吵架还是怎么啦？"

"没有。嗯，有点那个味道。我想我们是吵架了，"比阿特丽斯结结巴巴地说，"坎昆在哪里？"

"墨西哥。她会离开几个星期。说什么需要离开一段时间。现在我想起来了，她要我把这个交给你，如果我遇见你的话。"他把手伸

---

① 坎昆：Cancun，墨西哥东南部旅游胜地。

进皮夹，从里边取出了一把小钥匙。

看到钥匙，比阿特丽斯的眼睛睁大了。钥匙上面刻着"547"。他将它放在她的手心里。

"随便问问，这是派什么用处的？"

比阿特丽斯用手抹了一把脸以掩饰吃惊的神色。"嗯，这个？……这是我工作单位衣物箱的。我以为丢了呢！"

"我不知道她为什么会认为我也许会见到你。我对她说过她是疯了！不过你是了解马科斯的，她如果非要得到她想要的东西，绝对会不择手段。"

出于某种悔恨，马科斯归还了多丽丝的钥匙。也许马科斯还是个好朋友。也许比阿特丽斯是个不该被信赖的人。她搜寻了马科斯的东西，并且偷走了一整串钥匙。更严重的是，比阿特丽斯向哈洛伦先生密告了马科斯的项目。

"听着，我将去调查你姨妈的入室盗窃案，不过没有丢失任何东西，这就很难让人采取多大行动。克利夫兰是个大城市，有很多大问题。大多数破门而入的案件都不会有很大进展。"

"你觉得今晚我回去安全吗？"

"我认为不安全。再说啦，如果窃贼知道你和你姨妈都不在家，他们也许会回去，甚至擅自占用那里。瘾君子喜欢找免费的地方居留。那也许是我们抓捕罪犯的最好机会。下周前后我会顺便去巡查几次。如果发现什么，我会让你知道的。你有其他居住的地方吗？"他边问边耸了耸眉毛，好像他怀疑她只有十六岁。

"我？有的。当然有的。我会去与我的表姐待几天。"比阿特丽斯一边点头一边心里惊慌极了。话已出口，她无法将它们收回。说谎正在变成她的第二天性。

这件事就这样结束了。"我在哪里能联系到你呢?"

"嗯,你可以打电话去银行。我几乎就住在那里。"她给了他她的电话分机号码。

他停顿了一下,最后再仔细看了看她的脸,好像他正在试图决定什么,就像是他要把她揭穿并送进少教所。然而相反,他只是简单点点头,起身离开了。

"你要当心自己,比阿特丽斯。"

第三十章

比阿特丽斯拖着沉重的箱子在雪地里一路走到医院。下班后她进出医院,经常看见病人家属睡在候诊室里。她拿定主意这里是她栖身过夜的最好处所。她走进重症监护室,姨妈已经在那里躺了一个多星期。不过,她好像已经过了许多年。她将箱子藏在身后走进了姨妈的病房,护士没有抬头张望。比阿特丽斯在角落里发现了一个给病人放置个人物品的小壁橱。她将箱子塞进橱里,硬是把门关上。就这样凑合着过夜吧。

她瘫倒在姨妈枕边坚硬的塑料椅子里,将头枕着床沿。

"有人破门进了你的公寓。"她在黑暗中轻声地说。

她对多丽丝坦白了一切,希望这惊人的消息或许能唤醒她。公寓、文件、钥匙、丢失的财富、马科斯逃亡墨西哥——比阿特丽斯把所有一切都告诉了姨妈。这女人没有动静。

大约凌晨一点,一种响亮的嘟嘟声唤醒了比阿特丽斯。这警报声把她吓了一跳,她抓住多丽丝的手。氧气依然呼呼地通过管子进出多丽丝的嘴巴。她干瘪的胸膛依然在一起一伏。护士飘然来到病房,她关掉了警报器,换了悬挂在她姨妈肩膀上方钩子上的那袋盐水。

"小姐，对不起。探视时间已经结束。"护士用责怪的声音说，比阿特丽斯已经习惯了医院的这种说话腔调。

比阿特丽斯乘坐电梯下楼至大堂，那里一个老头在椅子里打鼾。她蜷缩着躺在一条长凳上，用她的手提包当作枕头。夜里大部分时间，她都是睁着一只眼睛躺着。早晨五点过后的某个时刻，她放弃了警觉，迷迷糊糊地睡了过去，直至两小时后医生护士换班。

整个周末，比阿特丽斯都偷偷躲在医院里。她在自助餐馆里就餐，在公共厕所里洗手洗脸，哪里能睡觉就睡在哪里。四周是一片模糊的白织荧光灯和放低嗓门的声音。她大部分时间都坐在多丽丝的身边，努力琢磨下一步该做什么。终于，她在椅子里睡着了，实在是太疲劳了，她无法理清自己的思路。

星期天下午，一位身穿白大褂的年纪稍大的男士拍拍她的肩膀将她唤醒。"小姐？小姐？你没事吧？"

"嗯？"比阿特丽斯昏昏欲睡地回答。

"我是麦卡弗蒂医生。我是你姨妈的主治医师。有些医护人员反映你在这里……待的时间太久。你有其他亲属吗？"

"亲属？"比阿特丽斯在椅子里坐直了身子。那位护士有关与儿童服务部联系的说法在她耳边响起。"噢，有的。我姨夫。我相信你见过他？"

"是的，不过，他现在与你一起在这里？"

"不，他……有时周末也工作。他叫我陪伴多丽丝。"

"我明白了。"医生说完点点头。他查看了多丽丝床尾的表格，然后转身离去。医生的关心也只是提了两个问题，比阿特丽斯放心了。她决定冒险提一个她自己的问题。

"她……会好吗？"

"我们正在尽一切努力。我建议你与姨夫谈谈这个问题,小姐。"

医生一离开病房,比阿特丽斯一跃而起,从床尾抓起病情记录表。她浏览了表格,拼命想寻找姨妈病情的某种线索。她弄不懂所有那些数字、首字母和钩形符号。只有一个信息比较明显。表格底部用鲜艳的红墨水潦草地写着很大的几个字母:"DNR①"。她一遍一遍地识读这几个字母,但不知道它们会是什么含义。

---

① DNR:do not resuscitate,可译作"放弃心肺复苏"。

第三十一章

一九九八年八月十七日星期一

艾丽丝差点没能赶上周一的最后期限。早上八点整,布拉德出现在装卸码头,等着拿底下七层的一整套测绘图纸。凌晨四点,艾丽丝硬撑着起床,去给她的测绘作最后的润笔。上周二她与尼克在浴室地板上颠鸾倒凤浪费了她数小时宝贵的时间和她的大部分尊严,不过,如果她为此丢了工作,那她真是该死了。

她与布拉德在码头会面,啪的一下把注释齐全的图纸交到他的手里。布拉德将图纸看了一遍,然后将它们塞进了马尼拉文件夹。"它们看上去不错。图纸做了稍许变动,我们需要留个人在这里再待几周,现场草绘平面图。"

"现场草绘?"她重复道,努力将问题留在自己的脑袋里旋转,而不是出声提问。她不明白他在说什么,但还是点头表示完全赞同。

"他们会送一个工作站①过来让你使用。你使用 AutoCad② 顺手吗?"

"顺手。"艾丽丝在学校里用过绘图软件。

"我带来一册样本,"他边说边从他的提包里取出一个活页夹,"最重要的是你要按照比例绘图,并且使用适当的层次。"

艾丽丝这才开始有点明白。他们要她在大楼里用计算机草绘平面图,而不是用手绘制然后让另一个人誊清打印出来。

"是不是我的草图太邋遢,他们看不懂?"

布拉德咯咯地轻声笑了。"不,不是这个原因。只是范围扩大了,日程安排很紧。惠勒先生不想让我们办公室和这里来回跑而浪费时间。"

"范围扩大了?"

"对,我们打算全力以赴做这个项目。好像县里有人决定买下这堆旧砖头。我们已经列出供最后挑选的大楼名单,是在尤克利德大街1010号和旧希格比大楼之间挑选。他们要完整的楼层平面图,附带结构、机械、电器、管道图,凡是你想到的都要。我想他们是疯了!"

他们打算拯救这栋大楼,它的大理石楼梯,还有教堂式天花板。更为重要的是,她可以连续数周离开办公室沉闷的氛围,也许甚至是连续数月。艾丽丝禁不住笑了。惠勒先生和布拉德将要把一项真正的大项目托付给她。

"你将是结构部分的主要测绘人,"布拉德说,"我们将在下周送来机械- Es 和叠层- Es 的软件。"

"你也来这里吗?"她尽量不显露出不希望他来的想法。他一来就

---

① 工作站:workstation,指一种通用微型计算机。
② AutoCad:Autodesk Computer-Aided design,是欧特克公司 1982 年开发的计算机辅助设计软件,用于工程绘图等,可译成"通用绘图软件"等。

将结束她工作时随心所欲穿牛仔裤和 T 恤衫的日子——更不用说与同事在浴室地板上私通了。布拉德一本正经，褐色的头发梳理成小分头，皮鞋擦得铮亮。

"不来。"他显然有点失望，"要我在现场专职绘图代价太大了。年轻廉价也有不少实惠。"

她勉强淡淡地笑了笑，尽量安慰自己他的话不是一种侮辱或者是对自己私人生活的任何含沙射影。

这天上午的剩余时间，艾丽丝带着布拉德核查了她所绘制的平面图的相关楼层，同时讨论了她完成任务的后勤保障问题。他随意作了一些测绘，以核查她的工作。他们在琳达的人力资源办公室里停了下来，艾丽丝站在摔坏的书橱前面以挡住布拉德的视线。很幸运，布拉德不太关注陈设，他对被锁住的门里的隐藏空间比较感兴趣。

"你有没有进一步核定这里标着'盥洗室'、'冷气回流'和'机械'的空间？"

"呃，我没办法进去，"她愧疚地说，"这门锁了，拉莫尼没有钥匙。"

"那么你是如何确定里面这些空间的呢？"

"拉莫尼告诉我……它们与四楼一模一样。"

"我们需要移去这扇门，勘测一些墙壁，以证实它，"布拉德边说边在平面图上加注。他抬头看着艾丽丝愁眉不展的神色，补充说，"别担心。没有某些仪器，你是没法进行更多勘测的。两周后，我们将请个承包商来挖几个洞。"

艾丽丝点点头，不过内心完美主义者、成绩全优学生的她有点泄气。布拉德的核查是对她自开始工作以来获得的一种最近似评估的东西，她刚刚得了一个"良好"。她跟着他下楼回装卸码头，她尽量不绷着脸。

"好啦，我想我要把你留给这栋楼了。星期五我会来检查你的进度。周末他们会送计算机过来。"

布拉德从上面的门离开，艾丽丝又独自一人站在码头上。拉莫尼与平常一样不知在哪里。她停顿了一下，环顾这光线昏暗的洞穴，在阴潮腐臭的空气之中哆嗦。苏珊娜的话在她的脑海里回响。"这么多年来这栋大楼未遭侵扰事出有因。"

直到今日，这栋大楼没遭侵扰的原因是没人想买它。市中心到处都是空着的楼房。一家房地产投资公司买下它用作税金减免。他们买下它就是让它空置在那里——这就是关键。如果他们计划将它卖给县政府，那大楼里面就不可能埋藏某种深不可测的黑暗的秘密。她必须停止四处奔走找疯女人们谈话的行为了。

艾丽丝登上码头台阶，来到紧靠装卸平台那边的服务电梯门前。她真希望电梯依然运行，但还没试过。她按下按钮，吃惊地发现电梯门竟然开了。进了电梯，她按下六楼按钮，然后站着等候。她又按了一次。电梯纹丝不动。**狗屎！**她得去找拉莫尼。

拉莫尼的办公室不会太远，不过，她还没见过他办公室的任何标识。第一天她与布拉德在这栋大楼里时，他们在地下室里，拉莫尼突然不知从何处冒了出来。也许他的办公室就在地下室。

艾丽丝沿着长长的服务走廊走到藏在大楼背面的第三部楼梯，她打开了"马格努姆"手电筒，拉开通向地下室楼梯井的沉重大门。白色的横梁一直沿着黑暗的楼梯井往下延伸。水滴的声音从冰冷的石头地板上回传上来。她沿着混凝土台阶蹑手蹑脚地朝下面的地下室走去，手里像握住武器那样紧紧攥住手电筒。

到了楼梯底部，门的另一边某种金属敲击地面的铿锵声迫使她停

The Dead Key

止了行进步伐。她辨认出拉莫尼粗重沙哑沉闷的嗓音。他在诅咒。她小心缓慢地将门推开一条缝隙,瞥见了拉莫尼。他背对着门,他蹲伏在金库里。他身旁地上钢制的工具在灯光下闪亮。

他将一件工具扔到地上,嘴里高声骂道"他妈的!"他转身朝向艾丽丝,将头倚靠在贵重物品保管箱门的门壁上。她明白他也许在试图撬锁。

他点燃一支烟,厌恶地仔细打量着细长的尖锥。随后他举目朝她的方向看来,她忽地弯腰躲到门背后,门砰的关上了。**该死!**

她脑筋急转弯,开始扭动拉扯门把,还用脚踢门,弄出很大的动静。"该死的门!"她一边高声叫喊一边连续用力敲击钢门。"拉莫尼?拉莫尼,你在里面吗?我需要帮助打开这愚蠢的东西。"

她用肩膀使劲推门,当拉莫尼突然开门的时候,她差点跌倒在地。

"你到底在干什么?"他厉声说。他布满血丝的眼睛闪现出盛怒的目光。

她拿定主意继续装出恼火的样子,并祈祷他会信以为真。"这该死的门几乎夹了我的手!我发誓,这地方是个死亡陷阱。"

拉莫尼摇摇头。他的表情软化成纯粹的恼怒。"这不是个好时间。今天我不能带你去看隧道。"

艾丽丝眨眨眼睛,她已经把参观隧道的事情忘得一干二净。"事实上,我是需要你帮忙开电梯。我不能开动它们。"她举起双手,好像是个无助的姑娘。

"你需要一把钥匙。"他咕哝道,她的行为并不好笑。他拿出他的一大圈钥匙,递了一个给她,钥匙上刻着"E"。

他的工具已经从金库的地面上消失了。从他疲惫的眼神来看,好

182 死钥匙

像他并没有得手，但是这的确说明了他为什么愿意住在一栋灰尘覆盖、坟墓似的大楼里。也许他认为他正睡在他退休基金的旁边。

"谢谢！"艾丽丝转身回头去爬楼梯。

"电梯就在那边！"拉莫尼指示她经过金库，拐过墙角。

"噢！谢谢！我想那会快多了。我讨厌那些楼梯！"她一边哇啦哇啦大声说，一边绕过拉莫尼，很快就不见了。

一拐过墙角，艾丽丝呼吸就比较自然了。她找到了电梯，按下了按钮。就在离她等候的地方几英尺之外，一扇没有标志的门开着。她回头看了一眼，便蹑手蹑脚地朝它走去。

房间与壁橱差不多大。里面塞了一张行军床、一把椅子、一台小电视机和一个可折拢的电视托盘桌。屋里的墙壁呈淡棕色，灯泡是赤裸的，非常阴森。**原来这就是拉莫尼住的地方**，她想。**没人必须这样生活！**她觉得自己有点希望他能够成功打开一两个保管箱。剩下的时间不多了。

他行军床边旁边的电视托盘桌上有一张装在相框里的黑白照片，照片中是一个头戴白帽的黑皮肤漂亮女人。**他的母亲？**插在相框角落里的是一张比较新近的彩色照片。这是一张小尺寸的大头照，照片里是一位年轻美丽的金发女郎。艾丽丝在凝视着照片的时候，感觉有人在她背后盯着看。她突然扭过头去，但没有人站在她的身后。

她回过头来，再次仔细端详那张彩色照片。这个姑娘身着一件高领衬衫，抹了鲜红的唇膏，头发缠绕在头上。艾丽丝不能在房间里继续逗留。拉莫尼就在不远处。她依依不舍地移开目光，急急忙忙朝电梯走去。

第三十二章

进了电梯，艾丽丝看着数字按钮。她比较确信，接下来自己应该上八楼，不过她还得从包里拿出写字夹板来核对。就在她摸索的当口，三份文件掉落了出来，撒落在电梯地板的四周。

"该死！"

电梯门滑动着关闭了。她将资料一次三张地塞回文件夹，就在这时，某样东西吸引了她的目光。它是一张纸，上面满是手绘的螺旋形标识和勾号。艾丽丝捡起它，再次细看这些奇怪的符号。这些文件来自比阿特丽斯的个人档案。她将它们一张张捡起来，快速浏览这些荒谬的文件，直至其中一张纸上跳出一个数字——547。

这个数字与苏珊娜钥匙上的数字相同。她迅速翻查更多的纸页并再次瞧见了它，然后又出现一次。比阿特丽斯留下的记录上到处都是"547"。这绝不是一种巧合，她想。比阿特丽斯曾打电话给苏珊娜询问一个保管箱的事。547号钥匙在苏珊娜的办公桌里，现在藏在一份个人档案里的奇怪记录上到处都是这个数字。也许这把钥匙的确属于比阿特丽斯。

艾丽丝站起身来，伸出一个手指想去按八号按钮，但迟疑了。比阿特丽斯·贝克在九楼工作——苏珊娜是这样说的，去看一下不会有什么害处。再说了，没有规定说她一定要按照顺序测绘楼层。她按了"9"，电梯将她送上了九楼。

一条狭长的走廊从服务电梯一直通向九楼的西北角，那里一对双开门半开着。木门上有几个金字：审计部。**就是它**，艾丽丝边想边推门进去。

穿过双开门就是一个大房间，里面安排了八个紧紧相连挤在一起的打字工作隔间。一圈办公室门从三面环绕着这些打字间。艾丽丝沿着这个工作区域的边缘行走，识读一扇扇门边的名字牌子。第三块名字牌标着"兰德尔·哈洛伦"。艾丽丝停住脚步。苏珊娜说过哈洛伦家族在银行关闭之后破产了。她推开哈洛伦先生办公室的门，办公室与她已经见过的其他办公室相似，只是木制陈设的颜色稍暗些，办公桌稍大些，桌前摆着一把高背植绒椅子。

艾丽丝在椅子上坐下，桌上有一本很大的记事簿。她拉开中间的抽屉，抽屉是空的。她拉开另一个抽屉，再拉开一个抽屉，试图发现某种相关线索：哈洛伦先生是谁？他为什么会破产？遗留的物品只有一把银质开信刀和一支墨水干了的自来水笔。像人力资源部的琳达一样，哈洛伦先生已经把他的办公桌清理干净了。艾丽丝身后的书架也是空空的。她朝盥洗室里看了一眼，尽量不去联想尼克。镀金镜子的边上放着一瓶旧时的剃须后抹的润肤香水。它的味道难闻极了。

比阿特丽斯也许是个秘书，艾丽丝退出哈洛伦先生办公室的时候想。苏珊娜曾称她"女孩"，而且某种迹象告诉她像苏珊娜这样一个接待员不可能随意去寻找某个有办公室和有门的人。艾丽丝肯定不会这样做，与WRE的任何大人物说话她都感到不自在。这些头头脑脑在过道里遇见她会点点头，不过她比较确信他们中甚至没有一个人知道她的名字。也许惠勒先生是个例外。

房间中央的八个秘书工作间没有一处有名字牌。她们是无名的。"你是哪个工作间，比阿特丽斯？"她轻声说。

艾丽丝在离她最近的一个办公桌前坐下。她快速翻动最大抽屉里乱七八糟的文件。零碎的纸屑、打字机色带、装订机钉子——她在其他几个抽屉里没有发现任何有趣的东西，没有一样东西表明是"比阿特丽斯"。

她在关抽屉的时候听到当啷一声。艾丽丝眉毛一扬，文件底下一个一品脱的玻璃酒瓶在晃动，酒瓶上的商标是"老祖父"。她环顾一下空荡荡的房间，随后啪的将它打开了，味道闻起来像威士忌。威士忌不会坏的，对吧？她抿了一小口。它酸了，火烧火辣地顺着喉咙一路下肚。

"啊呀！你不是越久越醇香吗，老祖父！"她做着怪腔说。

在接下来的几个办公桌里除了一些办公用品和凝结了的止咳糖以外，她什么也没有发现。艾丽丝在最后一个灰尘扑扑的工作间里坐下。

从打字间看出去的视域令人感到压抑：一块快要掉落的天花板低悬在头顶之上。这也许是一九六零年代的某种装修，用来覆盖华丽的手绘天花板，以便让女秘书们的眼睛专注于工作。悬挂在远处墙壁上的学校时钟数年前就已烧坏，不过艾丽丝坐在那里几乎能够听见它在发出滴答滴答的声响。某个可怜的女人在这把面向时钟的椅子里一天度过八小时漫长时光。她完全能够体会到那种感受。这个办公桌与艾丽丝在WRE极小的工作隔间没有多大区别。没有窗户，四周全是男人们注视的目光。尽管她拥有时髦的学位，她的工作环境与秘书的工作环境如此相似，这真是令人沮丧！

艾丽丝拉开每一个抽屉，什么也没发现，直至她搜寻到最后一个抽屉。抽屉里一排排绿色卡片储存夹空悬在金属小钩上。她用一个手指甲在它们上面滑动，仿佛在急速翻动一叠卡片。当她关闭这个抽屉的时候，抽屉底部的某样东西吸引了她的目光。她将悬挂的文件夹推到一边。它是一本灰色封皮的小书。艾丽丝拿起它阅读其封面：《简易格雷格速记指南》。她将书翻到中间，很快就认出这种奇怪的书写方式，它完全像她在比阿特丽斯个人档案里发现的那些手写记录。

第一页上的一行题词是这样写的："亲爱的比阿特丽斯，熟能生巧。爱你的，多丽丝姨妈。"这是比阿特丽斯的办公桌！艾丽丝一页一页地翻阅这本手册，仿佛它们也许隐藏着她有关银行疑问的所有答案。除了速写指南，她在书里什么也没找到；在书的最后一页上，她发现了另一条题词，它是这样写的："利用业余时间练习，孩子，爱你的，马科斯。"

艾丽丝再次阅读"爱你的，马科斯"这几个字，然后抬头看看一圈办公室。没有任何一块名字牌有一个马科斯。他们是恋人吗？她边疑惑边翻书。马科斯也许是比阿特丽斯的一个老板。远在那个时候，性骚扰甚至还不是一种罪名。她能够想象那个年轻的秘书坐在这里，低头伏案工作，尽量不引人注目。令艾丽丝感到十分蹊跷的是，一个办公桌上没有名字牌的秘书会在银行关闭时失踪了。比阿特丽斯是一个没名字没有身份的雇员。为什么她会失踪？

艾丽丝合上了速记指南，犹豫了片刻之后，将书放进了她的野外工作包。她告诉自己这样书就不会丢失了。另外，破解比阿特丽斯在她个人档案里留下的那些异乎寻常的速记比晚上看电视重播要有趣得多。更加重要的是，这也许有助于她琢磨出547号钥匙到底有什么玄机。

时间几乎已到中午。她寻找比阿特丽斯浪费了一个多小时。测绘大楼的其余八层只剩下五天了,她得干活了。她从包里取出卷尺和写字夹板,将它们放在比阿特丽斯的办公桌上。

第三十三章

在三十分钟之内,艾丽丝用四楼作为样板,测绘了会议室、盥洗室、储藏室的平面图。她回到审计部,开始草绘布局图。她一个接一个地打开办公室的门,标明窗户和隔间。当她抵达"约瑟夫·罗思坦"的办公室时,她的手因托着写字夹板而感到酸疼,于是就将夹板放在罗思坦的办公桌上,然后活动活动手脚。

罗思坦先生的旧办公室乱七八糟。他的办公桌上文档和书籍堆得高高的,他的书架上塞满了包扎工具,地板上是一堆堆参考手册。罗思坦没有他自己的盥洗室,办公室也不太大,但是他工作真的非常努力,或者至少花时间试图让别人看上去他在努力工作。

书架上放着许多书籍,它们的书名诸如《完整储备银行业》《宏观经济学(第一册)》《金本位》等等。办公桌上甚至没有艾丽丝写字的地方。她推开一叠螺旋装订的记事本。罗思坦先生一九七八年十二月的日程表被埋没在这些书下面。

艾丽丝粗略看了看日程表泛黄的纸上已风化的模糊笔迹所记录的约会和说明,大部分字迹已经难以辨认。她推开另一本笔记本,以便能看到所有日子中最重要的日子。十二月二十九日,银行关闭的这一天,看样子约瑟夫在度假。"百慕大"这个词被圈了起来——至少她认为圆圈是这个意思。可怜的罗思坦去热带度假,回家发现自己失业了。

艾丽丝突然感觉她是在侵犯别人的隐私。她没有必要知道那个男人生活中私密的详情。她开始合拢日程表,这时,几个红色小字母吸引了她的目光:"Det. McD------ 6.555. ----"这些字母被一滩咖啡污迹弄脏了,不过这些字母正下方依然能看到"FBI[①]",极为清晰。

银行家经常给FBI打电话吗?她困惑不解,于是就从记事本上抬起头来。办公桌对面墙上悬挂着一块巨大的告示牌,上面满是各种图表和令人费解的金融术语。随后,她注意到牌子上有她自己脑海里挥之不去的东西。它是一个问号。"克利夫兰不动产控股公司?"写在了一张小纸条上。以前她在某个地方曾经见过这个名字,但记不太清在哪里见过。还有在告示牌各种图表之间用平头钉分散钉住的其他小短笺——"克利夫兰城市发展基金?"、"新克利夫兰联盟?"、"凯霍加联盟?"。

这里还有更多的内情。她仔细研读了罗思坦日程表上每一天的小格试图发现另一个线索,但是在污迹和邋遢的字迹之间毫无希望找到其他线索。日程上的墨迹全都是模糊的蓝黑阴影——除FBI以外的所有记录都模糊不清。不过,用红墨水写的某样东西从一个记事本上方的一个角落里探出头来。她从那个记事本黑色皮质角处抽出那张纸,纸上用鲜红的墨水写着"钱在哪里?"。她又读了一遍,但仍然无法理解它的意思。

[①] FBI:美国联邦调查局的缩写。

她的手表提醒她：实际上她应该干正经事了。她恼怒地叹了口气，抓起卷尺，测量了房间的面积。艾丽丝走出罗思坦的办公室，估算了一下她尚未测绘的房间数目。尽管这工作比她坐在原单位办公室里好上一千倍，但这种测绘工作变得越来越枯燥乏味。她真正想做的事情是坐下阅读比阿特丽斯·贝克的速写记录。

艾丽丝沿着灰尘覆盖的绿色地毯朝下一个办公室走去。这个房间看上去出事了。艾丽丝放慢了脚步。整个房间被翻了个底朝天：地板上到处都是散落的纸张，就好像有人撕开了一个羽绒枕头；一个个抽屉被拉出办公桌，颠倒放着；大部分书籍都被从嵌入墙内的红木书橱里抛了出来；文件、书籍、各种书写笔、纸夹以及一些破损的相框覆盖了大理石地砖；所有一切都灰尘扑扑；从歪斜的百叶窗里透进来的阳光已经将各种文件照得泛黄了。

艾丽丝弯腰捡起一张破碎的照片。它是一张全家福。一个肥胖的中年男子与他精瘦的妻子还有两个脸上满是小脓包的女儿朝着她微笑。他们每个人都身着印花涤纶衣服。这个男子让她想起了她父亲的一位高尔夫朋友。不管他是谁，他永远没有机会清理自己的办公桌。看着这一片狼藉，艾丽丝几乎能听见摔抽屉扔书本的喧闹声。有人遭到了唾弃。

艾丽丝踩踏着这一片狼藉进行她的测绘。在走出房间的时候，她差点踩在一个破裂的咖啡杯上崴了脚踝。这个杯子上印着"地球上最棒的爸爸"，还有一个做出翘拇指动作的绿色小外星人。她一脚将它踢开，杯子撞上一个书橱砸得粉碎。

门上铜质的名字牌印着"审计部主任威廉·S. 汤普森"。艾丽丝的脑后感到一阵不安的刺痛，仿佛有人在监视她。这正在变成一种熟悉的感觉：在这栋空楼里她独自四处活动，但她不时有想逃跑的冲动,好像有人在追逐她一样。她的这种想象正在占据上风。可是她四周一个人也没有。

艾丽丝浪费了太多的时间。她走回到比阿特丽斯的办公桌去取她的东西。当她靠近桌子的时候,她的脚步慢得像爬一样:她野外工作包里的东西都被倾倒在比阿特丽斯的桌子上!比阿特丽斯的速记指南也翻开了!

她从不像这样把东西倾倒出来的!她突然转身,确信有人站在她背后。可不见一个人影。但是,在她坐在办公桌前和离开汤普森的办公室这段时间里,有人来过这里,翻过她的东西。她倾听脚步声,她几乎屏住了呼吸,她努力回忆拉莫尼脚步声。她什么也没听见。

"喂?"她朝着空房间大声喊叫。"有人吗?拉莫尼?"

没人回答。也许是十五楼那个拿手电的非法闯入者。她反复查看了自己的笔、计算器、香烟、螺丝刀和剪纸刀。东西都在这里。也许她真的是疯了!如果有人在附近,她应该能够听见声音,她自言自语,不过她还是抓起了剪纸刀。

比阿特丽斯的速记指南翻开的这一页上有个名叫马科斯的男人留下过一句话。艾丽丝从桌子上抓起小册子,将它与其他东西一起扔进包里——除剪纸刀以外的一切东西。

艾丽丝挥舞着剪刀,慢慢走出办公室,进入过道。过道里没有一个人影,她所能看见的只是灰尘里的一连串脚印。她从包里取出手电筒,将亮光照在脚印上。所有的脚印都像是她自己的。她关掉了手电,自己一定是他妈的疯了。她一定是太过投入地想着比阿特丽斯·贝克和罗思坦先生的事情,结果自己将包里的东西都倒了出来。她折合起剪纸刀。

直到艾丽丝走入她自己家的前门,她一直神经兮兮,每个声音都会使她心惊肉跳。她打开所有的电灯,然后才瘫倒在长沙发上。她喝完整整一罐啤酒,吸了两支香烟之后,颈背上的毛发才舒坦下来。即便在这个时候,有人尾随她的感觉依然使她一直焦躁不安。她站起身来把大门双重锁上,以防意外。

艾丽丝急于分散注意力,于是就从野外工作包里取出偷来的比阿特丽斯的文件,再次浏览那些奇怪的笔记,然后找出那本速写指南。她快速阅读了第一章的几页,但是那些指南混淆在一起,没有一看就懂的解码图表。看来,学会解码得花相当一段时间。

她将比阿特丽斯的个人档案放在速记指南旁边,每个速记螺旋符号看上去与下一个符号一模一样。这个速写系统似乎全靠如何排列这些符号。过去整整二十分钟,艾丽丝只能看懂:"该死,城市,贿赂"。这不可能算是解码。**该死!** 也许她生来不适合干这种解码的垃圾活。她合拢速记指南,将它扔到凌乱的咖啡茶几之上。

她的野外工作包被倾倒在办公桌上的景象不断悄悄地浮现在她脑海里。是她自己不知怎的将工作包倾倒出来?如果不是,那么到底是拉莫尼或者不管是谁在寻找什么呢?

咖啡茶几上她从大楼里拿回来的所有东西都指责似的看着她——速写指南、比阿特丽斯的档案以及 547 号钥匙。没人能知道她拿了这些东西,很有可能的是甚至没人会在意她拿了这些东西。她要疯了!就这么简单。苏珊娜有关威胁和警方调查的所有愚蠢的谈话已经像寄生虫一样侵入了她的大脑,那天与酒吧老掌柜的交谈当然也没起好的作用。

"我家乡有句俗话,"艾丽丝用她最地道的意大利腔调边说边点燃一支烟,"永远别从坟地里偷东西。你会惊动死鬼的。"

这可不是开玩笑。

第三十四章

一九七八年十二月四日星期一

　　大学附属医院的大厅里开始人声嘈杂，这时日光照透了比阿特丽斯的眼帘。医生们正在上班的路上。患者身着褪色的罩衣正推着他们的输液架去自助餐馆。比阿特丽斯痛苦地舒展身子，在强烈的太阳光下眨巴着眼睛。今天是星期一。她急忙直起身子，扫视四周墙壁寻找时钟，时间还早，才早晨七点整，她还有足够的时间赶去上班。

　　电梯将她载到重症监护室的前台。服务台没人。这是早晨换班时间。比阿特丽斯走到写字夹板跟前，像平时一样签了名。随后，她想起来她的"姨夫"一定也在某个时间点签过名。她急速翻阅签到簿，结果惊愕地发现前几天的记录已经被撕去了。她迅速翻回到她刚才签过名的那一页，浏览了探视者名单。在过去二十四小时里来过这个楼面打过钩的陌生人名单中没有汤普森先生或者她家族中任何人的一点影踪。直至一个名字从页面跃入眼帘："R. T. 哈洛伦"昨晚九点以后签过名。

　　R. T. 哈洛伦探视过的患者姓名空白着。重症监护室有二十间病房。很多夜晚她久坐后散步经过这些病房。R. T. 来这里有可能探视他们中的任何一人。R. T. 甚至不是兰迪，她推理想。但是她内心依然无法摆脱这种不安的感觉。R. T. 哈洛伦来这个楼面探视时，她正在多丽丝身旁的椅子里熟睡。一想到兰迪看着她睡觉，她不由得浑身一哆嗦。

比阿特丽斯离开签名簿。她隐藏衣物箱的地方突然变得不太安全了。她沿着走廊奔向她姨妈的病房，几乎没看一眼多丽丝就一下打开壁橱门。

当提箱哗啦倒出壁橱，砸在她的一只脚上的时候，她才咕哝着吐出刚才屏住的气息，脚上剧烈的疼痛倒成了一种宽慰。至少她还有衣服。她从鞋子上移开沉重的提箱。她不能继续这样生活。

比阿特丽斯在公共厕所洗漱完毕，换好衣服，抵达市中心，时间才早晨八点一刻。银行要到九点才正式营业，大堂里除了孤单单一名保安外空无一人。这是交了一次好运。她身后拖着的那个塞得太满的箱子不会引起太多的注意。她不能再将它留在医院的壁橱里。箱子里装着她在这个世界上所拥有的一切，以及马科斯奇怪的文档和她姨妈的钥匙。

服务台的保安就是三夜前发现她乱翻马科斯办公桌的那位。她朝他点点头，一边看着他衬衫上的名字"拉莫尼"，一边拖着箱子穿过大堂。感谢上帝，当她急匆匆离开他的视野，快步走向电梯口的时候，他没有问她任何问题。

在等电梯的时候，她低头看着陈旧的棕色皮箱。箱子太大，放不进她的办公桌底下。衣橱里也没地方藏它，这个壁柜是她与其他七位秘书和三位会计合用的。不过，在一栋十五层的高楼里一定有某个地方可以暂时收藏这个箱子。看着电梯往大堂下行，楼层数字一个接一个亮起，她想起了马科斯曾经对她说过的话。十一楼至十四楼的办公室是空着的。几年前，当东九街走廊扩建的时候，以前的承租人搬了出去。

比阿特丽斯走进电梯，在控制板上试着按下"12"，按钮不亮。她又试了一下，随后开始按"10"至"15"的所有按钮。没有一个按钮亮灯。她按了"9"并皱起眉头看着其他数字，这时，电梯门滑动关上了。电梯控制板上有个小的钥匙孔，她用一个手指的指尖碰了它一下，一把钥匙能够锁住或者开启所有楼层吗？这个钥匙孔比门钥匙小些。她仔细观察这个小孔，随后在她的箱子里翻找，直至取出她在马科斯藏匿点发现的那个钥匙圈。

她在挑选钥匙的时候，电梯门在九楼开启了。她迅速按了"2"，电梯门再次关上。她需要更多时间。她一个接一个地查看钥匙。钥匙表面蚀刻了小字和数字——"11S"、"TR"、"WC"。她在一把更小的钥匙处停了下来，钥匙上面刻了"E"。

"电梯？"她低声说。

她将这把钥匙插进电梯控制板。它正合适！正当电梯门在二楼自助餐厅外打开的时候，她转动了钥匙。比阿特丽斯能够看见厨房的工作人员正来回忙碌，从一辆送货车上卸货。她缩到电梯一侧，因此没人能够看见她按了"12"。数字灯亮了，电梯门再次关上。

十二楼损坏严重。裸露的钢柱像稀疏的树林分布在楼层的四周；日光灯管吊挂在裸露的电线上；日光透过没有遮掩的窗户照得整个空间透亮透亮的。没有地方可以隐藏她的皮箱。保安很容易被它绊倒，然后将它扔掉或者会琢磨出这是她的箱子。地上的灰尘说明似乎许多年没人涉足这里的亚麻油地毡，但她不能冒这个险。她退回电梯，按下"11"。

十一楼看上去好像自从前面租户搬走后没人碰过。电梯厅对面门上的金色大字尚在:"戈尔茨坦和斯塔克律师事务所"。比阿特丽斯走出电梯,试了试办公室的门,门没锁。

办公室与她工作的地方几乎一模一样,只是家具陈设已经没了。走廊里有公共厕所、衣帽壁橱以及后勤保障职工的公共区域,她能看见绿色地毯上搬走办公桌后留下的痕迹,还有一圈独用的办公室。所有的门都开着,一间间办公室都是空的。

她从一个办公室漫游到另一个办公室,寻找一个好的藏匿地点,直至她来到角落里最大的一间办公室。它是兰迪办公室的两倍;一见这个房间,她停住了脚步,目瞪口呆地凝视着:精致华丽的木质护墙板,厚厚的长绒粗呢地毯铺满整个地板,天花板上有镀金的雕刻装饰,中央有一幅巨大的半裸希腊女神壁画。她轻手轻脚穿过柔软的地毯,走进行政主管的私人盥洗间。所有东西的表面都覆盖着一层薄薄的灰尘。很大的陶瓷台盆有两个古色古香的铜质水龙头——一个出热水,一个出冷水。出于好奇,她旋开一个水龙头,褐色的水从龙头里喷溅出来,不一会儿就变清澈了。看着抽水马桶和淋浴房,她的头脑快速转动了起来:她已经好几天没洗澡了。

从灰尘积累的状况来看,女仆和保安已经好几个月没有进过这个房间。她身后的电梯嗡嗡运转起来,人们随时都可能开始涌入楼下的大堂。她没时间了!

她奔回放在电梯厅的箱子。过道里正好有一个杂物间,她拖着箱子过去,将它推了进去。当她奔回电梯的时候,马科斯沉重的钥匙圈在她的提包里叮当作响。她按下按钮。她突然想到如果电梯门打开,某个主管发现她站在十一楼,那她就得做一番认真的解释,可是已经太晚了。她还在思想斗争是否逃跑躲藏起来的时候，两扇电梯门开了。感谢上帝，电梯里没人。

八小时之后，比阿特丽斯又躲到黑暗的九楼盥洗室，等待所有人回家。拖着箱子在五点下班高峰的大堂里行走会引起太多的人侧目相看。另外，她甚至不可能回到十一楼而不被人注意，看来只有等到办公室的人全部走完。于是她等待。回医院去再过一个无眠之夜的前景是难以想象的。她宁愿就睡在这个马桶间里，至少这里很安静。

当盥洗室门四周的光线黑暗下来时，她知道电灯被关闭了。又过了十分钟，她才蹑手蹑脚小心翼翼地走进电梯厅，东张西望。所有的人都走了。她按下电梯呼叫按钮，然后等待着。

十一楼昏暗空荡。比阿特丽斯摸索着走到杂物间跟前，拉出她的箱子。箱子还在老地方。她拖着它穿越空荡荡的办公室区，来到那个巨大的角落办公室；房间里尽管灰尘覆盖，却有豪华的盥洗室；橘黄色的夜空透过一扇小窗户将一缕光线照了进来，正好给了她足够的光亮看清白色陶瓷台盆幽灵般的轮廓。

她皮箱的影子在另一个房间柔软白色地毯的映衬下显得庞大漆黑。她俯身去触摸厚厚的地毯。这奢华的地毯肯定比木头长凳更加舒适，或许也更加安全。反正只待几天，她对自己说，只住到她能够寻到一处属于她自己的地方。

她关好并锁上这间角落办公室沉重厚实的木门，并做了小小的祷告，希望自己没犯下可怕的错误。房间太暗，没法看清东西。她决定冒险打开电灯。大楼里没人会知道，街上也没人会介意，她对自己说。

头顶上的电灯咔哒亮了，照得比阿特丽斯眯起了眼睛。地毯虽然灰尘扑扑，但没有蟑螂或老鼠痕迹。窗户仍然装着木质遮阳帘。她走过去,将所有的窗帘全都关闭。

她也关闭了浴室的百叶窗,然后打开了台盆上方的电灯。镜子里映出的脸几乎吓了她一跳。她的眼圈通红,眼睛四周的化妆模糊不清,两只眼睛凹陷了进去,头发干枯黏稠,脸膛瘦削憔悴。她又忘了吃晚餐,明天必须更好地计划一下。

淋浴间的水龙头有点生锈,不过最后还是转动了。水哗哗喷流而出,像干了的血液一样呈棕红色,在柔和的白色大理石的映衬下,这种景象令人恶心。比阿特丽斯闭上了眼睛,直至她确信水干净了才睁开,热水冲到了十一楼的地上,房间里充满了水蒸气。

洗过淋浴,比阿特丽斯又感觉有点恢复了自我。她穿上睡衣,拿出冬天的衣服铺在厚厚的地毯上,就像一个小小的睡袋。她卷起一件毛衣当做枕头,然后蜷作一团睡在地板上。几分钟以后,她就进入了梦乡。

第三十五章

　　凌晨，楼下大街上警笛的尖啸声将比阿特丽斯唤醒。她很快穿好衣服，梳妆打扮准备上班。一夜的睡眠使她稍许恢复了精力，不过她饿坏了。她清除了房间里她在办公室过夜的一切痕迹，把箱子回放到杂物间，以防某个保安过来巡查。

　　她乘电梯下楼去自助餐厅吃早餐，心里想着她在大楼里睡觉而不被人发现的状况还能持续多久。如果傍晚她都在女厕所里等待所有人回家，那么她就无法去探望多丽丝姨妈了。她无法在晚上很晚的时候回到大楼里来。他们晚上七点就锁好了大门，直至第二天的早上七点才重新开门。

　　整个上午，她都在思索自己的困境。午休时刻，她从角落里的熟食柜台上多拿了点食品，在她的手提包里藏了一个火腿三明治和什锦水果杯。

　　当她沿着东十二街返回时，"西部军火"公寓大楼吸引了她的眼球，她停住了脚步。公寓大楼的大堂小巧而干净。她在服务台按了铃然后等待着，直至一个矮老头出现。他长长的鹰钩鼻尖上架着一副厚厚的玳瑁眼镜。"有事吗，小姐？"

"嗯。我想租一间小公寓。"

老头透过特大的眼镜框怀疑地看着她，同时从身后的柜台上抓来几份表格。"你打算独自居住吗？"

"是的。"

"这是克利夫兰市中心，你知道吗，年轻姑娘不太安全……你肯定能付得起租金吗？"

"我想能的。租金多少？"

"一室公寓房每月三百，"他漠然地说，"多卧室套房更贵。"

她点点头。这只是她月薪的三分之一，所以她能够付得起，没问题。

"你需要填写这些表格。我还需要两份证实你职业的证明材料。我们需要一张驾驶执照或出生证。办理需要花两个星期。"他将表格递给她。

当他说这些的时候，她的心一沉。社会保障号码、原先住址、工作信息……她快速浏览了表格上的几行空格，意识到很多空格她都很难填写。她谢过矮老头，走出大堂，回到自己的办公室。姨妈帮助她伪造了一份工作申请，但是现在她没法帮自己了。更加糟糕的是，比阿特丽斯没有多丽丝帮她给银行伪造的驾驶执照或者出生证明。比阿特丽斯没有任何证物证明她是那个假冒的人。她甚至没有见过自己的出生证。

她回到自己的办公桌，试图集中精力打字。哈洛伦先生外出好几天，不过其他经纪人一直让她帮着打印结算摘要。她发现打字机没完没了的喀哒声很催眠，所以尽力使自己保持清醒。

她办公桌上的电话铃响了。

"下下午好，审计部。"

"比阿特丽斯？是你吗？"

"托尼？"

"我需要见你。今晚我们能见个面吗？"他的嗓音听起来很疲劳。

"你一切都好吗？"她坐直身子问。他抓到窃贼了吗？她满怀希望地想知道。她能回家吗？

"不能在电话里说。今晚我能见你吗？"

"我……我今晚不能。"她没法说自己傍晚躲在盥洗室，然后睡在没人的办公室里。"明天中午可以吗？"

"'戏剧酒吧'。中午十一点半到那里。"

一天结束后，比阿特丽斯还是与前一天晚上一样经历了同样的过程。她在女厕所里耐心等待整个楼面人全走空。她在黑暗中吃了火腿和水果晚餐，看着昏暗的灯光从窗户慢慢消褪。当房间几乎漆黑一片时，她急忙乘电梯上十一楼。当躺在柔软的地毯上过夜时，她从口袋里拿出多丽丝姨妈的钥匙，放在手里玩弄。她依然不知道多丽丝为什么有一个贵重物品保管箱。她将钥匙放在马科斯文档的上面，然后就进入了梦乡。

比阿特丽斯听见嘈杂的声音。起先，她以为自己在做梦，于是就一个翻身侧转睡觉。随后，随着噪音越来越响，她头脑里的警报拉响了。她猛地坐起身来。从她藏身的角落办公室，她能够听见离开不到二十英尺的过道里有两个声音在说话。她锁上门关了灯，不过她依然吓得呆坐着，屏住呼吸，确信自己被发现了。她在房间里寻找藏身的地方，不过很快就意识到那两个人不是来寻找她的，他们在争论。

她竖起耳朵倾听那两个怒气冲冲的声音在说些什么。她静静地朝门口爬去，越听越确信两个声音听上去都不熟悉。

"这样做太过分啦，"一个声音说，"我不在乎董事会说些什么，但这样不能持续太长时间。联邦政府已经开始质疑了。"

"泄漏已经控制住了,"一个深沉的声音说,"联邦政府抓不到我们一点把柄。别告诉我你已经心里发慌了。"

"如果联邦政府不是一个问题,那么我们干嘛要在这里再次见面。"

"小心些总是好的。"

"这就是我要说的。"

"即便他们在监听,联邦政府没掌握我们一点证据。你的勇气哪里去啦,吉姆?不是你教导我赚钱是一种肮脏的事业吗?"

"我所要说的是我们不能引起市政府的愤怒。一旦我们让城市违约,我们所依赖的政治偏袒就会枯竭!"

"你是害怕那个年轻的市长和他那伙寻欢作乐的帮手?一旦他把这个城市毁了,你认为还会有人听他的话吗?他什么也不是!他无足轻重!这个银行,我们的董事会,我们在管理这个该死的城市!他们会把这个愚蠢的狗娘养的赶出城去的!"

"你认为他们会就此住手?你学过历史吗,泰迪?当他们开始点燃火炬的时候,我们这样的银行家日子就不会太好过了。有人会为此被烧死的。如果市政府来个大改组,联邦政府最不是我们的问题。我们在高层的朋友们会拼命拯救他们自己的性命。但是,世界上所有的贿赂都阻挡不了警察局来敲我们的门。"

"你变软弱了。任何试图进到这里来的人除了纸上跟踪外都找不到他妈的一点证据。我不在乎人们会变得如何疯狂。这是一个原则问题。让市长见鬼去吧!"泰迪高声叫嚷。

"让市长见鬼去?这是你的计划?"

比阿特丽斯咬住自己的指甲,尽力倾听更多的事情。当她将耳朵贴着门框时，雪茄烟的烟雾顺着门底下的缝隙飘进房间。

"是啊，如果市长拒绝合作，那么就让他见鬼去！没人会把他当回事。"

"对于这一点，我还不太有把握。我想你忘了我们其他的小问题。"

"比尔？他不会害人的。再说，需要时我们有对付他的所有手段。"

"万一他决定提出申诉呢？联邦证人当然能逃避牢役之灾。该死，他甚至可能会被免于处罚。"

"我们正在监视他。另外，他知道一旦银行倒闭，他的小阴谋也就完蛋了。他不可能杀鸡取卵。"泰迪咯咯地轻声笑了。一阵长时间沉默，随后他补充说："时候一到，他会变成一个超级软蛋，你觉得呢？"

"我只是不太相信他有那么傻。"

"哈！与他共进午餐。那会使你的神经放松。那件该死的事情你了结了吗？"

声音越来越微弱，随后完全消失了。

两个男人离开十一楼之后很长时间，比阿特丽斯还呆呆地望着黑暗。正如哈洛伦先生所暗示的，银行正在被联邦政府调查。这两个男人谈到了贿赂。他们在市政府有朋友。他们在争论与市长有关的某件事情。她获悉了太多的信息，但她不知道他们是谁或者他们实际上在干什么。她不断地回想起比尔——比尔，他正在搞某种阴谋。她至少怀疑那人可能是谁。

终于，晨光从窗帘底下漏进一点光亮。

第三十六章

那天早晨，时钟的指针以极其缓慢的速度移动着。比阿特丽斯坐在办公桌前尽力让自己忙碌起来。在整理文件的间隙，她决定把那场半夜交谈的情况做一些笔记。她拿出自己的速记本，开始记下一些细节。看着自己用女孩稚嫩的笔迹写下的四个字，她停住了。姨妈家被人破门而入以后，她可不能再这么粗心大意了。她把笔记揉成一团塞进了手提包的底部。再次看着自己的速记本，她想起了马科斯。

比阿特丽斯用速记法草草作了笔记。她用小勾、点子、螺旋图形记叙了无意中听到的交谈，秘书处以外的任何人都无法破解，她很快写满了三页多纸张。

时钟终于敲响了上午十一点二十分。见托尼的时候到了。比阿特丽斯悄悄地站起身来，侧肩背着塞得满满的手提包，急急忙忙朝电梯走去。

中午时间的"戏剧酒吧"里没有顾客。比阿特丽斯穿过店门，走进昏暗的酒店时，投币自动唱机正在播放布鲁斯歌曲[①]。过了一段时

[①] 布鲁斯歌曲：the blues，一种感伤而缓慢的美国黑人民歌。

间她的眼睛才适应昏暗的环境。卡米歇尔坐在吧台里面看报纸。

听见开门的声音,他立刻振作起来,从垫脚凳上跳将下来去迎接比阿特丽斯。"欢迎!贝拉!今天你好吗?"

"很好,"随后她想了想问,"嗯,卡米歇尔,最近你见过马科斯吗?"

"马科欣?没有。好长时间没见过了!你准备在这里见她?"他满怀希望地耸了耸眉毛。

"事实上,我准备见另一个人。"她朝空荡荡的酒吧深处看了看,随后又望了望一排红色的火车座。不见警探的影子。她看了看墙上老式的挂钟,发现自己已经迟到五分钟。"有位男士在这里等人吗?"

卡米歇尔耸了耸眉毛。"男士?没有,不过如果男人在等你,没有人会离开的。"他朝她眨眨眼睛。"他很快会到这里的。我担保。在等候的同时要不要我给你弄点什么饮料?"

"咖啡?"

卡米歇尔看上去有点失望,但还是点点头,朝吧台里面走去,开始煮一壶咖啡。比阿特丽斯在中间挑选了一个面朝大门的火车座。过了好几分钟,卡米歇尔端来了一杯咖啡。"那么马科欣最近去哪里啦?离开这么长时间不像她处事的方式!"

比阿特丽斯不知道该说什么,于是就抿了口咖啡以拖延时间。咖啡的味道像焦油,不过她还是勉强笑了笑。"还在度假,我猜想。"

"请转告我可爱的马科欣说我问她好,好吗?"

比阿特丽斯刚想放弃等待起身离去,这时托尼风风火火地穿门而入。"对不起,我迟到了。"他边说边挤进她对面的座位里。

卡米歇尔立刻又倒了一杯咖啡,将那杯咖啡和满满一碗糖端到他们的餐桌上。显然卡米歇尔与托尼是认识的。警探开始往他的杯子里倒入好几勺糖，比阿特丽斯耐心地等待某种解释。

当托尼终于从咖啡杯抬起头的时候，比阿特丽斯被他的面容吓了一跳。从脸色来看，他好几天没有睡觉了。他眼睛四周本是年轻人的皱纹现在成了上年纪人浮肿的眼袋。他的下颚上满是胡子茬。

"马科斯失踪了。"托尼严肃地看着比阿特丽斯，仿佛她知道他妹妹的去向。

"什么？"比阿特丽斯倒吸了一口冷气。"我以为她去度假了！"

"我也是这么认为的。我去了父母家她的房间，寻找她借的一样东西，情况似乎有些不对劲。她几乎没有带走任何衣服，她所有的夏天衣服仍旧在箱子里。于是我去机场做了一些调查，她没有搭乘任何一个我所能查到的飞往墨西哥的航班。我们已经一个多星期没有她的音信。"

"他们说她辞职了。"比阿特丽斯脱口而出。

"什么？"托尼的眼中冒出生气的怒火。"什么时候？"

"上星期二。"比阿特丽斯垂下了眼帘，"对不起，前几天我没有对你说。我不想使马科斯卷入麻烦。"

托尼用锐利的目光盯着她看，直至他注视的目光慢慢转变成痛苦的皱眉。

"一切都来得那么突然。她没有清理自己的办公桌或任何东西。她的东西还在银行。"

此话一出口她就后悔了。现在她必须得解释她是怎么知道的，可能还要多说些才行。她咬住自己舌头，看着餐桌，不知道下一步该做什么。她有那么多事情想告诉托尼。前天晚上她偶然听见的交谈在她的脑海里再次回响。泰迪说泄密正在被遏制。当她想到那将意味着什么的时候，她的心脏骤然咯噔一下。马科斯没了。

The DEAD KEY　207

"比阿特丽斯，"托尼用努力克制的声音说，"我需要你把一切都告诉我。"他嘴唇上细细的纹理皱在一起。他身上警察的素质使他能够一直集中注意力，但是她能看见他眼中那种大哥护小的怒气。

比阿特丽斯仍然没有把握她是否能够信任他，不过在这种时刻，她真的没有选择。"银行里正在发生某件事情，某件违法的事情，我想马科斯不知怎的被卷了进去。"

托尼冷冷地点点头，随后拿出他的笔记簿，开始匆匆记录。她告诉了他贵重物品保管箱失窃、马科斯的特别任务、她无意中听到的交谈等等。她改动了一些细节，比如她在半夜偶然听见那次交谈时她正睡在一个办公室的地板上。她还没说现在她有一整串钥匙，这串钥匙似乎能够打开克利夫兰银行所有的门，这些钥匙是她从马科斯在女厕所的藏匿点偷的。她确切承认她发现了马科斯的文档并阅读了这些资料。

当她讲完她这版本的真相之后，托尼用他那双警探的眼睛看着她，她明白事情并没那么简单。"你多丽丝姨妈与所有这一切有什么关系呢？"

比阿特丽斯还没有说过她姨妈、那把钥匙或者那些情书的一个字。她的眼睛因惊恐而睁得大大的。"什……你是什么意思？"

"嗯，闯入你姨妈家的窃贼行为不符合非法破门而入的鲜明特征，所以我作了些调查。多年前，多丽丝·戴维斯曾在克利夫兰第一银行工作过，对吧？"

比阿特丽斯愣了愣，随后痛苦地点点头。她不想把她可怜的姨妈卷入这场肮脏的勾当之中去。

"比阿特丽斯，我需要你与我一起挺身而出去应对所有这一切。我知道的事情比你想得要多。"

说完这最后一句话，托尼长时间严肃地看着比阿特丽斯，比阿特丽斯明白把戏已经拆穿了。他已经对她进行过调查。她只是没有把握他知道了多少实情，不过她不能再失去托尼的支持。

"多年前，多丽丝姨妈在那家银行工作过——我吃不准是多少年前。当她中风的时候"——比阿特丽斯两眼泪汪汪，她尽力克制不让下嘴唇颤抖——"我翻了她的一些东西，找到了一些信件。我想她与比尔·汤普森有一段恋情。我发现了他的情书。她也藏了一些档案——有关贵重物品保管箱的信件。马科斯趁我熟睡时发现了这些信并且阅读了它们，随后她偷走了我在多丽丝手提包里发现的一把贵重物品保管箱的钥匙。那是我最后一次见到她。"

"那是什么时候？"

"上个星期。"比阿特丽斯擦去一滴泪水。"从那以后，她再也没有回银行工作。"

"窃贼从你姨妈家里偷走了什么东西？"

"信。我想他们也在寻找其他什么东西。"

"我想你是对的。我去过那套公寓，而且已经监视了它几天，"他边说边在笔记本上又做了些记录。"你觉得他们在寻找什么其他东西呢？"

"我不清楚。也许是那把钥匙，但是没有其他人知道它，马科斯已经拿走了这把钥匙。"直到这个时候比阿特丽斯才大声说出马科斯是破门而入的嫌疑犯之一——至少她脑子里是这样想的。

托尼揉了揉自己的前额，看了一遍自己的笔记。"几年前，马科斯来看我时说起过这件荒唐事。有人正在打算盗窃贵重物品保管箱。她说这是一个大阴谋。她正在四处打探，'收集证据'。"他停顿了一下，比阿特丽斯能够看见他的脸在负疚痛苦地抽搐。

"上星期她来找我，说她终于找到了她推理的'确凿证据'。她十分激昂。我对她说了我以前反复对她说过的话：警察局里没人对调查克利夫兰第一银行感兴趣。当那个女人宣称她的贵重物品保管箱被非法收回时，我试图为这桩事情立案——朗达·惠特莫尔，这是她的名字。马科斯对我说了这件事情后，我记录了她的陈述。朗达·惠特莫尔宣称，她一直不间断地支付保管费，可是有一天，她去银行修改她的遗嘱，却被告知保管箱被收回了，要她向州政府提出申诉。她的确向州政府提出了申诉。州政府却从没听说她或者有关她托管的东西。这些东西（连同五万美元债券）竟然就这样消失得无影无踪。我们真的有所进展了，你知道吗？"

比阿特丽斯记得她从马科斯那里听见过这个事。"后来怎么样啦？"

"没怎么样。我的上司对我说，我们除了推测其他什么证据也没有。他拒绝在没有证据的前提下侮辱像威廉·汤普森这样的企业家。他甚至不允许我将他带来讯问。"他用一只手抚摸他三天没刮的胡子。"随后这个可怜的女人被一辆汽车撞了。事故被定性为驾驶员肇事逃逸。马科斯说我没有骨气，还说我无论如何都应该继续调查。这个案子差点让我被开除了。打那以后，我没法在警察局再次提起银行这个案子。"

"你觉得真有人在贿赂吗？"她轻轻地问。

托尼皱起眉头搅动了一下咖啡。"我想说这是不可能的，但是眼下时事艰难。与我一起工作的许多伙计要支付两笔按揭……我不知道。"

"那两个人，他们提起联邦政府正在质疑。他们也谈到泄露消息已经被'遏制'。"

"你认为他们是在说马科斯?"

"你认为马科斯可能去联邦政府啦?"

"我认为她很有可能。如果她为联邦政府调查局工作的话,那么现在他们也许已经把她保护起来了。我得去看看我能发现些什么。"托尼停止说话,眼睛盯着她看,仿佛无法决定如何处置她。"你得小心,比阿特丽斯。这些天你住在哪里?"

"你是什么意思?"她尽量不显得惊恐。也许他一直在跟踪她。

"最近你下班后我没能找到你。"

他在跟踪她。

她倒吸了一口冷气。"我一直在加班。"

"我也是。"

比阿特丽斯能看得出,他不相信她。如果他一直跟踪她,他应该知道她睡在医院里。她在台底下紧握双手,等待他宣布他要拘留她。

经过一阵令人难受的沉默,托尼终于说:"你依然在银行工作。你觉得你能四处打探一下,发现究竟谁是泰迪和吉姆吗?"

"我……我想能够的。"她说,尽管她并不那样有把握。泰迪和吉姆有可能在大楼的什么地方工作。这时,人力资源部的映像跃入了她的脑海,那里某个地方一定有一本人名录。

"我不喜欢提问,但是我在银行的所有消息来源都已枯竭。下周在这里见我,我们看看我们发现些什么。如果你有马科斯的消息或者你需要任何帮助,马上与我联系。"他站起身来离开。他的眼睛盯着她的眼睛,比阿特丽斯从他的眼里能够察觉到一丝柔情。"比阿特丽斯?"

"嗯?"她蜷缩在火车座里说。

"一旦情况变得太危险,我要你离开银行!"

第三十七章

一九九八年八月十八日星期二

星期二早晨，艾丽丝在长沙发上醒来浑身僵硬酸痛。嗞嗞作响的电视荧屏上一位满腔热情的家庭主妇正在像举战利品一样举起她的垃圾。咔哒。

咖啡茶几上满是一叠叠比阿特丽斯的文件。文件底下某个地方藏着一把钥匙和速记指南。艾丽丝再次把头埋在枕头里。十分钟后，她挣扎着起床，收起证明她十分愚蠢和疯狂的所有证据，她认为自己能够用一本速记指南侦破某个二十年悬而未破的人员失踪案。她把这堆乱七八糟的东西全都推入厨房的杂物抽屉。她上班迟到了。又一次迟到。

当她把车开到旧银行时，她吃惊地发现尼克站在车库卷帘门外，手里拿着相机和写字夹板，显然在等她。她戛然停住汽车。她很想从他身上碾过去，让他肮脏的血肉溅到她的挡风玻璃上。然而，她泊好车，走下汽车。

"你在这里干什么？"她质问。

"我来这里工作。"他举起写字夹板，满脸都是邪恶的微笑。"所以千万别想入非非！"

这就对了，他不知道她亲眼目睹他与阿曼达在一起。她眯起眼睛生气地说："你没什么可令人暇想的，相信我。"

她推开他，前去按下呼叫开门的按钮，随后回头坐进自己汽车。她驾车开进装卸码头，让他独自留在尘雾之中。

"嗨，你有毛病啊？"他在装卸码头的台阶上赶上她之后问。

"毛病？为什么我就应该有毛病？我来这里干活的。"

她按下电梯按钮，然后等待着，怒气冲冲地看着电梯门。

"我不知道我做了什么让你生气了……不过，你生气时也有点可爱。"

就要你说这句话！她转向他，两眼直冒怒火。"把你吹牛调情的话留给其他骚娘们，好吗?！你已经得逞了，对吗？"

她踏进电梯，转动钥匙上十一楼。她把他关在电梯门外，尽管他脸色阴沉。随着电梯载着她快速上楼时她暗自思量：他可以找他自己该死的路。

艾丽丝按错了楼层，不过不碍事。她开始她常规的工作流程，铺开她的简图。她拒绝让尼克再多偷走她的任何一秒钟时间。愤怒生硬的线条填满了她的图纸。为他浪费一秒钟都不值得。性交甚至不那么美妙。这当然不是真心话，不过，这样说让她感受好些。

过道那边的玻璃门上有几个大字，"戈尔茨坦和斯塔克律师事务所"。他们一定向银行租用了这个楼面。柱子、墙壁、过道——她用红笔将它们一一草草绘画下来。她步测了楼面的周边，然后来到角落办公室。门锁了。她一脚将它踹开。**去你妈的尼克，还有他持久缓慢的亲吻。**

The DEAD KEY 213

她摇摇晃晃地进去。房间中央，厚厚的长绒粗呢地毯上有一条床单和堆在一起的一些破旧衣服。那堆衣服的周围是一些空的食品包装袋和垃圾。整个房间臭气熏天，就像一个垃圾箱。她用手捂住鼻子和嘴巴。远处角落里有一扇门敞开着。艾丽丝明白那是盥洗室的门。恐惧刺痛着她的内心，因为她想到睡在地板上的这个人可能暗藏在那里。她屏住呼吸，倾听脚步声、窸窸窣窣包装纸的声音或者弹簧小折刀吧嗒打开的声音。

"喂？"她轻轻地朝房间里喊。

没有回应。她试探着踏上厚厚的地毯，与中间那堆垃圾保持着相当安全的一段距离。当她慢慢接近盥洗室门的时候，她能看见在抽水马桶前面有更多的包装纸。她甚至能在淋浴房前面的地砖上辨别出一个泥泞的脚印。

一只手搭在了她的肩膀上。

艾丽丝尖叫一声，猛地转过身来，用尽全力甩动她的野外工作包。五磅重的器械用具猛地砸向袭击她的那个人的头。当她尖叫呼叫着夺路而出的时候，她身后的那个人跌倒在地。她奔向服务电梯，猛击按钮。电梯箱在地下室，她没时间等待，于是就沿着过道奔向紧急楼梯。她用肩膀全力撞开门，刚要飞似的奔下十一层楼梯，这时，过道里传来一阵叫喊声。

"艾丽丝……艾丽丝！是我，你他妈的变态啦！"

是尼克。她的脑袋里给尼克算了算时间。她转身做了个鬼脸。他的一只手捂着半边脸。

"尼克？"她小心翼翼地走近他。"该死，你没事吧？走到亮光里来，让我能看清你。"

她领着他回到办公室的空旷处，在那里她就能够评估他受伤的程度。他没有流血——她宽慰地看到这一点——但是她相当确信他将会鼻青眼肿。

"你到底是怎么回事啊?"

"对不起。你蹑手蹑脚进来,把我吓得灵魂出窍,"她尽量解释,"别在废弃的大楼里干这种事,行吗!这里四周阴森森的像地狱一般!而且那里有床铺,有人……睡在这里……过来,看看这个!"

她拉着他的手臂回到她发现地板上有床铺的地方。

"看来这栋大楼有个擅自占据空屋的人!"

"对呀,我以为你就是他呢!"她仔细查看了他淤伤的脸,局促不安地避开目光。他刚才骂她是他妈的变态。他也许是对的。

"嗨。"他用一个手指托起她的下巴。他的目光是柔和的,好像是在说他对不起没有打电话给她。也许他确实内疚了,只是找不到倾诉的办法。她接受了他的凝视,并且发现自己正在寻找一个原谅他的理由。

艾丽丝将下巴一扭,转身就离开。她没有那么容易妥协。不会再次妥协。

"你到这里到底来干什么?"

"我来找你。"他一把抓住她的手臂。"嗨,你怎么啦?"

"别惹我!"艾丽丝将手臂猛地抽回。

她走向紧急楼梯,去拿自己的野外工作包。他抓住她的手腕。艾丽丝一转身,准备再打他个鼻青眼肿,好与第一个鼻青眼肿相匹配。他抓住她的另一个手腕,将两个手腕都紧紧地抓住,与此同时寻找她的脸蛋。

"艾丽丝,你得告诉我到底发生了什么事情?"

"你自己明白发生了什么事情!我们纵情玩了一番。你连电话都不打一个。你还与阿曼达在一起……"她咬紧牙关不让嘴巴说出更多的怨恨。

"阿曼达?"他平淡地说。"你是什么意思,我与阿曼达在一起?"

"别跟我来这一套。我在特雷蒙特找房子,路过你家,看见她在那里与你在一起。"她猛的一扭挣脱了双手并离他远一些。

"阿曼达只是一般朋友。"

"胡扯!老实说,你究竟玩过多少办公室里的姑娘?"

"她只是偶尔顺访。我们喝了一杯啤酒,我送她回家,我上床睡觉……我倒是宁可多见见你。"他俏皮地笑笑,朝她走近一步。

她认出了他那种色迷迷的眼神,于是就退后了一步。"好啊,那么,你到底为什么不给我打电话?"

他耸耸肩。"你没有给过我电话号码。再说,我认为今天我可以逮到你。"

"哦,我忘了这一点!"她高声说,同时感到自己越来越傻了。她没有给他电话号码。还在等电话机旁傻等,而他甚至没有她的电话号码。

"好啦,现在你明白啦。天哪,艾丽丝,我不知道你有多少在乎我们的关系。"他的目光落在了她的嘴唇上,他倾身朝向她。

她感到一阵反感。还没等托尼来得及碰触她的嘴唇,艾丽丝忽的一弓身躲开了。她明白他的亲吻会导致什么。"不要这么快。"

"好吧。"他咯咯地笑。"不要这么快。那么星期五晚上共进晚餐如何?"

艾丽丝点点头表示赞同,决定在他设法迫使她进入又一次妥协的体态或者注意到她脸上那种灿烂的傻兮兮的微笑之前赶紧离开。她急匆匆沿着过道离去,准备继续工作。

"我有最后期限,时间紧迫!惠勒先生要求星期五之前提交所有十五层的草图。晚些时候我会找你的。"她回头高声说。

尼克站在空荡荡的过道里,一只手捂住自己的一只眼睛。

第三十八章

艾丽丝猛然惊醒。她不知道自己在哪里，但肯定不在家里。她睡在一处陌生地板上的一个床垫上，她的头似乎正在被一个虎钳砸碎，整个房间也正在有节奏地搏动。她朝着许多箱子和空白的墙壁眨巴着眼睛，她终于记起来了。她在她新租的公寓里。

昨夜的事情倾盆大雨似的回放起来。艾丽丝艰难地测绘完了旧银行的九楼十楼；埃莉和她的男朋友帮她搬离了随意路；他们在街道南面的"熔岩酒吧"庆祝乔迁之喜，喝了太多的马提尼酒；艾丽丝几乎记不起自己是怎么摇摇晃晃地走回家的。为了让房间停止旋转，她躺在了地板上，可是不起作用。她把一条毯子盖在自己的头上，试图入睡；可是她的大脑在剧烈地搏动，过去十二小时交谈的只言片语一直在她的耳朵里以反常的音量回放。

"再见，卡普雷塔夫人！"艾丽丝在轻型小货车后面她破旧的沙发旁边挥手道别。

"这么说，你真的认为从这里搬出去会过得好些，对吗？记住，艾丽丝，不管你搬多少次家，也不管你的房子有多大多时尚，你依然孤影相随。你明白我的意思吗？你没法用钱摆脱那种困境，钱再多也没用……"老太的声音随着卡车的驶离而越来越轻。

谢谢临别的智慧赠言,离开卡普雷塔夫人的时候她心想。

后来在酒吧里,艾丽丝喋喋不休地谈论尼克。"他当时没有打电话,因为我忘了给他电话号码!我真是个蠢蛋!"

埃莉耸起新近穿刺的眼帘。"什么,这家伙从未听说过向问讯处询问?依我看,他像个蠢蛋!"

艾丽丝想提出不同看法,但什么也没有说。她的朋友是对的。对于托尼来说,要想搞到她的电话号码不会那样困难。她喝完手里那杯鸡尾酒,手一挥拂去了这种想法。"星期五我们外出就餐!像一次真正的约会。"

艾丽丝翻了个身,用手捧着脑袋两侧。她的胃酸正从喉咙里涌上来,但是她强咽了下去。埃莉尖刻的评论依然困扰着她。她努力回忆当时交谈的其余部分,但是仅有只言片语。

又喝了一杯两杯或三杯酒之后,她终于承认与他在厕所地板上发生了性关系。这段小花絮引起了每个人的兴趣。

"我明白!我真是个骚一货!"她咯咯地笑了来,几乎从酒吧高脚凳上滑落下去。又有几杯酒下肚之后,她呆呆地凝视着餐桌,含糊不清不停地嘟哝着比阿特丽斯·贝克的幽灵。"它萦绕在我的心头挥之不去。在那栋大楼里,一直尾随着我。我心里非常明白。奇怪的事情不断发生。办公桌、档案、我的包……我根本就不应该拿……那把钥匙……"

"我们送你回家吧。"埃莉的声音似乎非常遥远。

艾丽丝蜷缩着滚到一侧。她憎恨自己喝得伶仃大醉,说了那些愚蠢的胡话,是个十足的白痴。天哪,她是有工作的!现在她应该像个成年人。

"对，应该停止这样生活。"她捂着枕头抽泣着说。

接近中午时分她再次醒来。她没有时间概念，不过强烈的阳光透过没有遮帘的窗户射了进来。她勉强在没感到眩晕的情况下坐起身来。她揉揉眼睛，随后是一阵极度惊慌：她迟到了——真正迟到了。今天是星期四，明天早晨之前她有许多工作要完成。布拉德在等待她的测绘结果。

艾丽丝仍穿着昨天的衣服，这没关系。找到钥匙和提包后，她摇摇晃晃地走出家门，坐进汽车。她顾不上刷牙或梳头，她没有时间。仪表板上的时钟发出刺眼的亮光：十一点十五分。

她加速驶向尤克利德大街，好像刚抢劫了一家烈酒商店。在去市中心的半道上，她觉得即便她脱水昏厥也无助于她赶上最后期限。于是，她停车在一家可驾车径直驶入的快餐店里匆匆买了些炸薯条和Hi-C饮料①，在红绿灯处将食物塞进嘴巴。当她将车开到通向银行的车库大门时，她感到自己精神又来了。

电梯无情地将她推升了十一层楼，到达两天前她脑袋里给尼克计算时间的地方。随着电梯慢慢停下，她的胃猛烈地撞击到她胸腔的顶部，她感到自己可能要吐得电梯厢一地板污物，于是赶紧摸索着走出这施虐的金属盒子，颤抖着喘息了好几下，然后才环顾四周。无家可归者的那一堆东西依然在角落办公室里。她必须开始工作，并尽可能快地完成。

她放下装备，摇摇晃晃地直径走到她亲眼目睹有证据表明流浪者住在楼里的地方。这个地方看上去与星期二相比没什么不同。拉莫尼

---

① Hi-C 饮料：一种受动画片 Ghostbuster《驱鬼者》或《捉鬼敢死队》》激励研发的绿色饮料。

也许早在很多年前就已经撵走了那个擅自非法入住的人。他一定巡逻的,她推断。她还是尽可能快地测绘房间的面积。她捏着鼻子跨过那个临时床铺,一面工作一面屏住呼吸。她捏着鼻子走进盥洗室,抽水马桶相对比较干净,但是洗脸台盆的边缘有一把男人的剃须刀。她用卷尺快速测量了两处的宽度和长度,随后赶紧离开这个鬼地方。

她急急忙忙离开这个房间的时候,双手冰冷黏湿。让她独自一人执行这项任务真是荒唐至极——甚至也许是危险的。她不知是否要用某种方式找拉莫尼谈谈,她也许会这样做的。她前额上冒出了冰冷的汗珠。据她估计,酗酒后的松垮感会持续整整一天。在过道的一面镜子里她看了自己一眼。她的脸色发青。幸亏没有监督人与她一起工作——否则她也许会被开除的。她能够听见埃莉在她的脑海深处问道:"这么说,你倒宁愿任人宰割?"

她争辩说,她不会任人宰割的。布拉德似乎认为她能够独自完成这个任务。她继续朝下一个办公室走去。她不想证明布拉德看错了人。她不能像一个姑娘那样尖叫着逃离大楼。而且是一个宿醉未醒的姑娘。

十一楼的其他地方没有什么引人注目的东西。她来到电梯附近的一扇没有标识的门前。从在下面几个楼面工作的经验判断,她知道门里面大概是什么东西。一个肮脏的洗涤槽以及一些日常清洁用具,也许还有一幅清洁工喜欢的《花花公子》裸体美女照。对,它是一个杂物间。

她很快测量了杂物间,关了电灯,转身想关上门,这时她的一只穿着靴子的脚噔地踢到了地上某样东西。她重新打开灯,看见了一个棕色的皮箱靠墙放着,箱子上满是灰尘和蜘蛛网,箱子把手磨损得很光滑。

"你在这里干什么？"她问箱子。

艾丽丝将它拖出杂物间放在过道的地板上。箱子里塞满了衣服，女人的衣服，但比艾丽丝能穿的衣服小多了。艾丽丝穿的是高八号，而这些衣服是小四号。她举起一件短上衣，看样子十二岁的姑娘才穿得下。不管箱子的主人是谁，她一定很娇小。她想到了比阿特丽斯。苏珊娜称她是个"小不点"。艾丽丝将短上衣放在一条直筒裙旁边，她几乎能够想象出穿这套衣服的女人。艾丽丝转身回到杂物间并皱起了眉毛。这个箱子在那里藏了许多年。孤独一人。

衣服下面有两叠文件。一叠写满了像鸡抓过似的象形字，与她在比阿特丽斯的个人档案里发现的象形符号一模一样。另一叠是信件，信笺的抬头都是克利夫兰第一银行。

艾丽丝拿起一份。这是一封通函，说银行打算将贵重物品保管箱内所藏的物品移交给州政府。

艾丽丝努力从自己的脑海里描绘一个躲藏在杂物间里的年轻姑娘的形象。一定发生过某件可怕的事情。没人会遗留自己的箱子。也许年轻姑娘收拾好她的衣服和那些文件，试图逃跑。也许有人阻止了她。根据苏珊娜的说法，比阿特丽斯有一天就这么突然消失了。

这不管她的事，艾丽丝告诫自己。比阿特丽斯，或者不管这个箱子属于谁，二十年前到今天都早已是过去的事情了。她的目光又缓缓回到那件短上衣上，这是一件佩斯利小涡旋纹花呢，也许是她的最爱。

"比阿特丽斯，"她低声说，"你为什么要逃跑？"

从衣服保守的裁剪式样来看，比阿特丽斯一定是个文静的女孩。**她像我一样独自生活吗？** 艾丽丝觉得好奇。曾经有人来寻找过她吗？自从比阿特丽斯或者不管此人是谁将箱子遗留下来以后，箱子没有被人动过。

艾丽丝拿起文件夹,将它们塞进自己的野外工作包里。她不能就这样把这个女人所有的痕迹全都锁回杂物间。这个女人也许已经死了,不管这些文件的内容是什么,它们也许能解释其中的缘由。现在也许没人在意这些事情,也许当时也没人在意,但是这些文件依然是要紧的。她将皮箱的拉链拉好,将它推回到原处。

当她低头凝视杂物间里这个皮箱的时候,一个令人毛骨悚然的念头浮现在她的脑海深处:如果有一天她消失了,谁会来寻找她呢?

第三十九章

　　这么晚来上班,艾丽丝没有时间去思考这个遗留的皮箱,甚至没有时间去吃午饭。如果她想在明天早晨之前完成测绘,那么她必须不间断地工作。她爬楼梯到十二楼,发现自己来到了一个空荡荡的大洞里,每走一步都会在光秃秃的混凝土地板上产生回音,里面除了裸露的立柱以外没有其他任何东西,吊顶也没了。通气管、电线和一九一八年建造的天花板的灰泥破碎了,危险地悬在头顶之上。这是在做工程尸检。地面高低不平坑坑洼洼。

　　钢柱上布满了又大又圆的铆钉,有五角硬币那么大。艾丽丝伸手去触摸其中的一个铆钉,感觉有点像染色的骨头。她激动地拿出写字夹板,开始对结构作粗略而全面的说明,甚至还画了钢柱拼接板的示意图,尽量把工作做彻底了。布拉德会感到自豪的。

　　一小时后,她从一扇腐损的木窗向外张望。楼下城市大街上满是行人和汽车。对于其他每一个人来说一天的工作即将结束,可是她还有很多工作要去完成。

　　当她回头朝紧急楼梯走去时,天上的太阳快要落山,将其长长的影子投射到混凝土地面上。当她踩着梯级朝上一个楼层攀登的时候,她发现那层楼面的门上印刷了"14",不是"13"。她核查了自己的笔记,数了一下她的平面图,然后回头往下面的楼梯平台走去,作进一步核实。没有十三楼。真是奇了怪了!

幸运的是,十四楼与下面一层一模一样,她用十五分钟快速完成了测绘。

当她到达大楼顶层时,她的胃一下子抽紧。十五楼是她前周在大街上瞧见异常手电灯光的地方。她想转身离开。"15"这个数字是用模版印刷到米色的金属防火门上。汗珠从她的上嘴唇往下滴。楼梯井顶部的温度一定超过华氏一百度[1]。

她顺着深深的螺旋形楼梯往下一直看到最底层,楼梯的栏杆和台阶一直往下往下再往下旋转,直至她感觉自己也许将要坠落。她紧紧抓住栏杆,喘息了起来。楼梯井是个通气管,把凉气从地下室吸到下面一个个楼层,将滚烫的高温送到楼顶。

闷热的气温终于战胜了她的恐惧。艾丽丝慢慢打开楼层大门,里面伸手不见五指。太阳已经下山,大街上的路灯光线太低,照射不到顶层楼面。她取出警用马格努姆手电,像警棍一样紧紧攥住它。

亚麻油地毡铺设的地面上满是灰尘,只是刚刚因她的踩踏而扬起。她能够看到一些模糊的脚印,但没有一个脚印是清晰的。非法闯入者也许就站在那边。她不禁一阵颤抖。

走出楼梯井,她让楼层门轻轻地在她身后关上。她跟着手电光柱缓慢地沿着走廊向前走。她随着光柱经过货运电梯,朝大厅走去。离开楼梯井,高温依然没有减缓,很快,她的衬衣就被汗水湿透。当她终于到达入口大厅时,迎接她的是总裁阿利斯泰尔·默瑟的巨幅肖

---

[1] 华氏一百度:约为摄氏 37.78 度。

像,肖像之上是"克利夫兰第一银行总裁办公室"几个青铜大字。

这几个青铜大字是用螺栓铆在一块大理巨石之上,这块巨石从地面一直延伸至天花板。在它的后面,艾丽丝发现了一张很大的接待柜台和等候室。一盏巨大的水晶枝形吊灯悬挂在头顶之上,但灯泡已经烧坏。她试了试两处不同的墙壁配电开关,所有的灯都不亮。她继续在十五楼行走,水晶和青铜在手电筒光线的照耀下闪闪发光。

沉重的法式门镶嵌了黄铜和乌木,门上没有名字牌,不过她估计这个办公室一定属于银行总裁——要么是这家伙,那么是奥兹巫师①。门里面就是一间办公室,其面积与下面几个楼层整个部门一样大。办公室绝对宏大的面积使艾丽丝的手电光显得黯然无光,她集中注意力别在玻璃茶几和青铜落地灯上绊倒。她感到目不暇接,目光从手工编织的地毯移动到天花板上高悬的众天神彩绘壁画。她的胫部砰地撞到了一个古董咖啡茶几,她绊倒摔进一个皮质长沙发,她的手电滚到了沙发底下。**该死!**

她跪在地上,发现手电光在一些纸团的后面。她从长沙发底下取回手电,这时她能看清这些纸团不是文件,它们是包装纸,食品包装纸,捏成一团的香烟壳子,还有其他垃圾。她从地上跃起,将手电光聚焦在沙发上。沙发一端有个用破衣服充当的临时枕头。她一下用手捂住了嘴巴:有人曾在这里睡觉。

在高温和心脏加倍跳动的夹击下,她眼前开始浮现斑点,她要晕厥过去了。

在远离沙发的地方,她发现一张卧床大小的办公桌前有一把座

---

① 奥兹巫师:the Wizard of Oz,Frank Baum 于 1900 年发表的小说《绿野仙踪》中的主要人物之一,后改变成电影。

椅。她用手电光快速照射房间四周,直至确信自己是独自一人——至少目前是独自一人。她回头看着长沙发和上面的枕头,又看见了另外一些的食品包装纸,还有像是一件衬衣随意搁在咖啡茶几之上。恐惧搅得她胃里难受。

就这么着吧。她这就他妈的离开这里,回家过夜。与一个在大楼某处随意乱窜的流浪者一起在黑夜里四处游荡可不是工作范围的一部分。布拉德必须得理解。

她站起身来,艰难地穿过巨大的办公室,朝服务电梯走去。她在大理巨石墙后面停住脚步,倾听走廊里是否有他人的脚步声。走廊里寂静无声。

正当她进入走廊时,"咔哒",一扇门关上的声音使她呆住了。声音从紧急电梯方向传来,正好在她出去的路上。

渐行渐近的脚步声激起她采取行动。她跪在地上,摸索手电筒直至将其咔哒关掉。脚步声越来越近,她盲目地在大理石地砖上爬行,在一些陈设家具之间仓促乱爬,直至爬到一堵墙壁跟前。她沿着墙壁爬着远离脚步声,爬进她发现的第一扇敞开的门。

她摸索着横穿办公室楼面,爬过一个个沙发靠垫、松散的枕头填充材料以及卷起的地毯,她明白这个房间被人捣毁过了。她感觉像是在一个大相框的上面爬行,她的双手撑进了一个裂口,那一定是幅巨画上的裂缝。透过身后的那扇门,她能看见一个手电筒的光束在接待室的另一边移动。必须得有个地方躲藏!她几乎看不见她面前的两只脚,因为她在废墟中寻路而行。办公桌已经被掀翻,它富于曲线美的一条桌腿断裂后躺在地上。她眯起眼睛朝黑暗中看,直至发现她正在寻找的东西——另一扇门的影子。她绕过一把倒地的椅子,进入经理盥洗室。

当她滑进盥洗室的时候，里面遍地都是破碎的玻璃。她惊讶得短促尖叫，急忙站起身来。她身后的手电光离她更远了。她将厕所门无声地关上，然后倒退着离开那扇门。盥洗室一片漆黑。

她在黑暗中颤抖，她尽量不强力呼吸。她把野外工作包、手电筒、车钥匙和一切东西都丢在了外面接待台的旁边。

呸！操他妈的！该死！ 她做了个鬼脸，小心翼翼摸索自己双手上的碎玻璃和鲜血。她竖起耳朵倾听外面办公室里不管是谁的脚步声。也许他们不知道她在厕所里。也许不管是谁，他只想回到阿利斯泰尔办公室里那个舒适的沙发上去睡觉。如果她等待的时间足够长，她应该能够溜出去。

随着她的眼睛适应了黑暗，夜间悬在克利夫兰上空的橘色光晕通过盥洗室的窗户漏了进来。她恰好能够看清台盆和淋浴房。炎热的空气像淤泥一样在她的肺里吸入呼出。她瘫坐在抽水马桶上，将头埋在双膝之间。

你会没事的，艾丽丝，她鼓励自己。**放心呼吸吧**。

一缕凉风吹到她的手臂上。艾丽丝举起一只手伸向凉风。她再次感受到它。有一股微风。她伸出一只手直至她感觉到凉风的来源。紧靠抽水马桶的墙壁上有一个很大的通风口格栅。冷空气回流，她暗自思量。**通风井一定通向房顶**。她将脸贴在格栅上，尽力去探望一片夜空。但除了漆黑一片啥也没看见。不过，这新鲜的空气依然是天赐之物。她将汗水淋漓的脑袋一侧靠在格栅上。

她尽力去倾听门外非法入侵者的声音。门外地面上都是瓦砾碎片，如果有人走近，她一定能够听见。也许这个流浪汉已经睡着了，她可以趁机出逃。**别去管那个野外工作包和那些平面图了！** 她只想安然无恙地回到家里。她再次倾听。

她听见了呼吸声。

她屏住自己的呼吸，但仍然能够听见它。她将头移开通风口。那呼吸听起来声音更响。声音来自通风口本身。她一下子从马桶上跳将起来，往后退缩远离那个声音，她脚下的碎玻璃咔嚓作响。

格栅后面传来一下轻轻的声音。

她的心脏一下子抽紧。

随后她又听见一声："艾丽丝……"

艾丽丝尖叫着撞开厕所门，歪歪斜斜猛力穿越房间，她绊倒在地，又拼命爬了起来。她盲目地跑出办公室，沿着走廊飞奔。

她所能听见的只是那个一遍又一遍低声说她名字的声音。直到她几乎抵达电梯口的时候，她大脑里才意识到拉莫尼在叫她。她停住了脚步。

"艾丽丝！"那人再次大声叫喊。

"拉莫尼？"她抽泣着问。

"你到底在干什么呀？"一道手电筒光柱快速朝她奔来，光柱后面是拉莫尼。

"那是你吗？整个晚上拿着手电筒？那是你吗？"

"还能是谁？你疯了吧？"

"我……我不知道……"她的脸突显委顿眼泪哗哗。"我不知道。也许我是疯了！我一定是他妈的疯了！"

"嗨，嗨，现在别紧张啦。一切安然无事。"拉莫尼用一只手臂拥着她，带着她回到走廊里。

她膝盖上绊倒磕到的地方鼓起了一个大肿块。他让她坐到接待员的椅子里，然后从地上提起野外工作包递给她。

"谢谢！"她边道谢边用衬衣擦拭挂满泪水的脸颊，脑袋一直在脖

The DEAD KEY

子上摇晃。

"对不起，我悄悄地走近你。我看见你的汽车还停在楼下码头里，于是我就开始担心。"

"对不起。我想我应该与你联系一下。我想在明天最后期限前完成任务，所以工作晚了。"

"也许下次你应该让我知道一下。"他眼神疲惫地说。

"是的，我只是想能够挤时间再多测绘一层楼，可是这里太热，电灯也不亮，后来我发现了那个床……"

"床？"

"不是卧床的床，而是有人一直睡在大办公室里的长沙发上。"艾丽丝从接待台指向总裁办公室。"随后我听见脚步声——我不知道——我想我可能是产生幻觉了。"

"别太辛苦了！这个地方会惹人恼火的。相信我，我知道的。"他浑厚的嗓音是多么令人宽慰。

尽管如此，她明白如果自己提及听见通风井里的声音，那么自己真的像怪物了。她的幻觉也许引发了整个事件，都是高温惹的祸……还有宿醉。

拉莫尼用他的手电筒指了指走廊。"让我送你回家，好吗？"

"好的。再等我一会儿，让我确认一下我带走了所有的东西。"她决定用闲聊来掩盖她的歇斯底里。"嗨，走廊那边的办公室里发生什么事情啦？"

"你是什么意思？"

"那个办公室里一塌糊涂。"她站起身，用肩膀背起野外工作包。"来，我来带你去看。"

她领着拉莫尼顺着走廊走向她藏身的那个办公室，希望在灯光下再看一次那个地方也许能抹去她头脑里的耳语。她打开手电筒,并用它指向那个房间里。这个房间比下面九楼威廉·S.汤普森的办公室还要糟糕。每件陈设家具都被毁坏。远处墙壁上一个嵌入式钢质保险壁柜的门被撬开了。一个相框的轮廓被太阳照射得在墙纸上留下了阴影。保险柜是空的。她的手电光柱照到盥洗室的门并停留在那里。她竖起耳朵期待听到更多的耳语。

"该死的瘾君子!"拉莫尼在她身后嘟哝道。"有时候他们钻到这里来,寻找他们可以出售的东西,你知道吗。我想有人失望了!"

"我想是的。"艾丽丝小声说,但她并没有真正在听拉莫尼说话,因为随着她慢慢接近盥洗室的门,她的耳朵里在嘭嘭作响。

艾丽丝穿过盥洗室的门,对着里面不管是谁或者不管是什么东西挥舞着她的手电光柱。盥洗室是空的。她再次检查,呼出她憋住的气息。没有任何人。她走进马桶间,将光柱照进她原先听见有人呼吸的通风口格栅。她所能看见的只是光柱照不到的通风口暗色金属薄板的四壁。远处墙壁上有一个阴影图案,看上去好像是一架梯子。

"你在寻找什么东西?"她身后响起拉莫尼刺耳的声音。

"这里有没有办法……?"她搜肠刮肚寻找听起来不荒唐的词语,"让一个人进到那里面去?"

"我没有把握。干嘛?"

"只是……维修人员不是需要进去,我不知道,维修?"

"也许需要。不过我到这里以来没人进去过。哎,已经很晚了,我不知道你怎样,我可是累了。"

艾丽丝点点头,跟着拉莫尼走出办公室进入走廊。她停住了脚步,记下了那个遭捣毁的办公室门上的姓名。她得快步小跑才能赶上拉莫尼。

"嗯，谢谢你在寻找我！那么你晚上在这楼里干什么呢？"

"我读书。"他边说边按下服务电梯的按钮。

这不是她希望听到的有趣回答。她想问那天他在金库试图撬锁的事情，但是她觉得还是不问为好。他们走进电梯厢，她凝视着按钮。

"嗨，这栋大楼里为什么没有十三楼？"

"多年前我也问过同样的问题。知道他们告诉我什么吗？"

"什么？"

"厄运。十三是厄运。我听说这个城市里有许多大楼都没有十三楼。这是不是有点怪？不过，不知道这种做法是否真的有益于这个城市。"

"嗯。我与其他人一样迷信，不过抹去整个楼面似乎有点荒唐。"

"这根本不算荒唐，无法与我所见过的玩意相比。"

艾丽丝相当肯定今晚她的表现也已列入他的荒唐一览表。

"我也见过一些奇怪的玩意，"她说，"听着，拉莫尼？"

"说吧？"

"今天我在十一楼发现一样奇怪的东西。它是一个箱子。有人将它遗留在杂物间里。你知道这个箱子吗？"

拉莫尼的眼睛里闪过一点小小的光亮，随后就消失了。"我已经学会不在这栋大楼的壁橱里寻找东西。你最好别去碰那玩意。"

这是个奇怪的警告，但没有真正回答她的提问。她张开嘴巴想再提问，但转念一想还是算了。

五分钟后，艾丽丝瘫坐进她的驾驶椅里，点燃了一支香烟，长长吸了三口之后，回头看了看她的写字夹板，随后扭动汽车点火装置。

用她颤抖的手在纸张角落里潦草写的几个字是："R. 西奥多·哈洛伦，财务部副总裁"。

第四十章

一九七八年十二月七日星期四

"拉莫尼，我们在这楼上究竟干啥？这层楼是空的。"

"吧嗒"一声走廊里的一盏灯亮了。灯光漏过门框射入比阿特丽斯正在睡觉的废弃办公室。她一惊，猛地坐了起来。她刚安睡在临时的床铺上准备过夜。随着他们接近房门，脚步声越来越响。房门是锁着的，但是前来的保安有钥匙。她能够听见钥匙在叮当作响。

"最近电梯运转很奇怪。"一个深沉的声音回答。

这个声音比第一个声音听起来更加接近。香烟的烟雾从门底下钻了进来。比阿特丽斯急忙离开卧床，爬入黑暗的盥洗室。她轻轻关门后依然能够听见他们交谈。

"'很奇怪'，你是什么意思？"

"你觉得我是什么意思？在过去几天里，夜间任何时候电梯厢都会上升到这里来。"

"那又怎样呢？它们也许只是出了故障。得了吧，老兄。在这个垃圾楼里一切都很奇怪。你昨天不是说过吗，那些监控摄像头经常出故障？我们还是回去玩扑克吧。"

"我穿着这个制服表示什么？表示我是'扑克玩家'？"嘶哑的嗓音低沉而发怒地说，"不，它没这么说。它表示我是'保安'。我在这里是来工作的。"

"你是想当月度优秀员工什么的？没人在这里监督你，拉莫尼。"

脚步声越来越轻。比阿特丽斯听见办公室另一侧的几扇门开了又关，直到听见电梯铃声响起，保安的声音消失，她才开始自然呼吸。

比阿特丽斯打开盥洗室的电灯，往脸上泼冷水。她神经紧张地紧紧抓住台盆。保安注意到她使用电梯。她得更加小心。她在灯光下仔细打量盥洗室，意识到这里没有不被发现的藏身之处，如果保安在另一个房间的地板上发现了她的东西之后，就更加没处躲藏了。关灯的时候，她看了一眼抽水马桶旁边那个通风口上很大的格栅，随着房间黑暗下来，她不由得颤抖起来。

从那一刻起，从九楼女厕所登上紧急楼梯再到她的卧床成为一次使心脏几乎停止跳动的苦难煎熬。每拐一个弯，她都确信拉莫尼或他的朋友会从一个黑暗的角落里跳出来抓她。晚上她不敢走出她秘密的卧室一步。

更加糟糕的是，她没有任何运气找出办公室里谁是吉姆或者泰德。那天半夜他们在她的门外交谈之后，他们的声音持续不断萦绕在她的心头；但是打那以后，除了她在自己的头脑里听见他们说话以外再也没有听见他们的声音。不知怎么的，托尼仍然需要她发现他们的真姓实名。距离她与托尼下次见面的时间已经不多了。

"一旦情况变得太危险，我要你离开银行！"每次在黑暗中她以为听见身后有脚步声她就会重复警探说过的话。这是个好主意，可是她没有其他地方可以去。她填写了租借大街南边公寓房的表格，但是没法提交它们。她没有适当的证件。另外，托尼需要她帮忙找到马科斯，以便他能重启对银行的调查。她必须想个办法，有没有危险都要干。

星期六清晨，整栋大楼寂静无声。比阿特丽斯透过灰尘扑扑的百叶窗出神地看着楼下的尤克利德大街。街上阒无一人。阳光照在马路对面摩天大厦的一扇扇窗户上反射出耀眼的光芒，使这个被遗弃的房间显得更加忧伤。她已经好几天没见到太阳了。甚至在午餐时间，太阳也是躲在冬日厚厚的云层后面。

她昨晚就应该离开这里，但实在没法面对又一个周末在医院过道里四处游荡。重症监护室签名簿上 R. T. 哈洛伦的名字依然浮现在她的脑海里。

楼下一百英尺，一个身穿深色外套头戴帽子的男子穿过尤克利德大街，走向银行的大门。她一边观察着他一边皱起了眉头。几分钟后，外面过道里的电梯嗡嗡地开始运转。大楼不是空的，甚至周六也不空。

天色黑了以后，她才终于鼓起勇气偷偷地下到三楼人力资源部办公室去寻找泰德和吉姆的档案。紧急楼梯井只有悬挂在每扇门之上的微弱的泛光灯照明。无穷无尽盘旋的栏杆和台阶从十一楼通向三楼。她朝下凝视着黑暗的深谷，几乎想转身回去。但一想到马科斯她就止住了脚步。马科斯失踪了，泰德和吉姆也许知道其中的原因。她紧抓楼梯扶手，只穿长统袜子开始顺着台阶往下走。

当她终于到达一扇标着"3"的米色门时，她将耳朵紧贴着冰冷的金属门，倾听有没有声音。几分钟之后，她确信过道里没人，于是就轻轻拉开门。铰链吱嘎的声响令她十分紧张，她挤过门缝，又轻轻地将门关好。比阿特丽斯蹲伏着，在一个黑暗的角落里等了好几次心跳的时间，以确定是否有人，然后才顺着过道蹑手蹑脚向前走。人力资源部办公室位于三楼另一侧电梯厅的对面。自从上班第一天以后她再没去过那里，但仍然能够想象它是怎么个样子。在前往人力资源部的一路上，她都是后背贴着墙壁。办公室的门锁着。

马科斯沉重的钥匙圈在她的口袋里。比阿特丽斯寻找钥匙，试了一把又一把，终于找到了匹配的那把。门一下子开了。她溜进了办公室，又随手将身后的门轻轻关好。进黑屋走了三步，她穿长筒袜的一只脚砰地踢到了一只垃圾桶，垃圾桶发出沉闷的当啷声，脚趾的疼痛一下子使她眼前金星直冒，她轻声地喊叫，"哎呀！哎哟！啊唷！啊唷！"

她一瘸一拐地走过椅子和咖啡茶几，朝接待柜台走去，这时她才突然想起自己没有明确的方向。她来人力资源部是要调查两个陌生人——泰迪和吉姆。她心中一沉。她没有很好地准备这次夜间探查。这不是好像一张人事图就躺在接待台上那样简单。她太害怕，甚至不敢开灯。

轻微的脚步声沿着过道啪嗒啪嗒地过来。比阿特丽斯吓得呆住了。脚步声越来越响，直至她能分辨出声音来。

"比尔，住手！你太可怕了！"一个女人咯咯地笑着说。

比阿特丽斯往后退缩着远离声音来源。她迅速扫视了昏暗的办公室，寻找藏身之处。

"别在这外面，有人会看见的。"女人上气不接下气地说。

一把钥匙插进比阿特丽斯刚才打开的锁里，透过磨砂玻璃，她能看见一个高大影子。她奔向最近的那扇敞开的门，进门后马上关掉，就在这时人力资源部的门一下子开了。更多的脚步声，一个垃圾桶被踢了，一扇门砰地关上，办公桌被撞击发出隆隆的声音，这声音掩盖了比阿特丽斯在另一个房间里的微弱喘息声。就在她藏身地的外面低沉的各种声音混杂成一片。她竖起耳朵倾听，直至听到湿润的亲吻声和剧烈的喘气声，这把比阿特丽斯吓得蹒跚着退到她能找到的最远的角落里。

退后五步，她撞上了某样坚硬和金属的东西。它是一个文件柜。她的双手顺着它的边缘摸索，直至她发现了一个又一个柜子。她是在一个文档室里。她通过点文档柜的数目尽量使自己的头脑不去想隔壁的哼哼声和金属嘎吱声。一共十个柜子。

她决定冒险在黑暗中打开一个柜子。微弱的咔哒一声柜子滑开了。她用双手快速在文档上面撸了一下。抽屉里放满了各种文件。比阿特丽斯心里痒痒的，想打开电灯看看它们。但是灯光会从门缝里漏出去，她会被逮住的。

隔壁的哼哼声和呻吟声还在继续，比阿特丽斯轻轻叹息了一下。男人的哼哼声越来越响，漆黑的文档室让人透不过气来，直至男人的声音听起来仿佛就在文档室与她在一起，在黑暗中喘息。她吓得缩成一团，将脑袋夹在双膝之间，用双手捂住自己的耳朵，终于她听见男人大叫一声，随后声音停止了。

"比尔！你是个畜生！"女人喘着气说。

男人疲惫地压着嗓子咯咯地轻声笑。比阿特丽斯听见一下微弱的"啪"声。"没了你我真不知道该怎么办，苏西……"

"呀，亲爱的！"空间再次充斥着马虎的亲吻。"我不相信这个戒指！你不必给我买任何东西！"

"我看见这个戒指时就想到了你。这块蓝宝石与你的眼睛正好相配。"

比阿特丽斯听到女人在柔情低语。

"只是不要到处炫耀,好吗?这应该成为我们的小秘密。"

"哎呀,我非常讨厌所有这些秘密!"女人埋怨说。

"你以为我不讨厌?我想在房顶上高声呼喊我们的爱情。我讨厌这样东躲西藏的。"

这些话与她姨妈情书里的话一模一样。这是多丽丝姨妈的比尔在说话。比阿特丽斯竖直耳朵听他的声音,这声音听上去像她的老板,比尔·汤普森,但是她不敢打开门去证实它。

"我也爱你,"女人叹息道,"哟,它太漂亮了!它是真的吗?"

"我是什么人,吝啬鬼吗?当然是真的啰。"一阵沉默,比尔清了清嗓子。"嗨,你收到我星期五发的那个文件了吗?"

"什么?噢,收到了。我想就在这里哪个地方。"抽屉开关的声音打破了此时尴尬的安静。"我讨厌在这里约会,你知道吗。我们为什么不能去某个好地方?我的办公桌硬得像块石头。"

比阿特丽斯听见比尔咯咯地轻笑,还有女人的尖叫声:"比尔,你永不满足!住手!"

"我不!"

文件窸窣的声音。"喏,它们在这里。我还是不明白这都是些什么意思。"

"考虑把它作为我们的退休计划。我正在策划一笔交易,但我不能使用我的名字。我需要一个像你这样漂亮的合作伙伴。这事成功之后我们将终身享福,苏西。几年以后,我们将离开这个被上帝遗弃的城市。我们将在某个海滨度假胜地找一处世外桃源。玛格丽特岛[①]。"更多的亲吻。"不再东躲西藏。"

---

① 玛格丽特岛:Margaritas,位于加勒比海。

"那你的妻子怎么办?"苏西温柔地问。

"让她和她的老爹见鬼去吧!这些年来一直受他的支配。我发誓,要不是为了你,我早就在几个月之前就想用枪把自己的脑袋打开花了。不过事情快要了结了。相信我。"

"好吧。不过下一次我们去宾馆,就像我们过去那样?"

"行,宝贝。随你。"

又一次亲吻,随后摸索衣服的声音和脚步穿越地板的声音。一缕缕烟雾穿过文档的门缝飘了进来。

"你非得吸那玩意?要知道我讨厌烟味。"比尔的声音越来越轻,门关上了。

脚步声逐渐消失。

比阿特丽斯站起身来,厌恶得浑身颤抖。她等待了几分钟,然后打开文档室里的电灯。屋里除了文件柜和一盏日光灯以外没有其他任何东西。她拉开一个抽屉,里面装满了个人档案,按照姓氏的字母顺序排列。比阿特丽斯拍了一下自己的前额。这样的话就不可能在这一抽屉一抽屉的文件中找到吉姆和泰德了。单在这一个抽屉里就有两个詹姆斯。她不知道这两个人姓什么。这是最无奈的。这次冒险下楼探查是一次失败,更加糟糕的是,她还不得不亲耳听见了比尔和苏西在办公桌上的风流事。现在她所能做的只是别去踢文件柜出气。

她决意想有所收获,于是就跷着脚走到标着"Da-Dr"的抽屉去寻找多丽丝。这是不大可能有所收获的事情,但值得一试。不幸的是,这个抽屉里没有一点多丽丝·戴维斯的资料。

比阿特丽斯接着寻找马科斯的档案。就在这当儿,她觉得自己有权知道所有一切。而这里恰恰应该是所有信息归档的地方。比阿特丽斯抽出文件夹,将它翻开。马科欣·雷·麦克唐奈一九五二年八月二十二日生，一九七一年开始在银行工作。

她翻到第二页，看见一份手写的记录："因故开除，擅自进入，现场逮住。"旁边盖了日期印章——一九七八年十一月二十八日。这是马科斯偷了多丽丝的钥匙后的第二天。比阿特丽斯将文件夹夹在自己的腋下，关了抽屉。

比阿特丽斯闭着一只眼睛去打开文档室的门。让她感到宽慰的是，尽管她刚才亲耳听见了浪漫的情爱，办公桌却看上去好像没受骚扰一样。在文档室射来的一片灯光底下，她凝视着这张桌子。桌子的角落里放着名字牌，上面印着"苏珊娜·佩普林斯基。"比尔刚才叫她苏西。

比阿特丽斯关掉电灯。

第四十一章

在攀爬八层楼梯的一路上和这个夜晚的剩余时间里，比尔和苏西的对话反复在她的脑海里回放。比阿特丽斯不再有任何怀疑比尔正在偷窃贵重物品保管箱里的财产。但她无法理解他为什么需要苏西的帮助。

可怜的苏西（戴着她秘密的戒指）还不知道她手指上的戒指也许是偷来的。比尔不是也曾对她姨妈说过海滨度假胜地玛格丽特岛同样的故事吗？她想要知道在烟雾弥漫的小餐厅里多丽丝曾有多少岁月靠着比尔空洞的许诺度日。

比阿特丽斯拿出她姨妈的钥匙，再次瞅着它。547号贵重物品保管箱一定隐藏着许多答案。一定得想办法打开它。

比阿特丽斯在越来越多的一大堆换洗的衣物上翻来覆去睡不着，她摆脱不了脑袋里比尔猪猡似的哼哼声。最后她干脆不睡了，又溜回走廊朝楼梯走去。她只往下面走了两层楼梯，除了一些零星的安保电灯外，九楼一片漆黑。她从一个阴影快速躲到另一个阴影，经过电梯等候厅，穿过秘书工作区，来到汤普森先生的办公室。

办公室的门开着，房间是漆黑的。她沿着有木质护墙板的墙壁摸索着朝房间中央的办公桌走去。她的双手摸过皮质记事本和笔架,最后在桌子角上摸到了那盏小台灯。黄色的灯光照亮了整个房间。桌子上的小水晶时钟显示凌晨两点。记事本上面零星放着一些文件,不过没有一样东西能引起她的兴趣。

最上面的抽屉里装着各种笔、一把开信刀、一个香烟盒和一个打火机。大的文件抽屉是锁着的,她试了两次,但还是打不开。她的手指顺着她膝盖旁边办公桌一侧的钥匙孔摸了一圈。然后从口袋里掏出马科斯的钥匙圈,试图找到相配的钥匙。这次运气不好。马科斯没有这把钥匙。

比阿特丽斯坐进汤普森先生宽大的椅子。书橱里的书看上去好像从来没有读过。汤普森先生与妻子和两个女儿的合影依然放在书架上。很显然,是她们迫使比尔想用枪把自己的脑袋打开花。比阿特丽斯朝着她们悲哀地笑了笑。

书架上,靠他妻子一侧放着一只水晶烟灰缸,看上去没有使用过,因为上面覆盖着薄薄的一层灰尘,边上仍贴着一张银色的商标。汤普森先生不抽烟。"你非得吸那玩意?"今夜早些时候比尔问苏西。当她凝视着这个烟灰缸的时候,她想起刚才在办公桌里看见的一样东西。

比阿特丽斯再次拉开那个较小的抽屉。那个银色的香烟盒依然躺在那里。她拿起烟盒,盒子在她的手里发出格格的碰撞声。她好奇地将它打开,发现里面放着一把银色的钥匙。她龇牙咧嘴地笑了。这是办公桌的钥匙。钥匙顺畅地插入锁内,文件抽屉毫不费力滑溜地开了。比阿特丽斯把台灯对准抽屉朝里看。

满满一抽屉都是一排排悬挂着的文件,每个挂夹标有一个名字——玛丽莲·坎宁安、芙朗辛·卡特、比阿特丽斯·贝克。她吃惊地发现抽屉里有自己的名字,于是就将文件夹抽了出来。这是她工作表现的评估文档。她的履历也在里面,还有几份表格,记录了她的工资和她下一次的评估日期。页边空白处潦草地写了一些评语,比如"守时"、"合作"等等。她在一小行笔记处停顿下来,记录是这样写的,"协助兰迪·哈洛伦。一件值得鼓励的份外事"。看见"份外事"几个字,她皱起了眉头,这是侮辱,不过也是整个档案中唯一的不恰当之处。

她将档案塞回抽屉,接着用指尖快速拨动其他文档。随后她呆住了。文件柜后部塞着一份标着"多丽丝·戴维斯"的档案。她将它抽出并翻开。这不是工作表现评估记录,而是一份多丽丝在一九六二年签署的贵重物品保管箱的申请单。箱子号码是547。比阿特丽斯从口袋里掏出她姨妈的钥匙,即使她知道号码是吻合的。在申请单的后面有几份收回通知书。比阿特丽斯辨认出其中一些信件源于她姨妈家里的那些文件。

比尔抽屉的后部放着更多女人名字的档案。她拿出谢里尔·墨菲的档案。她的名下也有另一份贵重物品保管箱的申请单。戴安娜·布鲁贝克的档案中也有一份。一共有八个女人,她们都有贵重物品保管箱,包括马科斯。

比阿特丽斯倒吸了一口冷气,接着取出标注"马科欣·麦克唐奈"的档案。她打开文件,希望除表现评估外看不到其他资料。马科欣的贵重物品保管箱号码是544。她名下信件上列出的收回财物包括一条钻石项链、一个订婚戒指以及十多万现金。

比阿特丽斯眨巴眼睛以止住泪水,她将多丽丝和马科斯的档案塞回抽屉,然后猛的将它关上,仿佛这样做就能抹去她获得的信息。她将钥匙放回香烟盒子,关掉比尔的台灯。她坐在黑暗中,但愿自己没

The DEAD KEY 243

看见任何资料。

她双手紧抱身躯，急急忙忙奔回楼梯井。马科斯和多丽丝两人都有贵重物品保管箱，箱子里也许装满了那些文件夹里罗列的所有财物。多丽丝热恋着比尔。比尔用终生相伴的许诺勾引了她。他对苏珊娜作出了同样的许诺。

比阿特丽斯进屋后关上锁好了十一楼的房门，紧紧蜷缩成一团躺在地板上。她想到比尔和多丽丝，想到比尔和苏西，想到比尔气喘吁吁，这一切在当夜剩余的时间里一直折磨着她。她用双手捂住耳朵，最后终于进入了梦乡。

第四十二章

星期一早晨，比阿特丽斯呆呆地望着自己的办公桌。周日整整一天她都把自己圈在偷住的房间里走来走去。她从窗户里观望楼下的大街，一个念头一直在她脑海里盘旋：马科斯依然不知去向。

马科斯趁比阿特丽斯熟睡之际，在多丽丝的房间里获得了某些信息；然后在比阿特丽斯姨妈的贵重物品保管箱里找到了某样东西，随后就消失了。这不可能只是一种偶然巧合。比阿特丽斯摸了摸口袋里的钥匙，心里感到疑惑马科斯是否真的设法打开了那个保管箱。

如果马科斯能够打开那个箱子，那么比阿特丽斯肯定也要试一试。她毕竟是多丽丝最近的亲属。她有权利，或者说如果多丽丝死了，她至少有权这样做。想到多丽丝的死亡使她内心充满了负疚感。她已经很多天没去探望姨妈了。今晚她要去，她下定了决心。她又要睡在医院大厅里了，即便是这样她也要去。

终于下定决心之后，比阿特丽斯试图将注意力集中在办公桌上的那叠文件。她粗略看了看手里的那份备忘录，努力回忆她所接受的指示。这份备忘录只是无穷无尽一大堆文件中的又一份毫无意义的账户概览，直至她看到了签名：文件的底部打印了"R. 西奥多·哈洛伦"，而潦草签名的则是"泰迪"。她又看了一遍名字,她的心猛然一跳。泰迪是财务部的副总裁。她凝视着姓,"哈洛伦"。马科斯说过,兰迪的父亲是银行的副总裁。他就是兰迪有铁饭碗的原因。

泰迪签署的这份备忘录建议董事会拒绝市长为偿还城市债务再筹措资金的请求。这是那天半夜她偷听到的"让-市-长-见-鬼-去"的意见的更加正式的版本。毫无疑问,她找到了她要找的人。她仔细在这堆文件中寻找泰迪和吉姆究竟想干什么的任何其他线索。但是她所能看到的全是过去四周银行投资项目的详细账户概览。她在克利夫兰市债券持有概览处停了下来。她的眼睛瞪得大大的。克利夫兰持有两千多万美元第一银行城市债券。

在这堆文件的底部,她发现了一张克利夫兰市正式抬头的羊皮纸信笺。信是这样写的:

如果一九七八年十二月十五日之前筹措资金不能重新洽谈的话,那么克利夫兰市可能会违约。所有未能支付的债务将移交俄亥俄州政府解决。先生们,众所周知,取得损失赔偿将需要许多年。请重新考虑对你们资产负债表的影响。

信由副市长签署。

比阿特丽斯努力去理解。她翻回到前面由泰迪签署的那份备忘录,备忘录向投资者再次保证"对于短期收益率的影响将会被强劲的**存储所缓冲**"。备忘录总结道:

市长没有能力支持企业界在不动产发展和克利夫兰城市改善方面的投资使我们别无他择,只能做出这种不信任举措。

比阿特丽斯没法完全理解所有这一切,不过好像克利夫兰第一银行在与克利夫兰市政府比试胆量。她见过乡村漫长公路上的汽车比赛,那些不计后果的男青年和尖叫的姑娘和汽车在碰撞路线上全速飞驰，结果总有一辆汽车掉进沟里。她又一次阅读副市长的信函。离十二月十五日只有四天了。

比阿特丽斯拿出她的速记本，用速记抄写部分信件。随后她完成了她的文件归档工作。一天结束时，她与其他秘书一起离开大楼。她踏入雪泥覆盖的灰色街道，这才想起自己已经一星期没有呼吸到傍晚新鲜的空气了。

公交车载着她沿着梅菲尔德路朝医院驶去。进了医院，她直奔重症监护室的专用电梯，一周前她是在重症室离开姨妈的。电梯门还没打开，她突然想起一个可怕的念头：在她离开的这段时间里姨妈是否已经去世？她的心一下子抽紧了。

常见的那个护士坐在前台，她笑着抬头看着比阿特丽斯。"我们以为你出城了。"

"噢，天哪。对不起，我工作忙。"比阿特丽斯腼腆地说。未能妥善照顾住院亲属的羞耻感再次流遍了她全身。不过护士随和的笑容告诉了她需要知道的一切：多丽丝还活着。

"哦，别着急，宝贝。我们都需要偶尔休息一下的。再说了，你的姐姐来探视过几次。"

"你说什么？"

"你姐姐。今天早些时候她来过这里。"

比阿特丽斯没有任何姐妹，使她大为懊丧的是她的童年是在一个没有欢乐寂寞孤单的家庭里长大的。"噢，我有两个姐妹呢，你能告诉我是哪一个吗？"

"让我看看，"护士翻阅病人家属探望签名簿，"桑德拉？我想是她。漂亮的姑娘。昨天她来过这里。她说她正在找你。"

比阿特丽斯对着护士点点头,与此同时她的双手在上衣袖子里紧紧攥着。当她到达姨妈病房门口的时候,她小心翼翼地推开门,她神秘的"姐姐"也许在等着她。病房里没有人,甚至多丽丝看上去也像一件消毒过的家具面容凹陷苍白,在比阿特丽斯离开的八天里没有动过,她越来越消瘦。比阿特丽斯碰了碰姨妈的脸颊,脸颊是温暖的。

她坐进多丽丝旁边的那把椅子,将头靠在病床的边缘。她渴望感觉姨妈用手拍拍她的头发,听见她低沉沙哑的笑声,嗅闻她的烟味。她是一个等待进入坟墓的孤儿。她闭上眼睛,一滴无望的泪水顺着她的脸颊滚了下来。

"比阿特丽斯,"一声温柔的声音轻轻传入她的耳朵,"比阿特丽斯!"

"啊?"比阿特丽斯昏昏欲睡含糊地说。她一定打盹了。她的头依然靠在姨妈的床上,但有人在摇她的肩膀。一只高跟皮靴的鞋尖和一件羊毛长大衣的褶边掠过她身边的地板。

是马科斯。

"比阿特丽斯,我在到处找你!"她低声说。

"马科斯!你——?你在这里干什么?你失踪啦!"比阿特丽斯上气不接下气地说。

"嗯,不完全是这样。"她焦急地看了看时钟。"我没有太多时间。"

"你是我的姐姐'桑德拉'?"

"下面十分钟是的。他们在监视这个房间。我没法待太久。"

马科斯看上去非常焦虑不安。事实上,她看上去糟透了。她蓝色的眼睛底下眼袋厚重,她苍白没涂唇膏的嘴唇看上去很干燥,她黄铜似的金发染成了黑色,使她的皮肤像鬼似的。

"你哥哥在找你，马科斯。这到底是怎么回事啊？"

"我知道。我没有时间解释。别告诉他你在这里见到过我。这件事水太深，他没法理解。最好他认为我不在了。"她将手伸进口袋里。"给你，拿着这个。别告诉任何人它在你手里。事情完了我会找你的。"

"到底是什么事情？"马科斯递给比阿特丽斯一把钥匙，比阿特丽斯低头看了看。

马科斯闭紧嘴唇，看上去非常痛苦。"没什么事，别去寻找答案，比阿特丽斯。你不想卷入其中吧?！"

"我已经卷入了。"她指了指多丽丝。"你在我姨妈的保管箱里找到了什么？钻石？金子？更多比尔·汤普森的情书？"

"嘘！你不会想让他们听见吧?！"她把比阿特丽斯拉出病房，沿着过道走进一间空闲的重症监护病房。这时，一个护士走过，她俩吓得躲在阴影里一动不动。当过道没人的时候，马科斯压低嗓子说："比尔只是个无足轻重的小坏蛋，他上面大有人在。"

"你知道他一直在做什么吗？"比阿特丽斯嘲弄地说，"你也与他睡觉了吧？"

"我会查明的，好吗？这老杂种不像是个犯法的幕后操纵者，我会查明的。从那天起直至今日，我一直在设法走出这个混乱的困境。"

"你是什么意思？"

"他够狡猾的，掩饰了他犯罪的各种痕迹。他将一切都记在我的名下，包括那该死的保管箱调查。这个狗娘养的让我替他做调查，找出'死箱子[①]'，将之称为审计。他把所有的事情归到我头上。如果我

[①] 死箱子：dead boxes，指没人过问的贵重物品保管箱，其主人已故且无人继承等。

去报警——该死，即便我去找我哥哥——他们都会认为我参与其中。"

"托尼会相信你的，对吧？"

"我并非总是天使，比，"马科斯举起双手，"我在一个野蛮的社区里长大，我卷入过一些麻烦。所有这一切只会证实人们对我的成见。"

比阿特丽斯从马科斯的声音里能够听出她在哭泣，但是在黑暗的病房里，她看不见她的泪水。

"我相信你，马科斯，真的。那天夜里我听见比尔与苏珊娜·佩普林斯基在一起，他也让她上了勾。"比阿特丽斯降低声音补充说，"他还一直与多丽丝有瓜葛。"

"多丽丝不一样，"马科斯轻声说，"她有自己的钥匙。"

"我不明白。"

"别试图去理解。那只会使事情更加糟糕。听着，我得走了。一定要把钥匙放在某个安全的地方。别让任何人找到它。"

"可是你到哪里去呢？"

"这你就别管啦。当我认为安全的时候，我会来找你的。"

马科斯吻了吻比阿特丽斯的头，然后急匆匆奔出病房。

第四十三章

一九九八年八月二十一日星期五

艾丽丝没法入睡。每当她闭上眼睛,她发誓她都能听见某个人在呼吸,有人藏在十五楼的通风管道里。有人曾轻声呼唤她的名字。她翻了个身,试图让自己相信她是在臆想整个事情。天气热得喘不过气来,宿醉扭曲了她的思维。此外,她吓坏了,总觉得有个流浪汉要拿一个破碎的瓶子将她切成碎片,可那只是拉莫尼在巡查,呼吸的声音也只是风吹过楼顶管道发出的啸叫声。轻声说话是无稽之谈,世界上根本就没有什么死鬼。

佩斯利涡旋纹花呢短上衣和直筒裙飘过她的脑海。比阿特丽斯。她从被遗弃的皮箱里拿到的文档仍然躺在她的野外工作包里,不过,它们必须等待。时钟显示凌晨两点。她需要睡觉。艾丽丝翻个身趴着睡,她发誓她能够听见某个其他人呼吸的声音。不知不觉中,血红的晨曦正透过窗户照射进来。

早晨七点,艾丽丝把车停到了废弃银行的后院,喝过咖啡抽了烟,她好像根本没有离开过这里。她梦游似地走到后院呼叫按钮前。

布拉德正站在装卸码头里面，与平时一样准时。

"早上好，阳光灿烂啊！"

艾丽丝透过眼袋沉重的眼帘瞧着他。布拉德像平时一样着装整齐裤缝笔挺。他一定是每天凌晨四点就起床烫平自己的衣服。

"早上好，"她嘟哝着，"我完成了，花了我半个通宵，不过我终于完成了简图。"

"太好了！我要你给我当回导游。"布拉德看着艾丽丝下车，然后补充说，"我不讨厌成为告诉你这个消息的人，不过星期一之前我们需要绘好基线草图。"

艾丽丝的下巴往下一耷拉，布拉德耸耸肩膀稍稍致歉。时至今日，她对此应该是能够预见的，但是一想到又要在周末工作依然使她想高声尖叫。布拉德一转身，她就在空中对着他挥舞中指。

随着"砰"的一声巨响，车库门格格作响。艾丽丝放下挥舞的手，布拉德转身慢跑至码头旁边的手动卷帘开关。门卷起打开，门外站着一个令人讨厌的小个子男人，他手里抱着一只很大的箱子。

"你们想把这东西放在哪里？"这家伙在重压之下尖声喊道。

"嗨，我来帮你一把吧。"布拉德小跑到他跟前。"艾丽丝，你想把它安装在哪里？"

"什么？"她昏昏欲睡的脑筋卡住了。

"有没有空闲房间？我们可以把这工作站安装在那里。"

"噢，三楼，跟我走。"

艾丽丝领着他们走到电梯口，乘着它上了三楼。找路已经成了她的第二天性。这栋大楼正在成为她家外之家。她带着她的随从来到废弃的人力资源部办公室，经过苏珊娜的办公桌，进入琳达的办公室，地上依然到处散落着被砸坏的书橱碎片。

"这样吧，你们安装，我来把这些碎片清理一下。"还没等别人有机会对这破坏现场说什么，她就抢先说了。

她把书橱的剩余部分推靠至墙壁。除了几道深深的划痕之外，办公桌倒是挺清爽的。她还是用衬衣袖子把台面快速一抹。当她的手在擦抹木质台面的时候，她想起来台面已经是干净的了，于是就把手收了回去。他们打算在这个办公室安装她的计算机，而某个疯子愿意事先来擦灰尘。不是某个疯子，她纠正自己，是拉莫尼。昨晚是他在十五楼，是他擦过这张办公桌。也许她得停止喝酒，补补睡眠。她越来越难以区分自己的记忆和幻觉。

两个男人已经把计算机拖到了里面。

"谢谢，阿尼！"布拉德将箱子放在地板上。"你在这里帮艾丽丝安装，我和艾丽丝去完成我们的巡查？"

矮小的家伙同意了，并开始非常仔细地掀掉箱子顶部的封条，他小心翼翼不去撕坏薄纸板。

艾丽丝花了上午的剩余时间与布拉德和他的红笔一起巡查了整栋大楼。当他们到达十二楼上裸露的建筑结构时，她问："你了解这里的所有状况吗？"

"大概一个月之前，我走马观花看了看，但上面几层没花太多时间。太热太暗。几年前他们把这里电源切断了。"

"我对此感到疑惑不解，为什么下面楼层仍然有电灯？"

"知道吗，我们刚开始时，我也问过这个问题。人们封存一栋大楼时，通常会切断所有电源。他们一般也不会有住在楼里的保安。"

"那么你发现什么了吗？"

"不太多。大约在出售银行资产的时候，克利夫兰房地产控股公司买下了这栋大楼，办公室也都腾了出来。他们过去曾拥有克利夫兰市周边的好几栋其他大楼,不过现在只剩这栋了。"

她脑袋里咯噔一下:以前她在哪里见过或听到过这个名字。布拉德走在她的前面。她跟在他后面一路小跑的时候,头脑里浮现出布告栏里贴着的一张黄色小纸条。**约瑟夫·罗思坦**,她想。她在他的办公室里见过这个名字。

布拉德快速进行了一些测量,他并不完全相信艾丽丝的测量记录,同时他还在不停地说话:"也许他们从一开始就看到了重新开发的潜力。也许他们的保险评级太差,没有专职保安就无法获得保单。你知道吗,早在一九八零年代克利夫兰发生了许多起涉及纵火的保险诈骗案。谁知道呀?"

布拉德收起卷尺,转身朝楼梯井走去,艾丽丝尾随其后。当他们攀登最后两段楼梯朝十五楼的高温爬去时,她知道从技术角度来说她并没有完成整个测绘。她根据自己的回忆在家里伪造了布局图,而现在布拉德正拉着她再到十五楼去核查所有数据。**该死!**

幸运的是,布拉德只在服务走廊和接待室很快走了一圈。"那么说这里就这样啦?"

"我想是的,"艾丽丝边说边用拇指快速翻动她的笔记,"除了三楼那个锁着的房间以外都测绘过了。我想机械管道从三楼一直延伸到楼顶。许多盥洗室里有进入管道的门和大格栅。在一个盥洗室里我几乎能见到一个它们中的格栅。"

"冷空气回流管道。还有其他什么吗?"

"我想没有了……"艾丽丝皱起眉头。只有一个失踪秘书的幽灵被锁在了一个箱子里,还有一个疯子在通风管道里喘息,她想。十五楼让人难以忍受的高温正在使她头昏目眩。

布拉德似乎看出了她的心思,于是就朝服务电梯走去。

电梯下行，艾丽丝的耳朵嗡嗡作响，半途中她突然想起来了："噢，对了！还有隧道。"

"隧道？"布拉德扬起了一根眉毛。

"是的，拉莫尼说地下室有通向其他大楼的隧道，就像旧时的蒸汽隧道。"

"太好了！我们去看看！"

"你觉得这些隧道需要包括在简图中吗？"

"不要，不过你不想去看看我们能否在下面发现吉米·霍法[①]？走，挺有意思的！"

布拉德想用公司的时间做点好玩的事情。如果他建议他们去厕所吸大麻或者撕开衬衣显露一个巨大的刺青，她一点儿也不会感到吃惊。

当他们走出电梯，进入底层的时候，过道里轰隆一声传来猛力关门的声音。

"拉莫尼？"艾丽丝高声喊道。

她经过他的卧室，转过拐角，金库里空无一人。关门声一定来自通往蜘蛛出没的楼梯井门，电梯井连通上面的装卸码头。

"看样子他是匆忙离开了。"布拉德跟在她身后说。

"我想我们得靠自己了。"尽管她内心有一种不安的感觉，她还是勉强笑了笑。

"他说隧道在这一层吗？"

"嗯，他说'地下室'。这就是地下室，对不对？"说完，她意识

[①] 吉米·霍法：Jimmy Hoffa，也称 James Riddle 'Jimmy' Hoffa，1913—1975，美国劳工领袖，1975 年失踪。

到这间金库看上去根本不像地下室。地下室应该有管道、锅炉，还会滴水。她回头看了看用青铜和大理石材料建成的一排金库，心中突然想起银行客户一定经常走过那里，再进入他们的贵重物品保管箱区；拥有贵重物品的有钱人绝对不会使用那部怪吓人的服务楼梯，服务电梯也不够时尚，那么他们是怎样到地下室来的呢？

她拿出自己的平面图，将他们画的地下室与主要银行业务楼层相比较。她与布拉德一起测绘了低层楼面，所以在此时之前她毫不怀疑图纸的精确度。

果然，大堂底下北侧缺少一个侧厅。她的手指顺着紧靠东墙的巨大楼梯井滑动。楼梯从大堂引伸下来。艾丽丝像拿着寻宝图一样捧着平面图，朝东北方向走去，直至那扇巨大的金库门挡住了她的去路，金库门从天花板一直延伸到地面，此时靠墙敞开着。

"布拉德！"没有回应，"布拉德？"

"什么事？"布拉德从服务电梯那边转过拐角。

"我们在平面图上少画了某样东西。大楼往那个方向还要延伸二十英尺。"她指着那扇金属巨门说。布拉德抓过平面图看了一遍。

"你说得对。错误捉得好！"

"这门可以关上的，对吧？"艾丽丝指着那扇挡住她去路圆钢门问。这扇门通向银行曾经储藏其付现储备金的一个更大的金库。

"嗯，这是个金库。"

艾丽丝尽量不恼怒地转动眼珠。"那我们来试着把它关上吧，不管怎么说，它不会像金库里面那样复杂。"

她拉了一下门，门纹丝不动。布拉德走过来，用尽全力拉，也拉不动。

"一定有窍门。"布拉德仔细看了这扇圆门的边缘。

艾丽丝在房间的其他地方仔细查看，发现远处墙壁上有一个红色的小按钮。她走过去按了它一下，这时布拉德正在用尽全力拉门。门突然一动，把布拉德弹得"哎呀"一声四肢朝地趴在了地上。艾丽丝啪地用一只手捂住嘴巴以免笑出声来。

"你居然笑得出来！"

布拉德从地上爬起来掸掸身上的灰尘。他抓住门，边走边将它关上。当这扇圆门一关上就封闭了现金金库，同时露出了一个通向另一个房间的圆形通道。

"聪明，"布拉德边说边穿过通道，"当金库打开时，他们用金库门挡住进这个房间的通道。"

艾丽丝点点头，穿过圆门。金库旁边的房间宽二十英尺，长度与大楼相同，除了远处尽头射进微弱的光亮外，里面一片黑暗。艾丽丝打开自己的手电。房间里有一个保安小岗亭和一长条接待柜台。房间的西侧尽头有三个小隔间。每个小隔间挂着红色天鹅绒遮帘，里面有一把椅子和一个小桌。

"这些东西到底派啥用场？"艾丽丝一边拉开一个门帘一边问。

"这里一定是人们来打开他们保管盒的地方，对吧？"布拉德拿出他的卷尺，开始纠正他们的平面图。

布拉德在忙碌的时候，艾丽丝走过柔软的红地毯，来到房间的远处边缘，试图寻找隧道入口。这下层大堂的墙壁用了木质护墙板并镶嵌了青铜，与楼上的大堂一模一样。她走过电梯口，转过拐角，微弱的光线变得越来越亮。被阻挡的阳光从楼上大堂顺着大理石台阶照射下来。

大楼里的楼梯总是一段接着另一段，那里也许还有更多的楼梯。她仔细勘察覆盖楼梯底下那段三角形墙壁的深色木质护墙板，她终于找到了它：有一块门大小的护墙板嵌入上面楼梯过渡平台下面的护墙板，它与四周的墙壁完全处在同一平面，四边紧密的接缝几乎很难察觉。她用双手抚摸门的周边，没发现任何东西——没有把手，没有铰链。她推了它一下，门闩咔哒响了一下，护墙板开了，里面是一个小型服务壁橱。

"布拉德！我发现东西了！"艾丽丝一边回头高声叫喊一边踏入暗藏的通道，她看见一扇金属门，门上标明"公用事业设备"。她试了试门把，门是锁着的。

"嗨，夏洛克[①]！你发现它了！"布拉德边说边一路小跑到她身边。

"门锁了。"

"你有钥匙。"

"噢，对的。"

艾丽丝在她的野外工作包里摸索，布拉德越过她的肩膀朝她包里看，里面乱糟糟一堆：各种笔啊，快餐包装纸啊等等。她在努力寻找钥匙，同时也能感觉到他在嘲笑。布拉德给她的钥匙埋在了她香烟旁边的一个侧袋里。她试了五把钥匙，最后终于打开了那扇门。

"你在前面带路。"他边说边对着门展臂欠身。布拉德是个呆子。

艾丽丝盲目地摸索着墙壁，直至发现一个小的电灯开关。咔哒一声楼梯底部一只裸露的灯泡亮了。到地下室的楼梯非常陡直，台阶上铺着镂空金属网格踏板。艾丽丝胆战心惊地往下走，因为这些踏板在她的脚底下摇晃颤动。在她到达最后一个台阶之前，一张蜘蛛网碰到了她的脸，她极力克制住不像小姑娘那样尖声叫喊起来。在楼梯底部

[①] 夏洛克：Sherlock，可能指英国作家柯南道尔作品中的名警探夏洛克·福尔摩斯，这里用来调侃艾丽丝能干，像警探一样。

有一条狭窄的通道。各种导管和水管沿着狭小的通道在头顶上竞相延伸,直至视程之外。

"这些一定就是隧道了。"布拉德在她身后说。

"对,不过我们如何知道它们往哪里延伸呢?"艾丽丝边问边朝黑暗中费力张望。

"他们留下了导向牌①。"布拉德指着楼梯旁边墙壁上的一块写着"克利夫兰第一银行"小牌子说。他打开自己的手电,开始沿着隧道往前走。"让我们来看看这条隧道会把我们引向何处。"

艾丽丝犹豫地点点头,跟着布拉德沿着狭窄的通道往前走,她猫着腰以免撞到头顶上乱糟糟的一大堆管子和电线。他们经过许多水坑、掉落的绝缘材料和悬荡的电线,走了大约五个城市街区,最后来到一间比较大的房间。房间四边的墙壁是旧砖砌的,砖头砌成的顶盖在他们头上形成穹隆,就像一条罗马高架水渠。

"哇!"艾丽丝抬头仰望着穹顶惊叹。

"这里是联结点,"布拉德说,"瞧瞧所有这些不同的小通道。"

六条支路从这个穹隆洞穴延伸出去,每个入口上面都设有小导向牌,牌子上写着:"终点"、"拱廊"、"东九街"。

"我们该往哪里走呢?"布拉德问。

"我不知道我还能不能参加更多的洞穴探秘活动。"艾丽丝身上已经满是蜘蛛网和灰尘,她确信她能听见变异的下水道老鼠在远处乱窜。"我累坏了,我还有许多工作要做。"

"呀,你的探险精神哪里去啦?"布拉德重重地打了一下她的手臂。

---

① 导向牌:breadcrumbs,可指"面包屑导航"等。

"也许下一次吧。"她感觉自己就像一个可怜的女人,但是她太累了,不在乎这些了。各种声音依然在她的脑海深处低声说话。

"我随后就来,我很想再多看一些。"

艾丽丝转身回到金属楼梯和裸露的灯泡处,上楼至下层银行业务区。她猛掸身上黏住的蜘蛛网,颤抖着想要呕吐。在穿过地毯朝金库走去的路上,她在存储职员的服务台处停住了脚步。这里是客户申请开启他们保管箱的地方。

拉莫尼说过银行关闭时,他们遗失了金库所有的钥匙。最后一个见过这些钥匙的人可能就在这里工作。她趴在服务台上:柜台的抽屉都有锁,还有一个小型保管箱;不过每扇门都敞开着,所有的东西都被偷光。柜台上没有名字牌,柜台里面只有一把椅子。

布拉德随时都可能归来,她不愿意让他看见自己在四处窥探,所以急急忙忙朝进入金库的圆形通道走去。可是,通道不见了,只有一圈月牙形灯光,通道应该就是这里;随后只听见嘭的一声,通道便是一片漆黑。有人打开了金库的门,挡住了她站立的通往下层大堂的圆形通道。她被锁在门外了!

"嗨,拉莫尼!开门!"她一边高声喊叫一边重击挡住她去路的钢制金库门。没有回应。"玩真的啦?"

从她所站立的下层大堂回金库的路就是穿过这个圆形通道。唯一的其他选择是走大理石楼梯去楼上大堂,然后穿过走廊绕到大楼后部,再走服务楼梯下去。艾丽丝一路紧跑,决心去找拉莫尼理论理论。她把一半的笔记和野外工作包留在了那扇该死的圆门的另一侧。

她猛地拉开服务楼梯井的大门,进入金库房间,高声叫喊:"嗨,拉莫尼!"

一件蓝色衬衣在金库走廊尽头的一个拐角处一闪,随后就不见了。

"拉莫尼!"

她怒气冲冲经过金库走向拉莫尼的小卧室。"拉莫尼,你为什么……"

卧室是空的。服务电梯在她右侧嗡嗡大声作响。他一定又躲掉了。"这到底是怎么回事?"她对着空卧室问。

她摇摇晃晃回到金库去取她的东西。"我真的需要戒烟了。"她气喘吁吁地说。

经过发疯似的全速奔跑,她的肺感觉就像两个黑色的茶叶袋子。她弯下腰去拿她的写字夹板,这时某样亮晶晶的东西吸引了她的目光。

一串钥匙挂在一扇贵重物品保管箱的门上!

第四十四章

艾丽丝走进金库，摸了摸挂在249号保管箱上的那串钥匙上的一把钥匙。她停顿了一下，回头朝空荡的走廊看了看。当她与布拉德在隧道里的时候，有人来过金库。某个穿蓝色衬衫的人。那一定是拉莫尼。他总穿蓝衬衫。前天夜里她产生迷乱幻觉以后，他也许一直在回避她。

当她试图转动钥匙时，她感到一阵扫兴：钥匙转不动。她更加用力试了试，还是扭不动。她使劲拉钥匙，想把它从锁里拔出来，但是钥匙咬死了。她扭动钥匙，随后又轻轻抖动它。最后，她干脆把钥匙圈从咬死的钥匙上退了下来，以便解脱其他钥匙。这个钥匙圈上有十二把完全一样铜钥匙。钥匙顶部刻了字母。她快速将它们翻动了一遍——"D"，"E"，"O"。"克利夫兰第一银行"的字样蚀刻在每把钥匙表面的边缘一圈上。

下层大堂那边传来响亮的嘭嘭声。是布拉德在金库门的另一侧。

"艾丽丝？艾丽丝，快开门！这不好玩！"

该死！她赶紧去打开通道。她按了一下红色按钮，圆形钢门开始转动，开启了通往下层大堂的通道。艾丽丝手里依然握着那串钥匙，现在不做解释再放回去已经太晚了。她将它们紧紧攥在拳头里。布拉德肯定会将它们没收，然后交给惠勒先生或者顾主。故事就这么结束了。或者她可以先问拉莫尼，然后再由她自己上交。这没有什么太大差异。再说了，布拉德不知道此事也不会伤害他。就在布拉德迅速穿过通道前那一刻，艾丽丝将钥匙塞进了她的野外工作包。

"嗨，怎么回事？"

艾丽丝举起两只空空的手。"我也不知道。我不得不再次上楼梯下楼梯一路奔跑回到这里。我也刚刚回来。我有点累坏了。我想我看见拉莫尼了。"

布拉德不满地咕哝了一声，提起他的野外工作包往肩上一背。"我们应该去看看你的计算机安装得怎样了。"

艾丽丝收拾好笔记。"那么，隧道怎么样啊？"

"真是惊人！它们延绵好几个街区，我觉得联结点在尤克利德大街底下。"

"你找到吉米·霍法了吗？"艾丽丝边问边试图在他们经过走廊的时候不让她包里那串偷来的钥匙叮当作响。

"没有，不过我发现了一些奇怪的东西——衣服和食品包装。看样子有人住在下面或者类似什么的。"

"拉莫尼说无家可归的人有时候会通过隧道进入大楼。"她尽量说得很随意，尽管那不见其人的呼吸声依然在她的脑海深处作响。他俩上了电梯，回人力资源部办公室去。

"无家可归的人？你以前为什么不提起呢？"布拉德不高兴地瞪眼看她。"也许你不应该独自在这里工作。"

"我是个大姑娘啦。再说拉莫尼在这里呢。"

她不想让惠勒先生或其他任何人知道她吓得没法干这工作。他们也许会把她送回办公室。男人从来不会抱怨这类安全问题的,她明白这一点。

"我想从现在起你应该随身带个无线电话,万一你需要拉莫尼呢,好吗?"

"需要拉莫尼干嘛?"拉莫尼从三楼琳达的办公室里走出来迎接他们。

"万一我需要帮助……比如开门啦等等。布拉德希望我有个无线电话。"艾丽丝边说边避开他的目光。她需要找个办法单独问他一下有关钥匙的事情。

拉莫尼也不争辩。"我想我有几套无线电话。我去拿一个上来。"

"今天早晨我可把拉莫尼忙坏了,"阿尼在一个巨大的显示屏后边喊喊喳喳地说,"我们启动电力遇到麻烦,只好匆匆在另一个办公室组装。"

"整个早上你俩一直在这里?"艾丽丝转身问保安,尽量不显出惊恐的样子。

"是啊。"拉莫尼朝阿尼的方向转动着眼珠。

"可是……"艾丽丝咬住舌头,阻止自己说出更多的事情,尤其是刚刚示强吹嘘过大姑娘什么的。她回头看了看布拉德,现在除了在新计算机上安装自动绘图软件之外,他对什么都不在意。有人进了楼下金库,而他不是拉莫尼。现在她拿了他们的钥匙。她倒吸了一口冷气。拉莫尼会给她拿来一个无线电话。她将把钥匙放回去。会没事的。它们只是钥匙。房地产控股公司的某个人也许也有一套钥匙。这毕竟是他们的大楼,但是,当她在金库意外惊动他们的时候,他们逃跑了,这不合情理。当布拉德在解释自动绘图系统的时候,艾丽丝的脑海里却在万分担忧。

午餐时间到了又过了，也没人提及。布拉德、阿尼和拉莫尼终于在下午三点左右离开三楼，留下艾丽丝独自与白炽的显示屏、收发两用无线电话以及二十份需要在周一之前数字化的手绘草图待在一起。

人力资源部办公室死一般寂静，只有键盘和鼠标偶尔轻柔的哒哒声打破这一宁静。每隔十五分钟她就与拉莫尼联系一次。他开始有点厌烦了。在椅子边缘坐了两小时之后，艾丽丝再也忍不住了。她抓起野外工作包和拉莫尼的无线电话，朝楼下金库走去。

她按下呼叫按钮，将前额靠在服务电梯的门上。艾丽丝努力回忆入侵者是个什么模样。蓝色的衬衣和浅黑的头发，但她只是看见他的背影。

这真是疯了。入侵者也许会回来的。她将无线电话握得更紧了，心里在思想斗争是否要呼叫拉莫尼。她不知道如何解释她要去金库干什么。正当她陷入沉思的时候，她感到一只手搭在了她的肩上。

艾丽丝尖叫起来。

"天哪，艾丽丝！别紧张！"原来是尼克。他退回几步，举起手臂护着他的脸膛。上次他悄悄接近她，结果眼睛被打得乌青，现在依然能看出淡淡的伤痕。

"尼克！"她狠狠打了他的手臂一下。"你吓死我了！不许再这样干了！"

"对不起！你说得对。"他哈哈大笑。"总有一天你会杀了我的。"

"你来这里干什么？"

"你觉得我来这里干什么？我来找你啊。"他的眼睛上下打量着她。

她的样子看上去恶心极了：她的马尾辫松散开了。她的衬衣满是黑乎乎的污迹。她已经连续两天没有睡觉了，甚至不记得自己是否穿着干净的内衣内裤。

"我——我想我们的约会还早呢,"她结结巴巴地说,"我需要回家去洗个澡。"

"洗澡"两个字让他的眉毛飞扬,他的眼睛在她的身体上扫视,仿佛他就在此时此地给她用浓肥皂水洗澡。她打了他一下手臂。"嗨,我以为我们打算正式约会一次呢!"

"当然!你有啤酒吗?"

"什么?"

"你家里。你家里有啤酒吗?"

"有啊,为什么?"

"嗯,你在准备的时候,我需要点东西消磨时间。"

"我只是……"

电梯门开了。她需要回金库去归还钥匙,但她不想给尼克解释整件事情的来龙去脉。主要是,她根本不想承认自己拿了钥匙。令人难以忍受的负疚感在她的灵魂深处折磨着她。如果尼克知道了详情,她有可能会在工作上陷入麻烦,因为她工作松松垮垮,还从大楼里偷了钥匙。她不知道他是否能保守秘密或者他是否能为她保守秘密。再说,这整件事情听起来太荒唐了。

"好吧。"

尼克跟着艾丽丝去离他家三个街区的她新租的公寓套房。一路上她一支接一支地不断抽烟。

"你不先回次家吗?"尼克下车的时候她紧张地问。

"为什么?嗨,挺漂亮的地方!好位置!"他朝她眨眨眼睛,从容地走向她家的前门。

她慌乱地摸索钥匙,同时感觉到他火辣辣的目光在她的周身上下扫视。她简直不敢相信自己会邀请他到她的家里来。她下定了决心，下巴的肌肉收紧了。他至少得给她买一块牛排，在这之前如果他再次花言巧语骗她上了床，那么她真是无可救药了。那样做没有尊严，或者没有淑女的矜持，或者没有诸如此类的洁身自好。

"谢谢！好啦，这就是我家。啤酒在冰箱里。你随意喝。"她回头高声招呼，随后就跑进了卧室。

"我喜欢你对这个房间的布置。"他隔着她关闭的卧室门高声奉承。她听见他在没打开的箱子堆里四处磕磕绊绊，费劲地走向冰箱。

这是个很糟糕的主意。她还没拆封搬家的箱子，家里一塌糊涂。她赤裸地站在卧室里，这时才想到她的浴巾在走廊那头的浴室里。她没有浴衣。她独自生活，所以这有什么关系？现在她赤身裸体，困在自己的卧室里。

"我还没有打开箱子呢。"她大声回答，在卧室里寻找东西遮蔽自己。购物袋？枕头套？卧室里到处散落着没用的东西。从卧室到浴室只要三步之遥，厨房在拐角处，而且在视程之外。她将卧室门打开一条缝隙，寻找她这位不速之客。他在厨房里，寻找开瓶器。她听见他开关抽屉。太好了。她打开门，赤裸着冲向浴室。

她成功了。她砰地关上浴室门并上了锁。艾丽丝刚才成功地在自己的公寓里裸奔。她禁不住哈哈大笑。

"什么事情这么好笑？"他的声音离浴室门太近了。

"没什么事！"她大声叫喊，随后打开热水和吊扇，这样就可以盖过进一步的交谈。她开始洗一次时间最长的淋浴。她剃去了腿上的汗毛，深度护理了自己的头发。她正在犹豫是否把淋浴间四周的墙壁冲刷一下，这时她听见门上嘭的一声响。

"嗨，你是不是淹死在浴室里啦？"

艾丽丝关掉水龙头和电扇,身上裹了一条浴巾,随后将浴室门打开一条缝。"对不起。我想我是太脏了。"她皱眉蹙眼说。"我是说,今天我工作挺辛苦的!"

尼克突然大笑起来,"太脏,是吗?哈,那短暂的裸奔预演挺肮脏的,我必须得说。"

艾丽丝的眼珠简直要鼓出眼眶了。他看见她裸奔到浴室了。现在他几乎歇斯底里了。

"你偷看!"她抗议道,皮肤从头绯红到脚趾。她敞开浴室门,用拳头猛击他的手臂。"你甚至不应该来这里。为什么你不能像正常人那样开车来接我,那样我们就可以出去正常地约会一次?"

当艾丽丝抗议猛击尼克的时候,他咯咯笑着往后退,但艾丽丝没想到尼克一路退到她的卧室里,如此一来为时已晚。淋浴后她的头发还滴着水,她裹着一条破旧的浴巾,几乎难以遮盖她的臀部。这是个陷阱,她朝门后退了一步。

"嗨,别这么猴急!"他抓住她的手臂,将她拉近贴住他温暖柔软的衬衣。他低头看着她,然后温柔地亲吻她的嘴唇,她禁不住也回吻了他。他的指尖在她的背上留下了一条火焰般的拖痕。他用嘴唇啃她的脖子,她不由自主地喘息起来。还没等她的脑筋跟上他双手的节奏,她的浴巾已经在地板上了。

第四十五章

第二天早晨艾丽丝醒来时房间里已经空荡荡。尼克所留下的只是一个披萨饼空盒子和一些啤酒瓶子。半夜里她把他赶了出去，第二天早上她还得工作。在尼克又一次诱奸了她之后，如果再让他活生生地睡在自己的身边，实在太不爽了。又一次！她翻身趴在肮脏的床单上，将脑袋埋在枕头下。这张床必须烧掉。

在取汽车的路上，她决定买点咖啡和炸面圈送给尼克，作为一种讲和的礼物，因为昨夜那么鲁莽地将他轰走。在共度良宵之后，他不会太生气的。至少她希望他不生气。

她顺路在公园对面的咖啡馆停了一下，然后驶过三个街区来到尼克的排屋。一对和蔼的老夫妻外出遛狗，艾丽丝朝他们笑了笑，然后走上尼克家的楼梯。她敲门后等着。她一边再次敲门一边努力平衡手中的两杯咖啡和一袋炸面圈。第三次敲门的时候，尼克头发凌乱穿着平脚短裤出来开门。

"嗨，早上好！"

尼克在晨曦中眯缝着眼睛，一言不发。

"对不起，我把你吵醒了。我只是想给你带点早餐过来。"

"你没事吧？你需要什么东西？"从床上被唤起他显然不高兴。

"不，我没事。我只是想来打个招呼。"艾丽丝尽量显出一副迟钝可爱的样子，但她明白她也许只会显得很蠢。

他只是站在那里绷着脸看着她。

她把咖啡和那袋炸面圈递给他。"给你，回床睡觉吧。对不起，把你吵醒了。"

她转身急匆匆回到车里。一时冲动想浪漫一下结果犯了个天大的错误。她驾车离开，感觉自己像个白痴一样。

在去市区的半道上，她才意识到她把自己的那份早餐也给了他。他俩应该是坐下一起吃的，并进行他俩之间第一次真正的交谈。她用一只手猛击方向盘。

她感到疑惑不解的是今天早晨他那种卧室里的温柔目光和随和微笑都到哪里去啦？他再次如愿以偿，可是他竟然忍心让她像白痴一样站在那里——一个给他送早餐的十足的白痴。

也许他还没有睡醒，她安慰自己。也许还没有等他搂住自己给自己一个清晨的香吻她就跑了。**是啊，也许他整夜未睡，在谱写我俩共度美妙良宵的蹩脚情歌呢**，她讥讽地想。她怎么会这样愚蠢呢？

她听见一下响亮的喇叭声，从方向盘抬起头一看，交通灯变绿了。天空是蔚蓝的，克利夫兰市所有人中没人会他妈的在乎她可悲的爱情生活。在驶往旧银行大楼的剩余路程上她一直吞云吐雾。

拉莫尼按动按钮让她进门，艾丽丝怒容满面地冲进大楼并猛击电梯按钮。她又狠命拍击了一下按钮，接着又用脚踢墙壁。

"哇，你怎么啦？"

拉莫尼从来不在装卸码头，可是今晨他来了，一定没什么好事。她只能瞎猜了：有人要在这里亲眼目睹她突然崩溃。

270　死钥匙

"拉莫尼，我来问你个问题，"艾丽丝脱口而出，"如果一个女人在美妙约会之后的清晨给你买来咖啡和炸面圈，你会怎么做？"

"换我的门锁。"

"什么？"她几乎尖叫起来。

"如果约会之后的清晨她来我家，那么她不是绝望就是疯狂。"

她的眼睛睁得大大的。

他禁不住哈哈大笑。"哦，我明白了。这个女人是你，对吧？噢，我不想冒犯你。"他努力克制住自己的狂笑，但是他的嘴巴依然漏出笑声。他友善地拍了拍她的肩膀。"那么你属于哪一种，绝望还是疯狂？"

她试图微笑。"也许两种都是。"

也许拉莫尼是对的，她想回到家爬到床底下去。相反，她拿出无线电话，检查里面的电池。

"啊，别担心。如果这小伙喜欢你，那么他会打电话的。只是一段时间内别去烦他。"拉莫尼笑着说。"嗨，今天别每隔他妈的五分钟就呼叫，行不行？"

她边点头边冲进电梯以避开他的嘲笑。眼泪刺疼了她的眼帘。多么可悲啊！她需要恢复自己的情绪。她有比尼克更大的问题，她需要帮助。

艾丽丝将电梯里伸出头朝着装卸码头喊道："嗨，拉莫尼？"

"什么事？"

"昨天是你在金库里吗？喏，当我和布拉德在下面隧道里的时候？"

"你们下隧道啦？"他扬起了眉毛，随后摇摇头说："我不在下面。你为什么这么问？"

"我只是在想我看见某个人了。某个穿蓝色衬衫的人。我们在通道另一侧的时候，他们开了金库门。"她没有提及钥匙。钥匙仍然在她野外工作包的底部。

拉莫尼的笑容一下子消失了。"你肯定吗？"

"呃……肯定的。"

"也许是某个储户，不过他们来前通常都告诉我一声。我会打几个电话的。"他转身离去，随后又补充说，"如果你决定离开三楼，呼叫我一声，好吗？"

艾丽丝点点头把头缩进了电梯箱，这时电梯门滑动着关闭了。

"是啊，别为我担心，"她自言自语地说，"我独自在楼上，而某个疯子四处乱窜，又喘息又擦灰尘！没问题。我相信他们不介意我拿了他们的钥匙……混账！"她把无线电话紧攥在手心里，深深吸了口气。

上楼来到人力资源部办公室，一切还是她离开时的样子。她扑通坐进琳达的椅子里。她得花今明两天才能把自己手写的笔记转化成计算机蓝图。不知她还能不能及时完成任务。当计算机嗡嗡开始工作的时候，她心想她怎么可能在这个令人毛骨悚然的办公室里工作十小时而不彻底疯掉！她需要做的是下楼去金库，把钥匙放回到她发现它们的地方，但是自从尼克那么容易悄悄接近她之后，她不能独自前往。如果那个入侵者不是房产公司的某个怪人，而实际上是某种精神变态的杀手……她甚至无法再想下去。

她抓起电话想呼叫拉莫尼，但又再次放下。如果呼叫他，她就必须解释自己是如何得到钥匙的，为什么要拿它们。她必须承认她以为这些钥匙是拉莫尼的。拉莫尼也许甚至怀疑她计划利用它们从他口中套出信息来——或者更加严重。如果拉莫尼实际上预谋盗窃金库并发现她拿了钥匙,那就无法预料他会做出什么事来了。他好像是个挺好的人,但是她几乎不熟悉他。

艾丽丝从桌子前一跃而起,开始来回踱步。她陷入了困境。在工作、拉莫尼、钥匙以及她该死的脑袋里那些轻轻的说话声之间,她无路可走。不对布拉德或拉莫尼或某个其他人说出全部实情,她无路可走。

她缺少睡眠的思维越想越极端,眼睛里也泪如泉涌。她提包底部的钥匙,早晨尼克那厌烦的脸色,拉莫尼的笑声,绝望或疯狂——到底属于哪一种?她从一栋遗弃的大楼里偷了一钱不值的东西,偷了不属于她的钥匙,听见各种声音,不告诉布拉德她在金库里看到了什么,她疯了!最糟糕的是,首先她让尼克进了她的家;然后她不顾一切试图用给尼克送早餐的办法把几次汗流浃背的性行为变成意味深长的恋爱关系,她真是疯了!今天早晨独自醒来那种空虚的感觉再次完全掏空了她。她没有意识到这些月来她是多么孤独。甚至这些年来。她上次交男友还是两年前的事情,那段恋情是短命的。但是尼克毫不在乎她的感情,他只是认为她比较容易上手,他是对的。她绝望了。泪水顺着她的脸颊流淌下来,她生气地将它们擦去。

"去他妈的!"她一面高喊一面用手猛击桌子。她宁可疯了。

她将计算器砸向墙壁,里面的电池从后盖里蹦了出来。**好极了!**她的目光落在了那扇锁住的门。一周后承包商将把它砸开。**去他妈的!**她跺着脚走过去,狠狠踢了它一脚,门的边框砰的一声发出巨响,但还是纹丝不动。她更加用力地踹了一脚并发着低沉的吼叫。真正用力打击某样东西是一种宣泄。她一次又一次地踹它。

"见鬼去吧,这个鬼地方!"

她对准球形把手的边缘猛踹一脚,门框竟然碎了,门移动了,她吃惊得退后了几步。她竟然踹破了部分门框！艾丽丝检查了被踹开半英寸的门框。**也许我真的疯了**，她寻思，并不安地笑了笑。她竟然把门踹开了！也许她的精神错乱给了她十个男人的力量。门在其门框上朝里摇摇晃晃的。**还不如把活干彻底了**，她想，于是就用肩膀顶它，顶了四下，这该死的门终于被撞开了。

"哈！接招吧，你这愚蠢的门！"她洋洋得意地高喊。

她呆呆地看了一会儿自己的杰作：裂成碎片的门框、裂了缝的门板。狗屎！她将如何解释她是如何将门打开而又不让人觉得她是疯了呢？

一股污浊发霉的空气迎面而来。"啊呀！"

她踏进这个隐藏的房间。正如拉莫尼所说，它是一个盥洗室，它与楼上那间尼克对她随心所欲的盥洗室没有太大区别，只是它太肮脏。抽水马桶附近的地上覆盖了一层黑色的污垢，浴室附属装置覆盖了一层黑色的灰尘，透过窗户射进来的光线与灰尘和烟雾混杂在一起闪闪发亮。

她再往里走了一步。某样金属的东西在地砖上发出清脆响亮的声音，然后叮当滚到远处墙壁那里。它是一把钥匙。艾丽丝将它捡了起来。当她将它放在手里翻转过来时，铜钥匙上的一层黑色硬皮成片剥落了。钥匙的两面都没有任何标记。也许它就是这扇门的钥匙，她一边回头张望那扇破碎的门框一边思索。

一张廉价的白色浴帘挂在淋浴间入口的上方，门帘是拉着的。她有某种不祥的预感。她记得在其他浴室里没有见过浴帘。

一种有人监视她的令人毛骨悚然的感觉沿着她的脊梁一点点往上扩展。她大声地清清嗓子，目光不离开那张门帘。门帘不动。腐臭的空气像一层辛辣的薄膜掩住了她的嘴巴和喉咙。艾丽丝命令自己赶紧离开这里，回去工作。

相反，她又往淋浴间走了一步，战战兢兢地伸出一只手。塑料门帘在她的手里发出噼啪的声响，她发誓她能够听见门帘里面有微弱的嗡嗡声。她半眯缝着眼睛，将门帘扯开。

一根绳子悬挂在莲蓬头上，离她的脸只有几英寸。这根绳子系成一个绞索，外面已经结上一层棕黑色的污垢。随后，她朝下面看：淋浴间地上有小山似的一大堆死苍蝇。小小的苍蝇尸体相互重叠成堆，破碎的翅膀和空心的黑壳山崩似地塌落了。它们满地都是。死苍蝇散落在马桶后面和窗沿之上，散落在地上。

套索依然悬在莲蓬头上。她的目光从莲蓬头快速移向堆在淋浴间地上的死苍蝇。两者之间是银黑色的尸体，此刻她能够看见也许曾是一件灰色的细条子花纹套装的碎片。一只拷花黑皮鞋似的东西在角落里窥视。

它是一只鞋子。它是一件套装。它们在苍蝇底下。苍蝇在吞噬。她无法呼吸。胆汁涌到了她的喉咙口。它们在吞噬。她的一只手僵住在门帘上。她的手臂在颤抖。门帘在淋浴间飘动，扇起了那些死昆虫的空壳，尸体朝她的双脚滚落，毫无重量地跌落在她工作靴的足尖部。某种黄色坚硬的东西在一层层微小的尸体下面裸露出来。它是一根骨头。

有人在尖声喊叫；她在尖声喊叫。她猛地从浴帘抽回手。死苍蝇在空气中飘扬起来。艾丽丝跌跌撞撞走到马桶跟前呕吐。马桶的桶身里塞满了死苍蝇的空壳。她转身走向台盆。台盆里散落着折断的蝇腿和翅膀。她蹒跚着退了回来，满嘴都是呕吐物。

苍蝇似乎跟着她外溢到了地板上，套索在莲蓬头上来回晃动，她的脚后跟撞到了淋浴间的边框，苍蝇在她的脚下发出嘎吱嘎吱的声响,她蹒跚着走向盥洗室的门。

她跪倒在地,呕吐在地毯上。她支撑起身子,将后背重重地靠在盥洗室外面的墙壁上,她眼前只见苍蝇,饥饿的苍蝇。

无线电话里传出拉莫尼的呼叫声。"艾丽丝,你在吗?艾丽丝?"

电话就在她脑袋上方的桌子之上,但她几乎无法意识到电话里的声音。她的嘴巴在自行张开合拢,她无法发出声音。

"艾丽丝,我上楼来。"电话再次呼叫。

过了一会儿,魁梧壮实的拉莫尼猫着腰缓缓走进房间,朝着砸坏的门挺进,他手里举着手枪。当他看见艾丽丝靠着墙壁时,他马上挺直身子并放低手枪。

"艾丽丝,到底发生什么事啦?我听见一阵嘭嘭声。"他瞪着眼睛看了她一会儿,等着她回答。随后他注意到了地板上的呕吐物。

艾丽丝只能摇摇自己的头。

拉莫尼再次举起枪,猛地冲进盥洗室。"天哪!"他屏住呼吸说,随后退了出来。"你发现他时就是这个样子?"

艾丽丝点点头,同时用双手紧紧捂住嘴巴。拉莫尼将那堆苍蝇叫作"他"。她再次反胃,当她尽力将胆汁咽下去。

"你没事吧?"

她剧烈地摇头,泪水在她眼角处涌了出来。

"来,我来帮你站起来!"他扶着她站起身来并引导着她坐进琳达的椅子。"我得去报警了。你在这里待一会儿。如果你能行的话,你也许想收拾起一些你需要的东西。这整个该死的地方现在成了犯罪现场。警察将要把它全部封锁起来的。"

拉莫尼离去,留下艾丽丝呆呆地望着办公桌,还有隔壁房间里死者还剩下的那点遗骸。尸体一直就在那里。她在办公室里度过的每一分钟里,那一堆死亡一直在不到十英尺的地方腐烂。她在椅子里颤抖。一只飞蛾的影子在窗帘外面忽隐忽现。她茫然地盯着它仿佛达数小时,但还是无法恢复她正常的思绪。

楼下大街上,远处响起了警笛。她眨巴起眼睛。警察正在赶来。拉莫尼叫她拿走自己需要的东西。她麻木地拿起桌上的一份测绘存盘清单。这都是公司的资料,她必须小心保管好。她拿起楼层简略平面图。她为这些图纸付出了艰辛的劳动。她抓起自己的野外工作包。她花了好几分钟寻找自己的女用小包,直至她糊涂的脑袋瓜子想起小包留在了楼下码头的汽车里。但是,她的汽车钥匙哪里去了呢?她回家需要车钥匙。

她的野外工作包里满是钥匙,但没有一把是她需要的:金库钥匙、大楼钥匙,他们都不是她的汽车钥匙。她必须回家。她不能待在这里——今晚不行,再多待一分钟都不行,她必须回家。

艾丽丝几乎要歇斯底里大发作,她从椅子里一跃而起,顺着脸庞一把抹去泪水,在办公桌和地板上寻找自己的车钥匙。她感到臀部有点疼痛,这时才想起在自己的口袋里找找。它们在口袋里。当她将车钥匙抓在手里时它们在一起叮当作响。刚才她在盥洗室里听见的金属叮当声再次在她的耳朵里响起。那是一个小铜钥匙发出的声响。她低头看看自己发抖的双手,小铜钥匙不见了。

她扭头朝敞开的门看去。

在死者房里较远的那堵墙上,她能勉强分辨出马桶旁边通风口金属格栅的边缘,铁格栅将一个奇怪的影子投射到墙砖之上,好像它已经被人稍微撬开了些。她缓慢地朝破门一点点靠近。格栅上的安装螺栓缺失了,只在通风口边缘留下了两个空孔。通风口很大,足以让一个人通过。她能听见通风管道里传出一声轻轻的呼唤:"艾丽丝……"

The DEAD KEY 277

闭嘴！ 艾丽丝迫使自己不看通风口，并继续仔细地在地上寻找。**小铜钥匙哪里去了呢？** 一只死苍蝇飘入视野。**啊呀，天哪！** 她差一点再次呕吐。她将后背靠在墙上，人蹲缩了下去，她将头埋在双膝之间，拼命地喘气。她脚边的地毯上某样铮亮的东西在闪光，离她的呕吐物只有几英寸。她闭紧眼睛，伸出一只手直至摸到冰冷的金属。

她深深吸了口气，张开眼睛。它是那把钥匙。

第四十六章

一九七八年十二月十一日星期一

回银行已经太晚了。比阿特丽斯没有选择，只能在医院大厅过夜。住院处外的座椅区已经人迹罕见。她在角落里找了一条长凳，在日光灯下躺下。她不想闭上眼睛，自从见到马科斯之后，她不可能睡着觉。她凝视着手掌心里的那把小铜钥匙，钥匙的两面都没有任何记号。它有可能是任何东西的钥匙——健身房锁柜、小型保险柜、汽车旅馆房间等等。这是个秘密，马科斯告诉过她要把它放在安全的地方。

马科斯染了头发，穿着超大的衣服。她在躲藏。她说医院正在被监视。R.T.哈洛伦在重症监护室登记簿上的签名掠过了比阿特丽斯的脑海。一周前有个"伯父"曾来探视过多丽丝。

"多丽丝不一样……"这是马科斯说过的话，"她有她的钥匙。"

比阿特丽斯正在从她的手提包里取出贵重物品保管箱的钥匙，这时她听见电梯铃响了。在大厅的另一头，铮亮的金属电梯门滑动着开了，一个身着棕色套装的男子走了出来。他花白的连鬓胡子和粗壮的腰背使她想起了比尔·汤普森。她用手提包遮住自己的脸。那人没有朝她的方向张望便转身走出医院大门。她留心看着他离开，试图从他的步态猜测他是否就是比尔。她没法吃准。

马科斯说过他们正在监视病房。那么，比阿特丽斯想他们也许也在监视自己。比尔、泰迪或者不管"他们"会是谁，此时都有可能正在监视着她。她正在公共大厅里坐着，周围都是窗户，手里拿着马科斯的钥匙。

比阿特丽斯慌乱地站起身来，收拾好自己的东西，冲出医院的大门。一辆出租车靠近医院入口处停着，它的灯亮着。她跳上后座，将门砰地关上。

"什——？"的士司机含糊不清地说，他被震醒了。他清了清嗓子，从后视镜里看着她。"嗨，对不起，到哪里去，小姐？"

她茫然地看着仪表板，上面的时钟指示凌晨十二点零五分。"嗯……'戏剧酒吧'，九号街与文森特街交界处。"她没多加思索脱口而出。酒吧马上就要关门了，接下来该怎么办呢？

圣诞节的彩灯在路灯灯柱上闪闪发光，出租车朝着市中心疾驰而去。她几乎忘记时光已近圣诞节。随着汽车拐入切斯特街，进入破烂不堪的霍夫社区，灯光渐渐暗淡下来。这里的人行道和街道一片荒凉冷落人迹罕见。一个人影在她窗户外的雪地上步履艰难地行走，随后消失在一排钢丝网眼栅栏后面。

当她到达酒吧时，卡米歇尔独自坐在柜台里面读报。星期一夜晚，酒店的其他地方已经没有顾客。他抬头看着大门，浓密的黑色八字须下露出了微笑。

"比阿特丽斯！见到你真是太高兴啦！"他边说边招手让她过去。

她腼腆地笑了笑，在吧台边找了个凳子坐下。她累坏了。

"你这么个漂亮的姑娘夜里这种时候独自来这里到底干啥呀?"

她一时不知如何回答。"说来话长啊。我可以来杯茶吗?"

"当然可以!"他开始在吧台里边寻找杯子。"像你这样漂亮的姑娘要格外小心啊!"

"你说得对。哦……我马上就回来。"她站起身急急忙忙走向角落里的女厕所。当她独自一人在锁好的马桶间里时,她从零钱包里拿出马科斯的钥匙。表面无标记的钥匙躺在她的手心里就像一个问号。马科斯自己为什么要东躲西藏?她可以把钥匙给任何人,可是出于某种原因,马科斯要她拿着它。她的眼睛扫视了一下马桶间,她把它藏在哪里呢?

比阿特丽斯一边叹息一边将这把表面无标记的钥匙套入她自己的钥匙圈,紧靠着她姨妈让人生疑的贵重物品保管箱钥匙。当这两把钥匙碰到一起时,她屏住了呼吸:两把钥匙几乎一模一样!比阿特丽斯将它们举起对着灯光,它们的大小和形状一模一样。多丽丝的钥匙上刻有银行全称以及保管箱号码,而马科斯的钥匙上面没有任何记号。但是它们是匹配的。他们都来自银行。她对着无字的钥匙皱起了眉头,比以前更加疑惑不解。

她将它们重新塞回手提包,然后试图集中精力思考更加迫切的问题:今晚到哪里去睡觉?没有好的选择。

在厕所里待了足以让人生疑的长时间之后,她终于回到酒吧间去喝卡米歇尔为她准备的热茶。她感激地朝他点了点头,但避免正视他的眼睛。卡米歇尔领会她的意思,回头继续读报。

要是有办法回到银行该有多好,她寻思。现在借口忘了拿东西有点太晚了。银行大门已经锁了。随后,她突然想起她也许有大门钥匙。

马科斯的钥匙依然藏在比阿特丽斯手提包的底部。圈上至少有三十把钥匙。她大口喝下茶水,在吧台上留下一堆硬币给卡米歇尔。

"谢谢,我需要硬币。"

卡米歇尔从体育版面抬举起目光。"要我帮你叫出租车吗?"

"噢,不用,谢谢!我不会有事的。"

他皱起了眉头,他注视着她离开酒吧。

冰冷的寒风呼啸着吹过尤克利德大街。街上人迹罕至。甚至流浪者也找到比较暖和的地方去蜷缩着过夜了。当她急急忙忙穿越空荡荡的马路时,交通灯闪动着红色的光芒。她工作的那栋银行大楼就是前面空中的一个影子。它的窗户一片漆黑,除了顶楼两扇之外,所有的窗都没有灯光。她凝视着这两盏孤独的灯,心里琢磨这个时候还有谁可能在工作呢?

她偷偷摸摸靠近通向银行大堂的三扇旋转门。前厅一片黑暗,警卫岗没有保安的任何踪影,不过她保持距离,将脸遮掩起来,直至确信大堂里空无一人。她朝尤克利德大街左右两侧看了看,一个人影或一辆汽车都不见,只有圣诞节彩灯在闪烁。她走近店堂的一扇边门,拿出马科斯的钥匙。

她蹲伏着,试了一个又一个的钥匙,时间长得似乎无穷无尽。每次风吹飘移的报纸发出窸窣的声音或者路灯发出吱嘎的声响,都使她的心跳加速。她挣扎着用冻僵的手指寻找匹配的钥匙,她呼出的热气在玻璃门上结成了白霜。她抬头朝大堂里张望,害怕有人会听见钥匙圈碰擦门框发出的格格声。大堂里还是空无一人。

终于,一把钥匙顺溜地插进了门锁。她屏住呼吸,转动钥匙,缓冲门闩滑开,大门可以自由开启了。

比阿特丽斯轻轻将门推开,等待着。警报器没有作响。持枪的警卫没有飞奔而来。进楼后,她将边门关上锁好。大堂的地上都是一条条长长的阴影,她躲进一条阴影,倾听着。她脱下靴子,穿着袜子奔向电梯后面的大理石楼梯。她一手提着滴着冰水的靴子,另一手提着叮当作响的手提包,一步跨两个台阶,不停地狂奔,直至穿过二楼,回到了紧急楼梯井。

比阿特丽斯无声无息地关上紧急出口的门,坐在楼梯平台上喘口气。她的心脏像兔子一样剧烈地跳动,她的双腿在颤抖。她不敢相信自己刚才所做的事情。她一定是疯了。她将脑袋埋在双膝之间以防换气过度。

当她觉得头脑平静了的时候,她抬头望着没有尽头的螺旋形楼梯。她深深吸了一口气,重新站起身来。上楼的路途很遥远啊!

攀登了五段楼梯之后,她依然还有相当一段路要走。她的双腿开始疼痛。她抓住栏杆,休息一会儿。

往上几层楼突然传来砰的一声关门声,其冲击波顺着楼梯井往下传递。比阿特丽斯憋住没有尖叫出声,并将背贴着墙壁。她能听见头顶上微弱的说话声。

"我不在乎泰迪说什么。我们必须考虑马上把账目迁移至新的地点。保管箱不保险。"

"这是一时差错。我们别反应过头!"

"钥匙丢了。查找内奸失败了。我们的内线也失踪了。这不是一时差错。在灾难来临之前,我们必须马上迁移账目。"

"到底是什么灾难?"

"董事会没有排除解散……"

交谈声渐渐变弱,比阿特丽斯又听见一下关门声。她抬头凝视他们离去的方向,她自己依然吓得呆呆地靠在墙上。哈洛伦先生提及过什么内奸。他叫她暗中监视马科斯,他说他正在寻找"某个试图从内部破坏公司的人"。但是查找内奸失败了。内线也失踪了。这是什么意思?她慢慢地数到二十,防止呕吐。

她紧贴墙壁蹑手蹑脚地攀登完剩余的台阶,途径每个门口都急速奔跑而过。螺旋形的楼梯在她的头上一圈又一圈,直至她感到头昏目眩。她抓住十一楼的球形门拉手稳住自己,随后拉开门,探出头去探望走廊。走廊里一片漆黑寂静。她叹息了一声,摇摇晃晃地回到她睡觉的角落办公室,爬楼爬得人晃晃悠悠。随时都可能瘫倒。

一名保安蹲伏在地板上。他手里拿着手电和一份她的文件。她轻轻的尖叫一声,但没能发出声来,她腿一软跪倒在地上。他是拉莫尼。

她被逮住了。

第四十七章

"你怎么会认识马科斯的？"保安手里拿着马科斯的个人档案，这是比阿特丽斯从三楼偷来的。

比阿特丽斯发不出声来。

他手里拿着马科斯的照片。"知道吗，那天夜里你说你是她，你骗不了任何人！"

血液以令人眩晕的速度在她全身快速流动。她蜷伏在门边，手里紧攥着门把。

"别紧张！我已经观察你好几天了。如果我想逮捕你，我早就这样做了。"他朝她挥了挥手，好像他们是老朋友似的。

她的头脑努力玩味着他的话。他不想逮捕她。可是，他们半夜三更单独在一起，她又犯了法，她只好完全听凭他摆布。她本能地紧紧抓住自己的衣服。

"你怎么会认识马科斯的？"他再次问，同时向比阿特丽斯展示他手里拿着的照片。

"她是我的……朋友。"她慢慢地说，此时甚至不知道如何看待马科斯。

"她也是我的朋友,"拉莫尼边说边将照片塞进档案,"我们是一起长大的。她帮我得到这份工作。或者说至少她告诉我有关这份工作的消息……'见人就逮捕'……现在她真遇上点麻烦啦,唉!"

比阿特丽斯赞同地点点头,她感觉到自己的肩膀有点松弛了。如果马科斯与拉莫尼是朋友,那么也许她可以信任他。不过问题又来了,马科斯也曾信赖过比尔。透过低垂的眼帘,她打量着拉莫尼的蓝领衬衣、破旧的鞋子和棕黑的双手。她知道她母亲只要看见他的皮肤就会有想法,不过,比阿特丽斯在拉莫尼的目光中寻找威胁,她没有找到,他的目光看上去很忧虑。他很在乎马科斯。

"她失踪了。"比阿特丽斯轻声说。

"是的。"拉莫尼点了一支香烟。"我叫她别与这该死的事情掺和在一起。她不听我的。"

"她与什么事情掺和在一起?"

"大笔的钱,天哪,大笔的钱。与拥有那么多钱的人掺和在一起,你绝不可能赢。我对她说过这些话。这里的这些银行家与任何其他银行家没什么两样。他们说谎,他们欺骗,他们偷窃。不同的是,他们不会被抓住。他们与体制捆绑在一起。"拉莫尼狠狠吸了口烟,随后吐出一股浓浓的烟雾。"马科斯一直讲要将这些人绳之以法,要去报警。天哪,根本就没有什么正义。至少在克利夫兰没有。也许任何地方都没有。"

他是对的。泰迪和吉姆有关贿赂的交谈又在她的脑海里回响起来。甚至托尼也承认警察局也许妥协了。那些有钱人在市政府有朋友,他们将受到保护。

"她很担心他们会试图诬陷她。"

"他们到底打算如何实施这个阴谋?"拉莫尼眼睛盯着她严厉

地问。

比阿特丽斯本能地往后退缩。他也许在乎马科斯，但这并不意味他不会生气或者可能变得很凶暴。比阿特丽斯呼出一口气，慢慢释放出内心的一阵惊慌。他连续好几天一直在监视她，如果他想加害于她，他早就能很容易地实施了。她得相信他。

"有一个用她名字登记的贵重物品保管箱，我想有人已经把偷来的钱和其他东西藏在里面。我真的不知道这一切是如何运作的。"比阿特丽斯停顿了一下。"她不是唯一的人。同样的事情也发生在我姨妈多丽丝身上。"

拉莫尼目不转睛地看了她很长一段时间，然后揉了揉自己的眼睛。"狗娘养的。噢，这就说明了一些事情。"

"比如哪些事情？"

"比如为什么马科斯要我去复制一些钥匙；比如她总是询问金库的事情；比如为什么那天夜里凌晨三点我在金库当场捉住她。"他停了一下。"她不知道是我，所以逃跑了。我试图追上去，但是在隧道里我追丢了她。打那以后，我再也没有见到过她。"

比阿特丽斯想起她在女厕所里发现的那一大圈钥匙。也许那些钥匙不是马科斯偷的。也许拉莫尼复制了那些钥匙。"今晚我见到她了。她还好。她乔装打扮了。"

"乔装打扮？"他全身似乎如释重负。

"她的头发和衣服都变了，她看上去糟透了。"她停了一下，尽力思索一下拉莫尼说过的一切言语。马科斯去过金库。"你说的隧道什么的？"

"是的，大楼底下有旧的蒸汽隧道。它们与市中心各种地方都相互连通。"拉莫尼仔细打量了她一会儿，他的目光正在变得坚定起来。

"如果你想继续待在这里,你需要找一个较好的办法进出大楼。我不知道你会想到利用正门。"

她的小嘴惊得张开了。他看见她了。他一直留心看着大门。"你能帮助我吗?"

"到底要帮助你什么?你为什么要住在这里?"

"我没有任何其他地方可去。"她忍不住眼泪直流,只好用手捂住自己的脸。"我不知道自己能否帮到马科斯,因为我的姨妈也卷入其中,而且……她快死了,我不忍心离开她。银行的人正在监视她的病房。他们捣毁了她的家,我没法回去了。"

一只大手轻轻地摇动她的肩膀。"行了,行了!我会帮你的,不过你不能永远在这周围转悠。你需要想个永久的解决方法。"

她朝他点点头,他帮她站起身来。

"首先,你的真名叫什么?"

"比阿特丽斯。"她擦擦眼睛。

"好的,比阿特丽斯。我是拉莫尼。"他轻轻地与她握手。"我会帮你找一条进出大楼的路。我不会问你是如何拿到马科斯的钥匙的,我也不会告诉任何人你在这里。不过,你要听我的话。"

"什么话?"她顺从地问。

"远离那些有钱的男人,行吗?你赢不了的。"

第四十八章

远离有钱男人。这夜剩余的时间和第二天一整天在打字和整理文件的时候,比阿特丽斯一直在思考这个问题。这意味着别去管泰迪和吉姆的事。第二天夜里,她在黑暗办公室里的卧床上凝视着房门,心想那些有钱人到底想干什么,所有这一切与比尔和多丽丝姨妈都有着何种必然的联系。

门的另一边传来轻轻的敲门声。比阿特丽斯急忙躲进一个角落,这时黄铜的球形把手转动了,房门慢慢地打开。是拉莫尼。看着她惊恐的神色,拉莫尼禁不住笑了。他示意她到走廊去,她跟随他进入服务电梯,下到大楼的最底层。

他领着她穿过一条有两扇大圆钢门的大走廊。"这些是金库门,它们总是锁着的而且装配了警报器,所以别有任何疯狂的念头。还有电视摄像头呢。"他指着天花板附近一个有黑色圆镜头的灰色大盒子说。

"你说摄像头是什么意思?"以前她从来没有注意到摄像头。

"闭路监视系统。去年他们才将它安装在金库里。他们还需要解决一些问题。如果那个小红灯亮了,得留神了,有人也许正在监视。"

比阿特丽斯呆住了,她凝视着摄像头问:"谁在监视?"

"嗯,这就是问题之一。白天,保安在外面下层大堂里注视着监视荧屏。"他领着她穿过一个很大的圆形通道。进入一个大堂区域,然后指了指服务台。服务台的角上摆着一台小电视。"晚上,他们通常将这破玩意关掉。"

"那有什么问题呢?"

"楼上的人们没有确定的时间表,能使我们知道它到底是关闭的,还是有人在监视。"

拉莫尼走得太快,没法回答更多的问题。她奔跑着在拐角处赶上了他,那里有一段很宽的大理石楼梯,一定是通往银行大堂的。拉莫尼在楼梯边停住脚步,推了推墙壁。让比阿特丽斯感到惊讶的是,墙壁开启了,她发现自己来到一间与壁橱差不多大小的房间,她呆呆地看着一扇金属的门。

"这扇门通往蒸汽隧道。"他边解释边拿出钥匙,将锁打开。

打开门就是一个黑暗的楼梯井,一股陈腐潮湿的空气随风飘到她站立的地方。

"进出大楼的最佳路线是走斯托弗客栈。你可以在码头的隧道口出来。那里的安保比较松懈。如果有人看见你,你就假装迷路。他们会拍拍你的头,送你上路的。"

"你觉得他们不会起疑心吗?"她呆呆地朝下看着黑暗的楼梯井,她的胃开始有呕吐的感觉。

"像你这样白皮肤的小姑娘?"他哈哈大笑,用手拍了拍她的后背。他递给她一个小手电筒,回头看了看他们身后的房间。"现在你下去,看看能否找到那里并回来。即使你看不见我,我也会在你附近。"

比阿特丽斯点点头，用苍白的指节紧紧抓住手电，沿着陡峭的楼梯往下走。她一步一颤抖消失在下面的黑暗之中。拉莫尼关上了她上面的那扇门，灯光消失了，只有手电筒微弱的光柱。光柱只能照亮前面隧道的几英尺，很快各种阴影吞噬了她。她的心脏像小锤子一样剧烈地撞击着她的肋骨，除了偶尔从天花板掉落的水滴声以外，心跳是唯一的声响。这就像陷入了一个洞穴或棺材。

她向前伸出一只手沿着窄小的通道慢慢行走。她猛地撞到一根低悬的管子，发出了一声号叫，但还是继续前行。随着她往前走，两边的墙壁越来越靠近，天花板越来越低矮，一边踢打尖叫一边逃跑的冲动在她的脑干处膨胀。比阿特丽斯深深吸了口气，开始哼哼她非常熟悉的摇篮曲：

"低声——说——再见……别哭泣……快快睡，我的小宝贝……醒来时，你会有……所有漂亮的小马驹……在遥远的南方，在肥沃的草地……躺着一个可怜的小宝宝……"

哼哼曲子很有帮助，她开始走得快些了。她不再是个银行里的囚犯，陷在里面整个周末没有东西吃。她甚至能够最后再去探视一下她的姨妈。

隧道似乎也在分享她重新燃起的乐观情绪，它敞开了一个很大的洞穴。她可以站直身子舒展手脚。她借着手电光亮环顾四周，许多隧道都连接到这个空间。有一条隧道将带她到客栈的装卸码头。有一块指路牌写着"终点"。这一定是她要去的地方。斯托弗客栈就在旧终点大楼的隔壁。她再深深吸了口气，开始沿着隧道飞奔。

狭窄的通道向前延伸，似乎很远很远。路上有些曲曲弯弯，不过大部分还是一条直线，不时隧道还会分叉，那里会有一块小指路牌，比如"梅公司"，或者有时什么指南都没有。随着她往前行走，腐烂叶子的臭味越来越浓，空气中弥漫着这种味道，直至她感觉好像潮湿的淤泥在她肺里吸进呼出。比阿特丽斯不断停地哼着曲子。

一阵轻微的窸窣声在黑暗中回响。她吓了一跳，倒吸一口冷气时把手电掉落了。窸窣声越来越响，她摸索着寻找手电。当她慌乱地走过靠近地面某处的窸窣声时，手电光柱在隧道墙壁上反射了回来。她放慢了脚步。是一只老鼠在啃纸头。一生中她从来没有想到她看见老鼠会感到宽慰的！刚才她憋着没敢尖叫出声，现在终于吐了口气，于是就继续前行。她的双脚涉过几滩浅水坑，冰凉的水渗进了她的鞋缝。

终于，隧道的一个弯曲处有一块指路牌，上面写着"克利夫兰宾馆"，她觉得这一定是条正确的道路，于是就拐了弯。又走了一个城市街区，通道在一架钢铁的梯子前到了尽头。梯子的长度超过十五英尺。比阿特丽斯将手电插在自己的皮带里，开始攀爬。她爬得越高双手颤抖得越发厉害。

"别往下看，别往下看……"她每次攀爬一个冰冷滑溜的梯级，直至头顶之上碰触到一块金属盖板。这是一扇活板门。她用力往上推，活板门只敞开一点；她又试了一下，它开得稍大一些；她用尽全身力气迫使活板门当啷一声全开了。她探出头，看见是一间户外厕所那么大小的房间。冰冷的寒风刺疼了她的脸膛，她能听见寒风在棚屋四周单薄的墙壁间呼啸着旋转的声音。她慌乱地爬出梯子，环顾四周：除了一扇门的模糊轮廓外，屋里什么也没有。门把很容易转动，她推开门，不知道门外会发现什么东西。

比阿特丽斯处在两栋高楼之间的一条小巷里。两栋高楼她都不认识。普通砖块砌成的高楼背面高高耸起，四周全是金属的太平梯和车库门。她走出棚屋,茫然地凝视着周围的景观,这时棚屋的门随风关上了。她奔回去试图挡住但已经太迟了。门锁住了。她试了试门把,门把纹丝不动。她摸了摸口袋,确定自己依然拿着马科斯沉重的钥匙圈,并相信其中有把钥匙能够打开这扇门。她沿着两栋大楼之间狭窄的小巷摸索着前行,并且走到了大街上。

马路对面有一栋灰岩大楼,楼顶横刻着十英尺的大字母,读作"美国邮政局"。她转过拐角,看见一块路标,上面写着"苏必利尔大街"。这时她才明白自己所站的位置。她是在宾馆的背面。寒风吹透了她的毛衣,她这才意识到自己没有穿外套。她跟着拉莫尼,不知道他们要往哪里走。她的眼睛扫视了一下四周空荡荡的人行道。时间已经很晚了。所有的窗户都是漆黑一片。

前面离她半个街区的人行道上,一个大个子人影引起了她的注意。他是否朝她走来,比阿特丽斯无法判断,于是她开始返回,朝小巷的那扇门奔跑。她从口袋里掏出钥匙。她回头张望,依然能够看见那个人影。到了门口,她摸索着寻找匹配的钥匙,努力使自己的手指动作快一些。

在尝试第三次的时候,一把钥匙顺利地插入,她使劲拉开门,窜入棚屋。街头那个人影离得远一些了。比阿特丽斯吐了一口气,回头进入了活板门,差一点坠入十五英尺深的洞穴。她及时稳住了自己,随后慌忙顺着梯子往下爬。

所有这些不眠之夜几乎使她精神崩溃。在急急忙忙顺着隧道往回赶路的时候,她告诫自己要放松。她穿过洞穴似的隧道联结处,几乎已经回到银行的梯子跟前,就在这时她硬生生地撞进拉莫尼怀里。

她尖叫起来,拉莫尼用一只手捂住她的嘴巴。"嘘!是我!你还不能返回上去。"

当比阿特丽斯不尖叫能说话时，她轻声说："你是什么意思？"

"有人在金库里。"

他领着她回到大洞穴里，那里他们两人都能站直身子。

"你是什么意思，有人在金库里？"这时已经是晚上十点过后。

"一个大人物。他对我说这是银行公务，叫我离开。"

拉莫尼点燃了一支烟。

"这样做正常吗？"

"最近这样做越来越习以为常了。但是，唉，他们是有钥匙的人，对吧？"

"你知道他的名字吗？"

"是个比较年轻的家伙。叫雷吉什么的。"

"兰迪？兰迪·哈洛伦？"

"对，也许是吧。"他吐出烟雾。"只有经授权的人才知道开金库的暗码。如果他能打开金库，那么他是经授权的人。"

比阿特丽斯沉下了脸，随后问："谁可以改变暗码？"

"一个高个子的家伙。他每个周一的早晨会下来。某个部门的副总裁什么的。"

"他叫什么名字？"

"这是'詹姆斯·斯通先生，年轻人'。"他学着资深白人那种傲慢的口气说。

比阿特丽斯的眼睛瞪大了。也许詹姆斯·斯通就是她半夜里碰巧听见的谈论贿赂官员的吉姆。拉莫尼把烟头扔到水泥地上。"那么你在隧道里走了一圈怎么样啊？"

"还行，我想。"

"就像我对马科斯说的那样,这条糟糕的通道只能在紧急情况下使用,明白吗?这些隧道不太安全的。"

比阿特丽斯点点头表示赞同,并等待拉莫尼发出解除危险的信号,然后爬梯子回到上面,离开这黑暗的世界。

第四十九章

一九九八年八月二十二日星期六

　　由身穿制服的五名警官组成的工作小组涌进了房间,他们手里提着粗呢设备袋。如果艾丽丝不是吓呆在那里,那么她就会举起双手的。警察打开了他们所能发现的每一盏电灯,她一阵目眩坐在了盥洗室门边的地上。他们一个挨着一个地走进盥洗室。她能够看见相机的闪光连续不断闪电似的从四面墙壁折射回来,仿佛淋浴房里的那堆死苍蝇是红地毯上的电影明星一样。

　　一个身穿运动茄克和牛仔裤的四十五六岁男子走进房间。他头戴一顶"克利夫兰印第安人"棒球队的帽子,很像一个中年父亲前去参加一场少年棒球俱乐部的球赛。他眼睛直愣愣地看着她。

　　"你一定是艾丽丝。"

　　他走上前来,热情地朝她笑笑。她试图回应地笑一笑,但她的脸僵住了。

　　"我是麦克唐奈探员。我知道是你发现了那些遗骸。"

　　艾丽丝茫然地点点头。

"我们来帮你离开这里吧。"他伸出一只手帮她站起身来。

艾丽丝从他的手里缩回自己的手,好像那只手要打她似的。她甩掉那只手,自己从地上支撑着起来。她提起野外工作包背在肩上。一个肩膀上突然增加了重量使她几乎跌倒。警探抓住她的肩膀,艾丽丝摇摇晃晃稳住了脚跟。

她头也不回地跟随警探走出房间,沿着过道走进货运电梯。她再也不想看见那个地方。电梯门终于关了,她深深吸了口气,感觉好像这是她在数小时内吸入的第一口氧气。

她的目光开始重新聚焦。"拉莫尼去哪儿了?"

"门多萨探员正在询问他。你想去喝杯咖啡吗?"

"我倒是真的需要喝一杯。"

亲眼目睹了所有一切之后,艾丽丝大概可以喝下一加仑伏特加。苍蝇底下埋了一堆尸骨在她脑海里连续不断地闪现。她抓住电梯箱的围壁来稳住自己。苏珊娜告诉过她银行关闭的时候好几个人失踪了。比阿特丽斯遗弃的皮ária依然躺在十一楼的杂物间里。不过,她发现的尸体是个男性。年轻姑娘的尸体也许被埋在大楼的其他什么地方。她脑海里依然浮现冷空气回流管道口的金属格栅。它是松动的。

"来一杯啤酒怎么样?我知道一个好地方。"

艾丽丝耸了耸眉毛。她稍稍点了点头,心里琢磨带她去酒吧问话的该是怎样的警察。一个好警察,她断定。

他们走出电梯,来到装卸码头,艾丽丝在那里看见拉莫尼正在与一个肥胖的拉丁美洲女子交谈。他在抽烟。艾丽丝看了看飘浮在空中的灰色烟云。香烟!她的小包和香烟在她停放好的汽车里等着她。

"托尼,你要我呼叫验尸官?"肥胖的女警官问。

"是的,"麦克唐奈警探说,"我们还需要法医。我一个小时以后回来。"

"呃,对不起?"艾丽丝一面恳求警探一面眼睛盯着拉莫尼嘴唇上叼着的香烟。"我去把这只包放掉你不介意吧?它有点重的。"

"当然可以。"警探点点头然后走到门多萨探员和拉莫尼那里去。

艾丽丝沿着台阶从装卸码头飞奔而下,跑向她铁锈斑斑的马自达汽车,随后把她的包扔进了车里。这时她才意识到死者的钥匙还在她的手里。她回头看了看警察站立的装卸码头,张开嘴巴想说些什么,但一个字也没有吐出。她无法说明这把钥匙的来历。她为什么不马上交给他?他会提出很多问题。她咬了咬嘴唇。他也许会检查她的提包。她低头看了看躺在包底的那串钥匙和偷来的档案。负罪感油然而生。随后便是惊恐不已。她摇摇头想摆脱这种恐惧。**这没关系**,她安慰自己。**你不是个嫌疑犯**。一把钥匙不会杀死苍蝇底下的不管是谁,钥匙就躺在地上。她把钥匙放进了野外工作包,随后抓起小包和打火机,回到装卸码头上的警探身边。

"好啦,丽塔。我会回来的。法医到来之前,谁也不准进入那个房间。"警探边命令边带着艾丽丝走出装卸码头,来到马路上。

银行后面的马路挤满了警察巡逻车和闪光的警灯。艾丽丝心里琢磨不知何时才能回家。她以为警探会带她去警车,谁知他开始沿着人行道往前走。

"走啊,"他说,"不太远的。"

艾丽丝停住脚步,点了一支烟。她深深吸入足够的烟以压住她喉咙口腐败昆虫和呕吐物的味道,至少暂时压一压,随后她继续行走。

"真他妈的是倒霉的一天,对吧?"他边说边注视着她狠命地抽烟。

听到一个年纪稍大的男人(竟然还是个警察)骂娘,艾丽丝有点吃惊。她将肺里的烟全部吐了出去。"你是无法想象的!"

他们走了三个街区,随后转身进入一家店门。艾丽丝记得这家酒吧。这是"埃拉酒吧"。托尼推开门,高声喊道:"卡米歇尔!我们有个喝酒科急诊病人!"

一个满脸皱纹的矮老头从吧台里面突然站起身来。见到他这种样子艾丽丝几乎笑出声来。

"啊,托尼!大驾光临,我不胜荣幸!"他赶紧从吧台里面出来,握住警探的手,并露出祖父般的微笑;随后,他的目光落到了艾丽丝的身上。"啊,美女!我记得你。你在旧银行工作!很长时间没见你啦。请进!请坐!你们要喝点什么呢?"

艾丽丝要了健力士黑啤酒,警探要了清咖啡。她提醒自己,正经地说,他还在执行公务,于是就将香烟掐灭了。她痛饮了一大口啤酒又点燃一支烟,警探拿出一本笔记本。艾丽丝回头看了看卡米歇尔,他歇在一个酒吧高脚凳上观看比赛。他抬起头朝她无奈地笑了笑,似乎在说,**我告诫过你不要去惊动死鬼。**

"好,艾丽丝。告诉我今天所发生的一切事情。"

艾丽丝一口喝下半杯啤酒,随后开始叙述。她对他说了自己的工作,星期六加班,感到恼怒进而将门踢开等等。她省略了她与尼克可怜的浪漫故事以及她对从金库拿那串钥匙的担忧等细节,因为她将不得不解释她是如何得到那些钥匙以及更多的细节——大楼里的入侵者、她与苏珊娜的交谈、她偷窃的档案等等;她耳朵里还一直听到各种声音;她觉得警探会认为她疯了。再说了,警探不会在乎一栋废弃大楼里缺少的东西。前年,她的汽车坏了,警官对她说:警察不可能浪费时间去寻找她丢失的盒式录音带和雷达探测器。这个警察还会在乎二十年前丢失的东西吗?这一切在她的头脑里都似乎是合情合理的，她暗自再次温习了所有这些借口，一种冰冷的恐惧使她的胃里感到一阵绞痛。她从大楼里偷了东西。如果她告诉了警探，她会被逮捕的，她也许会被开除。一只苍蝇爬上了她的手臂。艾丽丝猛的缩回手臂，并狠命地拍打自己的皮肤。

"你没事吧？"警探从笔记本上举起目光。

艾丽丝摇摇头。没有苍蝇。

她一口喝完了她的啤酒。她渴望着再叫一杯，可是她必须当着克利夫兰警察局半数警察的面开车回家。她继而叫卡米歇尔端杯水来，耐心地等待警探写完他的笔录。当托尼终于记录完毕时，他显得疑惑不解。艾丽丝的胃痉挛了，啤酒涌上了她的喉咙。难道她满脸都是说谎的神色？

"你知道吗，我根本没想到我必须再次回到那栋楼里去。"他的鬓角和胡子已经灰白，但是他淡蓝色的眼睛显得出奇的年轻，几乎有点孩子气，但非常悲伤。

"以前你去过那里？"她设法问。

"银行关闭前后那段时间，以后再没有去过。我刚要启动调查。他们给了我调查的线索……"他的声音越来越轻。他用一只手捂住嘴巴，摇了摇头。

"什么样的调查？"她避开他的目光。他显然不愿意谈论这件事，但是她拼命想知道。"对不起。我只是觉得这栋楼那么……奇怪。"

"哪方面奇怪？"他耸了耸眉毛。

"噢，我不知道。东西依然放在办公桌上。文件柜里依然放满了文件。"他俩的交谈就像松开了减压阀。她想把一切事情都告诉他，全部坦白——比阿特丽斯的皮箱、她的笔记、偷窃。她狠狠地咬了咬嘴唇。"整栋大楼就像一个时间文物密藏器,像一九七八年引爆了一枚炸弹,所有的人都汽化了,但其他一切东西都遗留了下来。"

"噢,有一枚炸弹确实引爆了。当时银行让城市违约,市政府的人们气愤极了,最后让我们启动对董事会的调查。两周后,那栋大楼被封了,银行没了。"

"我不理解。"

"银行的股份卖给了外地的一家公司,哥伦布托拉斯,联邦政府封锁了大楼以保护存储的物品。我很高兴我们事先得到了一些告发。我们扳倒了一个欺诈家族,但是其余的家族都未受到惩处。有些人消失了,我想你只是找到了其中的一个人。"

被吞噬的尸体躺在浴室的地上。她倒吸了一口冷气,努力使自己不去想依然残留在头发和衣服上的呕吐味道。她把香烟靠近自己的鼻子。**两个星期**,她暗自思量。城市在十二月十五日违约,银行在十二月二十九日关闭。苏珊娜不是说过比阿特丽斯是在银行被出售前消失的吗?她记不清了。

"你认识任何失踪的人吗?"

"我妹妹就是其中一个。"警探说,他的眼睛盯着他的咖啡杯,摆出一副铁石心肠的样子,但是艾丽丝能够看出这件事依然使他痛苦万分。

"对不起。"

对于她的道歉他挥了挥手。"这是很久以前的事了。我只是总认为现在她应该露面了,你知道吗?马科斯就能干出那种事。"

马科斯的名字像闪电击中了艾丽丝。以前她在一本书里看见过这个名字,在比阿特丽斯的书里。她家里某个地方的文件夹里有好几叠潦草的速记文档,是她从文档室里偷出来的。还有那个神秘的皮箱。那个皮箱属于一个女人。

艾丽丝用手捂住脸。"我想我要回家了。"

第五十章

"艾丽丝，我是查尔斯·惠勒。我们听说所发生的事情了。下周你休息一下，做些你想做的事情，争取从这次惊吓中恢复过来……"

艾丽丝听着电话录音走进厨房，喝下了三小杯伏特加。很显然，在工作场所发现了尸体，休假一周是惯例。她不知道她的老板怎么会这么快得悉这个消息，她真的不在乎。

"……这个项目暂时停止。WRE 打算配合警方和他们的侦查；不过，有关大楼的所有绘图和笔记及其大楼里的所有东西仍旧是业主独享的财产。我们希望你对你测绘工作的详细情况保守秘密。你回来时我们再联系。"

烈酒温暖了她的胃，她摇摇晃晃走进卧室，脱掉衣服，将它们扔进堆得满满的垃圾箱。她坐在浴缸里，让热水哗哗地淋在自己的脸上，直至流水变冷。每次她闭上眼睛。她所能看见的只是苍蝇。

三小时后，艾丽丝依然没法放松，甚至又喝了三小杯烈酒、抽了十五支香烟和看了四集情景喜剧，她还是放松不下来。她的双手抽搐，她的思绪紊乱：一会儿想到苍蝇，一会儿听到警察的声音，一会儿又想到她野外工作包里偷来的钥匙。麦克唐奈警探说过他妹妹失踪了,他妹妹是马科斯。

她放下伏特加酒瓶,跌跌撞撞走出厨房。起居室地板上依然杂乱地放着未打开的数个箱子。她新公寓里的碗橱、抽屉和壁橱还是空空的。到目前为止她挤时间从箱子里取出的只有一只咖啡杯、一只勺子和一只烈酒小杯。**真是可怜!**

她在壁橱箱子前扑通坐下,撕掉封箱条。随着她打开一个又一个箱子,盘子、玻璃杯子、银餐具、清洁用品和书本都散放开来,在一堆堆这个和一堆堆那个之间地板看不见了,不过房间里任何地方都看不见地板。比阿特丽斯的文件夹不见了。她努力回忆装它时的情形,但她无法控制自己旋转的思绪。她四周乱糟糟的东西似乎也在旋转。她必须离开这些乱糟糟的东西。她挣扎着从地板上站起来,一路扶着墙壁回到自己的卧室。

电视重播节目、长沙发、伏特加、饼干、睡觉、噩梦。接下来的几天是一片模模糊糊。唯一几次电话都是她母亲打来的,艾丽丝没有接听。她知道如果她拿起话筒,她就会哭泣,她母亲就会火速赶来。埃莉没有电话,不过她从来不打电话。她不是常打电话的那种朋友。尼克没有电话——甚至星期一上午来临又逝去之后,还是没有电话;毫无疑问,他肯定听说过发生的事情了。艾丽丝没有离开过家,她一直穿着睡衣,只有上厕所时才起床。任由各种胡思乱想不断侵扰她醉酒后的混沌,她心乱如麻。她仍然拿着钥匙。有人也许还在寻找她。她说了谎,没对警方坦白全部细节。晚上她唯一能入睡的办法就是一身冷汗昏厥过去。

星期二早晨,她睁开眼睛,眼前是一个烟头快要满得外溢的烟灰缸和一只空酒瓶。一阵窸窣声惊醒了她。她又听见一阵这种声音——刮擦纸张的沙沙声。她一惊,从长沙发上坐了起来。房间在摇晃不定,她抓住沙发靠手阻止它摇晃。声音来自厨房。她咽下喉咙里的酸味,谨慎小心地朝声音走去。

"喂?"她低沉沙哑地招呼。

那声音突然停了。她的心脏嘭嘭直跳,撞击着她虚弱的胃部,她拐过墙角朝厨房窥视:没有人在那里。天哪!她必须戒酒;她正在胡思乱想。她将前额靠在墙壁上。当她这样做的时候,她看见一只棕色的小老鼠急匆匆窜过厨房朝她奔来。她尖叫一声,跳跃着离开墙壁,摔倒在一个箱子上。

厨房的柜台式长桌上凌乱地放着一些纸盘子和垃圾。怪不得老鼠会跑来。地板上满是她未打开的烦人的东西。星期五晚上性交用过的床单仍然铺在她的卧床上。卧室地板上到处都是一堆堆她乱七八糟的衣服。四周的墙壁开始摇晃。她摸索着走进厕所呕吐起来。

一小时后,艾丽丝蹒跚着走进卧室,从床上扯去床单,将它们铺在地板上,把她所有的付洗衣物堆在中间,然后将整堆脏东西裹起来扛在肩上,抓了一把二十五分的硬币,穿着宽松长运动裤,大步走向街头投币洗衣店。

"洗与漂洗"店里空无一人。她装满了三台洗衣机,往每台机器里投放了一些二十五分的硬币,她觉得肩上的分量轻了些。她终于做了件正确的事情。她扑通坐进一把塑料椅子,看着自己的衣物在肥皂水里翻滚旋转。如果她能将自己的整个身体也投进去,出来变得干干净净,准备开始新的生活就好了。她用双手捂住自己搏动抽痛的脑袋并闭上了眼睛。

一只苍蝇嗡嗡地飞过她的耳朵,停在她身边那把椅子的扶手上,它搓着贪婪的小手看着她。她蹒跚着离开它。无论如何,世界上不可能有人想要她肮脏的内衣内裤,她边自言自语边离开洗衣店,随她的衣物没人看管自行漂洗。

她一下打开自己公寓的大门,环顾这曾经窗明几净的新家被她弄得一塌糊涂。这应该是她新的成年生活的第一套成人公寓,可现在看起来好像搬来了个流浪汉,它看上去与旧银行大厦十一楼上无家可归者的脏乱住所没有太大区别。

四袋沉重的垃圾,一些漂白剂,还有一整卷纸巾,艾丽丝终于准备打开箱子取东西了。搬家用的箱子一个接一个地被扯开,扔到人行道的路缘上。盘子碟子叠放到碗橱里,书籍堆放到书架上,银餐具放进抽屉里,她的地毯慢慢地从杂乱堆里重新露面,这公寓正在开始看上去像一个在职成年人居住的地方了。

她从过道壁橱里拉出最后一个箱子,将它扯开。这是那个杂物箱,里面放了她生活中一切没有合适地方置放的物件。她拿出一个手电筒、一包电池、一把螺丝刀、口香糖、绷带、剪纸刀和一本书。

书是比阿特丽斯的《速记指南》。书底下她发现了比阿特丽斯遗失的笔记,还有来自那个孤独皮箱里的文件和她从苏珊娜办公桌里拿的钥匙。547号钥匙。她用一个手指抚摸这个数字。它不太可能真是比阿特丽斯失踪的原因,她自言自语,但试图去相信这种可能。她在房间中央坐下,将速记指南翻到最后一页,马科斯在那里留言了。她用手指尖比划马科斯的笔划。马科斯是警探的妹妹,银行关闭时她失踪了,像比阿特丽斯一样。从警探脸上的神色来看,这位警探还在寻找马科斯。旧银行对他的困扰如同它对艾丽丝的缠绕一样挥之不去。

这就对了。麦克唐奈警探还不知道他妹妹遭遇到了什么事情。如果艾丽丝能够在这些笔记的某处发现某种马科斯大概在哪里的线索,那么警探也许会原谅她的隐瞒行为;当她解释她从大楼里拿了一些东西但她不是小偷的时候,他也许会相信她。她并非想得到埋藏在银行金库或任何其他地方的任何东西。她从来就不想有任何这种事情发生。这也许是她摆脱这种困境的出路。

艾丽丝拿起速记指南，决心破译一九七零年代像鸟抓痕似的笔记。比阿特丽斯文件中的第一张纸的页面上从顶端到底端满是潦草的字。她从野外工作包里取出一支铅笔，开始破译这些字。

五分钟之后，当她看着这一页毫无意义的密码时，破解这一秘密的兴奋劲渐渐消退。"搜捕内奸失败。""内线失踪？"艾丽丝认为她一定是破译错了。

她抓起另一份文件，从皮箱里拿的那一份。破译第一页纸，她译得杂乱的一堆字母和数字，"D代表三百，E代表四百……"她往下快速浏览，最后她发现某样似乎言之成理的东西："我们信仰上帝。"

她再次阅读了这些译文，随后将速写指南丢到一边。我们信仰上帝？比阿特丽斯是某种宗教狂热分子或者什么的？屋外天色正在渐渐变黑，晚餐时间早已过去。**糟糕！**她忘了自己付洗的衣物。

艾丽丝跌跌撞撞走出住宅踏入暮色去取回付洗的衣物。一辆停在马路对面的灰色轿车驶离路边，朝着同样的方向行驶。她一下警觉了起来，因为这辆汽车在她身后缓慢地跟着。她转身看它，轿车快速驶离。

第五十一章

艾丽丝花了半个晚上的时间试图找出比阿特丽斯或警探妹妹失踪的某种线索，但没有运气。她破译出的是一些互不关联的词语——"我们信仰上帝是关键……内线失踪……搜捕内奸失败……让市长见鬼去吧……转移账目……泰迪和吉姆……告诉马科斯继续度假……文档好银行就好……善有善报。"

终于，她在地板上进入了梦乡，在迷迷糊糊中回到了银行大楼。时间已经很晚。艾丽丝又一次加班。她在原人力资源办公室里，坐在琳达的椅子里咔哒咔哒地打字。平面图汇集得很完美。她拿起手绘的草图眯着眼睛看，设法辨认自己邋遢的笔迹。某样东西掉落到她键盘的旁边，发出当啷一下金属的响声。

它是一把钥匙。钥匙表面刻着一个骷髅和交叉股骨。她拿起钥匙仔细端详，她迷惑了：这是一把标志着死亡的钥匙！她将钥匙翻转过来，一下尖叫了起来。她的指尖上满是鲜血。钥匙在流血！

艾丽丝在地板上猛地坐直身子，她的心脏在快速跳动，浑身虚汗直冒，她敢打赌她能听见很多苍蝇在嗡嗡飞舞。她用力掐自己的手臂和脖子，看看是否是幻觉中的昆虫，随后从地毯上跳将起来，因为苍蝇弄得她浑身痒痒。

"天哪！他妈的怎么回事！"她尖声喊道。

艾丽丝跌跌撞撞走进厨房，寻找某种可以舒缓情绪的食物。不能再喝酒了，她的肝承受不了。她打开冰箱，决定喝一杯热牛奶。实际上她从来没有尝试过热牛奶，不过觉得它可能有益于身体。当一杯牛奶在微波炉里转动的时候，她用手按摩前额。连续好几天，她烂醉如泥，记不起各式各样的噩梦。梦中钥匙的形象在她的脑海里旋转，钥匙上沾满了鲜血，上面还有一个骷髅什么的。她突然觉得必须看一看那把她从死者房里拿来的钥匙，以确保它没被留在那里。

她冲到她的野外工作包跟前，从前面口袋里摸出那把孤独的钥匙。她还记得在哪里发现它的，于是就将它拿到厨房的洗涤槽，用热水冲洗，直至她的双手发烫。在肥皂泡沫洗净之后，她仔细查看了这把钥匙：它的两面都是无标记的，没有骷髅，没有任何它要开启的那类锁或任何种类锁的标记。这里似乎有差错。

艾丽丝去查看她的小包，从包里拿出她的钥匙圈。她查看了她的住宅钥匙、汽车钥匙和办公室钥匙。每把钥匙都有某种标记。这些钥匙上刻着"施拉奇"、"马自达"和"拉森"。她的目光扫视了厨房的长桌面。甚至苏珊娜那把神秘的钥匙上也有银行的名字和保险柜的号码。

布拉德给她的旧银行的钥匙各式各样大小不一，但没有一把是无标记的。她从野外工作包的底部拿出某人遗留在金库的钥匙圈，她提醒自己，此人企图打开一个贵重物品保管箱，此人不是拉莫尼，至少拉莫尼宣称不是他。这些钥匙全都标注字母和银行的名称。她的另一只手里还拿着死者的钥匙。她从金库钥匙看到无标记钥匙，意识到它们非常相似，它们都是圆头铜质。她将无标记钥匙与一把标着"D"

的钥匙合在一起，无标记钥匙短一些，它们不一样。

微波炉叮当响了。艾丽丝把钥匙放在长桌上，去取热牛奶。她迟疑地看着玻璃杯，其味道不怎么诱人，但是她不管三七二十一还是喝了一小口。令人恶心的热液体顺着她喉咙滑了下去，杯里留下了一层薄薄的奶皮。

"恶心啊！"她做了个鬼脸，将牛奶倒进了洗涤槽，从冰箱里抓出一瓶啤酒，大口地将它灌下肚里，直至把浓烈的甜牛奶味冲洗干净。

现在脑袋在嗡嗡作响，她转过身去面对那些散落在台面上的钥匙。死者的钥匙躺在苏珊娜的保管箱钥匙边上。艾丽丝眯缝起眼睛，将这两把钥匙一起拿起来，将它们叠在一起，它们竟然完全一模一样！匙齿几乎吻合。它不是与尸体一起遗留在盥洗室里的门钥匙……它不应该没有标记。她在厨房里来回踱步，试图摆脱这种感觉：即认为这把钥匙不知怎的是这个男子死亡的原因。她根本就不该拿这把钥匙。

凌晨五点左右，艾丽丝终于睡着了，两把钥匙躺在她面前的餐桌上，旁边是她翻开的电话簿。

第二天她做的第一件事情就是摇摇晃晃走向她的汽车。昨晚她花了一个小时在黄页电话簿里寻找锁匠或钥匙商店。五金店钥匙柜台那个满脸小脓包的少年帮不了多大忙。她需要专家。

她决定试试加菲尔德高地的"锁和钥匙"。该店在黄页电话簿里做广告说是专营怀旧刻字，还有一幅老头刻钥匙的卡通画。他就是她需要拜访的锁匠。

在特尼路上，她发现了那家狭小黑暗的锁店。她推门进入一个小房间，里面四周的墙壁都挂满了各式各样的球形门把手——老式的门把手、高科技的门把手、时髦长柄的门把手。她直径走到服务柜台前，这里有一个破旧的空凳子，边上有一台现金出纳机。一扇敞开的门通向后面的一个房间。艾丽丝碰击了一下柜台上的小银铃，然后等待着。后面墙上贴着一张手绘的广告，上面写着："丢了钥匙？我们撬锁！"

她等了整整一分钟，刚要再次击铃，这时一个漂亮的年轻女人冷不丁从门道里走了出来。艾丽丝的脸立刻失望地沉了下来。她的年纪不会大于三十岁。那个刻钥匙的小老头看来是找不到了。

"有事吗？"

艾丽丝犹豫了一下。但是她想自己这么老远驾车过来，还不如问一下吧。

"我不是太有把握……我发现了这些钥匙，我不知道它们派啥用处。"她将苏珊娜的钥匙和死者的钥匙放在柜台上。

"唔，"女人嘟哝着捡起每把钥匙。她将它们在手里翻来转去，然后问，"你在哪里找到它们的？"

"在我祖父的旧书桌里，"她说谎，以使之显得不太像是偷来的，然后补充说，"他去年过世了。"

女人点点头，似乎相信了这种说法。她指着苏珊娜的钥匙说，"嗯，这把是贵重物品保管箱的钥匙。"

"真的吗？你怎么知道的？"

"银行的名称在这里，这个可能是保管箱号码。"

谢谢，不过白费心了，艾丽丝冷嘲地想，她挺直身子准备离开。

这时，那女人绷着脸说："你祖父在银行工作吗？"

"呃，我不知道。"艾丽丝突然感到紧张。"他退休很多年了。你为什么要问？"

"噢，这种钥匙只有银行的人才会有。"她谨慎地打量着艾丽丝。

"真的？为什么？"

"这是一把万能钥匙。"女人把钥匙放回到柜台上。"它匹配这把锁和其他类似它的锁销。"

"我不懂。"艾丽丝发誓她能感觉到有只苍蝇正在爬上她的脖子。她猛的一拍将它赶走。

"呃，现在它们是非法的了，不过很多年前，银行拥有贵重物品保管箱的万能钥匙，那样它们就不必将它们钻开破坏建筑——喏，万一其他钥匙遗失了。很显然，这些钥匙得到非常严密的保管。你在你祖父的旧书桌里发现这样一把万能钥匙，我感到非常震惊。"

"你怎么知道这就是那样的钥匙？"艾丽丝自卫地问。银行关闭的时候，柜台里面这个漂亮的女人不会超过十岁。

"配钥匙是我的职业。我也许看上去不像阅历很深，但是我受到过顶级锁匠的培养。"她指了指现金出纳机旁边一个老头的一张小照片说。"你祖父叫什么名字，宝贝？"

艾丽丝感到胃里一阵抽搐。这是一家锁店。他们也许总会遇到各式各样的需求，也许甚至是非法的需求。盗窃对于克利夫兰来说并不陌生。柜台后面这位女士也许甚至有法律上的责任向警察告发她。

"我……我，对不起。这一切都是非常复杂的，我只是……要走了。"艾丽丝迅速拿起钥匙，将它们塞进自己的口袋。"谢谢你，"她小声而含糊不清地说，随后几乎逃出门去。

第五十二章

一九七八年十二月十三日星期三

"咖啡，不加奶！"兰迪·哈洛伦将他的外衣和围巾扔在比阿特丽斯的办公桌上。

不到一分钟后，透过他紧闭的办公室门，她听见他在电话里高声喊叫，她急忙把他的衣物拿到行政管理人员的衣帽间挂起来。她取来咖啡，随后站在磨砂玻璃门外面，看着他一面怒气冲冲大叫大嚷一面来回踱步，不敢敲门。

"天哪，我不在乎你必须做什么，请个该死的锁匠！我毫不在乎斯通说什么！我们得经营一家企业！"

她听见他将话筒摔进座机。

比阿特丽斯举起她的小拳头敲门，就在这时一个身着花呢套装上了年纪的男子沿着走廊蹬蹬蹬地来到兰迪的门前，不敲门就推开进去，然后砰的将门关掉。磨砂玻璃里面传来低沉的争辩声。她赶忙回到自己的办公桌前，心里明白最好不要打扰。

"我不在乎你怎么想，做这件事情是你的职责。"一个声音吼叫着。"做好你自己分内的事情,否则你被解雇了!"

门开了,老头气冲冲地走出来。他铁灰色的头发凸显出他的脸膛通红。比阿特丽斯回头看了看哈洛伦先生的办公室。门关了。

她等了足足五分钟,重新倒了杯咖啡,然后轻轻地敲门。"对不起,哈洛伦先生。"

她听见脚步声蹬蹬蹬地走过来,于是就往后退了一步。门刷地开了,他沉着脸低头看着她。"今天早晨我非常不想被人打扰。"

她一言不发朝他举了举咖啡杯子。他一下子从她手里夺过杯子,结果咖啡溢到他的一只鞋子和裤腿上。

"啊呀,对不起,先生!"

"该死,比阿特丽斯!"他咆哮,吓得她一跳。"帮我拿外套!"

他将咖啡杯推还给她,滚烫的咖啡溅到了她的手腕。

她急忙离开,眼睛里满是泪水,心中明白整个办公室的人都在背后凝视着她。她将得罪人的咖啡倒进了洗涤槽里,用冷水冲洗自己发红的皮肤。她抱着一大堆羊绒和皮质衣物奔回他的办公室。在门槛处她停住了脚步,随后从一大堆衣物之上偷窥兰迪。

"哈洛伦先生?我拿来了你的外套。"

"拿到这里来。"声音从他办公桌后面的私人盥洗室里传出。

她犹豫了一下,随后战战兢兢地走向它。她没有踏进浴室。她记得太清楚上次发生了什么事情。

他在金色的镜子前面打理自己,用一只手撸他浓密时髦的头发。他转身闭着嘴唇朝她笑了笑。他目光中某种古怪的眼神吓得她退缩到门外。他从她手里拉过外套。

"别以为我不知道你想干什么。"

"先生?"

他一把抓住她的手腕。"别跟我装聋作哑！你还有你那个朋友，马科斯。你俩有所图谋。钥匙不会就这么没了，我会查出究竟是怎么回事的，等我查明了……"他用力挤压她的手腕直至她疼得脸部抽搐。她在他面前蜷缩蹲下，甚至不敢发出哭声。他甩下她的胳膊，怒气冲冲地走出房间，剩下她在门道里颤抖。

她深深吸了口气。他是对的，马科斯确实在图谋什么。她拿了许多钥匙。她去过金库。比阿特丽斯迈着颤抖的双腿回到自己的办公桌前。她努力安慰自己，兰迪对马科斯图谋的了解不会比自己多。他这么凶只是想吓唬人。那天夜里兰迪去过金库。他生气也许是因为找不到钥匙了。

她取出记事本，开始速记更多的笔记。兰迪喜欢喝酒。他午餐时间很长。他在电话里对着别人高声喊叫。他进过金库。他生来富裕，在他父亲工作的地方谋差。他父亲是泰迪。他和父亲都是拥有大笔钱财的人。赚钱是一种肮脏的事业。兰迪和老头之间的争辩在她的脑海里回响，这时电话铃响了。

"喂，克利夫兰第一银行，审计部。"

"比阿特丽斯，是你吗？"是托尼。

"是的。有事吗？"她回答，好像他是银行的客户一样。她遭监视的感觉陡然升起，她很快将自己的笔记塞入桌子抽屉里。

"我需要见你。今晚。"

"今晚？"她轻声地说。芙朗辛或其他人可能会偷听。她清了清嗓子，提高声音说，"嗯，当然可以。"

"我六点见你。戏剧酒吧。"说完他就挂了电话。

"祝你一天快乐！"她对着电话甜蜜地说，然后放下话筒。想到城市底下四通八达的一条条隧道，她倒吸了一口凉气。她看了一下手提包，发现钱包是空的。从酒吧到斯托弗客栈后面的小巷，她需要花钱叫的士。

午餐时间到了，比阿特丽斯来到银行业务楼面取款。她穿过宏伟的大堂，来到那个长长的房间，在那里，栅栏里面漂亮的女士们在等着为客户服务。她快速看了看那一个个隔间，发现了一张熟悉的面孔。

"嗨，帕姆！"比阿特丽斯对着那个女人笑了笑，前些时候，当马科斯坚持要带比阿特丽斯去购物时，这个女人曾帮她开了雇员活期存款账户。

"嗨！"帕姆一面回应一面瞬间显得有些困惑。"哦，你是马科斯的朋友，对吧？"

"对的，"比阿特丽斯勉强笑了笑。

"老马科欣好吗？最近我没见过她。"

"我想她是在墨西哥度假。"这是马科斯设计的谎言。

"度假？她耍什么花招搞到的假期？"帕姆哈哈大笑，然后压低声音说，"我听说她预支了好几个月的薪水。"

比阿特丽斯尽力不让自己的脸上显出吃惊的神色。

"马科斯就是那样！"帕姆一挥手说，"她总是野得很。我可以对你说许多让你瞠目结舌的事……嗯，你有事吗？"

"我需要提取些现金。五十美元。"比阿特丽斯在栅栏下递进一张写有她账号的纸。帕姆在纸上写了些批注，然后从一个抽屉里取出现金。当她拿出钱包时，比阿特丽斯看到了提包底部的一圈钥匙。

"呃，帕姆？你了解这里贵重物品保管箱的事吗？"

"它们在楼下。经过电梯，然后走下台阶。"她从装有栅栏的窗户下将现金递出。"下次你见到马科斯时对她说她还欠我个人情呢，行吗?"

"行。谢谢!"

马科斯有钱的麻烦。比阿特丽斯回头朝大堂走去,一想到马科斯的麻烦她额头上起了几道皱纹。她找到了通向下面一层的楼梯。走下大理石台阶,她开始认出这个房间,上次她夜探隧道就是从这里进入那扇隐秘门,然后下隧道。在白天的日光下,这里是一个宏伟的大堂,几乎与楼上大堂一样气派。这里有一个很大的接待柜台和一排红色天鹅绒门帘,头顶上悬挂着水晶和黄铜制成的枝形吊灯,红色地毯上编织着许多鲜花和彩带。

一个把乌黑的头发在后脑盘成一个规矩发髻的女人坐在接待台边。她端庄的鼻尖上架着一副杏眼眼镜。她没有注意到比阿特丽斯站在面前,直至比阿特丽斯清了清嗓子。

"有事吗,小姐?"她透过厚厚的镜片仔细打量比阿特丽斯,就像科学家观察细菌一样。

"我也吃不准。我姨妈病得很重。她在医院里,她叫我为她取样东西。"

比阿特丽斯将手伸进手提包,取出多丽丝的贵重物品保管箱钥匙。她将钥匙递给那个女人。

"你是指定代理人吗?"女人将眼镜滑下她细长的鼻子。

"对不起?"

"指定代理人。你姨妈签署过允许你在有银行雇员在场情况下开启保管箱的特许证吗?"

"噢,没有。"比阿特丽斯降低了声音。"她中风了,我是……我是她唯一的亲戚。"

这是悲伤的真实情况,但柜台后面的女人似乎不为所动。

"除非你有警察授权令或有律师签署的死亡证书,否则我不能合法地准许你去开箱。"

她咔嗒一声将钥匙坚定地放在柜台上。

"我不明白。"比阿特丽斯嗤之以鼻。"多丽丝姨妈只要我帮她拿……念珠。"

这是个无关紧要的谎话,可是她已经无话可说了。眼泪不用刺激就开始泉涌一般,柜台上的钥匙变得模糊起来。

"我最多只能查看一下档案。你姨妈叫什么名字?"

那女人查看了钥匙上的号码,然后从柜台下拉出一个档案抽屉。

"多丽丝。多丽丝·戴维斯。"比阿特丽斯断然地说。

这条路已经走到了尽头,她明白这一点;她没有律师的授权或她所需要的任何证件。柜台那一侧长时间的静默使她抬头张望。那女人正凝视着她。

"你是多丽丝的外甥女?"

"对不起?"比阿特丽斯感到焦虑绷紧了她的皮肤。

"多丽丝·戴维斯曾在这里工作过。"

"是的,我知道。"比阿特丽斯很快拿起钥匙。调查保管箱是个巨大的错误。

"不,她曾在这里工作。"女人指了指柜台。女人冷漠的脸开始变得温和起来。"多年前她培训了我。你说她中风啦?"

"是的,在感恩节……你们两个是朋友?"

"对,我们是朋友。"女人微微点了点头。她的眼睛露出了痛苦的神色。"听到她身体不好我很难过。她住在哪个医院?"

"大学医院,在重症监护室里。"

"我知道情况有些不好。我应该给她打电话的。她每周都来这里。"女人用一只瘦弱的手捂住嘴巴。她摇了摇头，然后恢复镇静。"我不应该这样做的，不过你跟我来。"

这个存储职员绕过柜台，领着比阿特丽斯穿过圆形门道进入金库。一位武装保安立正致意。

"喂，查尔斯。请拿 S_1 钥匙。"

武装保安打开一个木架上的一个抽屉的锁，在里面摸索了几分钟后拿出了那把对应的钥匙。

"谢谢你！"女人一边示意比阿特丽斯跟她走一边压低声音咕哝，"这些新的安保措施真让我受不了！"

到了金属房间的深处，女人在一排又一排的小门间寻找对应的小门。数百个金属矩形保管箱从地板到天花板排列在墙壁上。每个箱子都有一个号码。

"你的话是什么意思？"

女人找到了对应的保管箱，将保安给她的钥匙插进一个孔里。

"保安……他们把钥匙——我的钥匙——给了他。我保管这些钥匙已经有十年了，上个星期他们拿走了这些钥匙，说这些钥匙需要更加安全。真是荒唐！"她转身对比阿特丽斯说，"你需要插进你的钥匙，亲爱的。"

比阿特丽斯将多丽丝的钥匙插在女人指点的第一个钥匙的旁边，门一下打开了，她惊讶得张大了嘴巴。女职员拨出她的钥匙，比阿特丽斯也拨出她的钥匙，随后她从门后窄小的格架里拉出一个长金属鞋盒子似的东西。

"跟我来。"女人捧着盒子走出金库，回到下层大堂里。

"呃，雪莉，我想你忘事了！"保安说。

"当然。"雪莉唐突地回应，同时把钥匙递给保安。

比阿特丽斯跟着雪莉穿过圆形门道，来到一个红色门帘跟前。雪莉撩起门帘，比阿特丽斯能够看见门帘里是一个小隔间，里面只有一个桌子、一把椅子和一个小台灯，其他什么也没有。她将盒子放在桌子上。

"我给你一些私密时间。"说完，她将门帘拉严实了。

比阿特丽斯独自与盒子在一起，她坐着目不转睛地看着盒盖。

第五十三章

比阿特丽斯捧着盖好的盒子回到接待柜台。盒子很重。她将盒子放在柜台上,雪莉抬起头来。

"你找到需要的东西了吗,亲爱的?"

比阿特丽斯点点头,她担心说话会露了馅。她不知道希望看到些什么,也不知道如何利用所发现的东西,现在疑问反而多于答案,这些疑问沉重地压在了她的肩上。雪莉一定已经注意到了。

"我希望你姨妈很快就会好转。"随后,她倾身向前,压低声音说,"不管你做什么,别丢了钥匙。"

"对不起?"

"钥匙——别丢了!没有警察授权令和陪护,没有其他办法开启保管箱。过去若有合适的证件我们常有办法慎重地开箱,而今再也不能了。"雪莉开始在柜台上整理文件,装出一副很忙的样子。

"慎重地。"比阿特丽斯重复道,她吃不准雪莉到底想说什么。

"私密地。与一把万能钥匙一起开箱。有时候人们会遗失东西,尤其当人们去世的时候……"

出于对多丽丝的尊重,比阿特丽斯眼帘低垂。

雪莉清了清嗓子。"有时候保管箱里放着敏感的材料。"

"现金。"比阿特丽斯坦率地说。她在姨妈保管盒的后部看见了成卷成卷的二十五美分,以及成捆的美元现钞。

"有时候,"雪莉更加凑近地说,"你姨妈没日没夜地干。我不愿意看到国内收入署拿走她那么辛苦积攒下来的钱。"

国内收入署、警察、金钱——比阿特丽斯开始明白了。她姨妈每周都来这里;雪莉就是这样说的。她姨妈每周带着她的小费来到这里,为了安全起见将它们放进保管箱。比阿特丽斯不明白她为什么不像其他人那样使用咖啡罐或饼干罐。无论怎样,多丽丝姨妈私藏小费是为了躲避国内收入署。不过,这只是她最小的关切。

雪莉似乎满足于说到这里为止。她拿起盒子,捧着它绕出柜台朝金库入口走去。比阿特丽斯跟着她,看着她将钢质盒子通过敞开的小门推进保管箱。小门咔哒关上,女职员用多丽丝的钥匙将它锁好。雪莉踏着无带浅口轻便鞋轻盈地回到她的服务柜台去。

"我为你和多丽丝祈祷!"

比阿特丽斯明白这是暗示她应该走了,但是她停顿了一下,仔细看了看雪莉。"那个万能钥匙怎么啦?"

雪莉抬起头,闭紧嘴唇。"我听说它不见了。"她瞧了一眼角落里的保安,随后回头继续整理她的文件。

"什么时候?"

"哦,在我开始工作前。我吃不准。是多丽丝告诉我这些的。请代我向她致以最良好的祝愿。我会为她祈祷的。现在我得继续工作了,亲爱的。"

比阿特丽斯抱歉地点点头。"谢谢你的帮助!"

在回办公桌的路上,她心里一直想着多丽丝和雪莉。雪莉破例帮助了她——嗯，帮助了多丽丝。允许她开启保管箱雪莉也许甚至违法了。多丽丝确确实实有一个贴心的朋友。

万能钥匙在多年前遗失了。汤普森先生当时正在突击开启贵重物品保管箱，但是他不可能拥有素不相识人们的保管箱钥匙。他一定有万能钥匙。这是唯一符合逻辑的解释。不过她脑海里有一种令人不安的声音在对她说事情没那么简单。不是有吉姆和泰迪以及他们半夜有关贿赂官员的交谈吗？再说还有她在547号保险柜里发现的东西呢！她揉揉自己的额头。

"头痛吗？"身旁有人问。是芙朗辛。

比阿特丽斯吃惊地眨眨眼睛，数天以来她第一次转身望着旁边的办公桌。芙朗辛就像办公室里的一件设备，一直低着头连续工作。这时，她才想起芙朗辛以及秘书处其他工作人员今天上午曾听见兰迪发火。她的脸红了。

"倒霉的一天。"她承认说。

"别介意哈洛伦先生。没人理睬他。"

比阿特丽斯微微笑了笑，对芙朗辛的坦率直言她感到吃惊。她张开嘴想回应，但芙朗辛已经回头打字了。这一刻过去了，但这些话是几天以来比阿特丽斯在工作中第一次听到的温馨话。

第五十四章

傍晚五点，比阿特丽斯像其他人一样从银行大楼鱼贯而出。她径直走向"戏剧酒吧"，去与托尼见面。当她低下头穿过门口时，酒吧里几乎已经挤满了工作结束后喝鸡尾酒的人群。她焦急地扫视店堂，寻找熟悉的面孔，但却见不到一个熟人，于是她就找了那个唯一空着的火车座坐了下来。

酒吧远处尽头一个四人乐队正在摆放他们的乐器。比阿特丽斯欢迎这种解闷的演出，看着这些年轻人擦拭他们的铜管乐器，调试巨大的低音乐器，直到卡米歇尔站在身边她才发觉。

"美女！今天你好吗？"他正端着一盘饮料到另一张桌子去，"我马上回来。"

他很快给比阿特丽斯端来一杯水。"你今晚饿吗？"

她热切地点点头。

"太好了！我推荐肉糕。你瘦骨嶙峋，需要吃点东西补补！你越来越虚弱啦！"

她窘迫得脸红耳赤，但没法与他争辩。几周饮食不周之后，她的衣服都嫌大了。"好吧。"

"呃，我的马科欣怎么样啦？这么长时间没有见到她了！"

"我想她还在度假。下次见到她，我会叫她来酒吧的。"这种说法暂时满足了卡米歇尔，他拿着她的订单消失了。

比阿特丽斯回头继续观看那些音乐家们，并试图在麦克唐奈到达之前清醒一下自己的头脑。她有那么多事情需要告诉他，必须梳理一下秘密、谎言和真相。正当她把手伸进装笔记的提包时，她听见身后的隔间里有个女人在咕哝。

"看看他那副长相！这个卡米歇尔总喜欢玩弄马科欣。"

比阿特丽斯非常吃惊，于是就转过身去。这个陌生女人一直在偷听她与酒吧掌柜的对话。

"真让人受不了。"那声音咳嗽了，随后压低声音几近耳语。"别被他的花言巧语骗了。如果她真的在度假，那最好还是待在那里，许多人在找她呢。你就这么对她说！"

比阿特丽斯沉下了脸，她猛地转过头去对着声音，但是她身后的座位空了。桌子上放着一只空饮料杯和两美元。她站起身来，在店堂里寻找声音嘶哑的女人。一群拥挤在一起的人们正在酒吧里哈哈大笑，冰块在他们的玻璃杯里快乐地丁当作响。但是没有女人的踪影，她没有参与这些人的交谈。她再次环顾店堂，瞥见一个身穿金色锦缎衣服、皮肤古铜色、黑发蓬松的人溜出了店门。

不到两分钟，卡米歇尔咧嘴笑着端来了肉糕和土豆泥。"还需要什么吗？葡萄酒？"

比阿特丽斯还是一言不发地点点头。

甚至还没等她考虑点什么酒，他就端着葡萄酒回来了。她没说什么就小口喝起了那红色的液体，希望酒能镇定她紧张的情绪。食物让她胃里感到舒服，喝完美酒吃完肉糕，她的大脑开始赶上节奏。古铜色皮肤女人的说话声在她的脑海里回响。人们在寻找马科斯,素不相识的人们似乎比她更加了解银行的事情。

托尼终于晃晃悠悠地走进店门,样子十分憔悴。自从上次见面以来,他的胡子长得又浓又密,眼睛底下的眼袋又厚又重。他坐进红色的塑料火车座,朝卡米歇尔招招手。酒吧掌柜给他端来了一杯咖啡,也不驻足交谈,看一眼托尼就足以明白他不想闲聊。

托尼转向比阿特丽斯。"呃,你发现什么了吗?"

"我想是的。"她低声说。酒吧此时挤满了客人,尽管乐队正在演奏,但她不知道还有谁在聆听。"吉姆可能是詹姆斯·斯通,他是副总裁,而且显然每周一上午他会将金库的暗码变一变。"

托尼边点点头边取出一本金属丝固定的笔记本。

"西奥多·哈洛伦也许是泰迪。他也是副总裁什么的。"

"还有其他事吗?"

她停顿了一会儿,依然确定不了该透露些什么。马科斯要她对她俩在医院的见面保密。"过去贵重物品保管箱有一把万能钥匙,如果客户丢了钥匙或死亡,银行会使用它。十年前,这把钥匙正式确认遗失了。"

听到这话,托尼抬起了头。"那么这就是有人可以开保管箱的原因啦。"

比阿特丽斯点点头。

"贵重物品保管箱执法很严的,需要法院授权和可信的理由才能钻开一个柜子。人们会在保管箱里藏匿各种各样的东西——偷来的物品、犯罪证据、现金等等。"警探停顿一下,小口喝起了他的咖啡。

比阿特丽斯感到一阵负疚般的刺痛。她姨妈一直藏匿着她的小费。警探继续说话:"如果某人拥有万能钥匙,那么他们甚至能将这些东西转移到追踪不到他们身上的保管箱里。"

"用他人姓名的保管箱。"比阿特丽斯说出了内心的想法。

"这是有风险的。如果这个替代的人查看了保管箱,那么把戏就拆穿了。不过,我想人们不会经常开保管箱的。所以,如果犯罪人做事谨慎干练,那么他们就能很多年安全地藏匿大量财富。不用交税,没有麻烦。世界上最安全的储蓄罐。"

比阿特丽斯一直默不作声。苏珊娜、马科斯、多丽丝,还有比尔文件抽屉里的五个女人,都有用她们名字租用的保管箱,里面装满了鬼才知道是什么的东西。一个令人不安的声音提醒她多丽丝与这些人不同,多丽丝有自己的钥匙。这是马科斯的声音。

托尼抬头看着她焦虑的神色。"马科斯也卷入其中,对吧?"

比阿特丽斯点点头,但并不想泄露更多情况。"你发现什么了吗?"

"我打了一些电话。事情挺奇怪的。一提到银行,人们就会挂断电话。我不得不采取一些极端的做法,最后我找到了一个愿意来警察局谈谈的人。原来连续五年联邦政府一直在悄悄调查银行,但不断遇到各种障碍。"

"为什么要调查银行?"

"诈骗、敲诈勒索、侵吞财物、洗钱,凡是你能想到的都有。"托尼翻开他的笔记本,浏览了一下他的笔记,随后啪的又合上。"几十年来,克利夫兰的钱财一直在缺少。城市复兴基金、计划启动基金、各种校园项目等等。多年来县、州甚至联邦政府一直在投钱解决城市的问题,但数百万美元下落不明。"

"联邦政府认为银行牵涉其中啦?"她努力回忆无意中听到的所有交谈——内线失踪、钥匙丢失、转移账目、需要贿赂警察等等。

"银行董事会是由城里所有的老金融家组成的。没有银行人员参与,克利夫兰的任何项目都不可能建成。每一个亏损项目都有一个克利夫兰第一银行的董事会成员掌管大权,可是联邦政府没法整合成一个案子。市政厅不提供有确凿证据的见证人。法官不签发搜查令。"他摇摇头,显得很恼怒。

比阿特丽斯大声重复了拉莫尼的话:"体制内他们狼狈为奸。"

托尼赞同地瞥了一眼。"我听说,马科斯带着某些新的证据去警察局,结果楼里的人一笑了之。没人相信一个秘书的话。另外,一查背景,她名誉欠佳不能当见证人。"

听到这一秘密,比阿特丽斯惊呆了。"我不理解。马科斯在银行工作多年,而且还在审计部门。要说有谁了解银行的情况,那就是她!"

"哎呀,陪审团对有犯罪记录的未婚妈妈不会太看好的。"

比阿特丽斯倒吸一口凉气。"犯罪记录?"

"不是你想象的那样。霍夫地区有许多种族骚乱。在警察看来,她属于不合法的那一派。我父亲非常生气,他让警方提出指控。马科斯承认有罪,但在她的档案里,她只犯有行为不端的轻罪。"他挥了挥手。"整个家族为此进行了好几年的抗争。现在这已成了往事。"

"那个孩子后来怎么啦?"她轻声问。

托尼皱起了眉头,仿佛这段往事刺痛了他。"事情发生的时候,她还只是个孩子。我们贫穷又是天主教,其实只有一种选择。她被人收养了。"

比阿特丽斯点点头,以为这个心酸故事大概就这么结束了。

"这个孩子出生时肤色不对,不过,这也挺了过去。我父母逼她把孩子送给孤儿院。我觉得她永远不会原谅父母让她那样做。"

比阿特丽斯惊得目瞪口呆。"可是,可是感恩节时每个人似乎都非常高兴!"马科斯母亲慈祥的微笑丝毫没有流露出如此可怕的背弃。

"马科斯离家出走了。她走了一年多。当她回来时,她拒绝谈论此事。我父母把她接回家,假装什么事也没发生。这是将近八年前的事了。现在她又走了。"托尼不停地说,好像是在忏悔。"她曾经求我帮她找回孩子,喏,几年之前。她要我发誓不让亲戚们知道此事。"

"你发现什么了吗?"

"它是个女婴。我告诉她几年前孩子就被收养了。档案被封存了。我只能做这么多。告诉她这件事让我非常伤心。她总是那么自信。她真的很勇敢,你知道吗。"

托尼的眼睛里含着泪水。几周前她遇见的那个脾气随和讨女人喜欢的男子没了。她不忍心见他如此痛苦。

"我……我见过她了!"

"什么?"他的脸放松了。

"几天前她来医院见我。她要我发誓不告诉你,可我不想让你担心。"

"她干嘛不让你告诉我?我在这里拼命想找到她!"他提高嗓门咆哮,比阿特丽斯吓得缩进座椅。

"她说她认为你没法帮忙,"比阿特丽斯用微弱的声音说,她后悔说出每一个字,"她没事。我想她躲藏了起来。"

"她说过藏在哪里了吗?"

"没说。"比阿特丽斯眼睛盯着自己的双手,一副沮丧的样子。至少她没有食言说出钥匙的事情。马科斯给她的那把钥匙仍然是个秘密。她没有背弃任何东西。钥匙的表面没有标识,这一画面在她的脑海里缓慢地旋转。

"如果你再见到她，叫她给我打电话，行吗？"他站起身来自言自语地说，"我不敢相信这种该死的事情正在发生！"

"行。"

他停住脚步，严肃地看着她的眼睛。"如果银行里的情况如我想的那样糟糕，你需要离开那里，比阿特丽斯！你现在就应该离开。你知道得太多……而且也不会有人相信你。"

第五十五章

一九九八年八月二十六日星期三

艾丽丝将车停靠在路边,瞥了一眼方向盘上自己苍白的指节。她没给锁匠留下姓名,所以那个女锁匠没法向警察报告自己从旧银行拿了钥匙。艾丽丝用僵硬的手指揉揉眼睛。它可不是一般的钥匙。她睁开眼帘,看,就在那里,挂在点火开关上。

挡风玻璃外面,她看见自己从锁店到阿克伦[①]一路向南盲目逃窜,终于脱险。她一定走错了路,上了七十七号州际公路。天哪!她必须停止驾驶思考一下。艾丽丝在五十九号公路处下了高速,设法驾车去市区某处一个露天停车计时场泊车。

眼睛所能看见的最高大楼是装饰派艺术大楼,那是一栋砖石结构的高层建筑,很像快把她逼疯的废弃旧银行。大楼顶部的字母是"州府银行"。这一标志使她有了主意。艾丽丝下了车。

青铜和玻璃的旋转门几乎与克利夫兰第一银行的大门一模一样。

[①] 阿克伦:Akron,美国俄亥俄州北部城市。

她推门进入一个小型大堂。角落里有一张保安柜台。

"嗯,对不起?"她问一个矮胖的保安,他坐在一个极小的凳子上。"我想租用一个贵重物品保管箱,找谁啊?"

"楼下,在你右侧。"保安指了指大堂边一段狭窄的楼梯。

右侧楼梯的底部是一扇门,门上挂着"存储部"的牌子。进了门,她来到一个小房间,一张很小的接待柜台里塞着一个胖女人。这个职员看上去有点像艾丽丝的母亲,脸色红润,头发烫成了波浪型。

"有事吗,亲爱的?"女人抬头朝着她微笑。

"我在考虑租用一个贵重物品保管箱。"艾丽丝在女人狭窄工作台前面的一把椅子上坐了下来。

"太好了。你需要填写这份表格。"

女人递给艾丽丝一个写字夹板,回头往她巨大的计算机显示器里输入什么东西。艾丽丝浏览了一下那张表格,表格需要她填写名字、地址、社保号码以及其他常规信息。

"我可以先问些问题吗?"

"可以,宝贝。"女人从鼻子上摘去阅读眼镜,让它悬挂在套在脖子上的一根霓虹粉色带上。

"保管箱放在哪里?"

"在金库里,穿过那扇门。"她指了指艾丽丝刚才走过的那扇门对面的一扇结实的木门。

"我怎么知道我的东西会安全呢?"

"你想看一看金库内部吗,亲爱的?"

艾丽丝热切地点点头。

女人极轻地叹息了一下,从发挥最大功效的椅子里直立起她肥胖的身躯,从她肥胖手腕上的螺旋弹性钥匙圈取下一把钥匙,随后领着艾丽丝沿着一条狭窄过道穿过一个圆形钢铁门洞，走进一个房间，房间里满是锁着的鸽笼式保管箱。

"这里就是安放保管箱的地方。"她指着一排排钢质小门说。"除营业时间外，其他时间金库都是锁着的。一天二十四小时有电子探头监控。你值钱的东西在这里再安全不过了。"

艾丽丝仔细察看四面墙角寻找电子探头，结果看到沿着天花板有三个小红灯在闪烁。

"如何打开这些保管箱呢？"

"银行会发给你两把钥匙。你将一把插入这里。"她指着一扇门上两个钥匙孔中的一个孔说。"随后我在这里插入银行的钥匙。两把钥匙必须同时转动才能开门。"

艾丽丝凝视着两个钥匙孔。"如果有人偷了我的钥匙那怎么办？"

"别担心。没有出示身份证并登记签名，任何人都不允许进入金库。小偷必须长得与你一模一样，有你附照片的身份证，并伪造你的签名。我在这里工作的二十五年中没有发生过一次这样的事件。"她鼓励地微笑着说。她领着艾丽丝回到她的办公室，坐回到自己的计算机荧屏前。

艾丽丝再次拿起写字夹板坐下。"如果我丢了钥匙，那会发生什么事情？"

"如果你两把钥匙都丢了，那银行只能钻开保管箱，由你付费。"

"多少费用？"

"噢，几百美元吧。"

艾丽丝点点头，然后冒着被人听起来有点病态地问："如果我死了怎么办？"

"你会发现在表格上的这部分，你可以授权最近的亲属持有效证件开箱。我建议你在保管箱外面保留一份你遗嘱的副本，以避免损失。"

"如果我忘了支付保管箱租金那会怎样？"

女人的脸上开始露出恼怒的神色。"根据法律，我们被要求保留保管箱五年。五年期满，你的财产将会被移交给俄亥俄州政府。值钱的东西将会被拍卖，收益将会用你的名字存放在州府的国库里。"

艾丽丝仍然继续追问。"假如银行内部有人想从我的保管箱里偷东西，银行某个人能够在我不知道的情况下开箱吗？"

女人目瞪口呆地看着艾丽丝，好像她刚才假设银行正在猥亵幼童似的。"那些钥匙由银行雇员妥善保管。"

"对。但是银行共有多少把钥匙？"艾丽丝看着勒在女人手腕上的弹性钥匙圈说。

"每个金库都有一个稍许不同的系统。在我们银行里，我们有十五把开贵重物品保管箱的钥匙。我可以向你保证只有经过严格训练和忠贞审查的人才能接触到钥匙。"女人将一叠表格往桌面上重重地一拍，以表示她恼火了。

"呃，假如照看房屋的工友或其他人捡到了你的钥匙，比如在盥洗室里，那会发生什么事呢？他能打开保管箱吗？"

"小姐，那些钥匙都经过编码，只能打开某些保管箱。一个工友不会知道该使用哪一把的。另外，没有你的钥匙没人能开你的箱子。"她叹息了。"很显然，你对在我们这里租用保管箱持有一些严重的异议。我建议你在开户之前自己再多做一些调查研究。"

"也许你是对的。"艾丽丝从写字夹板上取下表格，将它放进自己的手提包，然后起身离开。"我会再好好考虑一下，过几天再来。"

女职员点点头，然后开始很响地打字。

艾丽丝停了一下，接着最后提出了这个问题，这个问题是导致她到楼下这间贵重物品保管箱办公室的根本缘由："不是有万能钥匙吗？我曾听说银行都有一把万能钥匙。"

"你到底从哪里听来这种话的？"女人边问边砰地拍了一下桌子。"我们不再保留死钥匙。它们是违反联邦存储保险公司条例的。"

"死钥匙？"

"对不起，这话真不该说。"女人摇摇头。

"他们为什么要把万能钥匙称作死钥匙呢？"艾丽丝追问。

"当一只保管箱多年处于休眠状态，我们说它死了。当一只保管箱死了，它需要被清理干净，让某个其他人重新使用。我们过去常常用死钥匙打开保管箱，然后换把锁。如今我们不得不钻开保管箱，更换整个部件。如果你要问我的话，我要说这样做浪费很多钱。"

"保管箱经常死掉吗？"

"你会感到震惊的。"

第五十六章

保管箱死了。在驾车从阿克伦回家的路上，艾丽丝在脑海里反复念叨这句话。克利夫兰第一银行关闭迄今已有二十年时间。到目前为止，任何渴望拿回他们财物的人大概早已提交了申请书，钻开了他们的保管箱。这种事已经发生过好几起。那个胖女人说自从她第一次进金库以来见过十个保管箱被钻开。拉莫尼说过最后一次钻开保管箱是十多年前的事情。许多钥匙都遗失了。金库只是一个坟墓。

据那个州府银行的职员说，储户的存储物保存五年，期限过后这些财物会被拍卖。艾丽丝驾车驶上了七十七号州际公路，她心里琢磨究竟是什么原因促使人们把自己值钱的东西放进一个陌生的金库里去呢？她认为，所存储的不管是什么财物必定是某人需要藏匿的某些东西。她下了高速公路，转进自己的社区。也许人们希望将自己的秘密掩埋起来。也许这就是那么多保管箱死亡的原因。

但是有人希望拿回自己的储存物。也许县政府购买这栋大楼的计划泄漏了，有人认为这是他们最后的机会。在她的脑海深处，一个身着蓝色衬衫的人影急匆匆逃离金库。那天有人在金库里。她把车停靠在她二联式公寓套房前面的路边，将手伸进小包寻找她发现悬挂在一个保管箱门上的钥匙圈,钥匙圈上有十二把钥匙。她一边一把把拨弄钥匙一边心想这些一定是银行开保管箱的钥匙。阿克伦的女人说它们都有一个暗码——使钥匙难以被盗用的一个技巧。每把钥匙都标注一个一定包含某种意义的字母——"N","D","E","O"。它们按没法辨别的顺序排列,不过小偷可以试用每把钥匙直至找到完全匹配的那把。虽然只有十二把。这仍然需要花些时间——这些时间也许足以导致被捕。有一千多个保管箱需要试开。

艾丽丝关掉引擎,从点火开关上拨下钥匙,仔细观察她在满是死苍蝇的房间里发现的那把钥匙。在她的噩梦中,这把钥匙上沾满了鲜血,上面标着死亡的符号。它无标识的匙面在她的钥匙圈上来回摇晃。刹那间,今天她所获得的一切信息使她突然开窍。钥匙从她的手里掉了下来。

她拿了死钥匙。

她捂住嘴巴,低头凝视着大腿上的这些钥匙,仿佛它们是杀人凶器。在这光天化日之下,这些是银行的钥匙和死钥匙。它们在一起就可以打开金库里的每一个保管箱。

她的双手发狂似地抓起这些钥匙,将它们扔回包里。她从犯罪现场拿走了犯罪证据。她甚至愚蠢到在加菲尔德高地一个锁匠面前招摇这把万能钥匙。警察知道她住在哪里。她几乎可以读到这样的新闻标题——"心怀不满的工程师被抓现行"。电视心理学家会推断:在废弃的银行里连续独自工作数周的压力扭曲了她原本已经不稳定的心智。拉莫尼会告诉他们她一直听见各种声音。埃莉会勉强地作证,说她有酗酒的习惯。尼克会被当作德信誉见证人传唤,证明她道德缺失精神错乱。她父亲最近的失业将会成为压死骆驼的最后一根稻草。

她感到胸口憋闷。如果警察发现少了任何东西,她就会成为替罪

The DEAD KEY

羊。围绕她发现的尸体也许正在酝酿一场媒体风暴。相机闪光泡会在大楼的每个多尘的角落和死金库里闪亮。人们也许会来寻找遗忘的祖传遗物。她呼吸频次过快。她在大楼里损毁过东西。那么多钥匙躺在她的手提包里,像《泄密的心》[①]一样在跳动。她必须把它们处理掉。

"嘭",她身边的车窗猛烈地响了一下,就像一千伏特电压穿过她的胸膛。她的脑袋撞了车顶棚,她放声尖叫起来。是尼克!他站在她车门的外面,隔着车窗微笑。

"该死!对不起,我吓着你了!"他的眼睛眯缝了起来。

她瘫倒在靠背上,努力使自己的心脏继续搏动。当她又能正常呼吸时,她强忍着一字一字地说:"有事吗?"

"整个下午我都在找你。"

"什么?"她把小包紧紧抱在胸前,下了车。"你为什么不去上班?"

"我休假一天,帮助减轻工作负荷不足——我们中许多人这样做了。"尼克耸耸肩。

艾丽丝朝他眨眼,她不理解。"什么叫工作负荷不足?"

"一些项目告吹了。情况有点不乐观。嗨,我听说所发生的事了。顺便问一下,你还好吗?"他眼中的那种柔情几乎令人信服。几乎。如果他真的在乎,那他早就打电话了。

"我还活着。你想干什么?"

他朝着她耸了耸眉毛。

"你妈的又来骗我?休想!"她边推开他边踏上通向她家的台阶。在她经历了那么多苦难之后,他又想来操她。

[①]《泄密的心》:The Tell-Tale Heart,由美国作家 Edgar Allan Poe1843 年首次发表。

"艾丽丝。艾丽丝。我确实玩弄了你。但事情不是那样的。我想谈谈。"

"是啊，你想谈谈。"

他跟在她身后登上台阶，一把抓住她的肘部。"嗨，这些天来你怎么啦？我们不能谈谈？"

"如果你对谈谈那么感兴趣，那你应该给我打电话。"她的钥匙掉落到了门垫上，于是就沮丧地拍了一下房门。

"我亲自过来，这不是更好吗？"他弯下腰捡起她的钥匙，把它们递给她，同时用一个手指掂起她的下巴。他棕色的眼睛里同时流露出温柔、同情和失望。"艾丽丝，我想……我们俩玩得挺开心的。"

"挺开心。"她重复道。这个词在空中飘荡。她垂下眼帘，推开了房门。他不是在追求爱情或者婚姻。他只想与她交欢。他大声说出了她最害怕的那几个字，可不知怎的，她感觉自己倒像个骗子。她出神地看着他凌乱的头发和有点歪的牙齿。他从来没有作出过许诺或者宣誓过真爱。狗屎，**他甚至从来没有打过电话！**是她一步步引诱他上床的。

"对，尼克。挺开心的。我只是……我现在真的不想谈。"

他把住她试图关上的房门。"好吧。行。我只想让你知道办公室不像以前那样了——"

"是吗，那太好了。"她打断他的话，再次试图将门关上。

"不，我的意思是自从你发现那具尸体后，他们不像以前了。他们更加坏了。他们解雇了一些人。惠勒先生一直在提出一些有关银行的奇怪问题。我想我只是在为你担心。"

他的那种眼神让人深信不疑。她遇上麻烦了。她将被开除或更糟糕。他至少能够过来当面告诉她这些事,那么他对她的实际调侃就几乎不算什么事了。

她的眼睛朝地下看去,拉紧了小包的皮带。"噢,谢谢!我也有点担心自己。"

第五十七章

艾丽丝把尼克关在门外,背靠着门,手里依然攥紧小包和包里所有的钥匙。

"艾丽丝?"尼克在门外大声叫唤。"哎呀,见鬼了!如果你想谈的话,你知道去哪里找我的。"

她扔下小包,双手捂住脑袋,直至她确定他已经走了。惠勒先生在查问。有人被解雇了。上周以来,她还没有与单位的其他人说过话。她奔到电话跟前拨通了布拉德。

"嗨,布拉德?我是艾丽丝。"

"艾丽丝,嗨!你过得怎样啊,四处玩玩?"听得出来他话里有一种关切口气,这使她想起自从发现尸体以来她还没有与他说过话。

"噢,我还是有点精神恍惚,不过还活着。"她尽量显得漫不经心。"我有点想急着回去工作。项目怎么样啦?"

"不怎么样,很不幸。警察把大楼封了。我听说县政府对这笔交易正在失去兴趣,整修计划暂停了。如果媒体得到这一事件的风声,这个项目可能会拖延数月。"他降低声音,"星期五你过来一次谈点事情。"

这只能意味一件事情。"我要被解雇了吗?"

"我也说不准,但是他们已经让两个人走路了。"他犹豫了一下,然后补充说,"我帮你说过好话。"

"谢谢!如果警察很快解除对大楼的封锁,那么我有回来工作的机会吗?"

"如果我们能在星期一拿回大楼,有机会。我要说他们让你回去完成这项工作的机会是很大的,不过,艾丽丝,我不会指望它。如果这件事上了晚间新闻,那么县政府对整个项目也许会洗手不干了。"

在她接听电话的时候,她的柏柏地毯、新家用设备、活动式投射照明灯都在嘲笑她。她担心一旦遭解雇,她还能维持她的新家多长时间。她在银行里有两千美金的存款和一大笔学生贷款。

"谢谢你的警示信息。星期五见!"

艾丽丝哽咽着挂掉了电话。她要被解雇了。考虑到丢了工作随之而来的境遇,她讨厌这份工作的情绪真的算不了什么。她并不特别杰出,或者聪明伶俐,或者与众不同,或者不可或缺。她是可以被消耗的。工程学院五年苦读,四个月没完没了的讨厌工作结果等于零。被开除了,失败了,一败涂地。她已经能够听见母亲令人倒胃口的劝说声:尽量变不利为有利。她父亲不会说任何话,但她知道他会非常失望的。她曾经表现出那么大的希望。

她躺入那张肮脏的长沙发,点燃了一支香烟。所有那些通宵达旦,所有那些施工图纸——她将过滤嘴也吸进嘴巴,直至它烫疼了嘴唇。她的生活不应该是这种结局。她是以最优异成绩毕业的。她使自己的履历十全十美。她穿着丑陋,那不合身的工作便服。她学会了完美的坚定-但-不-傲慢的女性握手方法。照理她应该成为一名"成功的工程师",尽管她甚至再也吃不准成功的工程师意味着什么。金钱?

安全？责任？声望？她只想在这个世界上做出一番与众不同的事业。现在她有幸逃出樊笼。一堆二十年的死昆虫将毁了她的人生。她掐灭了香烟，蹬蹬蹬地跑到小包跟前，将包里的东西全部倒在厨房柜式长桌上，在里面寻找直至发现她要找的东西——安东尼·麦克唐奈警探的名片。

电话铃响了又响。艾丽丝一边踢跶着脚一边等待。星期一她必须回银行大楼。她将把所有的钥匙都放回去，好像啥事也没发生。

他终于接听电话："麦克唐奈警探。"

"喂，警探吗？我是艾丽丝·拉奇，发现尸体的那个工程师。"

"艾丽丝，你好吗？"电话那一头他的声音很温暖。

"我还好。我只是在想什么时候我能回旧银行大楼工作。"

"那里仍是个犯罪现场，艾丽丝。验尸官和司法精神病工作小组正在努力工作，但这需要时间。"

"我不明白。这不就是一起自杀案件，啊？我的意思是……"几百只饥饿的苍蝇开始旋转。她闭住了眼睛。"有一条套索，对吧？"

"哦，比这个还要更加复杂一点。"

"是吗？"

"嗯，首先死者不会把书橱推到盥洗室门前并换了锁。有人试图掩盖所发生的事情。"

"但是，数百个人在楼里工作，这件事发生在，呃，二十年前，对吧？"她感到自己开始哀诉，但却无法停止。"有没有时效法什么的？"

"谋杀没有。"

艾丽丝感到胃部在抽搐。"现在你说这个人是被谋杀的？"

"我什么也没有说。"他清了清嗓子。"正在调查中的案子其细节是保密的，这很重要。我们不想有任何细节泄漏到新闻界。如果这确实是起凶杀重案，那么凶手也许仍然逍遥法外。"

一件蓝色衬衫闪过她的思绪。她倒吸了一口冷气。"星期一我能有机会回去工作吗？"

"对不起，我估计不行。那栋大楼里有大量证据需要采集。不管是谁干了这事，其线索有可能依然遗留在楼里，也许需要数月我们才能完成所有证据的编目分类。"

"听起来你挺兴奋的。"艾丽丝心情沉重地对着电话叹息。恐惧使她的胃部抽搐：她还拿着钥匙。

"多少年来，我一直想把这栋楼的案子弄到手，"托尼坦率地说，"我们或许终于有了政治决心去完成几十年前开始的各种调查了。知道吗，你不可能就这么把一起凶杀重案掩盖起来。"

"唉，这样看来我要失业了。"她的嗓音突然变了。

"艾丽丝，我很遗憾地听到这个消息，我真的很遗憾。"

她得想办法把钥匙放回大楼。她的手心开始出汗。她应该告诉他。她应该告诉警探她发现了什么。新闻标题"心怀不满的工程师被抓现行"再次在她的脑海里闪现。她不应该告诉他。她刚刚承认她要被解雇了。当她在思想斗争的时候，交谈一时停顿了。

"艾丽丝，有什么其他事情我能帮助你吗？"

"什么？嗯……没有……我只是，"她结结巴巴地说，"也许我应该告诉你更多有关大楼的事情。那样有帮助吗？"

"好的。你有什么要说的？"

"呃，让我想想……"她支吾了一会儿。她应该告诉他一些事情。她应该让他知道她是站在他一边的。

"查一下四楼约翰·史密斯的办公室，那里放满了奇怪的档案。

九楼约瑟夫·罗思坦的办公室里也有一些奇怪的笔记。我想他也许已经给联邦调查局打电话报告过某些情况。三楼的人事档案依然满是信息。那些信息属于……一个女人。"她几乎说出"比阿特丽斯",但是她还吃不准这一点。再说,这会引起其他疑问。"噢,还有隧道。别忘记去查看隧道,还有……"

钥匙。她也应该告诉他钥匙的事情。该是时候了,但是她头脑里的一个声音劝她别说。托尼是警察。他不需要钥匙。他有大锤,有撬锁工具,有钻机。警察会找到另一种办法进入金库。她只要把它们处理掉,从此不再说起它们。她可以把它们扔进河里什么的。没有钥匙,比阿特丽斯也会被发现。警察会找到她的。就像托尼说的,大楼里满是证据。

"隧道?"托尼说,他打断了她紊乱的思绪。

"是的。旧的蒸汽管隧道。入口在下层大堂的楼梯底下。"

"艾丽丝,这非常有帮助。我也许会再给你打电话,再问你一些问题。那样可以吗?"

"行。"她仍然有坦白的机会。"警探?"

"嗳,艾丽丝。"

沉默在电话线里来回震荡。她想告诉他,但做不到。她想象自己被带到警察局作进一步审讯。不行。她可以自行把钥匙处理掉。"嗯,你知道我在那个盥洗室里找到的是谁吗?"

"根据他的皮夹,此人叫威廉·汤普森。噢,这是保密的。我需要你保守秘密。"

这个名字激起了艾丽丝大脑深处的记忆。她努力回忆了片刻,终于想起来了。"'地球上最棒的爸爸'"咖啡杯!我见过他的办公室!他在九楼。他的办公室被捣毁了"。

The DEAD KEY 345

"你说'被捣毁了'是什么意思?"

"就像有人将它拆了个稀巴烂。"她吐出了憋在胸中的那股子闷气。也许她给警探的帮助足以弥补她没说出事情。

"艾丽丝,如果你找不到另一份工程师工作,你给我打电话,好吗?"他笑着说,"我也许有工作给你做。"

第五十八章

一九七八年十二月十三日星期三

快离开。 出租车载着比阿特丽斯在城里四处转悠时，托尼的话在她的脑海不断回响。她没有告诉司机目的地，与托尼见面后，她就上了出租车。她不知道去哪里。一想到要冒险走隧道，还要在漫长的黑暗中步行去十一楼实在令人难以承受。"快离开！"托尼建议说，可是她能去的地方都是死路一条。有人彻底搜查了她姨妈的公寓套房，此时此刻他们有可能就坐在厨房餐桌边等着她呢。她不能回医院。据马科斯说，病房被监视了。

当他们在黑暗空荡的马路上游弋时，出租车司机驶过了克利夫兰第一银行。她抬头凝视着高高耸立在头顶之上的大楼。顶楼上有两扇窗户还亮着灯。楼上那些办公室里不管是谁，他们肯定没有睡觉。

那会是谁呢？她琢磨。谁把她姨妈的家翻了个底朝天？谁在监视她姨妈的病房？比尔·汤普森是个骗子，一个玩弄女性的人，一个偷盗寡妇财产的人。他甚至还去医院探视了多丽丝姨妈，假冒是她的姨夫。但是他不在顶楼工作。马科斯对她说过银行的麻烦比比尔的要大得多。

还有兰迪·哈洛伦。他去过医院——现在她非常确信这一点。哈洛伦在探访签名簿上签过名。一想起那天早上他色眯眯的眼睛,她就浑身发抖。她仍然能感觉到他紧掐她的手腕。

这倒没关系。她只要忘记这整件肮脏的事情,今晚就离开城市。她姨妈永远不会再康复;她心里明白没有必要等待。比阿特丽斯可以就这么消失了。他们也许甚至懒得去寻找她。她将只是又一个在夜间出现并消失的姑娘。想到这里,马科斯焦虑的眼神和淡去的笑容浮现在眼前。她曾许诺过马科斯。离开前她需要找她一下。

哥特式终点大楼在前面耸入云霄。大楼前面是一栋童话城堡,不过她已经看见过装卸码头小巷里大楼丑陋的后院,那里有一扇无标记的门通向地下隧道。一想到隧道,她就有了主意。

"斯托弗客栈。"她高声对出租车司机说。它是终点大楼旁边的那家旅馆。她数了数钱包里的现金,祈求钱足够付车费。

出租车在客栈雨篷的取暖灯下让她下车。身着金色纽扣制服的旅馆侍者手触帽檐行礼并开了门。门厅里面是一架螺旋式石头楼梯,直通大堂。它的长毛绒红地毯已经被踩踏得又薄又旧。灰尘覆盖的水晶枝形吊灯悬挂在她的头顶之上,她攀登气度不凡的楼梯来到登记柜台。宽大走廊的尽头,一个大理石喷泉正在喷涌用颜料染蓝的水。比阿特丽斯走到柜台前要求开房。

柜台里面一位黑头发浅黑皮肤的瘦高个女子递给比阿特丽斯一张卡。"这些是价格。"

比阿特丽斯浏览了一下价格表,她心头一沉。她短缺十美元。

"噢,你们没有便宜点的吗?"比阿特丽斯想起了客栈背面丑陋的外观。"有面向小巷的房间吗?"

还没等接待员回答，大堂对面通向烟雾弥漫的旅馆酒吧的门开了，一对醉醺醺的情侣跌跌撞撞地来到服务台跟前。

"我们马上需要一个房间！"那个男人大声喊道，同时用他的手掌猛击柜台。

艾丽丝朝他们瞥了一眼，立刻用手遮住自己的脸。她认出了这个男人。她以前在银行见过此人。

"给我我常住的套间。"

"好的，哈洛伦先生。"接待员点点头，同时朝比阿特丽斯歉意地笑了笑。"请在这里签名。"

比阿特丽斯用手遮住脸以掩饰听到"哈洛伦"这个名字后她惊讶的表情。她透过指尖缝隙朝他偷看了一眼。他的手正在抚弄他伴侣的屁股。她立刻转过脸去看其他地方，不过在这之前她已经瞥见一条闪闪发光的金色褶边。

"玩具熊，你永不满足！"女人低沉沙哑地咯咯轻笑。

比阿特丽斯确信她以前听见过这声音。她是警告过马科斯的那个女人。这熟悉的声音吸引比阿特丽斯的目光从地板转向这对情侣站立的地方。这女人穿着足跟六英寸的高跟鞋，丝袜紧裹着她赤裸黑肤的双脚直至大腿。她的金银锦缎连衣裙几乎遮不住她的屁股，哈洛伦先生的手一直在裙子底下滑动。

"给你钥匙，先生。祝你们住得愉快！"接待员欢快地说。

拿了钥匙，哈洛伦先生与那个穿金银锦缎的女人摇摇晃晃地走向电梯。当他们走出大堂，比阿特丽斯将手从太阳穴降至嘴唇，那男人熟悉的坚硬的灰白头发和套装使人确信无疑，是他在办公室对着兰迪高声叫嚷。他是兰迪的父亲。泰迪·哈洛伦与一个认识马科斯的女人站在离她三英尺的地方。

The DEAD KEY 349

"对不起，我们有些客人……"漂亮的接待员对着电梯挥了挥手，不知如何解释。"呃，我是不应该这么做的，不过时间很晚了。那就三十五美元，行吗？"女人对着比阿特丽斯眨了眨眼睛，随后递给她一把钥匙。

"噢，啊呀。谢谢。"比阿特丽斯将钥匙抓在手心里，一阵宽慰流遍全身。"我……我无法对你说这对我意味着什么！"

比阿特丽斯点头致意，随后奔进电梯。电梯向上爬升三层，她急匆匆沿着过道向前走，直至来到房间门前。她上好锁固定插销，将前额靠在门上。这间经济房间比壁橱大不了多少，窗外是一只垃圾桶，不过有一张卧床。比阿特丽斯倒在床上，闭上了眼睛。她已经好几个月没有睡过一张真正的床。柔软的被单和鼓鼓的枕头簇拥着她。她越来越深地陷入植绒床垫，感到她脖子僵硬肩膀酸疼在一点点缓解。随着她身躯慢慢地松沓，她胃里的硬结也在一个一个地松开。

她的眼睛莫名其妙地开始流泪。她拼命地眨眼，但却止不住泪水。太多的夜晚她独自恐惧地躺在冰凉坚硬的地上。她终于屈服了，让自己哭出声来。她为姨妈哭泣，姨妈所爱恋的男人背弃了她；她为马科斯哭泣，马科斯失去了孩子；她为托尼和他泄气的愁容哭泣。不过，她主要为她自己哭泣，她一直在寻找一个新的家，一种新的生活，而且行将成功，她已经在幸福的边缘忽上忽下，谁知道所有一切都出了差错。

比阿特丽斯抽泣着直至眼泪哭干，她的头脑乐而忘忧惆怅空虚。她睁着红肿的眼睛大概数小时，注视着从透明窗帘透进来的一个个长长的飘动的影子掠过天花板。东躲西藏焦虑不安的压力、试图为无法解答的问题寻找答案使她的头发、皮肤、骨头变得越来越差劲。在一个没人能找到她的地方她终于安全了，即便只有一个夜晚。她给服务台的女人留了她母亲的名字。为了片刻的安宁，她梦想永远不离开这个房间，永远隐姓埋名。想到这里她笑了。她舒展身子，然后在床上坐了起来。她将离开克利夫兰，她决定了；一找到马科斯，归还了钥匙，她就离开。

离开克利夫兰就意味着离开她垂死的姨妈不管。想到多丽丝被放入地下没人为她送行，没人为她哭泣，她的心宛如刀绞。多丽丝没有其他亲人。在比阿特丽斯到来之前，她姨妈的岁月是在小餐馆里和对比尔的回忆中消耗——还有每周去银行金库一趟，往547号保管箱储存她的小费。

比阿特丽斯看了看她的小包。她从保管箱只拿了一样东西，这是一样不该放在保管箱里的东西。她将它拿了出来，再次看了看。这是一个笔记本。回想起在银行天鹅绒的隔间里，她曾试图看懂这些符号，最后只好作罢，于是将本子放进了她的提包。她再次打开皮封面，仔细阅读第一页。

第一页上记录了日期、奇怪的符号和数字。第一个日期是一九六二年九月五日。日期旁边写着两个数字：545和10 000。比阿特丽斯快速浏览了几行数字。日期一个接一个做了记号。起先，登录的条目都是零星和稀少的，一九六三年接着一九六二年，然后是一九六四年。接下去一页有样新的东西吸引了她的眼球。它是一条笔记，写的是"15颗钻石"。接下去记有更多的实物——"金项链，蒂芙尼手表，钻石戒指"。比阿特丽斯更快地翻阅，寻找某种其他的东西，某种可以解释这份分类账目的东西。随着日期越来越近，比阿特丽斯注意到登记也越来越频繁。

随后，页边空白处有奇怪的东西引起了她的注意。它是一条笔记和一个用红墨水画的大星号。它是用不同笔迹写的。笔记写的是"朗达·惠特莫尔!"笔迹看上去很熟悉。

比阿特丽斯快速看了看日期——一九七四年五月二十二日——意识到她知道这个名字。此人就是那个控告银行遗失托管物品的女人。此人就是那个马科斯请求她哥哥托尼调查的女人。此人就是那个对比尔·汤普森叫板后数天被车撞死的女人。比阿特丽斯再次读了这行记录。

"5/22/74，855，50 000（b）。"

据警探说，惠特莫尔夫人损失了五万美元债券。

比阿特丽斯啪的合上笔记本，将它扔在床上。她用双手捂住嘴巴。她刚才读了一份完整的盗窃贵重物品保管箱的记录。这本日志是那个盗贼的。它是比尔的。

马科斯对托尼说过，她发现了一些新的证据。它一定是这本日志。马科斯发现这本日志详细记载了在贵重物品保管箱里盗窃的物品。比阿特丽斯再次看着页边空白处写的笔记。这个用红墨水写的记录好像是马科斯的笔迹。比阿特丽斯誊写手写笔记时许多次见过这种笔迹。马科斯一定是想了什么办法从比尔那里拿来了这本日志。随后将它藏在多丽丝的保管箱里。为什么？这是一种冒险。如果比尔检查保管箱那该怎么办？比尔熟悉多丽丝。

她想起了马科斯的话："多丽丝不一样。她有自己的钥匙。"

比尔没有547号保管箱的钥匙。马科斯让托尼把钥匙还给比阿特丽斯。这只能有一种解释——马科斯希望她找到这本日志。

比阿特丽斯在房间里来回踱步，试图弄懂所有这一切事情。马科斯把所有与犯罪有牵连的证据都放到比阿特丽斯的手上。另外还有那把没有标志的钥匙。为什么马科斯信任她，而不是她哥哥？显然托尼更懂得如何处理利用这把钥匙。她接到的唯一要求就是把钥匙安全地藏好，等这一切都结束之后，马科斯会来找她的。可是这事情永远不会结束。对于这一点，托尼说得很清楚。没人会相信马科斯，没人会允许搜查银行。这是一条死胡同。

比阿特丽斯沉重地倒在床上，凝视着这本合拢的日志。

第五十九章

第二天早晨，太阳照进宾馆房间，将比阿特丽斯从酣睡中唤醒。银行大楼里一个个不安之夜对她伤害极大。她几乎无法从枕头上抬起头来。她对着耀眼的阳光眨巴着眼睛，随后猛地坐起身来。她上班要迟到了！她没脱衣服就入睡，随身连牙刷什么的都没带。她奔到盥洗室漱了漱口，把头发撸撸平滑。她的样子像是睡在大桥底下，但她必须上班去。她没有完全扣好外套就奔出房间，差点忘了拿藏在枕头底下的那本记载着犯罪证据的日志。她将日志放进提包，冲出宾馆走进清新的早晨。

离圣诞节还有十一天。街上装饰得红红绿绿，人行道上熙熙攘攘，人们带着微笑谈笑风生，快快乐乐地走去上班。比阿特丽斯飞奔着超过他们，在灰白色的雪地里穿行。终于到达尤克利德大街1010号的时候，她已经迟到了二十分钟。她一面赌咒着时钟一面急匆匆走向电梯。她不想引起审计部的任何注意，至少在她永远离开之前不要惹人注意。

当比阿特丽斯走出电梯时，她意识到想要引起同事注意才是她需要担心的事情，因为没人坐在办公桌前。所有的秘书都在角落里站成一堆，压低声音相互交谈着。比阿特丽斯像钉子钉在地上一样站在办公室入口处一动不动，目瞪口呆地看着这混乱的景象。一定发生了什么事情——什么重大的事情。她的第一个本能反应是转身逃出大楼。赶快离开。不过，她还不能离开。她的所有财产都还在十一楼。她只要再多熬过一天。她缓慢地朝那群女人走去。

"发生什么事啦？"她低声问芙朗辛。

芙朗辛似乎乱了方寸，她站立着而不是俯身于打字机前。"你不知道吗？"芙朗辛顺着她尖鼻子的方向低头看着比阿特丽斯问。

比阿特丽斯感到心头咯噔一下。"不知道。"

"看起来你那个可恶的朋友马科斯一直在捣什么鬼，比我们任何人想象得还要坏。"

这个女人冷冰冰的布满皱纹的脸上满是这几个字："罪人的朋友也有罪"。比阿特丽斯张开嘴巴想质疑并提出更多的疑问，但是还没等她吱声，坎宁安女士打雷似的朝人群走来。

"女士们！女士们！请安静！"这个矮胖的女人大声喝道，"回你们的办公桌去。这里是克利夫兰第一银行，不是妇女缝纫小组。我将从你们每人的考勤卡上扣掉十分钟！"

"我……我不理解。"比阿特丽斯大声说，她感到越来越歇斯底里。

"今天早晨，汤普森先生将找你们每个人个别谈话，讨论过去二十四小时里所发生的事情。"坎宁安女士用匕首一样的目光直愣愣地看着比阿特丽斯。"我们已经报告了当局，所以我建议你们配合。"

比阿特丽斯的脸上一下子没了血色。她狠命地咬住自己的下嘴唇以保持镇静。她与托尼见面，她发现的日志，她口袋里的钥匙，她对马科斯的许诺——这一切努力都将付之东流。她太迟了，马科斯被发

The DEAD KEY 355

现了。

接下来一个小时是令人痛苦的,比阿特丽斯等着被叫进汤普森先生的办公室。其他秘书的名字在其身后被一个接一个叫到。她们每个人都神情严肃地走进他的办公室去接受面谈,回来时她们每个人都是一副困惑不解的样子。她们不敢相互交谈,但是比阿特丽斯看到秘书们都会意地相互看看。格林姐妹中的一人甚至在座位上转身偷偷看了比阿特丽斯一眼,然后很快转过身去,摇摇头。

她想逃跑,但是本能告诉她如果她朝门口移动一步,她就会被武装保安拦住。她说服自己:如果他们想逮捕她,那么她踏进大楼那一刻,他们就可以这样做。

于是,她待在自己的座椅里,直到坎宁安夫人叫她的名字。当她麻木地起身走向汤普森先生办公室的时候,其他秘书禁不住转身张望。她攥紧拳头不让双手颤抖。她还真不如走向刑场呢!

比阿特丽斯走近门口的时候,汤普森先生坐在他的办公桌前。他抬头看着她和蔼地笑笑。甚至在了解了他的一切之后——他在盗窃,他好色纵欲——她还不得不竭力克制对他微笑还礼的冲动,对此她感到十分惊讶。

"请把门关好。"他和蔼地说,没有流露出一点指责的意思。

她遵命关了门。

"坐下。"他指了指椅子。"我知道今天早晨有点不同寻常,不过我想向你保证我们仍然把你视作克利夫兰第一银行家族的一员。我们只是需要你的帮助。"

"这一切都是怎么回事?"她试探着靠近办公桌。

"我希望你能告诉我。"他的脸上没有显露出一点对于风流事或盗窃或他所干的其他任何事情的负疚或懊悔。

她不得不假意周璇。她在椅子的边缘上坐了下来，一只手紧握住另一只手，双手交叉搁在大腿上。"对不起，先生，我不知道发生了什么事情。"

他仔细地观察着她，好像她是那个藏匿什么东西的人。他不知道她了解多少。他似乎满意于她彻底慌了。

"也许你是不知道。不过好像你的朋友马科欣夜里非法闯入了大楼。"他停顿下来观察她的反应。

比阿特丽斯目瞪口呆地看着汤普森，一脸震惊的神色，她的心脏在胸腔里突突地颤动。

"我们也发现了证据，证明她睡在这里。"

"我不懂。睡在这里？"比阿特丽斯攥紧双手，并克制着眼睛不往别处看。从汤普森的表情来看，他错把她的惊恐当做惊讶。

"对，在一个废弃的办公室里。最近你遇见过马科斯吗？"他倾身向前。

"没有，先生。自从她离开工作后，我没有遇见过她。她哥哥说她去度长假了。"

有人发现了她的藏身之处。每天早晨她都把箱子藏进杂物间。难道清洁工不知怎的撞见了它？她认真回忆，在脑子里一一过目她也许遗留在十一楼的所有东西。她认为眼睛朝下看比较安全，那样不会引起怀疑。再说，她的皮箱里任何东西上面都没有她的名字，对于这一点她很自信。箱子里除衣服之外，唯一的东西是从马科斯办公桌里拿的档案。她与托尼见面的速写笔记，马科斯的个人档案在她的手提包里很安全，当然钥匙也在包里。她的心跳频率稍许慢了一点，因为她意识到马科斯的钥匙依然是安全的。

她抬头看着汤普森，其神色就像高速公路的一只小鹿那样绝望。

他又和蔼地笑了,她知道她已经躲过了侦查。

"好啦,正如我所说的,我们有证据说明她住在楼里。我们认为她卷入了一个诈骗我们银行的犯罪集团。现在,我们已经报告了警察和联邦调查局,我们希望你配合他们的调查。"

比阿特丽斯点点头。托尼说过联邦调查局已经在调查银行,但都成了无头公案。现在联邦调查局把责任推给了马科斯。汤普森先生也将诬陷马科斯犯盗窃罪。马科斯曾一度拿着钥匙,她曾进过金库,她在调查遗弃的贵重物品保管箱。诬陷很容易。

"我简直无法相信你说的事情!"比阿特丽斯让自己的眼睛流出泪水以增加效果。反正整个上午她就想放声大哭。"马科斯似乎不像窃贼。"

"哎呀,人啊什么事都能干得出,你会吃惊的!"他盯着她的眼睛看,她极力克制因厌恶而颤抖。

她垂下眼帘仿佛非常悲伤,并点点头。汤普森先生能够做出很可怕的事情。用红墨水潦草写的"朗达·惠特莫尔!"几个字闪过她的脑海。他会谋杀人吗?他已经找到马科斯了吗?

"警察……找到她了吗?"

"还没有,但别担心,比阿特丽斯。我们会的。"

与汤普森先生面谈几小时后,"我们会的"几个字在比阿特丽斯的脑海里反复闪现。在整个办公室警惕目光的注视下,她坐在自己的办公桌前,尽力显得像其他人一样震惊。汤普森先生把整个场面设计得绝对完美,所有雇员都表示出高度警惕,急于找到马科斯以拯救银行。她低头看了看桌边的活页日历。明天是星期五——银行让克利夫兰城市违约的一天。

在其他女人似乎都已厌倦了窥视她之后，比阿特丽斯拿着自己的手提包去洗手间，她将自己锁在马桶隔间里。她将头捂在自己的大腿上摇晃了一会儿，用茫然的眼睛缓慢而仔细地扫视着一块块瓷砖。托尼不会让他们逮捕马科斯的，她自言自语，但是她不相信这一点，因为如果托尼有足够的力量去救她，那么马科斯早就把钥匙给他了，可是马科斯却把钥匙给了她。

她终于离开厕所，乘电梯下到大堂，来到角落里付费电话的跟前。她投入硬币，拨了号码，倾听着电话铃声催眠似的作响，并紧紧地闭住眼睛。

"喂？"电话那头一个声音说。

"妈妈？我是比阿特丽斯，"她说，"别挂断。"

一阵长时间的沉默之后，那个声音说："你倒是挺有勇气的，像这样给我打电话！过了这么久……你到底想要什么？"

比阿特丽斯尽力回想那张年轻时她母亲和姨妈交恶前手挽着手的黑白照片。"是有关多丽丝的事。她住院了。"

"哦，原来那么长时间你在她那里。我想这就清楚了，对吧？"艾琳将烟雾吐进电话筒。

"什么清楚啦？"

"哈！"她母亲咯咯地轻声笑。"我想多丽丝从来没有对你说过她很多年前为什么要离开家乡吧？"

多丽丝什么也没对她说过。比阿特丽斯不敢打听，现在这些事情都已经无关紧要了。"她快死了，妈妈。我只是想你应该知道一下。她住在克利夫兰的大学附属医院。"

还没有等母亲说出一个尖刻的字，比阿特丽斯就挂了电话。她女儿还活着，母亲却没有一点温情，没有关心，没有宽慰。她根本就不应该打这个电话。艾琳根本不会来探望多丽丝。

当她回到办公桌时,她开始有条不紊地清除比阿特丽斯·贝克在审计部的全部痕迹。她努力将办公桌整理得一切如常。她一个抽屉接一个抽屉地清理掉自己岗位上任何与她个人有关的东西。东西不多。有些文件夹塞在最后一个抽屉里,它们是她为兰迪整理好的文件,兰迪说这些文件很敏感,并把它们托付给了她,她决定破解其中的缘由。

她取出这些文件好像是要将它们分门别类,并且非常仔细地一页页研读。每份文件包括一份交易清单。比阿特丽斯整理好的这些清单之间唯一的不同之处是其编号体系。它们不是按客户姓名和账号排序,而是用一大串符号,"＄♯＄",和混乱的字母,"LRHW"。符号和字母变化多端,但没有一种让人看得懂。

"你在阅读什么呀,亲爱的?"坎宁安夫人在她背后高声问道。比阿特丽斯吓了一跳。

"没——没什么,"她一面结结巴巴地说,一面将手中的文件塞进最靠近的文件夹。"这是为哈洛伦先生整理的一些文件。我……想确保分类正确。"

"是的。继续好好工作。"随后,她提高声音对着整个房间的女秘书们说,"整理文件是一种重要的责任,不应该掉以轻心。文档好银行就好。"

说完,坎宁安夫人摇摇晃晃地走开了。这是比阿特丽斯在银行曾经亲身经历过的与文秘会议最相关的一次讲话。也许她的上司试图让大家平静下来,不过,她的评论似乎也直接针对比阿特丽斯。

当她确信没人在她背后偷看的时候,比阿特丽斯打开刚才她塞进手中那页纸的文件夹。查看标号后,她明白那页纸不属于这个夹子。比阿特丽斯开始重新正确归档,但突然停住了。她凝视着手中的清单，默默地重复老坎宁说过的话：**文档好银行就好**。

比阿特丽斯在手指间挤弄那份文件。没人会相信她不得不说出的有关银行的任何一件事情，比尔·汤普森，或者那些有钱人，但是也没人能够搞得清她手中这份交易清单的背后发生过什么事情。她下定了决心，开始将那些文件随意塞进错误的文件夹内，将那些数据分散在十三份档案中。她走到哈洛伦先生的信箱前，将这些文件塞了进去，免得自己改变主意。这样做也许改变不了什么，但它会起点作用的。

时钟敲响了五点，比阿特丽斯·贝克最后一次离开了银行。

第六十章

在到达那里之前，比阿特丽斯不知道自己要去哪里。她在"小意大利"下了公交车，步行三个街区上默里山去她姨妈的公寓，一路上她不断地回头张望。她站在通向姨妈家门前昏暗的有遮蓬的台阶底部。电灯都已熄灭。街沿没有停靠可疑的汽车。整个周边环境看上去与她十三天前离开时完全一样。

她屏住呼吸登上楼梯，再次竖起耳朵倾听是否有脚步声。没有。她一下打开房门，试探着踏进冰冷昏暗的房间。"咔哒"一声，她打开了墙壁上的开关，电灯照亮了整个楼梯井。房间里还是与她离开时一样——一派遭受破坏的景象。家具依然四处乱扔。松开的文件和厨房用具依然散落在地上。她踩在被毁的多丽丝的全副家当之上，朝卧室走去。她在乱七八糟的东西中搜寻，最后发现了她母亲和姨妈的合影。她捡起照片，将它塞进自己的手提包。总有一天，她会去多丽丝的坟上扫墓，她发誓。

她的眼睛扫视整个房间，寻找任何她离开这个城市时应该随身携带的东西。那件貂皮外衣就堆在卧床边上。她脱掉自己羊毛外套，将貂皮外衣披在肩上。她很吃惊，这件齐膝的皮大衣几乎合身，她收紧了腰带。多年小餐馆油腻的食物使姨妈吃胖了，不过照片里的年轻女人可不一样，她曾经与比阿特丽斯一样娇小。她拥着柔软的外衣，仿佛她自己就是多丽丝。

"我希望我不必离开。"她轻声说。

时钟的滴答声在她头脑里大声作响，提醒她要抓紧时间。她奔到走道壁橱跟前，抓了一个小提箱。她需要更多的衣服。她躲藏在旅馆的时候，她藏在银行深处的个人用品被发现了。如果昨夜她回到十一楼，那将会发生什么事情，一想到这里，她不由得颤抖起来。

比阿特丽斯在暖气装置脚下拿了一些她留下的东西，然后奔到盥洗室将一把备用的牙刷和其他生活必需用品扔进包里，抬头朝镜子里瞥了一眼，结果她尖叫了起来。

镜子上写着一行字。起先她以为是血迹，但仔细一看，才意识到那是唇膏。乍一看以为是不重要的涂鸦，细一看才明白这是速写，是马科斯写的；过去十二天中的某个时候，她一定来过这里。比阿特丽斯慢慢地仔细察看这些涂抹的油腻的符号，读着读着她的心跳加速了。

"快离开！他们知道了。"

还有更多的信息，但符号模糊在一起了。它们是在仓促之中写成的。唯一她能辨认出的马科斯用速写写的其他字好像是"兰瑟汽车旅馆"。

比阿特丽斯倒退着离开镜子，关掉电灯，从地上拎起了手提箱。她急匆匆地离开姨妈家，走后连房门都懒得上锁。她在楼梯遮蓬的阴影里偷偷观察了一下楼下车道，随后悄悄溜到楼房背面。她避开大街，在那些家庭旅馆之间奔跑。她沿着小路跑了一个街区，上了人行道；这时她才放慢速度步行起来，以避免引人注意。后面离她几栋房子之遥的地方，一辆汽车启动了引擎，并朝着她的方向驶来。她撒开腿朝着梅菲尔德路上的商店和餐馆奔去。

首先映入眼帘是她姨妈以前工作过的小餐馆招牌。她冲了进去，让身后的门砰地关上。只有当她安全地躲在玻璃门后的时候，她才敢回头张望。一辆车窗玻璃着色的黑色轿车缓缓驶过餐馆门外。她拼命地喘气。

一个声音在她背后说："比阿特丽斯，是你吗？"她转过身来，看见格莱迪丝端着咖啡壶朝她走来。"你没事吧，宝贝？"

"我没事。"她一面尴尬地勉强一笑，一面上气不接下气地喘息。"我刚才在……我在跑步。"

"在外面跑步不会有点冷吗？"上了年纪的女招待边沉下脸说边低头看着她的手提箱，"你是要到哪里去，宝贝？"

"我？哦，不……这些是多丽丝的东西。我想她也许需要它们。"比阿特丽斯的呼吸几乎恢复正常。

"你为什么这样急匆匆的？"

"外面有一辆汽车……有些家伙高声喊叫什么。我想我是吓坏了。"

"不是我要说你，你不应该在夜里独自四处乱走。"

"我知道。我只是想在探视时间结束之前赶到医院。"比阿特丽斯回头朝街上探望。她再也看不见那辆汽车了。"我想我真的应该走了。"

格莱迪丝低头再次看了看比阿特丽斯的手提箱。"喏，这倒是提醒了我。我不想麻烦你，宝贝，不过几天前米克叫我清理多丽丝的锁柜，因为——上帝保佑她——她也许不能回来工作了。你稍等一会儿好吗？"

比阿特丽斯本能地点点头，并跟着格莱迪丝回到服务区，多丽丝每天必须在这里打记时卡。

"我知道这样做非常不合适，不过我可以把她的东西交给你吗？"

"嗯，行。当然可以。我一定把它们交给多丽丝。"比阿特丽斯没有计划再回医院去，但是她没有其他话可以回应。

"东西不多。她只是放了一些紧急用品。"她递给比阿特丽斯一个中号提包大小的拉链包。她轻轻拍了拍比阿特丽斯憔悴的脸颊。"如果我再也见不到你，那么祝你好运，宝贝！"

第六十一章

一九九八年八月二十八日星期五

"艾丽丝。"

艾丽丝躲在十五楼厕所间里。棕色皮箱的把柄在她手里很重。灯都已熄灭,她所能听到只是她自己的呼吸。

直至这个声音再次轻轻召唤,"艾丽丝!"

"什么!"艾丽丝尖叫一声往后退去。

声音是从风井里传来的。艾丽丝伸出手去碰触铁格栅。它松动了,有点摇摇晃晃。她急忙抽回手来,但已经太迟了。铁格栅哗啦一声从墙上坠落下来,这声音似乎永久在回响。多个手电筒的光柱刺破黑夜。她能够听见走廊里沉重的脚步声。艾丽丝没有选择。她扔下箱子,将手伸进风井,盲目地摸索,终于触摸到了一架梯子的横档;她紧紧抓住它,将自己的身躯和双腿拉进管槽。隔壁办公室传来了纷杂的声音。她开始攀爬梯子,一次一根横档。

一道手电光柱在机械管槽的金属薄板墙壁上反射过来。她抱住梯子,努力躲进一个阴影。头顶之上有一个装有板条的百叶气窗。一条条透出的薄薄的寂静的夜空飘浮着，可就是无法触及。有样东西刺得她脖子痒痒的，它在发出嗡嗡的声音，她用手拂掉它，可又来一只，又来一只，直至数百只苍蝇爬上她的脖子，钻进她的耳朵。她尖叫起来，用手抓自己。她的手松开了梯子，她坠入了黑暗之中。

艾丽丝尖叫着醒了过来。她坐起身来，紧紧抓住被单，直至胃里下垂的感觉消失。她颤抖着用双手捂住脸，她依然能够看见当她坠入风井时那一条条透出的夜空飞速离她远去。

地板上的时钟显示"5:30"，早晨的按钮亮了。完美！被解雇的当天她黎明前起床！她想继续睡觉，但是一想到一群群苍蝇她还是下了床，走进了厨房。

一支香烟，随后一杯隔夜的咖啡，才凌晨六点！她蜷缩在长沙发上，看着天空越来越白，直至钠色的路灯闪烁几下，随后熄灭。两小时之后她就要被解雇了，她不知道自己该何去何从。也许她就这么消失了，如果她不见了，没人会在乎——不完全是这样。尼克和埃莉也许会有一点难过，但是他们会继续生活下去，他们的思念甚至比不上对一杯啤酒的渴望。只有一个人真的会难过。

艾丽丝又点燃一支烟，随后拎起电话。

铃声响了一下她母亲就接了。"喂？"

"嗨，妈妈，是艾丽丝。"听见母亲的声音，她眼睛里泪如泉涌。

"艾丽丝？宝贝，你没事吧？这么早打电话。"

"我知道你已经起床。我做了个噩梦。"

"哦，宝贝。不。我真想能好好地拥抱你一下。出事了吗？"

"我……"艾丽丝想一股脑儿全都说出来——尸体、钥匙、声音、被解雇、她酗酒的坏习惯、她可怜的爱情生活、她的孤独。她想爬上妈妈的大腿，让她轻轻地摇摇自己，像小时候那样抱抱她。母亲会抱着她直至她感觉好些。但是艾丽丝明白妈妈也有她自己的孤独,她永远不会放手,她会坚持让艾丽丝回家;到了家里,她的生活会充满着母亲对父亲喋喋不休的抱怨、对邻居的说三道四、对最新电视节目的评头论足、专横的告诫、无休止的闲聊,闲聊,毫无意义的闲聊。艾丽丝没法呼吸。她忍住了哽咽。

"我不知道为什么。只是精神紧张,我想。爸爸在旁边吗?"

"我想他还没醒。"母亲失望地降低了声音。"我去看看。"

一分钟后,她听见另一个话筒被拎了起来,依然是她母亲。"过一会儿他给你回电,宝贝?"

"嗯,行。"

艾丽丝知道父亲不会回电。他从不打电话。他期待艾丽丝能够自立,不想听到她在电话里哭泣。反正她知道他要说什么。他会叫她和盘托出,去找警察。她还有其他一些事情要做。最后一天上班结束后,她应该给托尼打个电话。艾丽丝咬咬牙关,下定了决心。

"好的。一切都好,妈妈。别担心我。我爱你。"

"我也爱你,宝贝。什么时候想打电话就打。"

艾丽丝踏进淋浴室,让热水冲洗自己的脸膛。她一闭上眼睛,好像又坠入了风井。她将额头靠在淋浴间的隔板上。噩梦必须停止,她必须处理掉那些钥匙。

"永远别从坟地里偷东西,你会惊动死鬼的。"那个老头说过。

艾丽丝赤裸着走出来,身上的水滴从盥洗室朝壁橱一路滴去。电话答录机的灯在闪烁,她在这里停住了脚步,淋浴时一定有人打来电话,她撳下了按钮。

"艾丽丝,我是麦克唐奈探员。我恐怕还需要问你一些其他的问题。今天下午两点到银行大楼见我。"接着是一阵长时间停顿,然后他补充说:"别对任何人提及任何有关调查或银行的事情——即便对你的雇主也不要说。"

警探最后的话就像子弹一样。她呆呆地站着,听着答录机死一般的寂静,直至机器嘟嘟关机。他知道她隐瞒了一些情况。她的眼睛迅速扫视了一下套房。如果警察有搜查令,在她上班的时候,他们可以破门而入。她偷窃的证据到处都是。她急忙收拾起从银行带回家的所有东西。钥匙、她与苏珊娜交谈的记录、有关城市违约的文章、她绘制的大楼平面草图、比阿特丽斯的档案、皮箱里的文件、甚至那本速记日志。她将它们统统扔进野外工作包,并拉上拉链。

第六十二章

艾丽丝要呕吐了。隐瞒证据是个重罪。她用颤抖的手点燃一支烟，她告诉自己警探是在给她另一次机会。

车后有汽车喇叭在嘟嘟催促，她踩下了油门。

不知怎么的，她得在工作日中间去见警探，还不能与其他人说起此事。她该如何安排呢？也许她不必管那个茬；也许她就要被解雇，朝外一走就是了；也许这根本就不是什么大事；或者也许这次约会只是警探让她独自一人并秘密将她逮捕的方法。她将额头靠在方向盘上，等着交通灯变绿。

当她提前十五分钟提心吊胆走进办公室的时候，单位里好像没发生任何变化。银行和尸体都只是一场噩梦。她来到自己的隔间，希望再次当一个无名无姓不露头露脸的工程师。办公桌上空空的。计算机关了。好像她根本就不存在似的。她坐进自己的椅子，凝视着键盘，心里琢磨自己是否要打开计算机。她没有工作可做。

她环顾四周茫茫一片的办公桌，寻找一张熟悉的脸膛。目光所到之处不见尼克的人影。她透过一扇扇门玻璃窗仔细观察周围一个个办公室。惠勒先生正在教训坐在他办公桌前某个人。此人是女性,她在挥舞双手。当她看见阿曼达从椅子里一下子站起来并气呼呼地冲出办公室时,艾丽丝的眼睛睁大了些。其他办公室的门都关着。

布拉德跟平时一样正坐在他的工作隔间里。她只能看见他的背影,但是他的双手正抱着脑袋。艾丽丝绷着脸看了他足足一分钟。他一动也不动。一定出了什么事情。她走到他的桌边。

"嗨。"她低声对着布拉德的头顶说。

布拉德瞪着眼睛看着她。他的头发凌乱,眼睛通红。布拉德,一个完美天才的工程师,从来不让一根头发凌乱,现在却是一副邋遢的样子。他一个字都没说。

"发生什么事了吗?"

"我被解雇啦。"他说,好像他正在克制着不把自己的计算机摔了。

"你?他们疯了吗?"艾丽丝短促大声地说。

他沉闷地看了她一眼。

她压低声音说:"我不明白。你工作那么努力,资历又深,发生什么事啦?"

布拉德盯着自己的键盘:"我他妈的也不知道。"

"他们说什么啦?"

"什么也没说。他们问了我一些有关银行的问题,然后告诉我项目撤销了,他们需要'重新配置资源'。"他砰地关上一个抽屉。

"天哪,布拉德,我很遗憾。这完全是胡搞!"她眼睛看着地毯,不想傻乎乎地看着他痛苦。

"艾丽丝,我们需要谈一谈。"她身后一个声音说。

艾丽丝吓得往后一缩。

是惠勒先生。她心中一沉。她知道即将发生什么事情，但是一阵愤怒的冲动还是流遍了全身。她顺从地点点头，跟着他去他的办公室。她偷偷地扫视了一下一个个工作隔间，试图寻找同情的面孔。没人抬头看她。

办公室的门一关好，惠勒先生就在他的办公桌前坐下。

"艾丽丝，我相信此时你已经听说过 WRE 被迫面临一些艰难的现实。"他开始说。

艾丽丝点点头，当他解释最近一些人事变动的时候，她的眼睛盯着他那根圆点花纹领带。有关最大限度提高效率都是公司的借口。她默默地希望他能直截了当，早点说开除她算了。

"我很遗憾地通知你：我们已经决定暂时精简你的岗位。"

你看，终于说出口了吧。在这之前，一生中她从来没有失败过。她挣扎着挺直腰板，为了不像死鱼一样瘫倒。

"我明白。谢谢你给了这个机会。"她强打起精神说，尽力不哭泣。

"如果可以的话，我们还有另外一些问题想问问。你参加了一个非常敏感的项目，考虑到这个项目结束的方式……"惠勒先生的声音逐渐低沉下去。

"你希望我对警方侦查保密，对吧？"

惠勒先生的嘴唇笑了但眼睛没笑。"犯罪现场的细节一旦公开，公司和我们的客户将非常尴尬。"

艾丽丝点点头。"我明白。"反正她也不急于告诉记者她是如何发现尸体的。她的麻烦够多了。

"我们也必须强调你必须把你的笔记、大楼平面图以及你也许从上述地点拿取的任何其他东西交给我们。"他的眼睛眯缝了起来。"如果我们发现你保留了敏感材料或者合法属于我们客户的任何财产，我们将别无他择，只能严格按照法律对你提起公诉。"

惠勒的最后几句话飘浮在空中。整个办公室似乎从四面八方朝她收缩过来。她垂下眼帘看着地上，那样她脸就不会满是惊恐的神色。艾丽丝慢慢皱起眉头，似乎困惑不解。说真的，她是困惑住了。惠勒先生、警探以及任何其他人怎么可能知道她在银行大楼发现什么东西呢？

办公室旁边的窗户传来一声轻轻的敲击声。艾丽丝转身一看，是曾经在过道里叫住自己的那个令人害怕、头发花白的公司合伙人。他直愣愣地看着她，龇牙咧嘴地笑着。她可以发誓他朝她眨了眨眼睛。她还没来得及反应，他就隔着窗户对惠勒示意，指指他的手表。惠勒先生点头回应，挥手让他离开。

艾丽丝花了好一会儿工夫才重新集中思想。惠勒先生要她归还任何她从银行拿取的东西，否则将承担一切后果。

"当然，"她平静地说，"我不再需要我的笔记，我也想不出还有其他任何东西。"

"我们需要你在今天结束之前把你的办公桌清理干净。我很遗憾，但这是普通惯例。"

"行。"艾丽丝狠狠咬住自己的一片嘴唇，尽力显得很沮丧而不是很惊恐。

惠勒先生站起身来，伸出一只手想敷衍地握握手，她顺从地握住了那只手。

"谢谢你，艾丽丝。"

惠勒先生握住她手的时间有点太长。他站得离她太近，令她有点

The DEAD KEY　373

不自在，在放手之前，他用力挤了挤她的手心。"我知道你会做正确的事情。"

惠勒一松手，艾丽丝就本能地往后退了一步。他把住门，她感觉到他的目光一路跟随着她回到她的办公桌。

第六十三章

今天结束之前,艾丽丝必须上交她从银行大楼里拿取的所有东西。她打开野外工作包,朝里看了看。首先,她拿出了现场绘制的草图,将它们在办公桌上整齐地摆成一堆;还有布拉德给她的钥匙、万能钥匙、拉莫尼给她的电梯钥匙。这些很容易。

再往提包深处看,还有其他几把钥匙,以及比阿特丽斯的档案和从棕色皮箱里拿的文件。她不可能将它们既给惠勒先生又给警探。此时此地,她拿定主意要将这些钥匙和其他一切东西扔进随便哪个垃圾箱,那样他们永远不会追踪到她的身上。不是随便哪个垃圾箱,她纠正自己,而是银行那个发臭的垃圾箱。那里是这些钥匙的归宿,死鬼希望它们回去。

艾丽丝摇摇头。她疯了。

她需要一些空气。她需要思索。她需要离开这个该死的工作隔间。艾丽丝从椅子里站起身来,拎着特大的野外工作包,拎着手提包,尽可能装出随意的样子地朝女厕所走去。

厕所里没人。艾丽丝在镜子里看了一眼自己绝望的面孔。她才二十三岁,却要正式失业了。而且她也承受不起一个犯重罪的罪名。她必须对麦克唐奈警探和盘托出。钥匙必须交给他,只有交给他。

她俯身向脸上泼洒冷水。当她抬头回首张望时,阿曼达走了进来。

"艾丽丝。我刚听到消息。我很遗憾。"

"谢谢!"艾丽丝转身进入一个马桶隔间,以避免任何进一步闲聊并关上了门。

"总还有其他工作的。"阿曼达继续说。

"是的。"艾丽丝坐到马桶上,希望这个爱管闲事的人快点走开。

"当然啰,你需要一封推荐信……说实话,我没有把握你还能否拿到推荐信。"

艾丽丝什么也没说。她几乎不在倾听。

"唉,你好像不是个好雇员,艾丽丝。"

"你说什么?"

"你真的以为没人注意到你经常迟到?你几乎总是一副宿醉未醒的样子?你与同事有过风流事?"

艾丽丝瞠目结舌。"什么?"她砰地推开隔间的门。

"你要是能拿到一封推荐信就算你幸运。我建议惠勒先生想要什么你就给他什么。他在全国各地都有关系。"

"我不知道你到底在说些什么,"艾丽丝只能这么回应。原来阿曼达在惠勒先生办公室里高声嚷嚷就是因为这个缘故。惠勒先生唆使她这样做的。艾丽丝想再大骂一句"去你妈的",但是她鼓不起力气,盥洗室的空气都被吸光了!

"随你的便。"阿曼达踩着三英寸高的鞋后跟转身走了。

艾丽丝猛地关上隔间的门,一屁股坐在抽水马桶上,将头搁在自己的大腿之间。他们知道尼克的事情,他们注意到她早上迟到。如果她不配合，惠勒先生能够毁了她的前程，但是如果她交出了钥匙和其他一切东西，那么她没有把握惠勒先生会不会叫警察来。

她再次打开野外工作包。一个马尼拉文件夹放在金库钥匙的旁边。也许这份文件足以满足惠勒先生，至少暂时能够平息他的怒气。不过，他好像读不懂这些速写笔记。她拿出文件夹，再次浏览了一下她的速写翻译。

"我们信仰上帝是关键……内线失踪……搜寻内奸失败……让市长见鬼去吧……转移账目……泰迪和吉姆……告诉马科斯继续度假……文档好银行就好……善有善报。"

反正这都是些官样文字。艾丽丝翻到下一页，她试图破译其他档案里的一些文件。"埃莉诺·芬奇：25 000……朗达·惠特莫尔：50 000。"

最后一份文件的措辞是用英语写的，极为清楚，但依然让人不知所云。它们是写给贵重物品保管箱用户的信，说如果不按时付款，他们未认领的财产将被移交给州政府。

艾丽丝将文件塞回工作包。她决定把这些文件连同她的绘图一起上交。如果有人问起这些文件，她就说办公桌乱糟糟的，她误拿了它们。她站起身来，整理了一下未熨烫过的裤子。阿曼达是对的，她是个糟透了的雇员。她被解雇是罪有应得。更加糟糕的是，她没能找到比阿特丽斯，却要想上交她的最后一些线索以免自己受到伤害。艾丽丝要呕吐了。

当她离开盥洗室的时候，尼克正站在外面走廊里，好像在等她。

"我听说了。"他说。他脸上露出的同情神色使她想要尖叫。

"我没事！我只是无法相信他们开除了布拉德！"在这个世界上如果布拉德无法保住一个工程师的职位，那么她根本就没有机会。

布拉德的办公桌已经蜕变成一个个利落的纸板箱。办公室其他地方类似的配套桌子摆成整齐的一小排一小排,其他同事好像没看见似的。她本来就不属于这个地方。她感到胸部很闷,几乎无法呼吸。

"我知道。"尼克皱起眉头。"如果我没理解错的话,我认为这事与旧银行有关。"

"你是什么意思?"

"惠勒先生盘问了参与银行大楼工作的每一个人,起草人、初级建筑师、甚至是我;正在遭解雇的好像只是参与这个项目的人。"

"不过,那不是合情合理的吗?项目被取消了。"

"我吃不准。他们一直在问一些相当奇怪的问题。他们还没收了我的照相机。这还没完。"他压低嗓音。"我在寻找上周上传到服务器的银行照片。今天上午这些照片不见了。"

艾丽丝皱起眉头看着地板。"惠勒先生威胁说如果我不归还从上述地点拿的东西,他们将提起公诉。我根本不知道他在说些什么。"

"他对我也说过类似的话。他说如果我不删除所有'相关信息',那么我将被开除。我开始怀疑我是否就是下一个被解雇的。"

"他想了解什么?"

"他说他知道我们是朋友,想了解你是否提及任何有关银行不寻常的事情。"

艾丽丝生气地看着尼克。"他知道我们是朋友?"

"是啊。我们有时一起去吃午饭。每个人都知道这件事。"

"每个人似乎都知道得比这多得多。"她尖锐地看着他。

他明白她含沙射影,便沉下了脸。"什么?怎么会?"

"我不知道。我琢磨着你一定对某人说起过我们的事情。因为我确实没对别人说过。"

"嘿!"他举起双手自卫。"这种事情我失去的会比你多。我可能会被定罪在工作场所性骚扰。所以我没说过一个字。"

她想着也许是真心话。"那么,你对惠勒说了些什么?"

"只是你对我说过的那些东西,什么大楼里满是奇怪的文档,办公桌里满是文件。"

"你有没有对他说过其他事情?"她更加紧一点地攥住她的野外工作包。

"还说了你对地下室里的贵重物品保管箱非常好奇。"他一边用肘轻轻推她的肩膀一边咯咯地笑。"你好像沉迷于什么东西似的。"

"什么?"

她几乎要用工作包猛击他的脑袋。他把她描绘成一个疯狂的小偷。更加糟糕的是,她是有点儿像疯狂的小偷。

她朝电梯走去。"我得走了。就对大家说我精神崩溃了,不停地哭泣,好吗?反正我好像也没什么事可做了。"

"你没事吧?"当她踏进电梯时,他关切地皱起眉毛。"是不是我的话让你担心啦?"

"不,不是你。我只是——我只是现在不能在这里。我晚些时候给你打电话,行吗?谢谢你为我掩饰。"

电梯门关了。她在小小的钢质电梯厢里来回踱步,直至电梯门在大堂打开。此时只是上午十点,还要过四小时她才能在银行见到警探,可是她现在就需要答案。尤克利德大街对面,被遗弃的银行在招手。

第六十四章

一九七八年十二月十四日星期四

比阿特丽斯从小餐馆后门溜出,沿着小巷朝医院而去。前面"小意大利"的边缘是古老的天主教堂,当地的意大利人在该教堂做弥撒,送孩子们上学。当她接近救世主教堂的后门时,她听见轻柔悦耳的歌声。她越走近歌声越响亮。圣所的后门突然嘎吱开了,孩子们的歌声和烛光温馨地召唤她进去。她想起了这首歌;它是一首圣诞节颂歌,儿提时代她听过这首歌,这首歌吸引着她踏上台阶,走进教堂。

唱诗班正在排练。圣所里空空的,只有圣坛上的孩子、风琴手和指挥。孩子们幼稚的歌声飘扬至拱状屋顶,随后又飘落到她站立的地方,仿佛天使从天而降,加入了唱诗班。比阿特丽斯溜进后面一排长椅,搓揉自己冰凉的双手。她抬头望着悬挂在孩子们上方十字架上的木雕基督巨像。她温暖着自己的双手,尽量不去打开格莱迪丝给她的那个包。

那只是只普通的包,但它是她能够再次见到的多丽丝的最后一丝痕迹。比阿特丽斯将它紧紧地抱在大腿上。包里没有任何东西值得她冒险再次去重症监护室探视。马科斯的告诫仍留在三个街区以外的镜子上。她不能再去医院。她沉重地叹息了一下,终于将提包的拉链拉开。

包里放着香烟、打火机、感冒药和一个小化妆盒。比阿特丽斯用手抚摸着每件物品,她的眼角处泪水泉涌。每件物品都散发着多丽丝的气味。化妆盒里只有一软管陈年的防裂膏和洁牙线。小包底部,化妆盒和香烟的底下,还有一些其他东西。

有样东西朝上对着她闪闪发光,比阿特丽斯眯着眼睛看它究竟是什么玩意。她用手指夹着它,将其从包底的烟丝屑中捡起。它是一条钻石项链。什么?她倒吸了一口冷气,不敢相信自己的眼睛,她从包里逐一拉出了那条项链、一颗钻石戒指还有一副钻石耳环。它们像圣坛阴影中的圣诞节彩灯那样闪闪发光。当她瞠目结舌地看着手中这些宝石时,唱诗班开始演唱另一首圣歌。

比阿特丽斯再往包里摸索,希望里面也许藏着某种解释,但是什么也没有。她的思绪飞向她在姨妈保管箱里发现的那本日志,她急忙从自己的手提包里取出日志,将其翻到最后一页,比阿特丽斯念道:"11/22/78,889,钻石戒指、项链、耳环。"

她再次读了这些字,将日志放到身边的长椅上。比阿特丽斯想象姨妈穿着矫形鞋,戴着发网,一周又一周地与雪莉在存储服务台里聊天。多丽丝抱怨小餐馆的生活,雪莉会同情地对她笑笑。她们是朋友。雪莉自己是这样说的。金库里的保安监管着金库的钥匙,但这些都是雪莉讨厌的新安保措施。这些钥匙曾经是雪莉的钥匙。它们曾经是多丽丝的钥匙。比阿特丽斯凝视着大腿上的那一堆钻石。

多丽丝无法随便打开陌生人的保管箱。开箱是有程序的。从她打开547号保管箱那天起,比阿特丽斯就将这些程序熟记在心。多丽丝对着珠宝眨巴着眼睛,她想起来了:当雪莉听到她姨妈名字的时候是如何通融的。她大腿上的这些钻石闪烁着无可争辩的真相。不知怎的,多丽丝做成了。她一周又一周地进入金库,打开了一些保管箱。可是这依然是不可能的。即便雪莉假装没看见,或者去休息,或者直接把钥匙交给多丽丝,多丽丝怎么可能打开所有的保管箱呢?

噢,天哪!马科斯的秘密钥匙! 她的脸色一下子没了血色。她从地板上抓起手提包,在里面乱翻,直至找到那把钥匙。雪莉告诉过她曾经有过一把万能钥匙,后来被偷了。现在就躺在她的手心里。

塞在多丽丝抽屉里的那些收回通知以及比尔多愁善感得愚蠢的情书开始有意义了。这些通知是寄给那些滞纳租金的银行客户的。马科斯就是调查了这类人的通知,并发现州政府没有任何这些应该被收回的财产的记录,比尔根本没有把这些拖欠租费的保管箱里的财物移交给州政府。这是剩下的唯一结论。

多丽丝盗窃了所有的东西。她是知内情的人。

万能钥匙掉落到她的大腿上。她的双手捂住嘴巴以防止自己喊出声来。钻石、现金、债券——她不想相信这一切,但是档案不会说谎。许多年来,多丽丝一直在盗窃陌生人们的贵重财物。比阿特丽斯的眼睛里都是泪水。

她抓起日志。第一次盗窃发生在十六年前。**为什么是多丽丝?** 她翻阅手写的一页页日志。她明白,这本日志一定是多丽丝写的。一页接着一页,直至朗达·惠特莫尔的名字在页面上跃出。这个女人来到银行抗议财物被没收。几天后,她被一辆汽车撞死。

不!一声呜咽噎在了她的喉咙口。她姨妈不可能与朗达的死有任何关系。多丽丝住在穷困潦倒的贫民窟公寓房里。她没钱。比阿特丽斯低头看着从姨妈壁橱里拿来的貂皮大衣,此时却裹在她的身上,但这件衣服已经多年没穿。多丽丝是如何处理这些赃物的呢？比尔不是还在许诺他俩一起私奔热带吗？她为什么一点也没有消费这些赃物呢？她藏匿所有这些东西是否在等待她永远离开克利夫兰的那一天？她大腿上的钻石沉甸甸的，而就在南边的梅菲尔德路上，多丽丝却躺在病床上渐渐逝去。现在这样的结局对她大有好处。

她颤抖的双手拾起证据，将它全部塞进拉链包里。比阿特丽斯苦涩地擦去泪水。多丽丝盗窃了那些可怜人的财富。多丽丝是个小偷和骗子。她母亲很多年前就告诫过她不要相信姨妈，但是她一直不愿相信这些话，她依然不愿相信这些话。多丽丝接纳了她，她给了她一个栖身之地，还帮她找到了一份工作。

她的思绪渐渐停止了。多丽丝将送她到银行比尔的身边。她是否希望比阿特丽斯能够在他们邪恶的游戏中发挥某种作用？多丽丝是否也把她送到马科斯的身边？马科斯有万能钥匙。这是否意味着马科斯自始至终都知道这些盗窃？比阿特丽斯紧紧攥着她姨妈的小包，直至她的指节发白。

快离开！这几个字在她的脑海里回响，她的心情十分沉重。她手里拿着一小笔财富。这些钻石可以让她换得至少一千美元，即便它们是偷来的，足够让她离开这个城市去重新开始生活。

一只手轻轻地按在她的肩上。比阿特丽斯尖声叫喊起来。唱诗班停止了唱歌。

"哦，对不起，我吓着你了，小姐。"她身后的老神父咯咯地笑了。他朝指挥挥了挥手，孩子们又开始歌唱，随后他俯身轻轻地说："你没事吧？"

比阿特丽斯擦去脸颊上弄污的睫毛膏，点点头。

"我知道，对于许多人来说，假日会是一个非常艰难的时候。"他拍拍她的肩膀。"不过，排练的时候圣所是不对外开放的。明天傍晚欢迎你再来。"

比阿特丽斯勉强淡淡地一笑。"对不起，神父！"

她站起身跟随神父走向教堂的后门。羞辱传遍了她的全身。她姨妈盗窃了寡妇和孩子们的东西，比阿特丽斯刚刚考虑过要做同样的事情。出售偷来的钻石会使她与多丽丝成为一丘之貉。

她在门口停住了脚步，她注意到一张大桌子上有一个标着"捐赠"两字的箱子，四周满是小红蜡烛。"对不起，神父？"

"有事吗，孩子？"

"为什么有那么多蜡烛？"她指着红色的祭典烛说。

"它们用来纪念我们失去的亲人以及我们依然为之祈祷的人。"他指着一个置于圣所背面的小祭坛。融化的蜡覆盖了三个大蜡烛架，就像干枯的红色泪水。"如果今晚你想纪念某个人，请你随意捐献。"

神父留比阿特丽斯独自与蜡烛和捐献箱在一起。捐献箱闩上一把陈旧的扣锁敞开着，它狭长的捐物口欢迎着整个世界，信任所有的人，不拒绝任何人。她触摸着敞开的锁。**如果世界是这种样子就好了**。比阿特丽斯拿起一根蜡烛，双手托住它，随后回头凝视着圣坛和孩子们。蜡烛底部有一张小纸条，上面有一句祷词。

为善良的人们祈祷，因为他们将继承地球[①]。

她凝视着这些字。如何继承？她琢磨着，同时眨巴着眼睛止住泪水。善良的人怎么可能继承财物？有权有势的人控制着整个体制。不管她或者马科斯告诉当局什么事情，没人会相信她们，有钱人杀人不

[①] 为善良的人们祈祷，因为他们将继承地球：Blessed are the meek, for they shall inherit the earth。也可译成"善有善报"等，作者在后文借此作联想，故不宜简译。

用偿命。如果马科斯没有失踪，那么她的结局就是进监狱。比阿特丽斯将离开克利夫兰。多丽丝将死去。他们是善者吗？上帝会拯救他们吗？她的目光落到了多丽丝的拉链包上。**我们值得拯救吗？**

比阿特丽斯打开了拉链包。

"对不起。"她一边轻声地对那个她从未谋面的人说，一边从包里拿出那根长项链，将它投进捐赠箱。接着是耳环。当她从包里拿出那枚戒指时，她的手颤抖了。它是一个订婚戒，它曾经寄托着某人对于美好未来的梦想。

比阿特丽斯将戒指举在捐赠箱投物口的上方，想要放手。"对不起！"

几分钟后，比阿特丽斯急匆匆地投入夜幕之中。她朝北向尤克利德大街走去，只止步一次，回头看看那三支蜡烛在教堂的窗户里闪烁着光芒。

第六十五章

出租车在"蓝瑟汽车旅馆"的蓝色大招牌下把比阿特丽斯放下。她推开雾气覆盖的玻璃门，悄悄走了进去。旅馆酒吧里挤满了人。钢琴声闲聊声此起彼伏，浓浓的烟雾灌满了她的耳朵和呼吸器官。她想融入这人潮之中，但是她苍白的皮肤和头发在昏暗的灯光中像一盏灯塔。她低下头，沿着后墙慢慢朝吧台挤去。

"你见到过马科斯吗？"比阿特丽斯用压倒喧嚣的高声对几个啤酒龙头前的男人说。

"谁？"男人粗暴地说，他的牙齿间叼着一支小号雪茄烟。

"马科欣·麦克唐奈。她在这里吗？"

"我不知道你到底在说些什么。想站在这里，你就得点些吃的。"

"吝啬鬼。"她边大声叫喊边在唯一一个空着的搁脚凳上坐下。

一个戴黑色皮帽的陌生男子转身朝着她龇牙而笑。他睡眼惺忪的目光上下打量着她披着姨妈貂皮外套的身体。"你在找人吧，宝贝？"

"嗯，对的。马科斯？马科欣·麦克唐奈？"她尖声说。

"听说她离开这座城市了。"他伸手抚摸皮衣。比阿特丽斯退缩着靠向吧台。"你怎么会认识马科斯的？"

"她的一个朋友。"她站起身要离开，但是那人拉住她的皮外套。"你到哪里去，宝贝？我们还没有谈谈呢。"

"别惹她，萨姆，她与我一起的。"一个严肃的声音在她背后说。

是拉莫尼。眼见保安站在她一边，比阿特丽斯既意外又绝对宽慰，她不由得直喘粗气。

"哎呀，哎呀，雷——雷。看来你在世上的地位提高啦！"戴帽子的家伙指着比阿特丽斯说。他对着拉莫尼的脸吐了一口烟，随后露出了一颗金牙。

拉莫尼挺直肩膀向比阿特丽斯伸出一只手。她抓住那只手溜下了吧台。戴帽男子死盯着拉莫尼，放开了比阿特丽斯的皮衣。

拉莫尼拉着比阿特丽斯走出酒吧，进入一个死胡同。他放开她的手，双手扳住她的双肩。"你来这里到底想干什么？你知道你刚才与谁说话？你知道你有多危险，差一点陷入一种新的职业？"

她将后背靠在胡同的一堵砖墙上，慢慢摇了摇头。"马……马科斯给我留言了。"

"她留言了吗？"拉莫尼放开了她。"留言说什么？她还好吗？"

"我不知道。我在姨妈家发现的。留言叫我离开，说了些有关蓝瑟旅馆的事……"比阿特丽斯的思维迟钝了，她依然哆哆嗦嗦，要不是拉莫尼不知从什么地方冒了出来，将会发生什么事情！

"这婊子疯啦！"拉莫尼对着没有星星的天空高喊。"我不知道她到底在想什么！狗屎的，走太远了！"

"什么走得太远啦？她干什么啦？"她高声回嘴，"他们说她非法闯入银行大楼并睡在楼里。他们一定发现了我的东西——我不知道他们怎么会知道的。他们说她一直在盗窃。他们报告了联邦调查局！她哥哥说他爱莫能助，没人会相信她。"

拉莫尼盯着她一言不发。这只会使比阿特丽斯更加歇斯底里。

"我以为我们是朋友,没想到她叫我来这里被那个什么欺辱?男妓?旅馆里面那个人就是那种人对吧?一个男妓?为什么他认识马科斯?为什么他认识你?你也是某种男妓吗?"她不在乎是否得罪他。刚才他突然不知从什么地方冒出来似乎太幸运了,不像仅仅是巧合。

"姑娘,你什么也不知道,对吧?这也许就是为什么她挑中了你。"

比阿特丽斯惊讶得张口结舌;随后又闭紧了她的嘴巴,以免再漏出一连串问题。她将双手插进口袋,捏紧金库的万能钥匙。马科斯曾叫比阿特丽斯别去寻找答案。她还说等一切都过去之后,她会来取钥匙的。可是,她用一条发狂乱涂的留言让比阿特丽斯来到蓝瑟。要么一定出了什么差错,要么马科斯认为她并不傻。

"你为什么在这里?"比阿特丽斯追问。

拉莫尼点燃一支烟,示意回旅馆酒吧去。"这里是过去我们约会的地方。每当事情变坏,她总会来这里找我。马科斯总是卷入某种麻烦。也许是因为她到这种地方来。我一直认为她会再次在这里露面的。"

"她露面了吗?"

"还没有。不过,她让你来这里是有某种原因的。也许她认为我们应该谈谈。你知道吗,你比我想象的更像马科斯。你是我见过的独自走进这种地方的除马科斯外唯一的白人姑娘。"

比阿特丽斯没法判断这话到底是羞辱还是赞美。"你觉得她要我们谈什么?"

拉莫尼一面凝视着小巷一边那栋空楼的侧面,一面狠狠地抽烟。"我希望我知道。她不再与我谈论它,而且人也消失了。她只是让我留心观察。所以我一直在留心观察,天哪,这根本没用。他们采取了全新的加强保安措施。他们增加了一倍的保安人员，不过晚上不再有任何人值班，他们安装了那种新的时髦摄像的监控系统，不过这狗屎玩意几乎总是关机。闲暇时间金库的门常常敞开着，这几乎是希望别人来盗窃似的。"

"它们遭窃了吗？马科斯回过银行吗？"

"我一直留心着。如果我找到那姑娘，我想我会不停地摇晃她。可是她走了，去了一个狗屎的世界。她要是听我的话就好了。"他生气地扔掉了香烟。"也许这就是我为什么见不到她……"

马科斯在回避托尼和拉莫尼。她不想让他们卷入。比阿特丽斯倒吸了一口冷气。在钥匙、她姨妈家遭捣毁、医院遭监视和联邦调查局之间作选择，这对她来说已经太晚了。

"他们怎么会发现我的皮箱的？"她小心翼翼把箱子和她自己的所有痕迹都锁进了十一楼的杂物间。

"你别以为他们发现了。"

"可是他们说他们发现了证据。"

"证据可以意味很多东西，尤其是一个白人说的证据。我一直在留心观察，他们似乎绝望了。"

她明白，拉莫尼也一直在留心观察她。也许他曾跟着她回到"小意大利"。也许他跟着她来到蓝瑟旅馆。也许他希望她能引导着他见到马科斯。除了拉莫尼认识男妓和歹徒，在银行当保安以外，她还真正了解他什么？她不能信任他或马科斯，不再信任了。

"我……我走了。谢谢你在酒吧里帮了我，拉莫尼。如果你再见到马科斯……告诉她我跟她道别了。"

"你想到哪里去？你不可能从这里走回家的，知道吗?！你知道你在哪里吗？"

比阿特丽斯咬住自己的嘴唇。"噢,我敢肯定附近有个公交车站。"

"见鬼了。我来帮你叫一辆出租车,好吗?"他抓住她的手臂,带着她朝酒吧走去。

"我不能回到那里去!"她挣脱手臂并看了看空荡荡的街道。

"你跟我走!"

"不!让我待着这里。我会待在这个小巷里不让人看见的,我保证。"

拉莫尼放开她的手臂,继续朝酒吧门口走去,同时不住地摇头。"你会冻死的!"

她等着他消失在拐角处。她的心在剧烈地跳动,她转身奔向小巷的阴影之中,远离拉莫尼和蓝瑟汽车旅馆。

第六十六章

走了十一个街区之后，比阿特丽斯才最终停住脚步喘口气。她来到切斯特大街和银行以东二十五个街区的交界处。凛冽的寒风刺疼了她的肺部，她的手脚也被冻得灼痛，可是看不见一辆出租车。她躲藏在两盏路灯黄色光柱之间的阴影里，扫视大路寻找公交车、出租车或任何交通工具。她身后没有拉莫尼或其他任何人的影踪。

她提起箱子，继续前行。人行道两侧都是钢丝网眼栅栏和空置的楼房。她急冲冲走过一家被撞毁的临街店面。废弃的商店里地上都是碎玻璃。城市的这一片区域没有一家营业的商店，没有餐馆，没有汽车。街道两旁一幢接一幢都是用木板封闭的楼房。比阿特丽斯在一排仿佛遭空袭炸毁过的排屋前停住了脚步，她浑身颤抖了起来。

她继续向公共广场靠近，希望能找到一辆出租车或某个可以取暖的地方。她憧憬着斯托弗客栈的大堂和俯瞰小巷的宽大舒适的卧床。

随后她突然想起：她没法付房钱。前天夜里住了宾馆房间之后，她身上只剩不到五美元。她所有的钱都待在银行的活期存款账户里。慌忙离开大楼，她忘了将钱取出。她为什么会如此愚蠢？

寒风扫过空旷的大街，像刀子一样刺透了她的外套。当她迈着沉重的步子沿着切斯特大街朝北向高楼走去时，箱子不住地撞击到她的腿。

走过二十个街区之后，快要冻僵的双手给她的感觉就像它们的皮肤被一片锯条刮削过一样。她的脚趾那么的麻木以至于她几乎无法走路。箱子悬荡在她赤裸握拳的肌肉上，最后终于摔在了地上。她弯下身子，试图温暖自己。上帝在惩罚她。她不应该逃跑。身后，她几乎希望看见拉莫尼挥舞他的拳头，但是她跑得太远，已经朝北跑了好几条街道。他找不到她。街上一辆汽车也不见。

她用恍惚的目光扫视街道。一栋栋大楼变得越发高耸。离开克利夫兰第一银行只有六个街区，那是她最不想去的地方，但是她没有任何其他地方可去。头顶上有一个没有灯光的招牌，未点亮的灯泡拼写出"州际剧院"，她记得在隧道墙壁的一块导向牌上见过这个名字。

剧院入口的左侧有一条支巷。她拖着箱子走进楼宇之间的一条狭窄的通道，寻找一个门洞，下水道入口处的遮蓬，或者任何可以让她避寒的地方。她的牙齿咯咯打战，她跌跌撞撞地向支巷的更深处走去，来到一些白雪覆盖的大垃圾桶之间。她思想斗争着是否要爬进一个垃圾桶去躲避寒风；不过就在这时，她在支巷的后面看见了它。紧挨着管体式水塔有一间小棚屋，棚屋有一扇无标识的门。它非常类似斯托弗客栈后面的那间棚屋。她伸进手提包，取出了马科斯的钥匙。她冻僵的手指几乎拿不住冰冷的金属，钥匙掉落到了她脚下的雪上。

比阿特丽斯蹲下身子，挖进剃须刀片一样锋利的冰雪，从雪泥中捡起钥匙。透过眼角的余光她看见有样东西在移动。一个穿风帽短上衣的硕大身影在她身后五十英尺处的人行道上踽踽着停住了脚步。它转向了她。比阿特丽斯喘着粗气从雪堆里迅速捡起钥匙，挣扎着将一把钥匙插进门锁，钥匙在她颤抖的手里发出很响的叮当声音。钥匙不匹配。当她努力抖开另一把钥匙时，冰冷的钥匙黏在了她潮湿的皮肤上。那个影子正在靠近她。

她在喉咙深处尖叫着，同时用赤裸的双手硬把一把钥匙塞进了锁里，感谢上帝门开了，她一下扑进了棚屋。

棚屋里漆黑一片。她砰的将门关上，随后将身子靠在门上。屋里的温暖加剧了她手指和脚趾冰冻的刺疼。她对着自己的双手呼出热气。"嘭！嘭！"什么东西在大声撞门。她尖声急叫着迅速离开棚屋门。她跌倒在某样金属的大东西上，她的手提包也猛地砸在地上。球形门把在来回摇动发出格格的声响。

"滚开！"她抽泣着说。

"嘭！""嘭！"随后那声响停止了。

比阿特丽斯屏住呼吸，她倾听着，直至确信不管是谁，他已经放弃并离开了。她慢慢从着地时趴着的那个金属盒子上爬起身来，在冰冷潮湿的地面上摸索自己的提包。只有在这个时候她才意识到自己把箱子遗忘在门外的雪堆上了。

"啊，不！"她喘息着转身朝门走去。她不可能再次打开门。反正不管外面是谁，他也许已经把箱子偷走了。

一道细细的光线透过门缝漏进屋来。随着眼睛适应了黑暗，她就能分辨出地上体积庞大的东西。她弯腰一摸，原来是扇活板门。她摸索到一个把手，盖板一下打开了。下面有一架梯子。

比阿特丽斯盲目地摸索着走下梯子，进入底下的隧道。黑暗吞没了她的整个身躯，甚至门缝漏进的光亮也不能照到底下的她。她没有手电筒，或者火柴，或者任何照明的东西。这没关系，隧道里暖和，她躲避了上面的世界。她极想躺下，她不再在乎躺在哪里。她蹲下去触摸身底下的地面，不由得蜷缩起来：地上是湿的。远处掉落一滴

The DEAD KEY 393

水。随后又是一滴。她向前方伸出两只手,朝着水滴方向缓慢移动。

她缓慢地沿着隧道向前移动,手指和脚趾上的刺疼也在慢慢消退。在黑暗中走了五分钟之后,她再也分辨不出自己的眼睛是睁开还是合拢。在无限的黑暗之中,她的呼吸变得越来越响。滴水声引导着她来到隧道的一个岔路口,她跟着水滴声朝右走,进入另一条狭窄的通道。她摸索着寻找一个干燥的地方睡觉,直至她不再知道自己已经走了多远。

歇斯底里开始控制她的脑干后部。她不知道自己在哪里。她看不见。她变得越来越迷失方向,并确信自己永远没法走不出隧道。她的脉搏跳动快到眩晕的速率。她的呼吸越来越快,以至于喉咙口产生憋闷的感觉。她拼命地吸气,克制自己尖声叫喊。她正淹死在黑暗的海洋之中。她被活埋了。她蹒跚着前行,甚至不再举起手臂保护脸膛。出去,她必须走出隧道。

她几乎在奔跑,突然她的一只脚被什么东西挂住了。她尖叫一声跪倒在地。恶臭的污水渗进了她的长筒袜。空气憋闷和污浊,就像是腐烂树叶的味道。她的双手在沼泽似的混凝土地上爬行,摸索她的小包。地上的一切都是冰冷和潮湿的,突然她的手指擦过某样温暖和软和的东西。它是一只手。

第六十七章

一九九八年八月二十八日星期五

艾丽丝一边咬牙切齿地咒骂一边匆匆穿过大街朝克利夫兰第一银行走去。尼克在单位里胡扯，说她沉迷于贵重物品保管箱。她对谁也没有说过钥匙的事情，但不知怎的，她的前雇主和一个警官似乎知道她拿着钥匙。她唯一对其出示过这些钥匙的人是加菲尔德高地的一位锁匠，女锁匠甚至还不知道她的名字，但不知怎么搞的，他们还是发现了这个秘密。

向警察隐瞒证据是个重罪，而且如果她不把惠勒先生想要的东西给他，他会提起公诉，毁了她的前程。不过，如果她有重罪记录在案，有没有推荐信根本无关紧要。此时此刻，再找一份她也许讨厌的工程师工作是她最不想要的；她必须设法回到银行大楼里去，将钥匙扔进一个黑暗的角落，让某个其他人找到。钥匙属于那个地方。

她奔跑到银行大楼的后院入口，按下通话盒呼叫按钮。没有任何回应。她又按了一下，并等待着。**该死！**她又奔回到大楼前门，去看看她是否能通过玻璃窗发现拉莫尼。

大堂里空无一人。她将前额贴在玻璃窗上。也许她可以将钥匙从门底下滑进去。正当她在思想斗争下一步该如何做的时候，她茫然的目光落在了大堂里那个黑色天鹅绒的告示牌上，牌子上列出了过去曾在这里工作的重要人物的姓名。慢慢地，她可以看清这些字母了。名单底部贴着"C. 惠勒，董事会联络员"。她将鼻子贴紧玻璃，再次细看这个名字。查尔斯·惠勒先生曾在克利夫兰第一银行工作过。

艾丽丝转身面朝街道对面的那栋大楼，WRE的办公室设在那栋楼的第九层。二十年前，惠勒先生曾在银行工作，如今在只相隔二百英尺的楼里工作。就在这一刻，他可以从他角落办公室的窗户里俯瞰她。

"哎呀，该死！"

艾丽丝飞奔着离开尤克利德大街。如果惠勒先生曾在银行工作过，那么他也许认识那个死者。他也许知道谁杀了他，他也许知道一切。她拐过墙角。一辆黑色大卡车正从银行装卸码头驶出。她猛地停住脚步。退回躲进大楼的侧面。难熬的三秒钟过去之后，她再次拐过墙角窥视，注视着卡车驶离。卡车没有标记——甚至没有牌照。它朝着东面驶去，车库的卷帘门放下关闭了。

这就让人搞不懂了。警察哪里去了？犯罪现场的警戒线哪里去啦？拉莫尼哪里去啦？

一只手紧紧抓住了艾丽丝的手臂。她尖叫了起来。

麦克唐奈警探用手掌捂住她的嘴巴。"跟我走。"他命令道。将她拉向街沿边一辆没有标记的警车。

狗屎！艾丽丝拖着她的提包和装满证据的野外工作包一瘸一拐地跟着走。当警探打开前面副驾驶座的车门而不是后门时，她的心稍许宽慰了些，一生中她从没坐过警车。车门砰的关上了，警探坐进驾驶座位，将变速杆拨到驾驶位置。艾丽丝吃不准他刚才是否算逮捕了她，但她太害怕了不敢提问。

警探一言不发，驾车穿过尤克利德大街，调头沿着苏必利尔街朝终点大楼驶去。艾丽丝迫使自己正常呼吸。她仔细观察着仪表板，以免陷入歇斯底里。仪表板上贴着一张年轻女人的照片。艾丽丝以前见过这个女人。她目不转睛地看着这张照片，与此同时警探拐了几个弯，最后停在一个小巷里。自从他将她推进警车以来，他第一次转身看她。

"这是我妹妹。"他指着这张褪色的照片说。"她真是个美女。"

艾丽丝点点头，眼睛依然看着照片。"我以前见过这张照片。"

"你见过？"

艾丽丝沉下脸，努力回忆是在何处见到的。那张照片的颜色要更加鲜艳。那张照片在某个太阳照射不到的地方。拉莫尼！

"拉莫尼在他的房间里将她的照片放在他妈妈照片的旁边。"

"保安？……我想这不会让我感到吃惊。马科斯走到哪里朋友交到哪里。"他似乎不屑一顾，但是艾丽丝从他看着照片皱眉头的样子中可以看出其中必有更多的故事。"你为什么没去上班，艾丽丝？"

"今天我被开除了。噢，解雇了。情况非常怪诞，所以我离开了。"

"如何怪诞？"他盯着她仔细观察。

"我不知道。我想他们正在提出许多问题。今天早晨我接到你的信息，所以……我有点紧张。发生什么事啦？警察为什么不在银行大楼里啦？"她不敢直接问他是否会以重罪对她提起公诉。

"他们停止了调查。验尸官裁定这是一起明显的自杀案件。"

"那么，那个书橱和门锁是怎么回事呢？"她问。在她的脑海深处,告示牌上贴着用白色字母拼写的惠勒先生的名字。这只能让人感到蹊跷。

"间接证据。不足以拿到搜查令。"

"噢。"艾丽丝皱起了眉头,她克制着不去看她那只野外工作包。"这一切跟我有什么关系吗?"

他仔细看了她一会儿说:"你对我说起过大楼的一些事情。我去你告诉我的那些地方寻找那些文档,但是文件不见了。"

她惊得张大了嘴巴。"不见啦?"

"嗯,起先我以为你也许在捉弄我,但是我能看见地毯上放置过文件柜的痕迹。地板灰尘上还有车辙。有人把它们转移走了。最近。"

"我看见一辆黑色卡车。"

"我也看见它们了。有人在清理大楼。我没法从县里得到直截了当的回答,大楼业主不接电话。我的上司叫我放下这个案子。他们认为我沉迷于旧银行案子和寻找我妹妹。"他揉揉眼睛。"狗屎!可他们甚至还是让我接听电话,这让我感到意外。"

情况真的有点异常。他没说一句话解释他为什么要给她打电话,他为什么要就保留证据的事情威胁她,或者她为什么在他的警车里。更为糟糕的是,他刚才承认没人听他的话。"我还是不明白这件事跟我有什么关系。"

"有人一直在监视你的家。我想有人一直在跟踪你。"

她的血液骤然停止了流动。"什么?"

"我不知道谁在跟踪。从上周起我开始偷偷跟踪你,因为你是我唯一的线索,对不起,但是你的故事中有些情节似乎对不上号。"

"我的故事?"她突然声音变哑。

"我认为你没把事情全部告诉我,"他直率地说,"我认为现在你也许处在危险之中。南面的县政府里有人不希望这种调查继续下去。有人正在把证据转移出大楼。有人正在跟踪你。现在,你要么告诉我来龙去脉,要么我可以让你在你家门口下车,然后你可以去冒险。"

艾丽丝张大嘴巴,但喉咙口却发不出声来。当她在思考警探所说的话时,警探也在仔细地观察着她。惠勒先生知道她与尼克的风流事、她的酗酒习惯以及她早上迟到的事。惠勒先生似乎也知道钥匙的事情。她依然能够感觉到他那只手的紧掐,但这一次这只手是掐住了她的脖子。

艾丽丝的手慢慢伸向车底板,抓住了她的野外工作包和手提包。她用颤抖的双手摸索,然后点燃了一支烟。警探耐心地等待着,并摇下了她那一侧的车窗,她向车外吐出了一连串颤抖的烟雾,随后掏出了钥匙。

第六十八章

当艾丽丝向麦克唐奈警探述说自己的整个经历时,他边听边作记录。她坦白了从苏珊娜抽屉里、金库里以及最后在盥洗室离腐烂的尸体仅几英寸的地上偷了钥匙,警探频频点头。她最后的那段坦白使警探停止了记录。他的眼睛里充满着怀疑,随后是愤怒。

"你从犯罪现场拿了东西?你他妈的疯了吗?"他仔细看着她的脸,仿佛在实际判断她是否精神正常。"你有没有意识到这是一种重罪?你毁掉了你当证人的信誉。我没法使用你给我的任何证据!即便他们让我重新启动这个案子,我什么证据也没有了。该死!"

他用他的一只手猛击仪表板,将脸转向车窗。她的眼睛里流出了泪水,她的香烟从她颤抖的嘴唇上掉落了下来。

"当时我吓坏了。"她一边抗议,一边在大腿处寻找燃烧着的残存烟头。"我能不能推说一时神智迷乱或者其他什么?我以前从来没见过尸体。我走进盥洗室就捡起了这把钥匙,随后我发现了苍蝇和骨头,然后就呕吐了;等我缓过神来时,房间里已经挤满了警察。直到下楼走到汽车旁边,我才意识到钥匙在我手里,可已经……太迟了。我吓坏了。我以为自己要疯了。我听到各种声音。难道我就没有补救的办法了吗？"

警探严厉地看着她，她感觉监狱的铁栅已经砰地落下将她围住。她紧闭嘴唇以防止号啕大哭。

他的目光柔和了。"这么说，你发现了一些钥匙。那么为什么有人在跟踪你呢，艾丽丝？"

艾丽丝按捺住心头的恐慌。"它们不是普通的钥匙。我在四处作过一些警探。它们是银行金库的钥匙，这把"——她用颤抖的手指拿起那把无标识的钥匙——"这把是万能钥匙。他们把它叫做死钥匙。这些钥匙在一起就能打开金库里的任何一个贵重物品保管箱。"

"你在四处作过一些警探？"他对着汽车的顶篷转动着眼珠，然后提高声音吼叫起来："有人想充当警探了，这到底是怎么回事啊？你这样胡闹，很像我那个该死的妹妹！我妹妹在金库里四处窥探，你知道她发生什么事了吗？她消失了！我只知道她死了，埋葬在这个城市底下的某个地方。你想要那样的结局吗？"

艾丽丝蜷缩在座椅的角落。他注意到她在畏缩，于是就用手指梳理起他的头发。银行对他的伤害已经写在了他额头的皱纹里。

他深深吸了口气，然后平静地说："对不起，艾丽丝。这件事之大超乎你的想象，懂吗？"

她对他微微点了点头。

"这么说来，有人跟踪你是因为这些钥匙。你是否知道谁在跟踪你？"

尽管头脑里在歇斯底里地尖叫，要理智思考很难，但还是她静下心来考虑了一会儿。"嗯，我想是那个人，他正试图打开贵重物品保管箱，而我意外惊动了他。他逃离时这些钥匙还挂在锁上。"

"你拿了这些钥匙？"他问，好像她就是地球上最愚蠢的女人了。

"我不知道,我以为那人是拉莫尼。我打算把钥匙还给他,希望他会解释他是如何得到这些钥匙的,这些钥匙早在二十年前就遗失了,我有点想自己找到它们。可是那人不是拉莫尼。于是我打算把它们放回原处,我根本不是想自己留着……这听起来有点疯狂,对吧?"

"是的,"他坦率地说,"我觉得你没有意识到你在对付的是怎样一群人。"

"你的意思是像惠勒先生那样的人?"她仔细观察着警探的脸。"我认为今天他对我进行了威胁。你知道他曾在克利夫兰第一银行工作吗?"

"惠勒先生?"

"查尔斯·惠勒是 WRE 的主要合伙人。他曾是银行的董事会成员什么的。他对我说我最好归还我可能在大楼里拿过的一切东西,否则他会起诉我,随后在握手的时候他几乎握断了我的手。"

"惠勒,"警探重复了一遍,随后开始翻阅他那本陈旧的笔记簿,"他是房地产投资公司——'克利夫兰房地产控股公司'的董事会成员,一九七九年银行大楼出售的时候,该公司在拍卖时买下了这处地产。"

艾丽丝边点头边试图把这一切连贯起来。惠勒先生为在拍卖时买下这栋大楼的同一家公司工作,他也为银行工作。"你觉得他在跟踪我?"

"惠勒?我觉得实际跟踪的不会是他,但有可能是某个为他工作的人。他只是这起案子中的玩家之一。克利夫兰最有权势的人都与旧银行有联系。另一位旧银行官员,詹姆斯·斯通,几年前当选为县行政专员。现在他正在竞选国会议员。太多重要人物希望掩盖真相。如果他们认为你在揭开某案的盖子,那么他们就想把你也掩埋了。"

"可是，我什么也不知道！"她抗议道。她感到头昏目眩。某个为惠勒先生做事的人一直在跟踪她。不知怎的，阿曼达和惠勒先生知道了她与尼克之间的风流事。**尼克**！尼克总是突然不知从何处冒出来，在旧银行里，在她的车窗外，他进过她的公寓房！一股寒气流遍了她的全身。不过，她觉得，尼克是个只想找乐子的家伙。他不会卷入某种诡异的阴谋之中。当她在克制自己恐慌的时候，警探一直在仔细观察着她。她不希望被迫去解释有关尼克的任何事。

"你一定知道些什么，艾丽丝。"

"我知道什么？我见过奇怪的文档和神秘的笔记，我发现了钥匙，我发现了一堆死苍蝇，我仍然在做噩梦。这并不意味我理解此事的任何细节，我甚至试图理解。我熬夜解码某种奇怪的语言，我无法理解其中的任何一点。我只知道有个秘书失踪了，因为她知道有关贵重物品保管箱的一些事情。她遗留下这些笔记，期待有人发现。"

"笔记？"

她的嗓门升高了八度，她的眼睛流出了泪水。"对！还有那只皮箱，我发现箱子里装满了她的衣服。她也许死在那里头了，甚至没人在乎。现在你告诉我有人跟踪我……我会是下一个吗？"

"等一等。你发现女人的衣服啦？在哪里？"他问。

"在一个杂物间里。我想我要发疯了！我想我正在遭追杀。有人一直在银行大楼里四处尾随我，搞乱我的工作，擦灰尘，拿东西，轻声喊我的名字。我他妈的什么也不知道，行了吧?！我希望我知道，可是我不知道！"

警探正在看他妹妹的照片，仿佛忘记了艾丽丝在车里。

"你知道吗？"艾丽丝生气地擦去眼睛里的泪水，"银行关闭的时候到底发生了什么事情？"

The DEAD KEY 403

"我所能告诉你的是当城市违约的时候,他们急于把责任推给某个人。市议会启动了一次对克利夫兰第一银行的全面调查,讨论富人是如何诈骗大众的。起先,银行是配合的,他们让我们查阅文档和腐败的账目。我们起诉了一个大人物。"

他从笔记簿上读了一个名字:"西奥多·哈洛伦,财务部副总裁。他腐败透了。我们起诉他侵吞财物和敲诈勒索。早在一九七零年代初,他就是起草城市发展规划提案顾问委员会成员。他们向政府申请经费买下陷入困境的房地产用于重新开发,他们将之称为'城市复兴计划'、'卓越地产'。一夜之间,数百万美元消失了。从严格意义上来说,我想你可以说这些钱没有消失。它们被'不当处置'了。"

"你是什么意思?"

"整个事件是一场骗局。哈洛伦和他的同伙已经拥有他们正在购买的大部分房产。他们通过所谓的掩护交易(比如各种非盈利项目)和各种房地产投资公司(比如新克利夫兰联盟)买下了克利夫兰一半的地产。所以,哈洛伦是在代表城市做事,从他自己手里买下了大量陷入困境的房地产,与他自己洽谈,由他自己定价。他以骇人听闻的价格将房地产卖给城市。他在乎什么?这是联邦政府的钱。这些钱直接进了银行金库,从此再也见不到了。"

一辆运货卡车驶过装卸码头。艾丽丝想起了那辆她亲眼目睹离开旧银行的黑色卡车。克利夫兰房地产控股公司是由前银行高层拥有并运作的掩护组织。惠勒先生就是其中一人。他们拥有银行大楼并正在抹去证据。苏珊娜说过:"你会感到惊讶的,那些有财有势的银行家中还有那么多人依然逍遥法外。"她是对的。

他们也许用不同的公司名称做掩护,但他们是同一批人。

警探仍在述说:"目标社区被夷为平地,然后完全荒废在那里。

像霍夫那样的许多社区被流离失所的家庭侵占。房租猛涨，而整个地区却沦为地狱一般。当要买下的那些土地用以重新开发城市时，那些房地产开发商却无人真正感兴趣。此事真正的犯罪之处是压根儿就是他们向联邦政府游说整个计划并要求拨款的。"

警探咯咯地笑着说："天哪，我听起来好像是马科斯在谈论这破事。"

"那么，后来怎么啦？"他所说的事情没有一件可以安抚她紧张的神经。

"当联邦政府查封哈洛伦的财产时，他们从哈洛伦在克利夫兰第一银行租用的一个贵重物品保管箱里发现了价值三十多万美元的金砖。他也打算配合。我听说，他刚要供出董事会中的一半成员，但是他找了另一条出路：他自杀了。至少验尸官是这么定性的。"

艾丽丝记得她曾进入过银行大楼顶层哈洛伦先生被捣毁的办公室。有人把这个地方砸了个稀巴烂。

"人们像苍蝇一样倒毙。老头默瑟在一场汽车撞车事故中死了。我们的调查不断走进死胡同。等到克利夫兰警察局拿到法院拘票去突袭查抄银行时，我们发现大楼已经出售了。半夜里，所有财产都已移交哥伦布信托公司。他们是一家外地公司，尤克利德大街1010号的银行大楼对他们没有用处。到了早晨，大楼就被封掉锁好。几周后，这栋大楼在拍卖会上出售了。这让我们束手无策。"

"我不明白。为什么拍卖后就不能查抄了呢？"

"在拍卖过程中，联邦政府感兴趣的是不让银行倒闭，而不是完成警方调查。"

警探注意到艾丽丝脸上那种困惑不解的神色，于是就尽力解释："联邦储蓄保险公司对储蓄的保险是三十亿美元。如果在拍卖中爆发一桩丑闻，那么就可能出现银行挤兑潮。人们听说银行正在被出售，那么他们就会恐慌，就会跑去银行提取他们的存款——大萧条情景。我连续好几周设法避开繁文缛节拿到了拘票，可是我却被调离此案。他们说我不可能再秉公办案，因为我个人与银行有牵连。"

"你妹妹。"艾丽丝一边轻声说一边回头看看贴在仪表板上的马科斯的照片。当时马科斯不知怎的卷入了案件的整个过程，就像艾丽丝如今的处境一样。"我见过她写的一句话，在一本我发现的书里。"

警探举起了低垂的目光。"什么？"

"这句话她是写给比阿特丽斯·贝克的。"艾丽丝从包里取出那本速记指南，把它交给警探。"我在比阿特丽斯的个人档案里发现了这些奇怪的笔记，后来又在这本书里看到了你妹妹的名字。我猜想如果我能够解码这些笔记。我也许可以发现马科斯去向的线索……"艾丽丝没有完全说出她的想法，因为她希望警探能够用宽恕她作为交换。

"你发现什么了吗？"他扬起眉毛问。

"没有我能理解的任何东西。只有一些源于《圣经》的奇怪符号和一些名字。"

警探凝视着他妹妹的照片并用指尖撸平胶纸。"我认为她与比尔·汤普森关系暧昧。"

这个名字触及了要害。"你不会是说……"

"你发现的尸体。"他点点头。"我没对任何人说过这件事。据马科斯说，他卷入了某些无关紧要的盗窃。他盗窃了一些无人认领的保管箱，不知怎的她也卷入其中。我没法帮助她。我也没法帮助比阿特丽斯。我只希望她能设法离开克利夫兰。"

"你认识比阿特丽斯？"艾丽丝的眼睛睁大了。

"我最后一次见到比阿特丽斯时，她因涉及所有这一切而处于极端险境。她还只是个孩子。"

她往下伸手,开始在包里翻找。"就在银行关闭之前,比阿特丽斯给一个名叫苏珊娜的秘书打过电话,问她有关一个以她名字租用的贵重物品保管箱的事情。我在苏珊娜办公桌里发现了那个保管箱的钥匙,而且还找到了苏珊娜!"

警探起先并无反应,过了一会儿才恍然大悟。"什么?"

"说来话长。"她坐直身子,最后设法从包里找出了那把钥匙。"不过,笔记里到处出现547这个数目。我想它的意义一定重大。"

"比阿特丽斯打电话给某个女人询问一个保管箱的事情?"他皱起眉头,仿佛想起了很久以前的一次交谈。

他看着艾丽丝手里的那把钥匙。艾丽丝把钥匙给了他。他没有细看钥匙,只是继续期待地望着艾丽丝。艾丽丝一时感到局促不安,不知道他想要什么。他终于低头去看她大腿上的那一堆钥匙,然后再举起眉毛将目光转向她的脸上。她尴尬地点点头,将银行所有的钥匙都递了过去。

他叹了口气。"我得花好几个月才能搞到一张搜查令,我还怀疑他们会不会颁发给我。"

看到钥匙在警探手里而不是在她手里一点也不能平复艾丽丝的紧张神经。艾丽丝终于和盘托出作了坦白,但是有人还是在跟踪她,有人认为她知道些内情。不少人已经消失,不少人送了命。一个孤独的棕色箱子仍然装满衣服藏在大楼里面。她感到仿佛自己与箱子一起被关在了楼里。一滴泪水滚下了她的脸颊。

"为什么惠勒先生和所有那些人还在关注银行?他们为什么要跟踪我?"她恳切地问。

"你知道我们在泰迪·哈洛伦的贵重物品保管箱里发现的金砖有

什么非同寻常的地方吗？"

艾丽丝摇摇头。

"我们只发现了三十万美元。而多年来我调查过的公共档案表明，如果计算通货膨胀带来的影响，当银行关闭的时候，在一九六零年和一九七八年之间，有五千多万美元因严重管理不善消失了。"

"那又怎样呢？"

"当泰迪自杀时，我们办案正进展神速。联邦政府的人员也参与了，那些人们开始担心了。我认为董事会的其他成员启动了银行拍卖，以便用联邦储蓄保险公司作掩护保住档案和持有的财产，但是也许他们把事情搞砸了，也许他们没有足够的时间把钱弄出来。"

"你在说什么？是不是说钱依然在银行的某个地方？"

第六十九章

艾丽丝难以置信地摇摇头。五千万美元怎么可能就这么没了？那么多钱不可能藏在沙发垫里没了。她没有看见一袋袋现金四处乱放的任何痕迹，她一直在四处窥探。随后她突然想到了：金库！

"他们丢了钥匙！"艾丽丝紧张得哈哈大笑。这是她可以办到的事情。"那些贵重物品保管箱里依然塞满了那些金钱，可是他们丢了该死的钥匙！"

"或者有人把钱藏了起来。"

她停止了大笑。通向盗窃的五千万美元的钥匙就躺在她的手提包里。她倒吸了一口冷气：她死定了。

"不过，这是无法理解的，"她边说边要歇斯底里大发作了，"他们为什么需要钥匙？他们可以直接钻开保管箱，或者为了那个目的炸开保管箱。"

"我也吃不准。你必须与我一起继续努力，直至把这件事弄个水落石出。"他紧握住她的手说，"我也决不会让你消失的，好吗？只要你全力配合我，我也会忘记这些钥匙是从哪里来的，明白吗？"

艾丽丝要呕吐了。

"规规矩矩当了二十年警察我什么也不是,甚至还搭上了妹妹马科斯的性命。我不会让这种悲剧再次发生。"

说完这话,他下了警车。

艾丽丝呆呆地坐在座位上,直至听见她这边的车窗上一声敲击。警探示意她下车。他们处在市中心某处的一条小巷里。终点大楼高高耸立在他们的上方。

"我们到哪里去?"

"你领我去看那个金库。"他边说边扫视小巷,直至发现他正在寻找的东西。"我对你提及的隧道进行过一番调查,其中一条隧道的终点就在这里。"

他走到一间小棚屋前,试了试门把。门是锁着的。他从屁股兜里取出一对金属撬锁工具,蹲下身子。艾丽丝紧张地环顾小巷。这是光天化日,但街上空无一人。除她以外,人们都在工作。她将野外工作包背上肩膀,极力克制想逃走的冲动。几秒钟之后,警探撬开了门锁,棚屋的门开了。

他俩进门后,警探小心翼翼地关好房门,打开手电筒。他们之间有一扇很大的隧道活板门。响亮的"当啷"一声隧道门开了。麦克唐奈警探跟着艾丽丝顺着狭窄的梯子往下爬,并进入一个很小的通道。艾丽丝从自己的包里取出马格努手电,拼命地紧紧握住它,两人顺着阴暗潮湿的隧道向前走去。

走了似乎很远很远,他们来到一间砖墙拱顶房间,这是一个隧道的联结点。艾丽丝以前到过这里。她领头沿着狭窄通道往前走,通道尽头是陡峭的金属楼梯,上面的导向牌写着:克利夫兰第一银行。第一个梯级大声嘎吱作响,她的心头一惊,她吓呆了,于是就竖起耳朵倾听,随后再继续攀爬。到了梯子顶端,艾丽丝关了手电,试了试通道的门，门没锁。

几缕日光顺着梯子从他们头顶上照射下来，他们便有了足够的光亮摸索着穿越下层大堂。红色地毯减轻了他们的脚步声，使他们绝无声息地悄悄穿过楼面，朝金库走去。艾丽丝的指甲抠进了她的手心。这是不可能发生的事情，她告诉自己。这只是另一场噩梦。一个警察是不可能非法闯入一家银行的。可是，这确确实实是他俩似乎正在干的事情。

这是个很糟糕的主意，可是她没法选择。她正处于危险之中。有人知道钥匙的事情。有人一直在监视她。警探需要她的帮助，她也需要警探的帮助。没有比这更好的计划了，不过，她在寻找另一种办法。也许她只要设法离开克利夫兰就行了。她脑海里依然隐藏一个被遗弃的棕色皮箱的映像。比阿特丽斯也曾试图离开克利夫兰。

下层大堂和金库之间的圆形门道敞开着。艾丽丝觉得他俩正在走进野兽张开的血盆大口，她没法摆脱这种感觉。

除一个门帘之外，所有其他私密开箱查看间的红色天鹅绒门帘都敞开着。艾丽丝凝视着房间对面那个放下的红色门帘，感觉它纯粹就是淋浴房的门帘。她停住脚步，竖起耳朵，倾听某个疯子轻声呼唤她名字的声音。麦克唐奈警探用肘轻轻推她。他们必须继续往前走。

穿过圆形门道，面前是一片漆黑。艾丽丝摸索着走在通向金库的大理石过道上，金库里存放着一千多个贵重物品保管箱，每个保管箱都有它的小秘密。

艾丽丝感觉情况有些不对。每次她探访银行，那些日光灯都在嗞嗞作响，拉莫尼会在走廊里四处巡逻。警探打开了他的手电，仔细察看数百个保管箱小门。他掏出从艾丽丝那里拿来的钥匙，开始寻找苏珊娜的保管箱。

寂静正从四周渐渐朝她围拢过来。她摆脱不了有人在监视她的那种感觉。幽灵的声音在她的耳边轻轻呼唤。她尽量告诉自己如果有人在那里，那也只可能是拉莫尼。可是他没有回应呼叫的铃声。也许他已经不在了。

麦克唐奈警探发现了547号保管箱。"嗨，这箱子怎么打开？"

"嗯，"艾丽丝清了清嗓子说，"苏珊娜的钥匙必须插在这里，银行的钥匙插在这个比较大的孔里。"

"这些是银行的钥匙？"他举起她在离他们立足不远的地方发现的钥匙圈问，"我们用哪一个？"

"你为什么不把它们全部试一下？"总共只有十二把钥匙，每一把表面都刻有其隐义的字母。

"门锁可能会坏掉，如果错误的钥匙硬塞进去，锁闩就会断掉。"

艾丽丝扬起了眉毛，警探也扬了扬眉毛作为回应。

"啊呀，你以为你是唯一干警探工作的人？这些符号毫无意义。钥匙上刻的是字母，但保管箱是用数字编号的。"

他把钥匙递给艾丽丝，艾丽丝把它们看了一遍。圈上钥匙的字母分别是："U"，"I"，"N"，"D"，"E₁"，"O"，"S₁"，"P"，"E₂"，"R"，"A"，"M"。一些钥匙上有很小的数字，但不是每把钥匙都有。她意识到，只是重复的字母上有小数字。

"Oon Day-O Sper-Am."艾丽丝一边逐个翻动钥匙一边大声地读出字母。

"噢，Deo是拉丁文中的'God[①]'。"

"是吗？"艾丽丝对着警探皱起眉头表示怀疑。

---

① God：意为上帝。

"这是拉丁文。天主教派的十二年,"他耸耸肩说,"不过,谁管他呢!我敢肯定他们在设计这个钥匙体系时,没人在想上帝。"

"In God We Trust is the key!①"她几乎高声叫喊起来,于是就用一只手捂住嘴巴,她压低嗓音解释说:"这就对了!一份文档上写着这句话。美钞上都印着'In God We Trust②',对吧?"

艾丽丝急忙回到金库走廊里,她的包放在那里,她一下抽出那份文件。"看!就在这里写着'In God We Trust is the key.'等一等,还有呢。"

她从文件里抽出另一张她在皮箱里发现的笔记。"这是密码或者其他什么。"艾丽丝拿着笔记在金库地上坐下,慢慢翻译起来。

"这都是些什么呀?"警探用手电指着那页文档上的勾号和鸟爪符号问。"你从哪里弄到这些东西的?"

"这一叠笔记是在比阿特丽斯的个人档案里的。我认为它很奇怪,所以拿了。我发现了这些文件"——艾丽丝举起另一叠文件——"在十一楼的那个皮箱里。你想看看吗?"

警探的脸色铁青。"要紧的事先做。你能读懂它吗?"

"这是速记。我发现了这本书,而且连续好几周一直试图理解它。"她拿出一支铅笔,在空白处写上她破译的词句。"IN DEO SPERAMUS,一次一百。"

"*In Deo Speramus* 的意思是'In God We Trust'。"警探轻声地进一步确定。

"第一个保管箱的号码是什么?"

---

① In God We Trust is the key!:意思是"我们信仰上帝是关键"。"In God We Trust"是印在美元的一句名言,the key 可能是双关语,既指钥匙,又指此事很关键。
② In God We Trust:意为"我们信仰上帝"。

The DEAD KEY 413

他往金库深处走去，在走廊两侧寻找，直至发现最小的号码。"001。"他边说边走回到她的身边。他停下脚步补充说："最后的号码是 1299。"

"行啦，一共有一千三百个保管箱。如果其中的每一百个箱子用一把钥匙，那么应该有十三把钥匙，但是这里只有十二把。"艾丽丝将钥匙放在地上，再次用手电照亮它们。她有条理地排列钥匙，直至它们读成"I, N, D, E, O, S_1, P, E_2, R, A, M, U"。艾丽丝将她的手电光柱移回到她发现悬挂钥匙的那个门锁处，依然卡在锁上的那把钥匙上刻着"S_2"。那是第十三把钥匙。穿蓝色衬衣的那个人一定是把钥匙硬插进错误的锁里，钥匙卡死在里面。

"那么，呃，我们觉得哪一把钥匙能开 547 号箱？"

"I 是 000，N 是 100，那么 D，E_1，O……"她一边转动钥匙圈一边口里数着，"S_1 一定是 500，对吧？"

"你的猜测比我强多了。"警探从她手里拿起钥匙。"只有一种办法可以发现我们的猜测是否正确。"

他站起身来，将 S_1 插进锁里，稍微皱眉蹙眼，随后轻轻一转。钥匙非常滑溜地转了起来。艾丽丝将苏珊娜的钥匙插进另一个孔里，转动了一下，小门开了。艾丽丝禁不住上下跳几下。他们成功了！

"我想他们不会让蠢蛋进入工程学院的，对吧？"他咧嘴而笑。

艾丽丝得意地回应笑了笑。她终于做了件正确的事情。现在一切都将迎刃而解。从某种意义上说。

麦克唐奈警探将手伸进保管箱，拉出了一个长长的银色箱子，在艾丽丝看来它很像一口微型棺材。警探小心翼翼地将它搬到金库外面的柜台上，掀起盖子，两人一起往里仔细查看。

第七十章

一九七八年十二月十四日星期二

比阿特丽斯一声尖叫,从在隧道黑暗之中触摸到的几个细手指处退缩回来,她身体往后倾斜,栽倒在一具与手相连的身体之上。那身体还在动。

比阿特丽斯一跃而起开始奔跑,脑壳"咣"的一声撞上一根蒸汽管,她的脑袋疼得就像相机闪光泡在里面闪爆,她跪倒在地上,尖叫一声弯下了身子。"咔哒"一道手电光柱照射过来,像火焰弹一样把隧道照得通明。比阿特丽斯憋住尖叫,盲目地穿越污物,逃离举着手电的不管是谁。

"比阿特丽斯?"她身后传来了一声低沉沙哑而又熟悉招呼声。"是你吗?怎么啦?你怎么会……?"

"马科斯?"比阿特丽斯对着手电光眯缝起眼睛。

在地上躺成一堆的那具身体是马科斯。她看上去好像被一根铅管打了一下,她的一个眼睛肿得无法睁开,半边脸似乎被砸破在流血。

"啊呀,我的天哪!马科斯!发生什么事啦?"她边喘粗气边奔回她的身边。

比阿特丽斯把她朋友的头从肮脏的水泥地上扶起,用双手抱着它,在她们身边四周肮脏的小水洼里寻找任何可以止血的东西。

"他们找到了我。"马科斯咳嗽着说。她的肺里呼噜呼噜的满是血。

"谁找到了你?发生什么事啦?"

马科斯只是摇摇头笑着。她的一颗牙齿被打掉了。看到这一景象,比阿特丽斯感到恶心想吐。"他们太晚了。我想……我想我拿到它们了。"

当比阿特丽斯的眼睛习惯了手电光时,她看清了马科斯的全部伤势。"我们得送你去医院。"

马科斯摇摇头。"他们会发现我的。"

"你怎么能够爬到这下面来的?"比阿特丽斯茫然不知所措地问。她无力将她的朋友背出隧道。她不够强壮。

"我通过通风井逃脱的……他们在争吵。"

"什么通风井?你在说什么?"

"在大楼里。我利用通风井四处活动。格栅是松动的。"

"我得去寻求帮助。我会找到拉莫尼或者你哥哥的。"

"不!……别把他们拖入此事之中。他们卷入了就是找死。我会没事的。我觉得没有受多少伤。"她挣扎着坐起来,使自己靠在隧道墙壁上。

"马科斯,你看上去状况不好。我需要去找人帮忙。你看上去也许会死的!"

"别管这事,比阿特丽斯。你应该马上离开。离开这个城市,忘记所有这一切,行吗?"

"别管这事？我到底应该怎么办？我没有衣服，没有钱……你让我去蓝瑟，结果我差一点被侮辱了。如果你要我别管这事，那么你为什么要给我这把……这把烦人的钥匙？"她从提包里拽出那把钥匙，对着马科斯挥舞。

"啊呀，天哪，你还拿着它！"马科斯喘着气说，"我不敢冒险放在自己身上。不管你干什么，别让他们得到这把钥匙，它会毁了一切的。"

比阿特丽斯将钥匙猛地放到马科斯擦掉表皮的手里。"我不想要它。我只想要一份工作，一种正常的生活。我不想卷入这种事中——盗窃的珠宝、下落不明的金钱或者不管他妈的是什么东西。我不干了！反正这不关我的事！"

"可是，这不管你的事吗？"

"你说什么？"比阿特丽斯高声喊道。

"也有一个用你名字租用的保管箱。"马科斯咧着受伤的嘴而笑。

"什么？"比阿特丽斯尖叫。"比尔甚至不知道我的名字！"

"那个保管箱十六年前就开户了。256号箱。你不知道？"

比阿特丽斯一下瘫倒在马科斯身边的墙壁上直摇头。256号箱。多丽丝干了些什么勾当？

"别担心。我有钥匙。我想这些是最后的钥匙。"马科斯从口袋里掏出几把钥匙时，她脸部的肌肉在疼痛地抽搐。

马科斯裸露的双腿上有快要干掉的鲜血。比阿特丽斯浑身颤抖起来。"更多的钥匙？你怎么会……"

马科斯咳嗽起来。"我有朋友。"

"拉莫尼。"

"对，拉莫尼、里基、贾马尔。一半保安来自老街坊；一半是前警察。有些人甚至与我老爸一起共事过。"

"比尔说得对？你四处窥探，偷窃东西？"

"跟你说说是可以的。"马科斯往地上吐了一口血。"我是不该生活在地面上的。"

"我……我没有任何其他地方可去。有人闯入了……"

"我知道。我看见他们干了什么。但是他们什么也没找到，他们永远也找不到这些。"马科斯边含糊地说边摇动手里的钥匙发出叮当的声响。她合上了眼睛。

"马科斯？马科斯！"比阿特丽斯推她的肩膀。

"嗯？"她没有睁开眼睛。

"你怎么啦？这是在玩某种游戏吗？你需要看医生！你在流血！你怎么能就坐在这里微笑？"比阿特丽斯从马科斯手里夺过钥匙，将它们扔进隧道。

钥匙掉落到潮湿的水泥地上的声音唤醒了马科斯。她眨巴着睁开她肿胀的眼睛。"你不知道这到底是怎么回事，对吧？别太天真，比阿特丽斯！这是有关钱的事情。那些小纸片决定了谁挨饿，谁不饿；谁有房住，谁没房住。谁能睡舒适的床，谁为了生存与肮脏的老头睡。这是谁拥有什么，谁拥有谁，谁拥有开启一切的钥匙。好啦，我拿到了这些该死的钥匙，他们拿不回去了！"眼泪在马科斯脸颊的血迹上划出了一道道痕迹。

"一切什么的钥匙？"比阿特丽斯高声说，"钻石项链？其他人的宝石？这就是你想要的一切？"

"我想你把我与你姨妈混淆起来了。"马科斯责备地看了她一眼。

比阿特丽斯不吱声了，她转过头去看其他地方。

"我要比尔、泰迪、吉姆和那些坏蛋为他们对所有那些人们所干的坏事付出代价。"马科斯厌恶地发出嘘声,"这些坏蛋夺走了人们的家园,毁坏了一个个社区,拆毁这个城市从中牟取暴利。我要揭露他们是窃贼,他们的确是窃贼。"

"那么,你到底怎样才能成事呢?偷钥匙达不到目的。锁是可以换的。"

"哈!他们不通知客户是没法更换贵重物品保管箱的锁的。他们必须通知七百多户活跃的客户。克利夫兰城里最有钱的人中有七百多人必须被告知:银行不知怎的弄丢了开启他们最宝贵财产保管箱的钥匙。"

马科斯闭上眼睛笑了:"他们被毁了。银行完蛋了。"

比阿特丽斯皱起了眉头:"那么比尔怎么办?他已经让大家相信是你偷了东西,所有一切都是你干的。"

"那么你相信他啦?"

"当然不信!我只是……我再也不知道该相信什么了。"

"我也是。我想你是我的朋友。所以,大前天晚上我翻阅了档案,发现你拥有这个保管箱。告诉我你什么都不知道,告诉我你是不会投靠比尔的。"她说出的这些话似乎为了使自己相信这是真的,马科斯开始爬着去拿钥匙。

"我恨比尔,"比阿特丽斯在马科斯身后尖声说,"我也恨多丽丝所做的事。可是,她是……她是我唯一的亲人,她帮助了我。可这样做是不对的,没有一丝一毫是对的。"

"你知道什么对错,哈!嘀,你是什么天使吗,比阿特丽斯?你从那狗屎山飞上天去拯救我们所有的人?"马科斯在隧道里高喊,"你和我没有太大差别,对吧,比?你为什么离开家庭,哈?为什么你的住址是小餐馆,你的社会保障号码被偷啦?你他妈的是谁啊,竟然跟我谈什么对错?"

比阿特丽斯在昏暗的手电光亮下难过地坐着。她用手抹了抹泪水,终于打起精神说:"你把钥匙给了我,我把它保管好了。几天前,我差一点把它交给了比尔。你还想要我干什么?"

"我想要真相。如果你不帮助亲爱的多丽丝老太盗窃金库,那么你在这里干什么?你为什么偷我的钥匙?哈?"

"你的钥匙?"比阿特丽斯紧靠着隧道壁说。她从马科斯的藏匿点拿走了三十多把钥匙。"对不起。我只是想找到你从我姨妈处拿走的那把钥匙。"

"为什么它对你那么重要?哈?你半夜在隧道这里干什么?"马科斯用手电筒照着比阿特丽斯的眼睛。

"我……外面很冷。我得找个暖和的地方。"

"胡说!你老实告诉我你没有任何其他地方可去?"马科斯指了指她俩坐着的那个小水坑。

"是的,我没其他地方可去了。"此时没有必要忍住泪水了。比阿特丽斯让眼泪哗哗地流下面颊。"我……我只有十六岁。我从家里逃了出来,后来多丽丝病了,现在……我没法回去了。"

马科斯放低手电,爬回到比阿特丽斯的身边。"你为什么要逃离家庭,比阿特丽斯?"

"就是这个男人。他与我母亲住在一起……他时常……"比阿特丽斯没法说出这些话,她用双手捂住脸,"我怀孕了,他逼着我去……打胎。"

马科斯用一个手臂搂住她:"嗨,没事了,没事了,宝贝。我不知道你的事。对不起。"

"不,不会没事的……我不会没事的……我永远没法结婚或者有个……"她哭得太伤心以至于没法说出"孩子"。

比阿特丽斯没对任何人说过起这件事，甚至没对姨妈说过。尽管她缺点多多，尽管她们从未见过面，多丽丝问都没问就收留了她。比阿特丽斯唯一知道如何找到这个女人的方法就是每年所收到的生日贺卡上的回信地址。她生日那天，多丽丝总是给她寄来贺卡。

比阿特丽斯抽泣得浑身颤抖。

"我俩比我想象得更加相似。"马科斯吻了吻比阿特丽斯的头顶。

比阿特丽斯努力地恢复镇静。她无法正视马科斯。

"我也失去过一个孩子。"马科斯从下巴上抹去鲜血。

"托尼告诉我了。我很难过，马科斯。"

"托尼。"马科斯摇摇头，随后清了清嗓子。"我没地方可去。我睡在桥底下，睡在公交车站。接着我认识了这个家伙。起先，我以为我得到了真诚的帮助。他不让我流浪街头。他帮我找到了一份工作。我可以回家，可以面对父母。他甚至说过要帮我找回我的女儿。也就是宾馆里过了几夜，办公室过了几夜，与他的好友一起过了几夜，永远没个够。过了一段时间，他不再对我谈起玛丽。最终，他不再跟我说话。几年后，他甚至不再与我睡觉。"

"比尔？"

"不，泰迪·哈洛伦。"马科斯痛苦地做了个怪相，克制住一次咳嗽。"多年前，我在拉客的时候遇见他。他是'戏剧酒吧'的常客。起先我以为他是个歹徒。卡弗利家族的那帮年轻人经常出来听音乐交女友。他似乎认识每一个人。随后他对我说他在这家著名的大银行工作。他带我去他宽敞时髦的住宅。天哪，他是个病态的杂种。不过，他帮我找了份工作。"

比阿特丽斯呆呆地看着远处的墙壁。马科斯是个妓女。她逃离家

The Dead Key 421

庭后就是干这个活。这就是那个穿金银锦缎的女人认识她的原因。

"几年前,泰迪玩腻了我之后,我带着比尔外出喝酒。我觉得他有钱,也有人际关系,可以帮我找到女儿玛丽,这个无耻的狗娘养的。他们都是一路货色。我雇了律师,花光了我所有的钱。"马科斯气愤地抹去一颗带血的眼泪。

"我以为玛丽被收养了呢。"比阿特丽斯轻声说。

"这是他们的说法。不过,我不相信这种说法。经过六年时间,我在文森特街找到了她。出生记录是封存的,而司法费用昂贵极了。我有前科记录,现在又处于这种困境,把她弄回身边将要花费大笔的钱。"

她们背靠砖墙静静地坐着,只有隧道远处某个地方传来滴水的声音,这声音就像时钟发出的滴答声。她们的时间都不多了。她俩都处在麻烦的世界里。马科斯拿了钥匙。那些保管箱没法开启了,除非有法院授权令用钻机钻开——这是托尼告诉她的。没有多丽丝的日志,没人能琢磨出发生了什么事,或者哪个箱子藏着什么东西。这倒没什么关系,比阿特丽斯试图安慰自己。但是她不相信这一点。比尔依然掌握着指控马科斯、多丽丝和一些其他女人的犯罪证据,还有以她们名字租用的贵重物品保管箱。

"那把空白钥匙是派什么用处的?"比阿特丽斯最后问,尽管她已经知道答案。

"万能钥匙。它可以开启金库的所有保管箱。"

"你在哪里找到它的?"

"你认为在哪里呢?"马科斯转过头去,用一只青肿的眼睛瞪视着比阿特丽斯。

"它在多丽丝的保管箱里,对吧?"比阿特丽斯不必要马科斯证实这一点。多丽丝是内线。那把空白钥匙是她用来开陌生人保管箱的。"你去联邦调查局了吗?"

"去了,我试了。我甚至给他们带去一块纯色金砖以证明泰迪有这么大的阴谋诡计。他们不听我的话,相反把我关押了二十四小时,仿佛我是个小偷,随后他们留下了那块金砖。想一想吧,事情不是很清楚吗?你甚至不能信任该死的联邦调查局。"

比阿特丽斯明白也不会有任何人相信她。"那么你为什么把钥匙给我呢?那天晚上?你为什么把它给我?"

"我知道你会帮助我的。你是我的朋友。另外,没人会怀疑你与这桩肮脏事有关联。你在那个办公室里几乎无人关注——一个幽灵。人们总是低估我们这样的女人。"

比尔办公室里的文档依然浮现在她的脑海里。"马科斯,你能肯定他们依然没法将这些保管箱追踪到比尔许多女友中的任何一人吗?或者你?或者我?"

马科斯低头看着她从隧道地上捡回来的钥匙。"我敢肯定他们会锁定我的,但这没关系。也不是真的没关系。这件事伤透了我妈的心,还有托尼……可怜的托尼。"

比阿特丽斯往下伸手抓住她朋友的手,必须得想办法把她弄出隧道。

"我必须想办法找回玛丽,然后消失。他们永远不会停止寻找我,在我做了那些事之后,在我亲眼目睹了那些事之后,就更加不会放过我了。今晚泰迪要杀死我。"

望着马科斯伤痕累累的身躯,比阿特丽斯看到了她自己的未来。在她这个岁数,找到一份工作并找到一个地方居住的机会实在是渺茫。警察会把她送回家去。她想象自己重操旧业小偷小摸或街头卖淫，就像马科斯一样。像她这样的姑娘，或者马科斯，或者甚至多丽丝，是没有希望的。

善有善报，比阿特丽斯暗自思量。有一颗泪珠从她的脸颊上滚落，她抹去了泪花。也许将来某一天她会得到善报，可是她等不及了。她不会逆来顺受了。永远不会再逆来顺受了。

"不管你的保管箱和我的保管箱里藏着什么东西，我们必须把它们取走。光没了钥匙还不够。他们会编造某种理由说要使金库现代化并颁发新的钥匙。"比阿特丽斯边想边说大声说了出来。

她不会让泰迪和比尔因为他们干的坏事而怪罪马科斯或任何其他人，必须要有个万全之计。这时，她想起了坎宁安夫人说过的话。"'文档好银行就好'。对，就这么干！"她的声音在隧道里回响，"如果他们丢了贵重物品保管箱的档案，投资者会暴跳如雷。银行将会被彻底毁掉。"

比阿特丽斯伸进口袋摸出多丽丝偷来的那个三克拉钻石戒指。在教堂，她舍不得将它扔进慈善箱。这是她逃离城市重新生活的最后一线希望。

"万一我回不来，拿着这个。我希望它能帮你救出玛丽，我真心希望！"她将戒指放进马科斯浮肿的手里，"现在你需要告诉我如何打开保管箱，马科斯。给我钥匙。"

第七十一章

比阿特丽斯蹑手蹑脚走过下层大堂的红地毯朝金库走去。她反复察看安保岗。监视器关了。没人在监视,今晚没人。她紧紧把住肩上的大提包,手里紧攥着沉重的钥匙圈。钥匙上沾着马科斯的鲜血;它们在她手上留下了愤怒的红色印迹。比阿特丽斯心里慌张极了。

金库走廊里传来了嘈杂的声音。她惊呆在路上。

"我一点也不在乎,泰迪!"一个男人吼叫,"她跑掉了。"

声音越来越响。比阿特丽斯转过身,急忙悄悄地穿过地毯远离声音。

"我们会找到她的。她不可能走远。只要集中注意力,行吗?"

比阿特丽斯掀开一个红色门帘钻了进去。当她猫腰躲进隔间的门帘后面时,那些声音继续往前进入下层大堂。

"你知道吗,你让我们陷入了大麻烦了?市政厅已经在密切监视我,联邦调查局正在请求颁发搜捕令。就在三小时前,克利夫兰城破产了,我们是公众的头号敌人。在晨报上街销售之前,我们必须现在就把保管箱里的东西取出来!"

"我们别仓促行事。"

比阿特丽斯缩进门帘的皱褶之中，偷听的时候，只发出轻微的呼吸声。

"够了，我不想再捉迷藏了，泰迪！把钥匙给我。"

"别说傻话！我没有钥匙。"

"你什么意思，你没有钥匙？"

"你说呢，难道我把钥匙装在口袋里四处乱走？你把我看作什么人了？"

"你带不带钥匙管我屁事。我们必须今晚把钱弄走。我们正在被调查，我的天哪！金库即将被查封。我们怎么向投资人交代？我们想出拥有这些财产的巧妙新策略啦？那种方法行不通的。万能钥匙到哪里去了？"

"转移这些财产还没得到授权呢。"

"你消息不灵通了吧，泰迪！董事会想要转移。"

"转移？转移到哪里去？把它们放到哪里去？他们想把他们的财产放到哪里以确保安全并免税？他们家的床垫里？"

"这不再用你操心了。"

"什么不用我操心！没有我你甚至连账目也分不清。你真的以为我只在瓦克尔利先生名下或者你名下或者我名下存了数千万，任何一个持有搜查令的警察也许一查就能查到？储存的财物早已分散啦。"

"你的意思是，你把它们存放在假名底下？你真的认为那样可以迷惑联邦调查局的人？用一些假名字？"

"谁说名字是假的？"

"它们属于活跃的客户？天哪，你的胆子也太大啦，泰迪！你有什么办法防止被借用名字的人提取财物呢，哈？只要有一个老太想来欣赏她的硬币收藏，我们就完啦！"

"耐住性子吧！这些人大多数都已死去或者甚至不知道他们有个保管箱。多年来，那个笨蛋汤普森一直在为我提供死箱子。这是我们之间小小默契的一部分，所以我不在意他行为失检。"

"行为失检？那就是你对最近那谋杀案的称呼？"

"你不读报吗？那是汽车肇事逃逸，而且是他妈的四年前的事情了。不可改变的既成事实。"

比阿特丽斯的眼睛睁得大大的。杀人。朗达·惠特莫尔是被谋杀的。

传来一声响亮的叹息。"这整个阴谋就像你本人，泰迪——太危险了。你说这会很容易。你向城里最有财有势的家族兜售了一个合法的高收益的投资项目。当然啰，对这样一个好得令人难以置信、难以合法的项目他们都睁一只眼闭一只眼；不过，你真的认为他们现在会让你把他们拖进泥潭？这些钱不值得冒这个险。"

"什么钱得来不用冒点险？这是肮脏的生意，吉姆！"

"好吧，只是事情变得太肮脏了。现在你那个荡妇马科欣正在制造麻烦。上周你那个酒鬼儿子在金库里被人赃并获。这些钱并不安全。"

"别管兰迪。我会处置他的。"

"就像你处置投资那样？"

"我们需要保护我们的利益，该死！联邦调查局进驻时，我们必须开始做一些调整。"

"谁授权进行这些调整的？"

"当黄金市场开始交易时，我们必须介入。当尼克松开始印钞票时，他把我们大家都耍了，你是知道这事的。随着通货膨胀，我们的现金资产会越来越缩水。我们必须购入商品。"泰迪的声音越来越响，越来越不稳定。

"你真的认为你能开始储备黄金,而别人不会发觉?"吉姆问,"我市里的线人告诉我联邦调查局还在银行内部安插了人。"

"他们永远无法立案!这件事做得非常严谨,他们甚至无法获得搜查令。"

"他们正在监视比尔。他会与他们达成交易的。"

"比尔容易对付。"泰迪驳斥说。

"什么,你认为河里有地方可以再添一个?你应该为此事担心才对,泰迪。我正在失去耐心。现在你把我需要的钥匙给我!"

"否则你打算怎么办?用你的钢笔打死我?我告诉你,我没有钥匙。"

"如果你没有钥匙,谁有?"

比阿特丽斯离他们不到二十英尺,她抑制住自己的惊恐。

"对,请你告诉我们,泰迪。谁有钥匙?"此时另一个声音参与进来。很奇怪,这声音很熟悉。

"卡米歇尔,你怎么才来?"

比阿特丽斯倒吸了一口冷气。她辨认出这个来自"戏剧酒吧"的声音,它是那个和善的酒吧老板,最容易对马科斯动真情。她疑惑地透过门帘窥视。

"你不至于把卡弗利家族的人也拖进来吧,吉姆?!我们要有所控制呀。"泰迪不自然地哈哈大笑。

托尼说过卡弗利家族与西西里仍有联系。马科斯把他们称作歹徒。比阿特丽斯意识到,卡米歇尔是这帮歹徒的成员之一,她用手捂住嘴巴不让自己发出喘息的声音。

"他们是银行拥有最大利益的客户之一,泰迪,这你是知道的,"

吉姆叹了口气说，"你大祸临头啦。我们知道你一直在向联邦调查局告密，我建议你还是配合。"

卡米歇尔掏出一把枪。当他把枪对准泰迪时，比阿特丽斯听见"咔哒"一下铁器的声音。

"嗨，别忙，卡米歇尔！吉姆，我们是二十年的朋友了。你不会当真吧！转移记录都是编码的。没有我，你不知道从何处下手！"

"现在我也没法控制了。如果你配合，我会尽力保护你的家庭。"

"你别在我身上浪费时间了，"泰迪高声喊叫，"我们需要去追踪那个婊子！"

"现在她还有什么要紧的？"

"首先她是知道如何使用那些该死钥匙的仅存之人。使用钥匙是有某种体系的。"

"这到底是谁的过错？"吉姆问，"如果你那酒鬼儿子不是随心所欲，那个服务台接待员，雪莉，或者不管她叫什么名字，本来会配合的。"

"你不能证明兰迪与那件事有任何牵连，"泰迪抗议说，"雪莉也许刚离开城市。她周一也许会回来上班的。"

比阿特丽斯心头一沉。雪莉，贵重物品保险部职员，多丽丝的朋友，失踪或死了。兰迪也许已经把她给杀了。她退出门帘，跪倒在地。

"让我看看是否能把这件事说清楚了：你是否在告诉我，你把五千多万美元藏匿在那个金库里，而你甚至不知道如何打开它？"卡米歇尔咯咯地笑了起来，"你们这些该死的银行家。什么事都不想自己动手。你有没有曾经想过帮手会变聪明的？"

"够啦，卡米歇尔，"吉姆边说边朝酒吧老板举起一只手，"如果某个秘书能够琢磨出其中的奥秘,那我们会有办法对付的。你还有什么其他事告诉我们,泰迪?"

"如果要我说,那就是怎样才能阻止你扣动那个扳机,哈?我想与阿利斯泰尔谈谈。"

"你认为是谁派我们来的?"吉姆叹息道,"卡米歇尔,请吧?"

一声低沉的喊叫声,然后好几下沉重的嘭嘭声,随后什么声音都没有了。

比阿特丽斯继续一动不动地跪在门帘后面,呆呆地望着黑暗。银行家们为克利夫兰最富裕的家族在贵重物品保管箱里藏匿黄金。泰迪说多年来比尔一直在向他提供死保管箱。毫无疑问,多丽丝和比尔盗窃了那些死箱子。朗达·惠特莫尔的名字在多丽丝的日志里出现之后,提取钱财变得越发频繁。自朗达在银行露面之日起,比尔看上去就像见了鬼似的——这是马科斯说的。最后,他被当场捉住,但是泰迪不仅没把他和多丽丝移交当局,反而把这看作一个机遇。

她为兰迪整理的那些文件上的怪异密码突然有了含义。它们一定是记录银行藏匿数百万美元地点的文件。吉姆要把钱取出来,卡弗利家族也是这种想法。不知怎的,歹徒们卷入了银行的交易,卡米歇尔为这些歹徒效劳。当酒吧老板只是一种掩护。比阿特丽斯根本不了解他;但是,她意识到,托尼和马科斯对他很熟悉,托尼是个警察;首先是他告诉了她有关卡弗利家族的事情。他一定了解这些事情。卡米歇尔在酒吧偷听到的每一个字都在她的脑海里重现——她与托尼的交谈:在银行里四处窥探、被盗的贵重物品保管箱、遗失的万能钥匙等等。也许托尼希望卡米歇尔听见。那老头用枪指着泰迪的脑袋。也许如果法律强制执行失败,卡弗利家族就会把银行搞垮。

没有一个人，甚至托尼也不，怀疑她和马科斯除了逃跑别无他择。马科斯是对的。他们都低估了她们这样的女人。

比阿特丽斯手里拿着钥匙从门帘后面走出来，悄悄地朝金库走去。

第七十二章

一九九八年八月二十八日星期五

在警探手电筒黄色光柱的照射下，547号保管箱里一张两个女人的黑白照片向上瞅着他们。她俩在微笑。银色相框里的玻璃已经破裂。艾丽丝拿起照片递给麦克唐奈警探。她在照片底下发现了一个棕色的皮本子和一支蜡烛。就这么多东西。

"这到底是什么玩意？"艾丽丝高声叫喊起来。

她没法相信一九七八年比阿特丽斯为了一张照片给苏珊娜·佩普林斯基打了电话。她没法相信她非法闯入银行只得到了一张照片。这解决不了她的任何问题。

"本子里是什么东西？"警探一边轻声说一边把照片放回盒子。

艾丽丝翻开本子，里面满是数字。她翻啊翻，除了用蓝黑墨水写的数字以外，其他什么也没发现，直至某种红色的东西吸引了她目光。

"谁是朗达·惠特莫尔？"她把那一页朝警探倾斜。

"你跟我开玩笑吧！她是马科斯宣称在一九七四年被谋杀的那个

女人。"他抢过本子,开始翻阅书页。"所有这些数字看上去都像是交易。"

"交易?"艾丽丝拿起蜡烛。它只是一支没有燃烧过的廉价红色祭典烛。

"我认为也许是保管箱盗窃的记录。看这里,这一定是朗达的保管箱号码,855,这里是保管箱内的东西——五万美金。"警探指着他在阅读的那一行数字说,但是艾丽丝几乎没在关注。

一张纸条从蜡烛的底部掉落下来。艾丽丝把它捡了起来,大声读了出来:"至善天主,愿虔诚的灵魂永享清福,阿门!"

警探从本子上举起目光,将手电筒照着艾丽丝。"什么?"

"这张纸条在蜡烛底部。"她把小纸条递给警探。

他仔细看了看纸条,随后将它翻过来。"这是'小意大利'救世主教堂的。"

"我不明白。"

"这是一支祭典烛。我的教堂也有这种蜡烛。你为某个死者点燃它们或者需要一条祷文。"

"可是为什么有人要把它放在这个保管箱里呢?"

"这他妈的是个好问题。"他们身后传来一声深沉的声音。

麦克唐奈警探猛的一转身,把手伸进他的外套里。砰的一声巨响在艾丽丝耳边炸开,警探的手电筒飞向空间,砸碎在地上,亮光闪了一下,随后熄灭了。

艾丽丝能闻到了火药味。她听见"嘭"的一声,某样沉重的东西砸到她身边的地上。她的耳朵嗡嗡作响,她脑袋里一片空白,她感到自己开始栽倒。

"啊,不,你别。"那个声音边说边托住艾丽丝,帮她扶正身体。

THE DEAD KEY 433

没有警探的手电筒，金库里漆黑一片，看不清是谁在说话。艾丽丝不想看见任何东西。她所能听见的只是她自己的心脏在把血液压送出搏动的耳朵。她的肺拒绝呼吸。整个世界在旋转无法聚焦。

突然，头上的电灯亮了，照得她眼睛直眨巴。那支红蜡烛依然躺在保管盒里，她将眼睛盯着盒子，拒绝搭理身后的那个男人，直至他碰摸她的肩膀。她急忙一扭躲开，但是她的一只脚踢到了地上某样大而静止的东西，它是麦克唐奈警探。她感到一阵恶心，于是就朝敞开的盒子里呕吐。

身后的男人咯咯笑了起来，笑声听起来是那么轻那么远。

"好啦，这很合适，对吧？这恰好是我对整件事情的判断。"

这平静的笑声使她再次反胃。这声音不完全不熟悉。

"转过身来，艾丽丝！"男人命令道。

对她名字的呼唤使她耳朵里的嗡嗡声平静下去。她摇摇头，依然不想看他的脸。

"转过身来！"他厉声喊道。

一只大手抓住她的肩膀，将她扭转过来，直至她能看见这个枪手。她看不清他的脸，只能看见大概的面貌：突出的下巴、恶狠狠的眼睛、闪光的牙齿在来回聚焦。

"对不起，我的亮相太戏剧化了！可是他正要伸手掏枪，我实在没有选择，这是自卫，对此你要为我作证，行吗？"他将枪对准了她的眉宇。枪管依然是热的。

艾丽丝屏住呼吸点点头。

"你不知道我是谁，对吧？"

她摇摇头，尽管此刻她已经确定她以前见过他。

"不过，我认识你，艾丽丝。我了解你的一切——你早上迟到，你酗酒，你厌倦上班。连续好几个月，我一直坐在办公桌前观察你。还一点也想不起来？"他又咯咯笑了起来，"我的办公室与查尔斯·惠勒的办公室相隔三扇门。真正的专业人员都知道。可你不是真正的专业人员，对吧，艾丽丝？你以及你那些小小的叛逆行为，你翻查文件抽屉，你四处窥探。"他停顿了一下用手背拂过她的脸颊。

艾丽丝向后退缩，但背后被柜台顶住了。

他继续说话："我曾经一度很像你。生活陷入了死胡同，想寻找某种更好的东西。好啦，你的确找到了一种更好的活法，对吧？"

只要能够阻止他碰触她，她必须得说些什么。"哈……你一直在跟踪我？"她轻声说，但不敢正视他的眼睛。

"我不是唯一跟踪你的人。你让很多人失望，艾丽丝。没人希望那个死杂种重见天日！"

"你认识他——他？"

"你可以这样说，不过我最后一次见到比尔时，他看上去不是那么……紧张。"他色迷迷地朝她咧嘴而笑，她的胃里一阵恶心。

"你想要什么？"她抽泣道。

"男人想要什么？"他强令道，"我想你还是一点没领会。你也许认为男人想要的是金钱，对吧？"

她凝视着他身后的金库，吓得不敢说话。

"错啦，艾丽丝！错啦！"他用一只手猛击柜台，震得金属保管盒跳了起来。

艾丽丝感觉就像被扇了一个耳光。

"金钱只是达到目的的一种手段。我需要比金钱值钱多得多的东西。尊重！我一直希望得到尊重。经过这么多年之后，我终于赢得了尊重。我建议你有时也试一试。交媾不是件轻松愉快的事，对吧？"

艾丽丝摇摇头，眼睛盯着那把枪。

"好啦，现在是你彻底报复惠勒老头的大好时机。他会乐死的。为了他的退休金，二十年来一直在街对面工作，想不到眨眼间钱没了。"为了强调，他将手枪挥舞到一侧，随后又挥枪回来指着她的脸。

她本能地举起双手。此时她认出了他。他是那个头发花白令人毛骨悚然的家伙，那天早些时候，她在被解雇的时候他朝她眨过眼；几周前她上班迟到，他在走廊里叫住了她。他眼睛里那种奇怪的神色使她浑身不舒服。他手里拿着枪，突然间一切都明白无误了：他疯了。

"你……你是谁？"

"我？哈哈，现在我谁都不是。某个三流建筑公司的金融主管。他们把我安排在这里是让我别吱声。你甚至不知道我的名字。"他叹了口气。"我曾经也算是个重要人物。在这个可怜的城市里，我几乎属于特权阶层。随后突然一切轰然倒塌。一切轰然倒塌都是因为两个像你一样的小荡妇四处窥探，偷窃钥匙。我们失去了一切！我父亲太忙了，无暇绞尽脑汁去关注这些横财。他将家族企业委托给一个像比尔·汤普森那样妄自尊大的白痴，而不是委托给我！某个微不足道的女招待竟然让她管理金库，操弄数百万美元，而不是让我管理！"

他冲着她的脸高声号叫，威士忌的酸味刺激着她的鼻子。她厌恶得扭曲了脸。

他停顿了一会儿，然后龇牙咧嘴地说："怎么啦，我冒犯你了吗？你认为自己不是个荡妇吗？哈！我亲眼目睹了你与你那个小朋友干的好事。"

他看见了她与尼克在一起。他的牙齿在日光灯下闪闪发亮，牙齿四周咖啡污迹斑斑。见她浑身哆嗦他似乎很开心。

"啊，天哪，尼克！啊，天哪！啊，天哪！"他模仿她的嗓音大声号叫,"你知道吗,你真应该试着玩得更猛一点才能得到满足,艾丽丝!"

她血压降低手脚冰凉,她整个身体都在颤抖。整个金库开始旋转,她紧紧抓住柜台。"原来是你!你在跟踪我!"

"得了吧,艾丽丝,所有人当中就你最明白工作有多么枯燥。"他朝她眨眨眼睛。"再说了,致告别演说的毕业生小代表,感情上有点波折,每天早上脸上一副百般无聊的神色,急匆匆赶来,上班还是迟到;这一切告诉我,你就是因为百无聊赖进而胆大妄为,在这栋废楼里四处窥探。我的判断是对的。可是惠勒先生以为你只会低着头工作,叫你干啥就干啥,像个听话的小工程师。你如果那样做也许更聪明,艾丽丝,承认这一点吧。"

艾丽丝感到自己在点头,此时除了不能尖叫外,她什么都可以试着关注。也许就是此人在办公室里四处宣扬她到处跟人睡觉。也许尼克与此事毫无关系。她头脑里乱糟糟的竭力想说点什么。

"那天是你在金库吧。你为什么要留下钥匙?"她问。

"留下钥匙?你真的认为我是那么愚蠢吗?是吗?"他把枪管顶住她的胸膛。

"不是的。"她抽泣着说。

"你只是运气好。现在你也许认为自己很聪明,因为你破解了密码,对吧?千万别以为我不能把它琢磨出来。他不能,我能,该死的!"

他的一个手指似乎要扣扳机了。她必须使他继续说话。"他,谁?你……你父亲?他是谁?"

"'谁他妈的在乎'的副总裁?他死了。他们把他杀了。"他停止说话,捡起麦克唐奈警探刚才拿的那个棕色皮本子。艾丽丝的目光随着那把枪往下看去,她瞥见了地上的一滩血。她憋住抽噎,闭上了眼睛。上帝啊,救救我!

"你知道吗,他以为自己很聪明。董事会议室的老大!想想吧,他没意识到当他丢了开启所有那些金钱的钥匙,他的那些高尔夫朋友哪会善罢甘休。"他用枪指了指金库说:"进去!"

艾丽丝服从了,匆忙离开那滩血。他跟着她进去了。

"你知道吗,他们把这叫做自杀,不过有多少自杀的人在他们的脑袋被打开花之前还要麻烦折断他们自己所有的手指,我问你?他们需要一只替罪羊,把他出卖给联邦调查局……他们冻结我们的资产。他们拍卖掉我们的地产。他们弄得我一无所有。在惠勒的控制下,把我塞在一个蹩脚的公司里,可是,他们不知道他们在与谁打交道。"

他一边说一边变得越来越狂躁不安,艾丽丝缓慢地朝金库深处移动。他走得甚至更加靠近她。"他们在这个地方藏匿的每一块肮脏的美元,我都知道。比尔弄不清他那些情妇秘书搞的文件。我阅读文件。我给老爷子指点迷津,随后来了那两个淫妇。"

"谁?"艾丽丝喘息着问。

"闭嘴!"他用枪指着她的脸,把她逼到远处的墙壁跟前。"像你这样喜欢四处窥探的淫妇总是问你们不该问的问题,拿你们不该拿的东西。"

他狠狠扇了她一下耳光,这扇力将她击倒在边墙上,疼得她眼前一片空白。

"你来了,发现了比尔被苍蝇吃掉的尸体。这几乎毁了一切。联邦调查局差点要把这地方翻个底朝天,但是老爸的老朋友们不会让那种事情发生。结果,你帮了我一个忙,对吧?"

他怒气冲冲走出金库,回到警探一动不动的尸体那里。他拉着尸体的一只脚将他翻转过来,警探的眼睛毫无生命迹象地朝天看着。艾丽丝跪到地上抽泣。他真的死了。现在没人来救她了。一把枪,一支手电筒,一副手铐,一把钥匙被一一摆放在柜台上,当啷当啷的洪亮声音在她被困的金属金库里回响。

"我终于要让你们这些淫妇中的一个派上用场了。"他将那把死钥匙朝她的头部扔去,钥匙击中她的脖子,叮当一声掉落到了地上。"开始干活!"

第七十三章

接下来的一个小时里,那人看着从藏在547号保管箱里拿出来的那个棕色小本大声喊着保管箱号码,艾丽丝在枪口的威逼下打开了一扇扇保管箱的门。她拉出第一个保管盒,一百磅的重量压在她胸前,哗啦一声把她压垮在地。枪手冲进金库,从她胸前用力一下搬走了保管盒。他掀开盒盖,轻轻地笑了起来。盒子里躺着四块金光闪闪的金砖。

他捧起一块金砖亲吻了一下。"为商品交易成功,老爹!"

他得意地捧着金砖出去,穿过走廊来到另一扇保管箱门前。"你知道最近一块'标准交割'金砖①值多少钱吗?"

他从走廊里拖来一部金属推车,艾丽丝默默地看着他。推车平板上放着三个大文件柜。**快逃跑!** 一个声音在她的头脑里尖叫。可是,当她竭力站起身来时,那部推车挡住了金库的入口。

"如果你能搬走它们,那么这些小宝贝中的每一个都能换来十一

---

① "标准交割"金砖:a Good Delivery bar,可能指符合伦敦黄金交易市场标准的交割金砖,每块重12.5千克。

万七千美元。"

他示意她把其他金砖搬过来。它们每块重量都超过二十磅。她一声不吭,一次搬一块,把它们放进一个文件柜的抽屉里。

"我看你在那边认真思索,艾丽丝。你在想他们为什么不在多年前把这些保管箱钻开;一九八零年代的黄金暴涨,他们为什么让这些黄金躺着不动呢,对吧?"他用枪指着她说,"对吧?"

她僵住了,顺从地点点头。

"为什么在鱼缸里水虎鱼不相互吞食?哈?它们也是同类相食动物。你可以挖苦,答案是政治。"他龇牙咧嘴地笑了,洋洋自得。"档案都弄乱了。如果任何一个家族敢动一下钻机,其他家族会把他们活吞了。这是一个二十年的缓和期。他们相互都在等待对方死去。当他们意识到自己上当受骗的时候,我希望能在现场看到他们的脸部表情。"

枪手在滔滔不绝的时候,她的手臂松弛了下来。她只能理解他话中的一丁点儿。

随后,他又用枪指着她。"357号箱!"

随着艾丽丝打开一扇扇小门,金砖堆每次增加四块。他似乎享受观看一百磅金子压在她身上的这种乐趣。第三个保管盒差一点砸坏她一只脚,她号叫了起来。艾丽丝开始拉出保管盒,然后躲开身子,让盒子砰地砸到地上,声音像枪炮射击一样响,她赶忙往后退缩。一些保管箱里装满了现金和珠宝,不过大部分还是装满了极其沉重的金砖。艾丽丝不断从保管盒提起金砖,捧着它们走向她的俘获者,她的手臂变得越来越像弹性橡胶一般。

枪手从角落里抓起她的野外工作包,把包里的东西全部倒了出来。她的卷尺、写字夹板以及比阿特丽斯的笔记都哗啦倒在了大理石地面上。枪手对这些东西看都不看一眼便命令她把现金和珠宝装进包里。

第九个保管盒是空的，里面只有另一支红色祭典烛。枪手示意她把盒子端过去。当他的手蹭到她的手时，她吓得往后退缩。

"尽管我穿行在死亡阴影谷里，但我不怕邪恶。"他念道，随后得意地笑着说，"这对你是一条很好的告诫，艾丽丝。现在我们开到哪个……？885。"

艾丽丝已经记不清经过她的手搬了多少现金，多少钻石，多少金砖。她的目光在没有尽头的一排保管箱门上转来转去。在有人发现他们私闯金库之前，他们根本不可能打开所有的保管箱门，但这不在考虑之列。枪手又从小本子上念了一个号码。他只在看分类账上列出的保管箱。

为了不让自己的精神崩溃，艾丽丝头脑里进行着计算。如果每块金砖价值十一万七千美元，那么一百万需要多少块金砖？因为那支枪始终跟随着她的脚步，她几乎无法记清用过几把钥匙，不过她强迫自己的大脑保持运转。

又打开两个金砖保管箱之后，艾丽丝算出来了：只要再取八块半金砖就有五十万美元。文件柜里已经至少堆了四十块金砖，警探曾经说过五千多万美元不见了，那就是四百多块金砖，也有可能更多。她不知道早在一九七零年代金价是多少。

"怎么办？你打算怎样把这些金砖弄出这里？"她揉着酸疼的手臂问。推车大概有一吨重了。

"到底是工程师，哈，艾丽丝？别着急，卡车至少还要一小时才能到达这里。不过，如果想把这些文件柜装满，我们最好快点干。"他朝她咧嘴一笑。

她意识到,这就是他躲避侦查的办法:把金砖藏在文件柜里,再用另一辆黑卡车把它们拉走。他已经命令她把每个保管箱清空之后都重新锁好。没人会知道他们到过这里。

当枪手叫到 256 号箱时,艾丽丝将保管盒猛的往地上一拉,那盒子擦了一下她的肩膀,她一下跪倒在地,双膝颤抖不止。

那人咯咯大笑。"快他妈的站起来,打开它!"

盒子里是又一支红蜡烛,还有几百把钥匙。她明白这些是遗失的钥匙,于是就用双手抚摸它们。它们不是遗失的,有人把它们藏了起来,就像托尼说的那样。当她拿起祭典烛时,一张纸条从它的底部掉落下来。它是另一张祭文。

那人用枪敲了敲金库的墙壁直至她抬起头来。"祭文说什么?"

"善有善报。"她轻声说。

"哈!我是不指望它。里面还有什么?"

里面还有两套完整的银行贵重物品保管箱钥匙,还有一圈圈其他钥匙。在这些钥匙的下面,她发现了一张泛黄的羊皮纸。它是一张出生证的一部分,它被人撕成了两半。另一半面朝下躺在底下。艾丽丝的目光锁定在打印在纸面顶端的名字"比阿特丽斯·玛——"上。**比阿特丽斯**?她冒险又看了一遍,看见了出生日期是一九六二年六月十二日,由凯霍加福尔斯县颁发。

"你拿到什么啦?"他厉声问。

"没什么。只是一些废旧杂物品。"

比阿特丽斯!看到这个名字让艾丽丝感到一阵兴奋。这是一种信息。

"嗨,不许休息!933 号箱!"他怒吼道。

艾丽丝挣扎着站起来,她的头脑仍在飞速思考。"善有善报"被

The DEAD KEY 443

潦草地写在比阿特丽斯的档案里。一定是比阿特丽斯把它放在这里的。她留下了红蜡烛。比阿特丽斯来过金库。她的出生证放在了256号保管箱。她把所有其他的钥匙锁在同一个箱子里。她把547号钥匙放在了苏珊娜的办公桌里。比阿特丽斯打电话给苏珊娜，告诉她有关保管箱的事情。比阿特丽斯希望有人发现它。

"比阿特丽斯。"艾丽丝轻声说。

"你刚才说什么？"枪手厉声问。

"没——没什么。我只是在……祷告。"

"这里不是该死的教堂！我们得干活呢，拉奇小姐！快回头干活！"他将一支红蜡烛朝她掷去。

蜡烛重重地击中她的一只手臂，但艾丽丝几乎没有注意到。比阿特丽斯是金库一直锁着的原因，她藏匿了钥匙。不知怎的，一个低微的秘书打败了克利夫兰城里最有权势的人们。比阿特丽斯扳倒了银行。

艾丽丝把出生证和钥匙倒进了枪手扔到她身边的垃圾桶里，目光依依不舍看着那张泛黄的羊皮纸。比阿特丽斯生于一九六二年。她脑海里闪过那只遗留皮箱里的那些小号衣服。比阿特丽斯失踪或被杀害的时候只有十六岁。

被杀害了。这一想法突然使艾丽丝从恍惚之中惊醒过来。当挡在金库门口的推车上的文件柜装满黄金时，她就会被杀死，就像警探那样。这种想法像子弹一样击中了她。

"该死，艾丽丝！我们在赶时间呢。933号箱。"

不，艾丽丝想。她将256号盒子推回保管箱并锁上它的小门。她咬紧牙关摇晃着走向下一个门锁。她不能就这么打开箱子。她偷偷瞥了他一眼，他正在不耐烦地踢跶着脚。也许是他杀害了比阿特丽斯。

随后她看见了它。往下数相隔六扇门的一个锁孔里依然插着一把钥匙。麦克唐奈警探说过，如果错误的钥匙硬插入锁内，那么锁芯有可能断裂。这一定是那个穿蓝衬衫的人丢下钥匙时所发生的事情。她看了看枪手，意识到那人有可能就是他。他就是那样愚蠢。

她越过933号箱正确的钥匙，却抓住了一把不同号码的钥匙。她将错误的钥匙插入锁内，听见某个小东西啪嗒折断了，滚珠就无法转动了。她咔嚓咔嚓使劲拧，直至确定钥匙弯了，随后她嘭地拍了一下小门。

"该死！"

"怎么啦？出什么事啦？"

"钥匙卡住了！"她再度使劲扭弯钥匙。她轻轻往外拉了拉钥匙，随后咬住自己一片嘴唇的内侧，这时她的脉搏在加速搏动。

"把它**拔**出来！"他叫喊道。

"我拔不出来！"她高喊回应，并且假装努力拔钥匙。

"该死！我没时间干这狗屎的事情！"他砰的使劲把枪搁在柜台上，将黄金推车从门口推开。他推开艾丽丝去拔那把小金属钥匙，艾丽丝趁机退缩至金库墙壁。当他在使劲摆弄钥匙圈的时候，她悄悄地溜出了金库。

艾丽丝飞奔着穿过下层大堂，迎着日光跑去，日光从电梯后面照射下来。大理石楼梯出现了，她转过拐角，两步并一步登上楼梯朝大门跑去。透过走廊那边的玻璃门窗，她能够看见楼外的街道，于是就朝着亮光全速跑过去。

当她想起大门是被链条锁着的时候已经太晚了。她猛撞大门，拼命地拉门把手，同时尖叫着猛击玻璃门，希望有人能够听见。一辆辆汽车从旧银行门前驶过，中午灿烂的阳光从车上反射出刺眼的光线。

不到四十英尺开外，一个男子手里端着一杯咖啡悠闲地穿过尤克利德大街。

"救救我！"她一边尖声叫喊一边猛敲玻璃门。

"没处可逃，艾丽丝！"枪手从楼梯处吼叫。

她转身飞快地穿过另一组门洞。

第七十四章

一九七八年十二月十四日星期四

"铮"的轻轻一声，比阿特丽斯将544号保管盒慢慢放到了金库地上。这是用马科斯的名字租用的保管箱，里面装着所有可以给她定罪的证据——钻石、数千元美元现金。**救玛丽的钱**，比阿特丽斯一边清空自己的大提包以腾出储物空间一边暗自思量。马科斯偷窃的所有钥匙、她的档案、一个皮本子、一张裂开的照片，还有三支红蜡烛，统统都倒在了青铜合金地面上。她从教堂里拿了这些蜡烛作为一种提醒之物：最重要的是，她必须做正确的事情。

当她把偷来的珠宝和现金塞进自己的提包时，她内心充满着疑虑。保管箱空了，没人再能怪罪马科斯偷窃东西。马科斯可以救回自己的女儿。但是，拿了这些财产使她成了一个小偷，像多丽丝一样。比阿特丽斯拿起一支红蜡烛，将它放在盒子里，然后再把它锁回金库储藏室。**对不起，上帝，如果这样做是不对的，请原谅我！**

比阿特丽斯继续向前，走向547号保管箱。如果警察搜查金库，那么他们肯定会查看多丽丝的箱子。托尼知道她姨妈卷入了盗窃，所以在小餐馆见面时,他将547号钥匙还给了比阿特丽斯。他会带着警察去那里的。掀起保管盒的盖子,她看见的还是前几天她发现的几小卷钞票和几袋子二十五美分硬币。她姨妈一周复一周进入金库,存放女招待小费是她的借口,而她的朋友雪莉只当没看见。这些钱不是偷的,比阿特丽斯需要这些钱买张汽车票离开城市。多丽丝会理解的,她自我安慰。她拿了现金,随后将棕色皮本子和她姨妈所有罪孽的书面记录放回盒里让警探发现。

"对不起,多丽丝!"她轻声说。

她将姨妈和母亲微笑的照片也放进了盒子。这将是她最后一次看见多丽丝的任何痕迹。比阿特丽斯默默地祷告,将一支蜡烛与照片放在一起,随后咔哒一声关上了小门。

256号保管箱借用了比阿特丽斯的名字。她最后打开它,不知道里面藏着什么东西,也吃不准自己是否想了解。当她看见盒子里装满了偷来的珠宝时,她的心一沉。如果托尼或其他任何人发现了这些东西,比阿特丽斯肯定要进监狱。**该死,多丽丝!** 她边想边一把一把地从箱子里抓出珠宝,放进她的提包。**我如何才能把这件事情做对呢?**

珠宝的底部露出了一张泛黄的羊皮纸。比阿特丽斯拿起它,看见了证书顶端打印的名字——"比阿特丽斯·玛丽·戴维斯。出生年月:一九六二年六月十二日。母亲:多丽丝·埃丝特尔。父亲:不详。"她几乎喘不过气来。

她坐在地上目瞪口呆,宝贵的时间在一分一秒地消失。根据她颤抖的双手捧着的这张羊皮证书,她所知道的有关她自己的身世都是一派谎言。艾琳不是她的母亲,父亲也不是她三岁时离家出走了;多丽丝不是从不费心来看望她、只给她邮寄生日贺卡的疏远的姨妈。多丽丝是某种更加糟糕的东西。

盒子底部放着一张婴儿的照片：粉红的脸蛋，蓝色的眼睛，头发上扎着一个小黄蝴蝶结——小小的脸蛋从冰冷的灰色金属盒里向外张望。这是……我吗？比阿特丽斯从来没有见过自己的婴儿照——没在艾琳家里，没在多丽丝家里。她拿起照片把它翻过来。照片背面潦草地写着"比阿特丽斯"，还有其他一些字，不过她的泪水把它们弄得模糊不清。多丽丝将照片留在了保管箱里，她让她独自留在那里。

对多丽丝、比尔和银行的仇恨沸腾了起来。比阿特丽斯将出生证撕成两半丢进盒里。她不要多丽丝·戴维斯的任何东西，不要她的名字。什么也不要。**最好把它永远锁藏起来**，她想。她的整个生命就是一种错误。一个谎言。

没有时间流泪。有钱人马上就会回来。她收拾起马科斯偷来的所有金库钥匙，将它们统统扔在撕碎的出生证上面。这些坏蛋将不得不钻开每一个箱子。她从地上捡起最后一支蜡烛，使劲地捏它直至她的手掌感到疼痛。

"上帝啊，救救我！"她将自己的婴儿照捧在胸前轻声祷告。现在已经没有一点办法纠正这件事情了。**这也不再要紧了**，她边想边让蜡烛落到钥匙堆的上面。比阿特丽斯·贝克死了。她根本就没有存在过。她砰地合上盖子，然后把盒子推回保管箱里。

当她从256号保管箱的小门上拔出两把钥匙时，她听见走廊里传来了脚步声。她将最后一圈钥匙扔进手提包，抓起自己的档案，急急忙忙走出金库。

"贝瑟妮？你在这里干什么？"说话的是比尔。他在门道里拦住了她。

"啊！汤普森先生！"比阿特丽斯将沉重的手提包塞在自己的手臂底下，很快用衬衣袖子擦了擦脸。她几乎无法忍受看着他，于是就将

The DEAD KEY 449

目光投向地面。"你吓死我了!"

"你不应该到这里。谁让你来干这个的?兰迪?"他的眼睛紧张地环顾四周,仿佛兰迪也会在附近。

"噢,对。哈洛伦先生认为我也许能够帮助解决钥匙的问题。"

"钥匙的问题?"他眯缝起眼睛看着她。

"我猜想他认为我也许……能够破译雪莉有关钥匙编码体系的笔记。我知道她最近辞职了。"

比阿特丽斯交叉食指与中指,祈求她有关雪莉失踪的说法会使他信服。她指了指自己手中的档案,那样他也许就不注意她塞得过满的手提包。"我……我晚回家是想读懂她的速记,可是她的速记真的……乱糟糟。"

"可是你该死的在这里干什么?"他一把抓住她的一只手臂,将她拖出金库,进入走廊。

她尽力继续说话。"这真的很蠢。"

"是很愚蠢。我认为你不知道自己干了什么!"

"我……我想我只是想试试。我不想对哈洛伦先生说我干不了……这是很蠢的。"

"很蠢?贝瑟妮,你刚犯了罪!你没有得到授权就进入金库。如果你不给我那些钥匙并告诉我一切,我将把你交给警察。"

比阿特丽斯惊讶得张口结舌,她恐惧得眼睛都鼓了出来,与此同时她的头脑在飞快思索。他甚至不知道她的名字——在他对多丽丝坏事做绝之后,在他对她坏事做绝之后。那些字"父亲:不详"依然在她视野深处燃烧。她能够想象多丽丝怀孕,随后遭到解雇。之后的事情如何演绎,比阿特丽斯没法推测,但是她知道很有可能都是比尔的过错。他谎话连篇诡计多端,他哄骗多丽丝为他而陷入其肮脏的勾当之中。

此时万能钥匙依然藏在她的手掌里,她紧紧地攥着它,她想到卡米歇尔和吉姆仍在大楼的某个地方。谁拿着万能钥匙肯定等于拿着自己的死亡通缉令。没有其他钥匙这把万能钥匙一钱不值,而那些钥匙都被锁进了256号保管箱——只有最后一套钥匙在她的提包里。她凝视着比尔亮晶晶的小眼睛。他甚至不知道她的名字。

她皱起眉头装出一副不知所措的样子,递出手中握着那把钥匙。"那些钥匙?我只有这把钥匙。哈洛伦先生说它可以开启金库里所有的保管箱,但就我所知,它根本派不上一点用处。"

比尔的眼睛睁大了,他从她手中夺过钥匙。"兰迪给你这把钥匙?"

比阿特丽斯温顺地点点头。

"这狗娘养的,"他压低声音骂道,"贝瑟妮,你跟我走。"

他开始拖着她穿过下层大堂朝电梯走去。她瞥了一眼隧道门,但意识到她没法成功逃脱。她必须想其他办法。

"噢,汤普森先生,我的其他文件!我真的不能丢了它们!"她挣脱手臂,转身往回朝金库奔去,并尽量不让自己的提包发出叮当声。

"什么文件?"汤普森先生一时不知如何应对,但很快清醒过来,开始跟在她后面。"贝瑟妮!回到这里来!"

"一会儿就来。"她回头高声应答,随后开始奔跑。她穿过黑暗的金库走廊朝服务楼梯奔去,比尔在她身后很远的地方缓慢吃力地跟着。

"贝瑟妮!站住!"

比阿特丽斯穿着长筒袜飞快地登上楼梯。金库的电灯被打开,她身后狭长的门道地带顿时一片光亮。她一下冲进装卸码头。她的目光扫视了一下四周的混凝土墙壁,码头入口处轰隆隆开门的声音让她能朝着五英尺外一扇没标记的门全速奔去。进门后她立刻把门关闭,她将后背紧贴着金属门板,沉重的提包一下甩到门板,发出一声银铃般的响声。她进了紧急楼梯井。

楼梯井盘旋着伸向高层楼面。她开始奔跑。她一边攀爬一边胡思乱想寻找逃生的出口。再过几小时,员工们就会陆陆续续进入大堂。这将是星期五早晨。只要能躲藏到黎明,她就安全了。

楼梯井底部离她三段台阶的那扇门砰的开了。比阿特丽斯短促地尖叫一声,赶紧贴住墙壁。她蹑手蹑脚走完通向三楼入口的三级台阶。她打开一条门缝,门铰链抗议似地发出嘎吱的声响,她溜进了三楼。门咔哒在她身后关上了。她的心脏在胸腔里快速搏动。她吓呆地站着倾听。三楼寂静无声。

比阿特丽斯转身沿着走廊迅速逃跑,一边跑一边试着门把手。它们都是锁着的。她转过墙角,一边在包里寻找马科斯的钥匙,一边内心越来越恐慌。在走廊里,她没有藏身之处,至少不能长时间躲藏。她又转过一个墙角,终于从手提包里取出钥匙。人力资源办公室的门就在前面。电灯都熄灭了,也没有脚步声或说话声。比阿特丽斯摸索出正确的钥匙,瞥了一下空荡荡的走廊。正确的钥匙顺利地开了门,她溜进办公室,把门反锁。她上气不接下气,一下跪倒在地上。

第七十五章

一九九八年八月二十八日星期五

"该死,艾丽丝!"枪手的喊声在门口到银行营业区后部之间回响。"我不会杀你的!"

他的拷花皮鞋在一间间出纳亭之间的过道里发出隆隆声响。艾丽丝寂静无声地沿着柜台的服务区一侧朝入口处往回走。他的脚步啪嗒啪嗒一路响来,直到房间的尽头;刹那间,艾丽丝大胆地希望他的脚步也许能继续往前,走出服务区出口,那样她就有机会逃脱。可是,脚步又转了回来。她只好躲进一个出纳亭,猫在狭窄的柜台底下。

"我来做笔交易吧,像你这样一个水性杨花的荡妇是不可能拒绝的——五万美元回家去见你老妈,然后忘掉所有这一切。不管怎么说,没人会相信你的,艾丽丝——一个心怀不满的雇员、一个小偷、一个酒鬼。可是现在……现在我要杀了你。"

出纳亭的门被一扇接一扇砰地打开,其声响在四面的墙壁之间隆隆作响。他在出纳亭的服务区一侧,越来越接近她的藏身之处。她隔壁出纳亭的门砰的开了。她陷入了绝境。她将后背紧贴进狭窄的角落,紧紧地闭上了眼睛。

"够啦,兰迪!"门口一个熟悉的声音命令道。

艾丽丝的眼睛一下睁开了。是惠勒先生。

"查尔斯!什么?你在这里干什么?"兰迪就在艾丽丝藏身的出纳亭外停住了。她能在出纳亭门底下看见他拷花皮鞋的影子。

"我也想问你同样的问题呢!"

兰迪清了清嗓子。"好像我们一位初级工程师一直在严重滥用公司的时间。我在楼下金库里将她抓了现行,她正自说自话拿点解雇金。我正要给你打电话呢。"

"你当然应该报告。"

透过出纳亭的门缝,艾丽丝能够看见兰迪握住他的手枪。当他回头朝惠勒先生站立的开阔楼面走去时,他的脚步声比刚才轻了。

"你怀疑我对公司的忠诚,查尔斯。过了这么多年还怀疑?"

"你从来就不是公司的一员,兰迪。这么多年来出于对你父亲的尊重,我们一直容忍了你。现在这笔账该彻底付清了。你完啦!"

"我才不呢!哈洛伦家族仍然拥有克利夫兰第一银行的大部分股份。用鲜血来偿还吧!该死!"

艾丽丝必须行动了。这是也许是她唯一的机会。她用麻木的手脚爬出出纳亭,开始缓慢地爬向后门出口。

"你们的股票已经被买断了。"惠勒先生直截了当地说。

"你是什么意思,买断了?谁买的?"

"当危及金库时,董事会不得不做出抉择,举债经营它的资产。你知道这该如何运作。"

"你到底在说些什么啊?"

艾丽丝几乎到达后面出口,这时门嘎吱开了。她赶紧爬进最后一个出纳亭，与此同时一双矫形黑皮鞋踏进房间。

"我们的资产也被锁了起来，如果你知道我这话的意思。"惠勒先生冷笑着说，"权衡对黄金市场密切关注的联邦调查局和我们对我们贵宾客户隐私的承诺，我们不能就这样钻开保管箱。至少十年不能动。我们必须取出商品，兰迪。幸运的是，我们找到了一位我们可以相处的有着长期持有策略的投资者。"

"哈罗，兰迪！"一个意大利口音浓重的声音招呼道。

"卡米歇尔！你在这里干啥？"

"自即日起，我拥有这个地方。我和我的家族已经多年投资这家旧银行。我们怎能拒绝呢？不用交税。没有问题。我们以美元为基准用便士换黄金。"

艾丽丝探过墙角偷看。他是埃莉酒吧的老板，对她很友善。他手里举着一支很大的枪。枪对准了兰迪。

"什么？"兰迪很不自然地哈哈大笑。"当啷"一声金属的响声，他的枪掉落到地上。他举起双手往后退了一步。"卡米歇尔，我不知道……"

"你知道，多年前我就对吉姆说过，我们应该把你处理掉，但是他认为你也许有用。他是对的，哈？"老头像老伯那样咯咯轻笑。"啊，我想起来了当时你还是一个胖乎乎的十几岁少年，在高尔夫球场上老跟在你老爸屁股后面。那时你至少还有点礼貌。我觉得那时你头脑还算比较聪明。"

"卡米歇尔，我……我不是不尊重你。"

"不尊重？啊，不是的。当然不是的。"

"事情不是你们看上去的那样，"兰迪抗议说，"那个姑娘。她偷了钥匙。她领着那个猪猡警察闯到了这里。"

"那很不幸啊。"卡米歇尔说完朝着兰迪的胸口就是一枪,霹雳似的枪声震动了四面的墙壁。

艾丽丝往后退缩,用双手捂住尖叫。

兰迪的躯体嘭的一声轰然倒地。

"你看,兰迪,正在盗窃的当儿,勇敢的警察在这里用他的枪阻止了你,但是没等他开枪你先射出了致命的一枪。"惠勒先生在房间那一边说,好像他在开董事会似的。

兰迪用汩汩的血声作为回应,他自己的鲜血堵塞了咽喉。

惠勒先生的脚步越走越近。"克利夫兰城最终将挽回一部分那些被哈洛伦家族所有、这些年藏匿起来管理不善的资金。麦克唐奈警探将获得一枚荣誉勋章,因为他为了揭露真相不知疲倦地工作。他将成为一名英雄。我们亲爱的县行政专员,吉姆·斯通,参加选举也正逢其时。你看,兰迪,一切都将圆满了结。"

兰迪咽下了最后一口气,艾丽丝蜷缩成一个颤抖的球。出纳亭正在从四面朝她压缩过来。她无法呼吸。

昂贵鞋子的皮质喀哒声越来越近,直至她躲藏的出纳亭的另一侧才停下来。"你已经把这里控制起来啦?"惠勒先生问卡米歇尔。

"一点问题都没有。布鲁诺正在路上。我们会把这里打扫干净,恢复正常。在拉响警报之前再给我们十五分钟时间。"

艾丽丝用一只手捂住嘴巴以不让自己哭出声来。这个和善的老头接下来要枪杀她了。

"务必在推车上留下几百万。其余的我们以后再挑选整理。你打算怎么处理她?"惠勒先生敲敲紧靠艾丽丝脑袋的那块木头隔板。

她喉咙里呛出一声轻轻的抽泣。

"现场流血太多了,"卡米歇尔说,"我们不想有任何东西玷污麦克唐奈警探的英雄主义行为，对吧？那样做只会引发更多的疑问。她会消失的，好吗？我保证。"

"一定要确保把活干利索了。她并不像表面看上去的那样木讷。"惠勒先生说完大踏步走出了房间。

门砰地关上不到一分钟，后门开了，两人沉重的脚步声走进了房间。艾丽丝紧闭眼睛，缩进了一个角落。他们要来把她拖走了。

"布鲁诺，我们需要清理现场。把我们这里的小偷弄回到下面金库里去，那样我们的警探就能射杀他了。"卡米歇尔命令道。"拉莫尼，你拿了我要求拿的东西了吗？"

一个粗重而沙哑的声音回答："我拿了袋子，但我吃不准你要我拿它派什么用场。"

"你喜欢怎么用就怎么用。"卡米歇尔停顿了一下，这时传来了拍后背的声音。"作为对你二十年服务的报偿，你是我在这里的眼睛和耳朵。"

"我在这里不是为了你。"拉莫尼嘟哝道。

"我知道。你待在这里是为了我的马科斯。这也是给她的。这是给所有扳倒那些该死的银行家的姑娘们的。甚至包括这里的艾丽丝。如果她没有发现那具尸体，那些杂种就已经把这栋楼出售给他们在县里的朋友了，然后再想出其他办法骗走我们所拥有的财产。她让他们暂不动手，我总是要还清债务的。"

叮当一声清脆的声音，某样东西砸到了地上。

"我会看看我能做些什么的。"拉莫尼说。

"你们两人都需要消失。永远消失。这种警告只有一次。我相信你是理解的。告诉艾丽丝我很遗憾，不过我警告过她不要惊动死鬼。"

两分钟后，拉莫尼推着惶惶惑惑跌跌撞撞的艾丽丝穿过装卸码头，走出大楼踏上了人行道。

"我们得往前走。低着头，艾丽丝。"

连续好几个街区，艾丽丝都没有抬起头。过去两小时的情景活生生地一幕幕从眼前闪过——麦克唐奈警探死时的眼神、红色的蜡烛、金砖、钥匙、祷文、珠宝、撕裂的照片、出生证、兰迪尸体坠地的声响。

艾丽丝从拉莫尼的肩上接过沉重的野外工作包。回想刚才在金库里，她在枪口的逼迫下，向包里装满了现金和珠宝。这些钱财都是从贵重物品保管箱里盗窃来的。这些是卡米歇尔对他俩的奖赏，是封嘴费。

拉莫尼在前景街停住了脚步，等待绿灯。艾丽丝回头张望，身后四个街区处，废弃的克利夫兰第一银行隐约耸立在空中。刹那间，艾丽丝发誓她看见一个姑娘在一扇窗口回头看她。

"比阿特丽斯。"艾丽丝轻声说。

"快走！"拉莫尼拉着她往前走。

当艾丽丝再次回头张望时，那姑娘已经不见了。

第七十六章

一九七八年十二月十四日星期四

比阿特丽斯将脸紧贴窗玻璃,俯瞰尤克利德大街。除了钠汽灯模糊的灯光和工厂的烟雾,楼下马路上空荡荡的。昏暗的灯光几乎照不到她所站立的黑暗房间。上次来人力资源办公室是她被困在档案室里,当时比尔对苏珊娜随心所欲。比阿特丽斯很不情愿地走到苏珊娜的办公桌前,放下她沉重的提包。

比阿特丽斯从包里取出自己的婴儿照,在昏暗的光线中仔细端详。她舍不得把它留在金库里。看着她自己蓝色的眼睛从照片里向外凝视再次让她伤心欲绝。照片背面用草书写了"比阿特丽斯",底下是一首摇篮曲,在黑暗中她几乎难以看清:

低声——说——再见,请别哭泣

快快睡觉,我的小宝贝

当你醒来时,你会拥有

所有漂亮的小马驹。

比阿特丽斯在哼哼这首她终身熟悉的摇篮曲时,一滴眼泪滚落了下来。在她的记忆形成之前,在把她留在马里塔之前,多丽丝一定给她唱过。**所有漂亮的小马驹**,她想,都低头看着她包里的那些珠宝。

她回想起多丽丝日志里的那一行行记录:从她出生那年起,贵重物品保管箱就开始失窃。她的出生证上写着:"父亲:不详。"

她依然能够感觉到比尔贪婪抢走钥匙时,他的指甲刮到了她的手心。**多么可恶的坏蛋啊!** 他也许是殴打马科斯的那些家伙中的一员。一想到她的朋友在隧道里流血,她的喉咙口感到堵塞。她拿起电话拨了号码。

"911。你有什么紧急事?"一个遥远的声音问。

比阿特丽斯挂断了电话。马科斯告诉她别给任何人打电话。比阿特丽斯呆呆地看着电话听筒。苏珊娜的电话录上有一片胶纸下面潦草地写着一个字:家。她悲伤地触摸了一下。此时打电话太晚了,但她不管三七二十一还是提起了话筒。

"喂?"

"嗨,是苏珊娜吗?"比阿特丽斯对着话筒轻声说。

"是的。"

"对不起这么晚打电话,不过……"她有那么多事情需要知道,"你曾认识银行里一个名叫多丽丝·戴维斯的职员吗?"

"你是谁?"

"我?我是……比阿特丽斯。"说谎时间太晚了。"我在九楼工作,我想我发现她的材料里有些问题。有人认为……你也许了解她。"

"天哪,我已经许多年没听到多丽丝的消息了,至少十年。我开始工作的时候,她在楼上审计部工作。非常好的一个姑娘,我猜想,可是她卷入了一些麻烦事。"

"麻烦事?"比阿特丽斯的嗓音突然有点沙哑。

"我不喜欢说长道短，不过我听说她怀孕了，结果被解雇了。这种事经常发生。这些可怜的女孩爱错了男人，最后没人依靠。对了，你发现什么啦，亲爱的？"

"噢，只是一份旧档案。也许是子虚乌有的事。"

多丽丝是被解雇的。她把比阿特丽斯撇在马里塔，并开始盗窃金库。或者也许情况正好是相反。不论发生哪一种情况，她已经把所有盗窃来的珠宝都放进了256号保管箱，并用她女儿的名义租用了保管箱。**她攒下这些钱是为了我，还是只为了掩饰她的行径？**

比阿特丽斯清了清喉咙："我们部门正在审计贵重物品保管箱。我了解到你有一个保管箱。"

"我？没有！"

"这就奇怪了。这份材料说有个保管箱用了你的名字。你也许想去看看？晚安！"比阿特丽斯挂断了电话，她的脉搏在剧烈地跳动。

她原来并不想打电话或者把自己的名字告诉苏珊娜，但是她需要与人说话。一切都阴错阳差，她再也不知道下一步该怎么做了。她伸进口袋掏出多丽丝的钥匙。547号在从窗户射进来的昏暗的黄色灯光中闪闪发光。也许多丽丝的所作所为是有其道理的，但比阿特丽斯并不在意，因为这不能说明多丽丝做对了。她把比阿特丽斯遗弃在马里塔让艾琳抚养，所有可怕的事情都在那里发生。

比阿特丽斯·贝克根本就不应该来到这个世界。她啪的将钥匙拍在桌面上，气冲冲地走进文档室，吧嗒打开了电灯。她拉开存放她个人档案的抽屉，将文件夹打开。她的照片、申请书、工资收据存根——她把所有材料统统塞在自己包里，放在现金和珠宝的旁边。她取出自己有关吉姆和泰迪对话的速写笔记，以及有关贵重物品保管箱遗失物品的速写笔记塞进档案抽屉，处理掉这些东西，她心里很高兴。也许，有人会看懂这些材料的。她只能希望托尼会找到它们。

她转身回到苏珊娜的办公桌前，再次沉重地坐进那把椅子。苏珊娜和上帝知道还有多少其他女人与比尔纠缠在一起。苏珊娜有权知道真相。

比阿特丽斯在自己的包里迅速翻找。她把马科斯的最后一圈钥匙放到一边，拨开珠宝寻找，最后找到了那把想找的钥匙。她拉开苏珊娜办公桌中间的抽屉，把一个手镯放到里面，随后却皱起了眉头。苏珊娜不会知道如何利用钻石，她也许甚至以为是比尔把手镯留在抽屉里作为另一件礼物。多丽丝的钥匙仍然躺在桌面上。比阿特丽斯拿起钥匙，将它放在抽屉里手镯的旁边。在钥匙和夜间来电之间，也许足以使苏珊娜开始产生疑问。

墙上的时钟响亮地滴答滴答着。比阿特丽斯还有事情要办。如果她想永远击败比尔和银行，她必须去文档室寻找泰迪的加密档案存放在哪里。

她正要关上苏珊娜的抽屉，这时走廊里回响起纷杂的说话声。比阿特丽斯倒吸一口冷气。这些声音正在很快接近，于是她就奔进琳达的角落办公室。人力资源办公室的门猛地开了。

"我他妈的不信你让她逃跑啦！"一个男人低沉的声音在嗡嗡作响。

是兰迪·哈洛伦。比阿特丽斯急忙在黑暗中转过办公桌，冲进盥洗室。她轻轻将盥洗室的门关紧。

"你怎么会想到她在这里的？"另一个声音是比尔。

"电话总机那里显示这楼层的电话灯亮了，你看，有人来过档案室。你他妈的到里面去看看，是否丢了什么东西。"

"够了，兰迪！我依然是你的上司。"

"所有迹象都显示出相反的情况，比尔！难道你没有意识到这里正在发生什么事情吗？这家银行完蛋啦！再也没有什么审计部啦！快进去！"

比阿特丽斯再往深处退缩。她撞上了某样锋利的东西，她忍住了没有出声。

"天哪！你疯了吗？"

"我疯啦？我疯啦！对，有点疯了。"兰迪厉声说，"不到一个小时，克利夫兰城将要宣布违约，联邦调查局将要突袭这里，而你却搞丢了金库所有该死的钥匙。如果我们不赶紧想出某种办法，我们两人最终都将成为鱼食。快去查查那些该死的档案！"

比阿特丽斯沿着墙壁摸索，发现她刚才背上撞到的锋利东西是通风井格栅的一个尖角。它从墙壁里凸了出来。新鲜空气的味道吸引她靠近，她意识到这个大格栅是松动的。比阿特丽斯回想起马科斯说过通风井什么的，于是她伸手拉住格栅的边缘。

"兰迪，这里有数百份文档，似乎没有什么异常的。再说贝瑟妮给了我这把万能钥匙。"

"什么？"

比阿特丽斯轻轻扭动格栅。格栅缓缓脱离墙壁，发出轻微的吱吱声，这使她皱眉蹙眼，不过她要继续弄开它，最后格栅轻轻地当啷一声碰到了抽水马桶。

"她说钥匙是从你那里拿来的。"比尔指责道。

"贝瑟妮？我不认识有个叫贝瑟妮的人，我当然也不会给她一把该死的钥匙。把那东西给我！"

"你认识那个为你工作的金发小妞吗？她说你给她钥匙的。"

琳达办公室的门砰地开了，震得墙壁发颤。

"你相信她啦？你是什么，白痴啊？这把钥匙一文不值，上面什么标记也没有。它也许只是打开她健身房锁柜或者她该死的日记的钥匙。"

当钥匙开启她藏身的盥洗室门锁的时候，金属的叮当声大作。比阿特丽斯轻轻舒了口气，随后钻进了通风井。她盲目地摸索，缓慢地将身子挪进黑暗之中，直至抓住一根冰凉梯子的钢质横档。她移动到一架梯子之上，小心翼翼地平衡手臂上沉重的提包。这时，她突然想起，她把那圈钥匙忘记在苏珊娜的办公桌上，就在那两个男人刚才争吵的地方。她的心一沉。她几乎想爬回盥洗室去。另一扇办公室砰地关上，随后又是一扇。

"现在别再说了，"比尔说，显然有点心烦意乱，"我敢肯定那小妞藏在这里某个地方。"

他的声音越来越响。比阿特丽斯从梯子上伸出一只手，将格栅盖上。盥洗室的门猛地开了，风井里灌满了光亮。比阿特丽斯躲进了一个阴影。

"咦，她到哪里去了呢？"兰迪厉声说，他掀开了淋浴间的帘子。

"别着急，她走不远的。我们会找到她的。"比尔从刚才掉落的地方捡起那把无标识的钥匙，再次仔细地察看。

"我们会找到她的？如果我们找不到该怎么办呢，哈？"兰迪叫喊道，狠扇了比尔一个耳光。意外的耳光扇得比尔跪倒在地。"谁会找到我们？一小时前，我看见卡米歇尔·卡弗利得意洋洋地走进这里。我们完啦，比尔！"

"唉，该死！"比尔对着地板大声叫喊。"不过我想我们是有过交易的。"

"对，只要那笔交易能维持下去，那倒是个挺妙的小计谋，比尔。

但是，大家都知道你一直在与联邦调查局联络。你将出卖谁？哈？不会是我吧！"兰迪朝他的肋骨踢了一下。"我不会让你把我拖下水的。百分之十五他妈的不值得这么干！"

比尔突然扑向兰迪，吼叫一声将他击倒在台盆里。"每个人都想分一杯羹，兰迪。我受够了你他妈的讹诈和你的胡说八道！你这个该死的寄生虫！"

"我是寄生虫？"兰迪边喊边将比尔推离自己。他对着比尔的腹部猛力一击，当老头疼得弯下身子时，他又猛击他的后脖颈。比尔在倒地时头撞到了抽水马桶，"嘭"的一声很响，随后就软绵绵地跌倒在地上。

比尔一动不动的躯体躺在离比阿特丽斯在风井的藏身之处不到四英尺，她吓得目瞪口呆。鲜血流淌到大理石地砖上。

兰迪用一只脚轻轻推了推尸体，小声嘟哝，"该死！"

他站在比尔一动不动的躯体边大约二十次心跳这么长的时间，偶尔用一只手撸撸脸。最后他转身离开了盥洗室，随手将门砰地关上。

关门声在风井里震荡，比阿特丽斯急忙往上攀爬梯子，远离比尔躺在地上的场景。门猛的哗啦又开了，这声音吓得她脚下一滑，她倒吸一口凉气顺手抓住了梯子，生锈的钢梯刮破了她的手掌。

"对不起，没有比这更好的结局了，老朋友。"兰迪在她下面五英尺处咕哝，这时传来了轻轻的拖拽声。"别担心。他们都会理解的。投资失败。交易失败。有时候只是没有任何其他的出路。"

比阿特丽斯捂住嘴巴，希望自己别去想象底下在发生什么事情，因为这时费力劳作的喘息声和刮擦声传到了她双脚摇摇晃晃站立的细细的钢铁横档处。

"吊在那里，行吗？"兰迪不安地咯咯笑道，"现在一切都将圆满

The Dead Key 465

解决。你会看见的。我会设法拿回我们的投资……而且还要多。"

在空中挥舞一圈钥匙的叮当声吸引比阿特丽斯的目光回到身下四方形的光亮处。兰迪发现了那圈钥匙。

过了一会儿,她脚下的灯光熄灭了。接着是一片寂静。比阿特丽斯在风井的一片黑暗中紧紧抱住梯子,小声号啕起来。她努力克制住放手坠落的冲动,她的双臂贴着冰冷的钢梯不住地颤抖。

她不想再感觉任何东西或者听到任何东西或者知道任何东西。她身下除了一片漆黑什么也没有。大楼外面她没有名字,没有家,没有母亲,没有父亲,没有生活。沉重的提包勒进她的肩膀,其重量拖着她往下沉,兰迪发现了钥匙。她失败了。她辜负了马科斯、多丽丝和她自己。她的手指开始滑脱。

比阿特丽斯将手臂挽住梯子的横档并且紧闭着自己的眼睛。她想象兰迪拿着钥匙走进金库。不!她不能让他逃脱惩罚。她不能让这些银行家拥有通向一切的钥匙。还有时间!

慢慢地,她一面顺着梯子往下爬,一面平衡着肩上多丽丝从金库拿取的东西。钢梯上的一根毛刺扎入她的手掌,她急忙一抽手,这一突然动作使她向梯子的一边倾斜,沉重的提包从手臂上甩出,一下子掉落到她的手腕处,她的脚从横档上滑落。

她只有一只手还悬吊着梯子,她大声喊叫起来。当她伸手去抓梯子时,提包从她的手臂上脱落,陡直掉落四层楼,在风井里激起一股冲击波,着地时她身底下传来一声微弱的坠落声。

"那他妈的是什么声音?"远处一个声音责问道。

比阿特丽斯站稳了脚跟,咬住嘴唇不让自己再发出声音。一道手电光从她头顶上方二十英尺处的风井里照射下来。

"也许是风声吧。我们甚至不应该进到这里来,坎宁安。我们没有合法的搜查证。"

比阿特丽斯在梯子上稳住自己,抬头凝视着手电筒的光柱。**坎宁安?**

"我知道她仍在这里。"坎宁安女士抗议。这是她的上司在说话。

"让克利夫兰警察局去操这份心吧。局里不会在乎某个秘书的。我们需要集中精力调查。"

"什么调查?我的主要证人还在医院病床上昏迷不醒。"坎宁安喊叫。她在谈论多丽丝。就在今天傍晚,比阿特丽斯无意中听说联邦调查局在银行里安插了某人。**坎宁安女士是潜伏间谍?** 比阿特丽斯更牢地抓住梯子。

"比尔怎么办?如果我们找不到他,我不敢肯定他能活过今晚。"

他死了! 比阿特丽斯想尖叫,可是她发不出声来。

四处探找的手电光柱熄灭了。"我对多丽丝许诺过我会留心守护她女儿的。自比阿特丽斯踏入那个办公室,我就有责任。那个女人冒着生命危险跟我说了实情,我应该为她做这件事。"

"事情已经发生了,你也无能为力。"

"那姑娘是没机会了。克利夫兰警察局将无限期拘留她,或者更加糟糕。"

"我们不能做得好些吗?她他妈的还没成年呢。我们太缩手缩脚啦。"

"警察妥协了。她需要一个安全的住所。"坎宁安大声说。

"是的。你打算收留她?他们会找你麻烦的,这你知道。如果她聪明,她就这么消失了。"

两人的声音越来越轻。

黑暗里,泪水沿着比阿特丽斯的脸颊哗哗流淌下来。多丽丝向联邦政府自首了。她想全盘招供，重新做人。当她建议比阿特丽斯去银行工作时，她不是把她送入虎口，她是把她交给坎宁安夫人。她努力使她安全。她的母亲希望她安全。这种想法使她抱住金属的横档放声大哭。

她得从这里逃出去。当她红肿的眼睛习惯了黑暗的时候，她意识到她仍然处在比尔死亡那个房间的隔壁。在远处窗口透进的昏暗光线中，她能勉强分辨出盥洗室的地面。可是地面上没有比尔尸体的痕迹，只是地砖上有一条深色的血迹。她眨巴着眼睛挤去泪水，她注意到离风井格栅不远的地上有一样小东西。它是一把钥匙，其表面没有任何标识，不过她知道它是什么。

这把钥匙找到了它的归宿，它躺在一滩深色的血液之中。没人会知道它可以派什么用处，甚至没人会注意到它躺在地上。如果要说有什么用处的话，那么它可能成为警察的证据。它安全了。

在大楼的某个地方，银行家们正慌乱地寻找钥匙，掩盖他们作案的痕迹，但这是办不到的。坎宁安女士和联邦调查局的人正在汇总案情。警察会来突袭金库，托尼会在547号保管箱里发现盗窃的记录，他会找到金子，银行家们会被绳之以法。正义会得到伸张，她告诉自己。这是必定无疑的。

比阿特丽斯费劲地看着身子底下的一片黑暗。这梯子一定直通下层大堂和隧道。马科斯就是这样逃脱的。比阿特丽斯默默祈祷她的朋友依然在下面等着她。多丽丝偷来的所有珠宝也会在下面，她积攒所有这些珠宝都是为了比阿特丽斯。多丽丝确实做了很多丑恶的事情，但是也许她曾努力悔过自新。也许她母亲曾经爱过她。也许。

当她伸长脖颈朝头顶上方敞开的通气窗看去时，她只能勉强看见一缕微光。

尾声

一九九八年八月二十八日星期五

  拉莫尼推着艾丽丝穿过"灰狗"汽车站的大门。车站里充满着浑浊的烟雾和隔夜的咖啡味。头顶之上,天花板上的黄色花砖已经被污染。总服务台对面的墙边放着一排塑料长凳,上面铺着破旧的聚乙烯基坐垫。自一九七零年代以来,这里的一切都没有更新过。他们就像走进克利夫兰第一银行一间废弃的房间里一样;裂了缝的亚麻油地毡在艾丽丝的脚下移动,她摇摇晃晃走向一条长凳,坐了下来。

  拉莫尼点燃一支香烟,仔细查看着张贴在收银台上方告示牌上的时刻表。城市名字和出发时间杂乱地贴在墙上。

  辛辛那提晚上六点

  查尔斯顿晚上六点半

  芝加哥晚上八点

  仅仅几分钟后,他们就将上车去某个随意选择的地方。她哽咽欲泣。她的汽车怎么办?她的衣服呢?她公寓房呢?拉莫尼严厉的眼神告诉了她一切她不想知道的事情。一切都没了。所有一切。

她的提包放在宾馆后巷里一辆废弃的警察巡逻车上了。一个警官死了。除非卡米歇尔和布鲁诺出手相助，否则几小时后，警察就会涌进她的套房。无论发生哪一种情况，现在她是个失踪的人了。卡米歇尔没有瞎说。他们必须消失。

"哦，你觉得你想去哪里？"拉莫尼从他弄皱的烟盒里拿出一支没有过滤嘴的香烟递给她。他不跟她一起走。

她用颤抖的手指接过香烟。他点着了一根纸梗火柴，她将火焰吸进烟丝，直至火焰一直燃烧到她的喉咙。她希望火焰能烧得更疼些。至少疼痛使人清醒。

他将沉重的粗呢野外工作包放在她身边的椅子上，提包发出叮当的声音，好像是一袋25分的硬币，但不是的。艾丽丝的目光扫视了一下服务台里面看杂志的职员，这女人没有因为响声而眨巴眼睛。

艾丽丝又深深吸了口烟，用手指剔除膝盖擦伤处的脏物。她的裤腿撕破了，衬衫上满是煤烟灰尘和微小的黑点。血迹。它们是麦克唐奈警探的血。血迹也在朝她凝视，她几乎听不见拉莫尼在说什么。

"一年中这个时候，查尔斯顿很美的。"

艾丽丝勉强微微一笑。"你去哪里？"

"我没关系。没人在寻找我。"

"这个怎么办？"艾丽丝指着提包说。

"它应该与你一起去查尔斯顿或其他某个地方。"

"你不想要它？"她琢磨所有这些兰迪从贵重物品保管箱里偷来的珠宝和现金值一大笔钱。

"我没事。我零零星星地拿了些东西。我不会穷困潦倒的。"他朝她眨了眨眼睛，"此外，从我对富人的观察，做富人没啥益处。太多的钱对你没好处。"

艾丽丝点点头。"我不能拿它。"

"你干嘛不拿！你需要它在某地开始新的生活。这需要钱。"

"可是这些东西都不属于我。它们是……偷来的。"她看着服务台职员轻声说。

"偷谁的？你真的认为现在还有人能弄清楚这些东西？"

"可是，我们难道不应该将所有这些东西都上交当局吗？"看着身上的血迹，她心想这样做是警探所希望的，他希望正义得到伸张。

"另外，你认为那些当权者究竟是些什么人？你有没有想过那些藏匿那么多金砖的人就是此刻坐在市政厅里的那伙人吗？你真的认为他们会让你走进警察局，述说你亲眼目睹的事情？让你出庭作证？"拉莫尼死盯着她的眼睛，她明白他是对的。

警探会希望她活下去的，她告诉自己。那么他就不应该把自己拖进金库，她又反驳；但这样说是不公正。她就是那个在旧银行里四处探寻的人，她偷了钥匙。她惊动了死鬼。她发现了尸体。她到底希望找到什么？她迷惑不解。不是寻找金钱。她不要兰迪带血的金钱。她在寻找某种其他东西。泪水在她的眼睛里如泉涌一般。她看见的那个从银行大楼的一扇窗户里向外窥探的姑娘也许依然困陷在楼里的某个地方。比阿特丽斯。

比阿特丽斯开了贵重物品保管箱，留下了钥匙、奇怪的线索、令人困惑的笔记和蜡烛。不只是蜡烛，还有祷文。也许她也感到有罪。艾丽丝低头看了看身旁破旧的座位，遐想二十年前车站崭新时会是个什么样子。比阿特丽斯也许就坐在那个凳子上，如果她能成功活着逃出那栋大楼的话。

"后来比阿特丽斯怎么啦，拉莫尼？她设法逃脱了吗？"

"我们没时间了，艾丽丝！"他指了指车站职员脑袋上方的时钟说。

"告诉我。我需要知道。"

"你为什么要追问死鬼?你觉得你还没受够吗?"

"求你了!我想知道她是否安然无事。"艾丽丝擦去脸颊上一颗游离的泪珠。

"为什么?"他凝视着她,随后松了口。"真相么,我不知道。她失踪了,除了马科斯的哥哥托尼和我,没人太在乎。托尼认为如果他找到了比阿特丽斯,他就能找到马科斯。我们查访了所有我们能够想到的地方,而且还远远不止这些地方。托尼甚至连续一个月每天在'湖景公墓'守候。"

"公墓?可是,如果比阿特丽斯死了,难道他不应该去查看一下……"在说出"停尸房"之前,艾丽丝的声音逐渐轻了下去。

拉莫尼点点头,他领会了她的意思。"我们也去那里查了。没有。公墓的可能性极小,但是,托尼似乎认为两个姑娘可能会在那里露面。我认为他依然经常去那里看看……至少,他去找了。"

"为什么?"

"银行倒闭后几周,他们认识的某人死了,家人什么的。结果没找到。"

"她们从没去过?"

"托尼说在那次葬礼过程中他好像看见她俩中的一人躲在林子里,还追了她们好一会儿。我想他也许是疯了。当时,他真的快要疯了。街头的每一个女孩都像马科斯。"拉莫尼停顿了一会儿,呆呆凝视着空间。"不过,我倾向于相信他是对的。"

艾丽丝意识到警探妹妹的照片也许依然插在拉莫尼的相框的角上。"你有没有曾经查明她后来怎样了?马科斯后来怎样了?她……"

死了吗？"

"我有好长一段时间是这样认为的。有些日子我甚至希望她死了，像那样对我突然不告而辞。不过就在几年前，我在邮件里收到这个东西，没有便条，没有回信地址，只是这个东西。邮戳是墨西哥城。"拉莫尼从钱包里抽出一张小照片。那是一张棕色皮肤蓝眼睛的十几岁姑娘。

"她是谁？"

"从来没有见过她。但是我熟悉那种微笑。"

他目不转睛地看了一会儿照片，随后将它塞回钱包并站起身来。艾丽丝让他拉着也站了起来。

"我得走了，艾丽丝。你也得走了。你有一生时间去琢磨这件讨厌的事情。你多保重！"

他真的要走了，只把她留在那里。她咬住嘴唇不哭出声来。"你也多保重！"

他拍拍她的肩膀，随后朝大门走去。

"嗨，拉莫尼？"

他转身看着她。

"那是谁？那个埋葬在公墓里的。"

"别去寻找，艾丽丝。那是条死路。"

"我不会去的。我只是……需要知道。"

他迟疑了一会儿，最后只是摇摇头。"多丽丝……多丽丝·戴维斯。"

十分钟后，艾丽丝坐在车站后院一辆公交车的后座里啃着自己的指甲。开往查尔斯顿的"灰狗"敞开着车门悠闲地停着，旅客们正在陆陆续续上车。艾丽丝透过敞开的车门看着小汽车一辆辆从旁边驶过,她的整个人生也随着这车流一闪而过。一切都结束了。

拉莫尼走了。埃莉、尼克、布拉德——她永远不会再见到他们。今天或明天,她母亲会接到一个电话。**你有没有你女儿的消息?你女儿失踪了。你一有任何消息请与某某人联系。**这可怜的女人会中风的。她会奔到父亲跟前。**艾丽丝失踪了,我们该怎么办?**好像父亲有答案似的。由于某种原因,艾丽丝和她母亲总是认为父亲会有答案。父亲不会说一个字,艾丽丝有生以来第一次不会责怪他。对于此事,他又能说什么或做什么呢?他只能坐在他那把棕色的皮椅里伤心,做一个失去独生女儿的老头。女儿是否成为一名成功的工程师无关紧要。她没了。艾丽丝抑制住抽泣。她也失去了父亲。她失去了一切。

公交车还有五分钟离站。她提着包下了车,点燃一支香烟。艾丽丝·拉奇死了。也许她想去死。她觉得百般无聊,漫无目的……苦恼无比。也许这就是她为什么在旧银行里四处寻找死鬼的原因。比阿特丽斯永远困在银行大楼的某个地方,现在艾丽丝也是如此。

"该死!"她低声说。她必须知道比阿特丽斯是否逃跑了。

她举起包挂在自己的一个肩膀上,大步离开了公交车。拉莫尼会说她疯了。他也许是对的。

艾丽丝在尤克利德大街和东一百二十三号街交界处下了出租车,顺着入口车道走进"湖景公墓"。这里是个迷宫:雕像、陵墓、弯弯曲曲的小路,延绵数平方公里。

她沿着大路深入墓地。当艾丽丝在一尊骑马的女勇士底下走过时,女勇士挥舞起她的宝剑。很奇怪,她很适合在那里:独自走在死者中间。她扫视了一下那些雕刻的天使和身上有着一条条煤烟和酸雨污迹的虔诚的母亲们。

大部分墓穴和方尖碑几乎有一个世纪的历史,但是艾丽丝能够识别出较新的墓穴设在哪里。近二十年挖掘的坟墓比较容易发现。随着岁月的消逝,高耸的纪念碑已渐渐缩小成平放在地面上的小石碑。

艾丽丝沿着墓碑之间狭窄的小路行走,寻找正确的日子。克利夫兰第一银行关闭于一九七八年十二月。如果多丽丝在几周后死去,那么应该是一九七九年。艾丽丝穿行在柔软的草地上,周围没有汽车噪声,没有高楼大厦,也没有偷窥的眼睛。温暖的太阳穿透了树林,数日来,她第一次能够自由地呼吸,她绷紧的后背和双肩开始松弛。不知怎的,尽管发生了那么多事情,世界没有终结。尽管她手里拎着沉重的提包,照在她肩膀上的阳光使她确信:有她没她,生活照样继续下去。

她对自己说,今天比阿特丽斯不会在公墓里。这个坟墓已有二十年历史了。但是艾丽丝继续往前走。她有那么多问题需要问,而且只有比阿特丽斯才能回答。

你去哪里啦?你干了些什么?你到底找到马科斯了吗?你是否带着一大笔偷来的财富逃走啦?你有没有试图归还财富?银行的死鬼们有没有停止闹腾你?它们会停止闹腾我吗?

墓穴上的日期已经到达一九七九年。艾丽丝放慢了脚步,开始观察每个名字。走啊走,艾丽丝越走越感到傻乎乎的。即便比阿特丽斯会在这里回答她的疑问,这重要吗?她的回答不会使麦克唐奈警探起死回生,或者推翻腐败的政府,或者将盗窃的财宝归还合法的物主。找到比阿特丽斯真的无法解决任何事情。

转身走进另一排墓穴,艾丽丝突然停住了脚步。一棵大橡树底下的草叶之间有一样红色的小东西。她的心快要跳出胸膛。艾丽丝放下提包,朝它奔去。

一块花岗岩石碑上放着一只红色的祭典烛。艾丽丝赶紧从石碑上拿起蜡烛。蜡烛底下的刻字被几层融化的蜡珨污了，不过艾丽丝能够分辨出上面的字："多丽丝·埃丝特尔·戴维斯，1934—1979"。

艾丽丝用颤抖的双手拿着蜡烛翻覆看，从它损伤的表面她能推断蜡烛已经经历了几周的雨淋日晒。也许更久。但是墓穴就在这里。泪水顺着她的面孔哗哗流淌。比阿特丽斯已经躺在这里。她找到了一条出路。艾丽丝跪倒在地。比阿特丽斯挺好的。也许她也会这样。

在蜡烛的底部，一条褪色的祷文是这样写的：

啊，主啊，从我们降生到我们人生终结，引导并护佑我们。引导我们前往天堂的家。

鸣谢

要不是2014年"亚马逊图书突破大奖",《死钥匙》也许会淹没在每年创作的数千部书籍之中。感谢你亚马逊,你给了一个从未发表过作品的作者一个机会。感谢每位花时间评论这部小说和在遴选期间投票支持这部小说的人们。感谢所有其他参赛者的大胆创新大胆梦想大胆参与。

我并非一夜之间魔术般地从一个建筑工程师变成了一个作家。许多可敬可爱的人们支持着我走过这五年艰难困苦和屡屡犯错的历程。我读书俱乐部的那帮出色的女士们勇敢阅读并批评了《死钥匙》的第二稿。我的母亲、婆婆、姐妹和挚友阅读了几次草稿,并鼓励我继续创作。卡拉·基斯林首度尝试编辑手稿并帮助我寻找出路。亚当·卡茨提出了透彻的和具有深刻见解的批评,使我的创作和这部小说走上了正确的道路。多丽丝·迈克尔提出了睿智的建议和指导。我在托马斯和默瑟出版社的编辑,尤其是安德烈·赫斯特,给我小说的每个暗淡角落点亮了一盏明灯,帮助把那些模糊不清的次要情节变成了焦点。

没有我的家人,《死钥匙》是不可能问世的。我的两个小男孩给了我辞职的勇气。当妈妈窝在她的办公室里搞创作时，他们一起玩耍，两兄弟亲密无间。我的好丈夫阅读了每份草稿、每份编辑稿、我写的每个臭词，不知怎的，他依然是我最忠实的书迷。我无法用言语表达我的感激之情。

图书在版编目（CIP）数据

死钥匙/(美) D.M.普利著；黄勇民译.-上海：上海文艺出版社.2017.6
ISBN 978-7-5321-6320-5
Ⅰ.①死… Ⅱ.①D… ②黄… Ⅲ.①长篇小说—中国—当代
Ⅳ.①I247.5
中国版本图书馆CIP数据核字(2017)第112582号

©This edition made possible under a license arrangement originating with Amazon Publishing, www.apub.com.
Simplified Chinese edition copyright:
2017 SHANGHAI LITERATURE AND ART PUBLISHING HOUSE
All rights reserved.
著作权合同登记图字：09-2016-689

书　　名：	死钥匙
作　　者：	(美) D.M.普利
译　　者：	黄勇民
出　　版：	上海世纪出版集团　　上海文艺出版社
地　　址：	上海绍兴路7号　200020
发　　行：	上海世纪出版股份有限公司发行中心发行
	上海福建中路193号　200001　www.ewen.co
印　　刷：	崇明裕安印刷厂
开　　本：	890×1240　1/32
印　　张：	15.25
插　　页：	2
字　　数：	300,000
印　　次：	2017年6月第1版　2017年6月第1次印刷
Ｉ Ｓ Ｂ Ｎ：	978-7-5321-6320-5/I・5043
定　　价：	49.80元

告 读 者：如发现本书有质量问题请与印刷厂质量科联系　T:021-59404766